ELISABETH NAUGHTON

Gestohlenes Vertrauen

ELISABETH NAUGHTON

GESTOHLENES VERTRAUEN

Roman

Ins Deutsche übertragen von
Nele Quegwer

LYX EGMONT

Die Originalausgabe erschien 2010 unter dem Titel
Stolen Seduction bei Love Spell, an imprint of Dorchester
Publishing Co., Inc., New York, NY, USA

Deutschsprachige Erstausgabe November 2011 bei LYX
verlegt durch EGMONT Verlagsgesellschaften mbH,
Gertrudenstr. 30–36, 50667 Köln

1. Auflage
Redaktion: Angela Herrmann
Satz: Greiner & Reichel, Köln
Druck: Bercker, Graphischer Betrieb, Kevelaer
ISBN 978-3-8025-8328-5

www.egmont-lyx.de
www.romantic-thrill.de

Für Joan.
Die Kriminalexpertin schlechthin, Spezialistin für alles,
mein Fels, meine Vernunft, meine Partnerin bei allem,
was mit Mord und Totschlag zu tun hat. Dieses Buch ist dir
aus vielen Gründen gewidmet, aber vor allem deshalb,
weil es ohne dich überhaupt nicht existierte.
Danke, J.

1

Chicago, IL

»Du versuchst wohl, mich hochgehen zu lassen, was?«

Die schlecht gelaunte männliche Stimme in ihrem Ohr brachte Hailey Roarke zum Lächeln, während sie angestrengt in die Dunkelheit spähte. »Definiere *versuchen*«, sagte sie in das Mikrofon, das an ihrem Rollkragen befestigt war.

»*Versuchen*«, grummelte Billy Sullivan in ihrem Ohrhörer, und seine missmutige Miene war dabei ebenso offenkundig wie sein ständiger Sarkasmus. »So wie ›alles, aber auch wirklich alles dafür tun, dass ich erwischt werde und du ungeschoren davonkommst‹.«

Hailey leuchtete mit ihrer Taschenlampe über die Betonwände des Tunnels, der durch das Dampfversorgungssystem führte. Er war höchstens einen Meter zwanzig breit und eins achtzig hoch. Um sie herum war ein leises Zischen zu hören. Über ihr, direkt unter der Straße, verliefen Rohre von Haus zu Haus des historischen Chicagoer Viertels, die mit kochend heißem Wasser gefüllt waren. *Sie* versuchte, *ihn* hochgehen zu lassen? Aus ihrer Sicht war Billys Job – vom Lieferwagen aus zu arbeiten – ein Kinderspiel, verglichen mit der Drecksarbeit, die an ihr hängen blieb.

»Ich muss nicht ›versuchen‹, dich hochgehen zu lassen, Billy. Das könnte ich jederzeit tun, wenn mir danach wäre.«

»Als ob ich das nicht wüsste«, murmelte Billy. »Kein Wunder, dass du Single bist. An der nächsten Abzweigung rechts.«

Sie befolgte seine Anweisung und sog scharf die Luft ein, als aus dem Schatten eine Ratte auf sie zuhuschte und ihr genau über den Stiefel rannte. »Okay, Schlaumeier. Sag mir noch mal, warum wir nicht einfach von der Straße aus eingestiegen sind. Das unterirdische System von Chicago finde ich nicht gerade prickelnd.«

»Was ist los, H?« Der einzelne, englisch ausgesprochene Buchstabe war zu ihrem Spitznamen geworden. In Billys Stimme lag ein leichtes Trällern. »Du leidest doch nicht unter Klaustrophobie, wie mein Bruder, der Heilige, oder?«

Sie ignorierte den Seitenhieb, der für ihren Exmann bestimmt war, leuchtete ins Dunkel und suchte nach Anzeichen dafür, ob Micky Maus noch einen Freund hatte. Oder auch zehn. »An Klaustrophobie? Nein. An Nagerphobie? Ähm. Ja. Ein bisschen.«

Er kicherte in ihrem Ohr. »Das tapfere Mädchen hat also doch eine Schwäche.«

Hailey schürzte die Lippen. Sie hatte jede Menge Schwächen. Nicht, dass sie jetzt vorhatte, sie Billy anzuvertrauen.

»Und um deine Frage zu beantworten«, fügte er hinzu, »weil du gesagt hast, du willst nicht, dass irgendjemand mitbekommt, dass wir hier sind. Ich führe nur Befehle aus, Boss.«

Sie streckte die Hand zu der Leiter empor, die sie nun vor sich hatte. »Erinnere mich daran, dass ich das nächste Mal eine aktivere Rolle in der Planungsphase übernehme.«

»Wird es denn ein nächstes Mal geben?«

»Gott, ich hoffe nicht.«

Hailey stieß hörbar den Atem aus, als sie sich daranmachte, die Leiter hinaufzuklettern, und dachte an ihre kleine Wohnung in Key West. Die Keys erschienen ihr heute so fern wie der Jupiter. Und sie vermisste sie mehr, als sie es für möglich gehalten hätte.

Sie vermisste ihre Pflanzen, die ihre Nachbarin Tonia hoffentlich regelmäßig goss. Ihre kleine Terrasse mit dem Bistrotisch und den beiden Metallstühlen, die sie bei einem Garagenverkauf erstanden hatte. Ihre Klimaanlage, die mal funktionierte und mal nicht, und Mr. Alonzos Schnarchen nebenan. Sie vermisste sogar Rascal, den ständig umherstreifenden Kater aus der Nachbarschaft, der mitten in der Nacht so lange jammerte, bis Mrs. Potts oben ihre Schiebetür öffnete, Tabitha hinausließ und den beiden ihr nächtliches Rendezvous gewährte.

Sie vermisste das alles, weil es ihr gehörte und nicht im Geringsten mit den Roarke Resorts oder ihrer Familie zu tun hatte. Und weil sie beim Key West Police Department wie ein Gaul geackert hatte, um es zu bekommen. Sie brauchte es mit niemandem zu teilen, und niemand sagte ihr, was sie zu tun hatte. Und wenn sie deswegen ein wenig einsam war, nun, dann würde sie darüber hinwegkommen. Mit vierunddreißig war ihr bereits klar, dass sie nicht unbedingt zum Heiraten taugte. Und auch nicht für die Roarke Resorts. Oder zur Kriminalbeamtin. Aber das war in Ordnung. Sie war zufrieden mit ihrem Leben. Zumindest war sie es bislang gewesen.

War sie wirklich erst seit einem Monat von zu Hause weg? Gott, es erschien ihr viel länger. Als ihr Vater vor ein paar Wochen angerufen und sie gebeten hatte, vorübergehend für ihn als Geschäftsführerin der Roarke Resorts einzuspringen – seiner Kette von Fünfsternehotels entlang der Ostküste –, hatte sie sofort Nein gesagt. Aber als er ihr in ruhigem Ton versichert hatte, dass es das Letzte sein würde, um das er sie bäte, dass er sie nie mehr behelligen würde, wenn sie ihm jetzt half, hatte sie schließlich nachgegeben.

Die Familie Roarke für immer los sein? Also, das war ein Gewinn, für den es sich lohnte, ihr kleines beschauliches Leben zu opfern.

Freilich fragte sie sich jetzt, ob es nicht doch ihr größter Fehler gewesen war.

»Okay,«, Billys Stimme in ihrem Ohr wurde ernst und lenkte ihre Aufmerksamkeit wieder auf die Gegenwart. »Wenn du oben bist, musst du vielleicht den Kanaldeckel aufhebeln.«

Als sie nur noch wenige Zentimeter von der Decke trennten, blieb sie mit unsicheren Beinen auf den Sprossen der alten Leiter stehen und presste die Hände gegen das kalte Metall über sich. Die Abdeckung bewegte sich keinen Millimeter. »Definiere … *aufhebeln*«, sagte sie, während sie sich erneut dagegenstemmte.

»Keine Ahnung. Versuch, gegen den Uhrzeigersinn zu drehen und gleichzeitig zu drücken.«

Hailey stellte sich etwas breitbeiniger hin und schob, so fest sie konnte. Sie ächzte vor Anstrengung, biss die Zähne zusammen und holte alles aus ihren Muskeln heraus. Als sie schließlich sicher war, dass ein Auto auf diesem Ding geparkt hatte, rutschte der Deckel, rutschte noch ein Stück und ließ sich schließlich anheben.

Stöhnend und mit schmerzenden Armen stemmte sie die Abdeckung hoch und stieß sie beiseite. Dann hievte sie ihren Körper mit letzter Kraft aus dem Tunnel. »Okay«, sagte sie, als sie schwer atmend auf dem Rand saß und die Füße in das Loch hängen ließ, »ich bin durch.«

»Glückwunsch!« Billys Stimme klang aufgeregt. »Was siehst du?«

Sie ließ den Lichtkegel hinauf- und um sich herumwandern, während ihre Brust sich schwer atmend hob und senkte. »Eine Treppe.«

Computertasten klapperten im Hintergrund, und sie stellte sich vor, wie er auf der Rückbank des gemieteten Lieferwagens saß und ihren Standort in sein zuverlässiges Kartensystem eingab. »Astrein gemacht, H. Du bist im Pumpenhaus.«

Wenigstens etwas, das klappte. Aber wenn er ihr nicht gesagt hätte, wo es langging, wäre sie hier unten in der Dunkelheit hoffnungslos verloren gewesen. Sie richtete sich auf und stieg die Treppe hinauf. »Wie stehen die Chancen, dass die Tür verschlossen ist?«

»Wie war es in letzter Zeit um dein Glück bestellt?«

»Beschissen.«

»Dann sieht's schlecht aus.«

Oben an der Treppe angekommen, legte sie die Hand um den Türknopf des Pumpenhauses und schickte ein Stoßgebet zum Himmel, dass ihre Pechsträhne ein Ende haben möge. Sie hielt die Luft an und drehte an dem Knopf. Metall, das einen ordentlichen Tropfen Öl vertragen konnte, schrammte gegen rostiges Metall, und die Tür öffnete sich mit einem sanften Klicken.

Eisige Chicagoer Luft brauste um sie herum, als sie aus dem Pumpenhaus trat und leise die Tür hinter sich schloss. Sie hatte sich nicht um etwas Warmes zum Anziehen gekümmert, und nun drang der Januarwind durch ihre leichte Jacke hindurch. Doch bereitete ihr die Kälte im Moment die allerwenigsten Sorgen. Es war – hoffentlich – nur noch eine Frage von Minuten, bis sie den vor ihr liegenden Garten hinter sich gebracht hatte und in dem gemütlich warmen Haus war.

»Zwei Türen geschafft«, sagte sie in das Mikrofon. »Ich gehe jetzt durch den Garten.«

»Vielleicht bist du ja doch meine Traumfrau«, neckte Billy.

Zwei Tage alter Schnee knirschte unter ihren Stiefeln, während sie sich im Schatten der hohen, dürren Bäume hielt und lautlos den Garten durchquerte. Wahrscheinlich hätten sie auch einen oberirdischen Weg in das Haus austüfteln können, doch die Gefahr, hier im historischen Viertel gesehen zu werden, war einfach zu groß. Das Anwesen war seit Jahren in Besitz der Roarkes, und die reichen alten Schachteln, die immer noch in dieser ruhigen Straße lebten, achteten mit Argusaugen auf alles Ungewöhnliche.

Als sie die Küchentür erreicht hatte, zog sie das schlanke Dietrich-Set aus ihrer Gesäßtasche.

»Genau wie wir es geübt haben, H. Du schaffst es.«

»Ja, ja, ich weiß«, murmelte sie. Aber es an der Attrappe eines Schlosses in ihrer Suite in Lake Geneva zu üben und nun das Ganze bei Temperaturen unter dem Gefrierpunkt und im Dunkeln durchzuführen – war ein himmelweiter Unterschied. Sie ignorierte die Kälte, die ihr in die Finger biss, und den Wind, der ihr von hinten in den Kragen blies, und konzentrierte sich auf ihre Aufgabe.

Sie musste es dreimal versuchen, schaffte es aber schließlich. Das Schloss sprang klackend auf, und im nächsten Moment befand sie sich in einer Art Großküche und schloss die Tür hinter sich. »Noch eine Tür geschafft«, flüsterte sie in ihr Mikrofon.

»Ich glaube, ich habe mich soeben verliebt«, sagte Billy. »Okay, du hast vierundzwanzig Sekunden, bevor der Alarm losgeht.«

Vierundzwanzig Sekunden. Ja. Das wusste sie. Aber, oh Mann, plötzlich erschien ihr das bei Weitem nicht lang genug.

Es überraschte sie nicht, dass ihr getreuer Cousin Bryan Roarke, der sich seit drei Monaten auf dem Chicagoer Anwesen aufhielt, den Zugangscode geändert hatte. Aber sie und Billy hatten damit gerechnet, und sie hatten diesen Teil ebenfalls durchgespielt, sodass sie wusste, wie sie die Abdeckung aufklappen und wo sie die Drähte von Billys kleinem Taschencomputer anschließen musste. Während sie darauf wartete, dass die Zahlen auf dem Bildschirm auftauchten, hoffte sie inständig, dass sie nicht irgendwo einen stillen Alarm auslöste.

Als die letzte Ziffer erschienen war, tippte sie den Code ein und wartete. Es kam ihr vor wie eine Ewigkeit, bis das Licht auf Grün umschaltete und damit anzeigte, dass das System entschärft war.

Sie stieß die Luft aus, die sie die ganze Zeit unwillkürlich angehalten hatte, und jetzt erst merkte sie, dass ihr der Schweiß die Schläfen hinunterrann. Sie wischte sich mit der Hand über die Stirn. »Okay. Geschafft.«

»Ich meine es ernst, H. Lass uns heiraten und Kinder kriegen.«

Sie musste unwillkürlich schmunzeln, während sie den Computer in die Tasche steckte und sich umdrehte, um einen Blick in die Küche zu werfen. »Ich glaube, das wäre nicht ganz unproblematisch, meinst du nicht auch?«

»Ach wo. Rafe ist doch jetzt wieder verheiratet. Er ist viel zu beschäftigt, um es überhaupt zu merken.«

Im Raum war es still, bis auf das Summen der Heizung irgendwo in den Tiefen des alten Gebäudes. Haileys Augen wanderten über die Küchengeräte aus Edelstahl – neuere Versionen derjenigen aus der Zeit, als sie hier Kind war –, von der Decke hängende Kupfertöpfe, Möbel im Mission Style und schwarzer Granit, so weit das Auge reichte. »Ich dachte dabei eher an deine Frauengeschichten, Billy. Eine Ehefrau steht der Angewohnheit, die Nächte durchzufeiern und vollbusige Strandmiezen abzuschleppen, doch eher im Wege.«

»Auch wieder wahr«, sagte er wehmütig. »Hör zu, die Luft ist rein. Ich habe alles im Auge, und die Haushälterin ist gegangen, als du in dem Dampftunnel warst. Du hast ja gesagt, dass Bryan erst in zwei Stunden zurück sein dürfte.«

»Frühestens. Er ist bei irgendeiner Wohltätigkeitsveranstaltung in der Innenstadt. Nicht, dass der Typ sich damit auskennen würde, den Armen etwas abzugeben.« Er kannte sich auch nicht damit aus, wie man eine Firma leitete. Bryan war für das neue Resort verantwortlich, das in Lake Geneva gebaut wurde, doch die Verwaltung des Projektes hatte gehörig Schiffbruch erlitten. Bitterkeit wallte in ihr auf, als sie über den Massivholzboden der Küche ging, den großen alten Eichentisch umrundete, an dem sie vor vielen Jahren gesessen und manche Mahlzeit eingenommen hatte, und in das Herz des dreistöckigen Kolonialbaus vordrang.

Eigentlich hätte sie irgendetwas für dieses alte Haus empfinden müssen. Sie war als Kind oftmals hier gewesen und konnte sich noch gut daran erinnern, wie sie Bryan – bevor er sich in einen Blödmann verwandelt hatte – durch die Räume der zweiten Etage gejagt hatte, wenn sie sich für die Kinder aus *Die Chroniken von Narnia* hielten. Doch im Großen und Ganzen war dieses riesenhafte Haus ein ebenso lebloses Ungetüm für sie wie das Haus ihrer Eltern in Palm Beach.

Himmel, es war ein ebenso lebloses Ungetüm wie ihre Familie selbst.

Sie verstaute ihr emotionales Gepäck wieder tief in den Windungen ihres Gehirns, während sie sich durch das langgezogene, elegante Esszimmer mit den Stühlen aus der Zeit Ludwigs XIV. schlängelte, bis sie sich schließlich in einer gewaltigen Eingangshalle wiederfand, von der aus sie auf die sich über drei Stockwerke hinaufwindende Treppe blicken konnte.

Wo konnte er sie nur versteckt haben? Die Klauseln aus dem exzentrischen Testament ihres Vaters schossen Hailey durch den Kopf: *Die Person, die alle sechs Statuen sammelt und ihren Code entschlüsselt, wird mit der Mehrheitsbeteiligung an den Roarke Resorts belohnt.*

Die Mehrheitsbeteiligung. Nicht gerade das, was sie immer gewollt hatte, und doch war sie gerade dabei, in ein Haus einzubrechen, das ihr genau genommen gehörte, zu dem ihr der Zugang aber verwehrt war. Sicher, die geheimnisvolle persönliche Nachricht, die ihr Vater ihr hinterlassen hatte, hatte ihr Interesse an seinem aberwitzigen letzten Willen geweckt, aber der Grund, warum sie heute Abend in Chicago war, war Bryans weniger freundliche Botschaft gewesen.

Sie berührte mit ihrer Hand, die in einem Handschuh steckte, leicht den blauen Fleck an ihrer Wange, und der stechende Schmerz ließ sie zusammenzucken. *Mann, Dad. Du bist mir einiges schuldig.*

Sie schaltete das Licht gar nicht erst ein, wollte keinem der neugierigen Nachbarn Anlass geben, Verdacht zu schöpfen. Immer zwei Stufen auf einmal nehmend, damit es schneller ging, gelangte sie in den zweiten Stock und blieb am oberen Treppenabsatz stehen. Sie dachte über ihren stinkfaulen Cousin nach. Der Safe würde in seinem Arbeitszimmer sein – zu ihrer Rechten. Obwohl das, was sie suchte, keinen großen Geldwert hatte, besonders für jemanden wie Bryan, war es ein seltenes Stück. Er war zwar nicht gerade der Hellste, doch jedenfalls nicht so dämlich, die Bronzestatue in einem Tresorraum aufzubewahren, denn dort würde jeder als Erstes nachsehen.

Also, wo konnte er sie haben? Hailey fuhr sich mit der Hand über den Mund. In seiner Nähe. Wo er sie sehen und sich davon überzeugen konnte, dass sie noch da war. Wie sie Bryan, diesen habsüchtigen Geizkragen kannte, wahrscheinlich unter seinem blöden Kopfkissen.

Langsam drehte Hailey sich um. *Schlafzimmer.*

In ihrem Ohr summte Billy zu einem Heavy Metal-Stück, und seltsamerweise beruhigte der harte Rhythmus Hailey irgendwie, während sie auf das Wohnzimmer am Ende des Flurs zusteuerte. Sie fand die Tür einen Spaltbreit offen stehen. Ein Blick machte ihr wieder einmal klar, dass sie einen Zug ihres nichtsnutzigen Cousins schon fast vergessen hatte: Der Typ war ein Schmutzfink.

»Wie geht es voran?«, fragte Billy.

»Langsam.«

Sie stieg über ein Paar Turnschuhe, das auf dem Boden herumlag. Über schmutzige Jockey-Unterhosen und ein nasses Handtuch – alles lag so da, wie er es sich vom Leib gerissen hatte. Ein kurzer Seitenblick auf das fachmännisch gemachte Bett verriet ihr, dass Bryans Tornado ganz offensichtlich hindurchgefegt war, nachdem die Haushälterin das Zimmer sauber gemacht hatte.

Warum glaubten die Reichen bloß, dass alle anderen immer nach ihrer Pfeife tanzen mussten?

Hailey dankte dem Himmel dafür, dass sie sich von dieser Art Leben verabschiedet hatte. Als Erstes sah sie im Kleiderschrank nach. Sie ging schnell und konzentriert vor und achtete darauf, alles wieder an seinen Platz zu tun. Als sich das als unmöglich herausstellte, begab sie sich zum Schreibtisch, durchwühlte die Nachtschränkchen, durchforstete gründlich den HiFi-Schrank und die Bar.

Immer noch keine Spur von der Bronzeskulptur.

Seufzend kniete sie sich vor das Bett und spähte darunter. Staubmäuse und ein Paar Tittenmagazine. Nicht gerade das, was sie suchte.

Na gut, doch wohl nicht in diesem Schlafzimmer. *Denk nach, Hailey.* Wo kann er das verdammte Ding versteckt haben?

»Ach du Scheiße«, sagte Billy in ihrem Ohrhörer. »H, verdammter Mist, wir haben ein Problem.«

Blitzschnell hob sie den Kopf, die behandschuhte Hand auf die Matratze gestützt. »Definiere *Problem.*«

»Bryan kommt früher zurück.«

Schwach hörte sie einen Motor ausgehen, gefolgt von zuschlagenden Autotüren, Schritten und Stimmen unten vor dem Haus. Haileys Herz begann zu rasen, als sie sich vom Boden hochstemmte und einen Moment lauschte.

Die Haustür wurde geöffnet und fiel wieder ins Schloss. Das Gelächter einer Frau und ein tiefes Lachen hallten von unten herauf. Dann ein Kreischen und Schritte, die die Stufen hinaufpolterten.

Mist, Mist, Mist.

Sie blickte sich rasch um und überlegte, was sie tun konnte. Sie versuchte es mit der Balkontür. Die war verschlossen. Im Schrank konnte sie sich nicht verstecken, ohne gesehen zu werden, und das Badezimmer bestand nur aus Marmor und Glas. Ein gellender Schrei, gefolgt von kindischem Gekicher und einem männlichen Knurren, war vor der Zimmertür zu hören. Etwas Hartes knallte gegen die Tür.

Instinktiv ließ Hailey sich flach auf den Bauch fallen und rutschte unter das Bett. Dann hielt sie den Atem an und hoffte inständig, dass Bryan und sein neuestes Betthäschen nur hier waren, um etwas zu holen, das sie vergessen hatten.

»Ich bin so froh, dass wir früher gegangen sind«, säuselte die Frau. »Ich glaube, ich wäre gestorben, wenn ich mir noch eine Geschichte über obdachlose Bälger hätte anhören müssen.«

Irgendwie kam ihr die gedämpfte weibliche Stimme seltsam bekannt vor. Flach auf dem Bauch liegend, das Gesicht auf den staubigen Boden gepresst, horchte Hailey angestrengt.

»Das hat man dir gar nicht angesehen«, sagte Bryan. Etwas schlug laut auf dem Boden auf. Durch die transparente Tagesdecke hindurch sah Hailey, dass es sich um einen von Bryans Schuhen handelte. »Du sahst völlig hingerissen aus.«

Oh, Scheiße.

»Wohl eher zu Tode gelangweilt.«

Ein weiterer Schuh fiel auf den Boden, gefolgt von zwei silbernen Stilettos, die genau in Haileys Blickfeld landeten.

Bitte, lieber Gott, mach, dass das nicht passiert.

»Madeline hätte bestimmt perfekt dahin gepasst«, sagte die Frau mit einem sarkastischen Unterton. »Da sie doch aus der Langeweile geradezu eine Kunstform gemacht hat.«

Bryans Lachen, als sie seine Frau erwähnte, klang rau und lüstern. Bei dem Gedanken daran, was jetzt kommen würde, drehte sich Hailey der Magen um.

Das Rascheln von Stoff, das Geräusch eines Reißverschlusses, Bryans Gürtel, der zu Boden plumpste. »Ganz anders als du«, brummte er. »Du bist alles andere als langweilig, stimmt's?«

»Auf jeden Fall.«

Die Frau schnappte nach Luft, und im nächsten Augenblick senkte sich das gigantische Bett herab. Etwas Scharfes stach Hailey in die Rückseite ihres Arms. Sie biss sich fest auf die Lippen, um nicht laut aufzuschreien. Während ihr die Tränen in die Augen sprangen, wurde ihr klar, dass es eine lose Spirale oder eine Metallspitze gewesen sein musste, die aus der Unterfederung herausragte. So geräuschlos wie möglich rutschte sie ein Stück zur Seite. Als von oben ein Stöhnen ertönte, kniff Hailey die Augen fest zusammen und presste die Stirn auf den Hartholzboden.

Nein, nein, nein … gleich würde ihr übel werden. Wenn sie hier liegen und den beiden da oben beim Sex zuhören musste, würde sie todsicher durchdrehen.

»H«, flüsterte Billy in ihr Ohr. »Was ist los?«

»Kann … jetzt … nicht … reden«, brachte sie so leise wie möglich hervor und schluckte die Galle herunter.

Schlürfende Geräusche drangen an ihre Ohren. Das Bett schaukelte und wackelte. Hailey wand ihre Arme hervor und hielt sich mit den Händen die Ohren zu, damit sie nicht zuhören musste.

Sie würde nie wieder Sex haben. Nicht nach dem hier. Sie würde nicht einmal mehr ein Bett sehen können, ohne an diese Horrornacht zu denken.

Plötzlich hörte die Matratze auf, sich zu bewegen. Waren sie etwa schon fertig?

»Wirst du sie mir zeigen? Heute Abend?«

In einem klaren Moment erkannte Hailey die Stimme. Und der brennende Schmerz in ihrem Arm rückte in den Hintergrund.

Lucy Walthers, eine der Sekretärinnen im Roarke-Hauptquartier in Miami, mit der Hailey jede Woche zu tun hatte. *Unmöglich.* Lucy vögelte mit Bryan? Sie war mindestens zehn Jahre jünger als er.

»Lass uns jetzt nicht davon reden«, sagte Bryan.

Das Bett wippte ein Mal und stand dann wieder still.

»Heute Abend, Bryan. Du weißt genau, wie lange ich schon darauf warte.«

Als er hörbar frustriert vor sich hin grummelte, fügte sie mit verführerischer Stimme hinzu, »Wenn du sie mir zeigst, mach ich auch das, worum du mich schon seit Monaten anbettelst.«

Schweigen. Und dann stöhnte er. »Ja, ja, ja. Heute Abend. In Ordnung.«

Sie lachte, das Bett senkte sich, doch dann blieb die Matratze wieder bewegungslos, und Lucys Stimme wurde ernst. »Wo ist sie?«

»Da, wo sie sicher ist. Da, wo niemand sie finden wird.«

»Du bist so klug. Sie haben dich alle unterschätzt, stimmt's?«

Er knurrte, und das Bett federte ein Mal, als seien sie darüber gerollt. »Ja, alle. Vor allem Garrett. Und Hailey, das Miststück. Sie wird niemals auch nur das kleinste Stück von der Firma kriegen. Dafür werde ich sorgen, mit allen Mitteln.«

»Mit allen Mitteln?«, fragte die Frau mit erstaunter Stimme. »Du meinst doch nicht …«

»Doch, genau das meine ich.« Bryan ächzte wie ein Mann, der kurz davor ist, die Beherrschung zu verlieren.

»Bryan, warte –«

Das Bett nahm wieder Fahrt auf, und oben klatschte Haut auf Haut, gefolgt von einer ganzen Serie von Grunz- und Stöhnlauten. Aber Hailey hörte sie kaum. Denn im Moment konnte sie sich auf nichts anderes konzentrieren als auf das Rauschen des Blutes in ihren Ohren.

Bryans ›Botschaft‹ kam ihr wieder in den Sinn, während sie dalag und sich die Ohren zuhielt.

Was hatte ihr Vater in dieser Nachricht geschrieben, die er ihr hinterlassen hatte? *Deine Teilnahme an dieser Aufgabe entscheidet über Leben und Tod. Du bist die Einzige, der ich vertraue.* Der Gedanke, dass er damit *ihr* Leben gemeint haben könnte, war ihr bisher nicht gekommen. Jetzt war sie sich da nicht mehr so sicher.

Wie aus heiterem Himmel blitzte eine Kindheitserinnerung vor ihrem inneren Auge auf, als sie mit Bryan früher hier in diesem Haus *Indiana Jones* gespielt hatte.

Und plötzlich ging ihr ein Licht auf, wo er sie versteckt haben musste.

2

Vier Stunden später

Über den Zustand des *Völlig-ausgedörrt-Seins* war sie schon seit zwei Stunden hinaus.

Haileys Blicke schweiften über die Gäste der Players Sports Bar, als sie die Seitentür aufstieß und das verrauchte Lokal betrat. Es war fast zehn Uhr, sie war drei Stunden später hier, als sie geplant hatte. Sie blickte sich im Raum um, konnte aber niemand Bekannten sehen. Der geheimnisvolle Dunkle war ohne Zweifel längst verschwunden, aber bei ihrem Glück in letzter Zeit war das wahrscheinlich eher ein Segen.

In der hinteren Ecke fand sie einen leeren Tisch, streifte die dicke Winterjacke ab, die sie sich im Auto angezogen hatte, und setzte sich mit dem Rücken zur Wand, sodass sie die Eingangstür im Auge behalten konnte, nur für alle Fälle. Ihr war sehr wohl bewusst, dass das eine ihrer Schwächen war, die sie gegenüber Billy – oder irgendjemand anderem – niemals zugeben würde, doch das konnte sie nicht abhalten. Denn sie flirtete schon allein durch ihre Anwesenheit hier mit der Gefahr. Aber so sehr sie auch versucht hatte, sich selbst diesen kleinen Abstecher auf ihrem Rückweg nach Lake Geneva auszureden, am Ende hatte die Neugier gesiegt.

Eine Kellnerin kam und nahm ihre Bestellung auf. Minuten später spürte sie den Geschmack von Hopfen auf ihrer Zunge und ließ sich genüsslich die goldene Flüssigkeit die Kehle hinunterlaufen. Sie brauchte das, nach dem, was sie durchgemacht hatte. Hatte es sich verdient, nach allem, was sie hatte ertragen müssen.

Billy war im Wagen fast durchgedreht, während sie in diesem Haus gewesen war, doch von Hailey konnte er kein Mitleid erwarten. Schließlich hatte *er* ja nicht miterleben müssen, wie Bryan und Lucy sich gegenseitig das Hirn herausgevögelt hatten. Die Erinnerung daran ließ sie erschaudern. Sie nahm noch einen tiefen Schluck. Ganz zu schweigen von der hübschen Verletzung in ihrem Arm, verursacht durch eine Metallfeder, die sie deren Gymnastikübungen zu verdanken hatte. Zum Glück hatte sie sich vor Kurzem gegen Tetanus impfen lassen, aber die Wunde tat trotzdem scheußlich weh. Das einzig Gute an diesem ganzen Martyrium war, dass sie bekommen hatte, was sie wollte.

Klassischer Rock aus den Achtzigern dröhnte aus einer Jukebox im hinteren Teil des Raums. Billardkugeln klackten gegeneinander und prallten an die Bande. Einige Collegeschüler um die zwanzig spielten an der gegenüberliegenden Wand Darts, tranken und lachten, als gäbe es keine Probleme auf der Welt. Sie sah zu den Flachbildfernsehern über der Bar hinüber, auf denen die Sportnachrichten von ESPN liefen, und ihre Nerven und ihr Herzschlag beruhigten sich allmählich wieder.

Ein Bier. Dann würde sie wieder verschwinden. Da sie mit zwei Autos in die Stadt gefahren waren, hatten sie und Billy sich getrennt, nachdem sie endlich wieder aus dem Haus gekommen war. Wenn sie nicht bald nach Lake Geneva zurückkehrte, würde er anfangen, sich Sorgen zu machen. Da sie jetzt wusste, wo der geheimnisvolle Dunkle nach der Arbeit herumlungerte, war ihre Neugierde ein Stück weit befriedigt. So dass es mindestens für die nächsten paar Monate reichen würde. Ihm ausgerechnet heute Abend in die Arme zu laufen, war sowieso nicht besonders ratsam.

Sie trank ihr Bier aus und war gerade dabei, einen Zehner

aus der Hosentasche herauszufischen, als die Glocke über der großen, alten Eichentür an der Vorderseite der Bar läutete. Und Detective Shane Maxwell eintrat.

Ihr Magen schlug einen Purzelbaum, und ihre Hand erstarrte in ihrer Hosentasche. Obwohl sie versuchte, ihren Puls ruhig und gleichmäßig zu halten, preschte er wieder in den dreistelligen Bereich vor. Genauso wie vor drei Monaten, als sie ihm in Key Biscayne begegnet war. Genauso wie kurz darauf, als sie auf der Hochzeit ihres Exmanns und Maxwells Schwester in Puerto Rico fast die ganze Nacht miteinander getanzt und geredet hatten. Genauso wie jedes Mal, wenn sie an ihn dachte, selbst jetzt.

Okay, herzukommen, war eine saublöde Idee gewesen. Aber ihr Gehirn hatte ihr in all den Monaten wohl doch keinen Streich gespielt. Er sah noch genauso hinreißend aus wie damals. Groß, schlank und athletisch, mit natürlich gebräunter Haut, geheimnisvollen Augen in einem tiefen Schokoladenton und zerzaustem, dunklem Haar. Da sie ihn auf Rafes Boot in Florida in Shorts und T-Shirt gesehen hatte, wusste sie, dass der Körper unter seiner verwaschenen Jeans und der abgetragenen Lederjacke in Topform war. Schon allein sein Anblick reichte aus, um ihre Hormone kopfstehen zu lassen.

Wirklich, *wirklich* blöde Idee. Sie stand eindeutig noch unter dem Einfluss eines Adrenalinrausches durch ihre abendlichen Unternehmungen, denn sie fühlte sich absolut nicht in der Lage, ihm entgegenzutreten. Zumindest nicht heute Abend.

Als sie nach ihrer Jacke griff, die über der Stuhllehne hing, hörte sie die donnernde Stimme des Barkeepers rufen: »Hey, Cop. Wie wär's mit einem schönen kalten Bier?«

Die Geräusche der Bar schienen in den Hintergrund zu treten, und von ihrem Platz in der Nähe des hinteren Flurs aus konnte sie Shanes tiefe, sexy Stimme hören – deren Klang sie nur allzu gut kannte. »Mick, du kannst Gedanken lesen.«

»Langer Tag?«

»Länger als die Home Run-Serie von Barry Bonds.«

Es wurde eingegossen, und das Glas klapperte auf der hölzernen Theke. Und die Tatsache, dass Hailey sich auf nichts anderes mehr konzentrieren konnte, als darauf, was am anderen Ende des Raumes geschah, war ein großes rotes Warnsignal dafür, dass es höchste Zeit für sie war, zu gehen.

Sie schnappte sich ihre Jacke und drehte sich um, ohne Shane anzusehen, und merkte viel zu spät, dass sie in der Falle saß. Der Flur mit der Backsteinwand führte zu einem Münztelefon und den Toiletten. Der Seitenausgang zu der kleinen Gasse zwischen diesem Gebäude und dem nächsten befand sich gefährlich nah an dem Ende der Bar, wo er saß. Vorhin, als das Treiben in der Kneipe und das Interesse an dem Bericht über das Spiel der Cubs, das auf dem großen Bildschirm lief, die Gäste abgelenkt hatte, hatte sie sich ziemlich unauffällig hereinschleichen können. Aber jetzt hatte sie keine Chance, durch diese Seitentür zu entkommen, ohne dass Shane sie bemerkt hätte.

Mist.

»Hast du in den Nachrichten das mit Blane gesehen?«, fragte der Barkeeper.

»Musste ich gar nicht«, sagte Shane. »Hab schon in der Stadt davon gehört.«

»Oh, Mann. Dieser Anfänger. Mit den Cubs hätte er für sein Leben ausgesorgt, wenn er wollte, als lokales Supertalent und so, und dann lässt er sich mit diesem Mädchen ein. Was hat er sich bloß dabei gedacht?«

»Gar nichts«, sagte Shane und setzte sein Glas wieder auf der Theke auf. »Wie die meisten dieser Burschen, wenn ein Mädchen im Spiel ist.«

»Der ganze Stolz von Chicago, meine Fresse«, sagte der Barmann mit einem verächtlichen Schnauben. »Das Mädel zeigt ihm ihre Titten, und es ist um ihn geschehen. Meinst du, die Beschuldigungen werden sich halten?«

»Keine Ahnung«, antwortete Shane seufzend. »Sieht aber nicht gut aus für den Stolz von Chicago.«

In Haileys Kopf drehte sich alles, während sie versuchte, das Gespräch auszublenden. Vielleicht gab es in der Toilette ein Fenster. Falls ja, könnte sie doch noch ungeschoren davonkommen.

»Ein paar neue Gesichter hier drin«, stellte Shane fest, während Hailey auf den Flur zuhastete. »Machen die College-Kids da hinten dir irgendwelchen Är-«

Sie war nicht sicher, ob er aufgehört hatte zu reden oder ob es ihr endlich gelungen war, seine Stimme abzublocken. So oder so würde sie froh sein, wenn sie draußen war. Hailey zog die Tür zu der aus nur einem Raum bestehenden Toilette zu und schloss ab. Und fluchte, als sie kein Fenster sah. Verdammt, nichts lief wie geplant. Nicht, dass das je anders gewesen wäre.

Was machte er so spät noch hier? Lisa hatte gesagt, dass er für gewöhnlich nach seiner Schicht noch kurz auf ein Bier vorbeikam – normalerweise zwischen sechs und sieben. Und nicht spätabends um zehn!

Okay, also denk nach. Sie konnte wieder hinausgehen und hoffen, dass er so in ein Gespräch vertieft sein würde, dass er sie nicht bemerkte, oder warten.

Aus unerfindlichen Gründen erschien Warten ihr tausendmal besser, als sich in die Höhle des Löwen zu begeben.

Sie lief nervös auf und ab. Setzte sich auf den geschlossenen Klodeckel. Sagte sich, wie kindisch sie sich verhielt. Wenn er sie sah, konnte sie ihm doch einfach sagen, dass sie geschäftlich in der Stadt war – *was ja auch stimmte* –, ihn in ein kurzes Gespräch verwickeln – *wie ursprünglich geplant* – und dann schleunigst hier verduften. *Ganz einfach.*

Sie stand auf und betrachtete sich in dem Spiegel über dem Waschbecken. Das Make-up verdeckte gut ihr blaues Auge und den Bluterguss auf der Wange, und sie war ziemlich sicher, dass in der schummerigen Beleuchtung der Bar niemand merken würde, dass sie kürzlich verdroschen worden war. Sie zog das Haarband heraus, sodass die Locken teilweise ihr Gesicht verdeckten. Nicht der Brüller, aber besser als vorher. Sie nahm die Hände herunter, schob den Ärmel ihres Pullis hoch und sah sich den Schnitt auf der Rückseite ihres Arms an.

Der Verband, den Billy ihr im Lieferwagen verpasst hatte, war voller Blut, aber es war kein frisches, was bedeutete, dass die Wunde aufgehört hatte zu bluten. Wenigstens *ein* gutes Zeichen. Sie presste die Zähne aufeinander. *Bryan, dieser Idiot.* Noch ein Grund, warum sie sich dessentwegen, was sie heute getan hatte, nicht schuldig fühlte.

Sie zog den Ärmel wieder herunter, rollte die Schultern und ermahnte sich selbst, mit dem Versteckspielen aufzuhören.

Sie hörte Gelächter und Musik, klingende Gläser und den Ton von *SportsCenter* auf ESPN von der Bar, als sie in den abgedunkelten Flur hinaustrat. Kein Shane. Ihr Atem floss wieder leichter, sie drehte sich um – und prallte geradewegs gegen eine sehr feste und sehr vertraute Brust.

»Sie sind in Tallahassee falsch abgebogen, Officer Roarke.«

Ihr Herz hämmerte gegen ihre Rippen, sie blickte auf, dankbar, dass es im Flur dunkel genug war, um ihre blauen Flecken zu verbergen, und sah dieses kleine Halbgrinsen, das ihn so sexy machte. Wie würde er erst aussehen, wenn er richtig lächelte!

»Ich …« *Bumm, bumm, bumm.* Von einem Moment zum anderen hatte sie sich in der Glut seiner Augen verloren, genauso wie vor drei Monaten. »Hi.«

»Selber hi.« Shanes Stimme war sanft wie ein Flüstern und doch so gefährlich wie die erste Berührung eines Geliebten.

Und er war so nah, dass sie die Hitze spürte, die sein muskulöser Körper ausstrahlte, und das Bier roch, das er gerade getrunken hatte. »Du bist die letzte Person, mit der ich im Januar in Chicago gerechnet hätte. Was machst du denn hier?«

Oh, Mann. Was sollte sie darauf bloß antworten?

Sie musste sich wirklich zusammenreißen. Sie hatte jetzt schon so viele Probleme, dass sie ihr für den Rest ihres Lebens reichten. Ihr Arm schmerzte, ihr Gesicht tat weh und ihr Adrenalinspiegel stieg schon wieder ins Unermessliche. Aber genauso, wie sie es in Puerto Rico auf der Hochzeit damals gemacht hatte, ließ sie die rationale Hälfte ihres Gehirns, die sie warnte, dass sie mit dem Feuer spielte, wenn es um ihn ging, links liegen. »Ich hatte hier zu tun. Also, nicht hier. Ähm, in Lake Geneva, meine ich. Aber ich hatte in der Stadt ein paar Sachen zu erledigen.«

Lügnerin.

Hatte sie es wirklich für eine gute Idee gehalten, ihm heute Abend zu begegnen?

Großer Gott. Sie war tatsächlich dabei, den Verstand zu verlieren.

»Sachen, wie ganz allein in einer Kneipe herumzuhängen?« Das Funkeln in seinen Augen sagte ihr, dass er versuchte, sie zu ködern, und dass sie vorsichtig sein musste.

Und wie die letzte Idiotin ignorierte sie es.

»Nein. Die Idee ist mir erst später gekommen.« Und es war eine blöde Idee. Ihre Handflächen begannen zu schwitzen.

»Soso, erst später«, sagte er und betrachtete sie aufmerksam. Er deutete mit dem Daumen über die Schulter hinter sich. »Bei diesem Haufen wundert es mich, dass es nicht deine erste Idee war. Was hat eine Streifenpolizistin aus Key West denn dienstlich hier oben zu tun?«

»Gar nichts. Ich meine, eine Streifenpolizistin nicht. Aber ich schon. Ich nehme eine Auszeit. Also, eigentlich bin ich beurlaubt.« Reizend. Jetzt konnte sie nicht einmal mehr einen zusammenhängenden Satz bilden. Wenn das kein Zeichen dafür war, dass sie hier wegmusste.

»Und warum?«

Anscheinend hatte seine Schwester ihn nicht über ihre Familie auf dem Laufenden gehalten. Wahrscheinlich, weil sie angenommen hatte, dass es ihn nicht interessierte. Und warum sie das so ärgerte, war genauso unerklärlich wie die Tatsache, dass sie nicht längst das Weite gesucht hatte.

»Weil mein Vater gestorben ist.«

»Was? Wann denn?«

»Vor zwei Wochen. Herzinfarkt.«

»Oh, nein. Tut mir leid.«

Sie musste den Blick abwenden, weil das Mitgefühl, das sich in seinen Schokoaugen sammelte, plötzlich zu viel für sie war. Und weil es, auch wenn sie und ihr Vater sich in letzter Zeit nicht mehr begegnet waren, eine Zeit gegeben hatte, in der sie sich nahegestanden hatten, vor einer Ewigkeit. Die Erinnerung daran blieb, und sie schmerzte, ein bisschen, in der Brust, jedes Mal, wenn sie daran denken musste, dass sie ihn nie wieder sehen würde.

»Wenn ich irgendetwas für dich tun kann –«

Sie winkte ab und riss die Augen von seiner starken Brust los. »Nein. Danke. Wirklich. Mir geht's gut. Es kam nicht völlig überraschend. Seine Gesundheit war in letzter Zeit nicht so besonders. Vor sechs Wochen hatte er mich gebeten, in der Firma auszuhelfen. Ich mache das aber nur so lange, bis ein neuer Geschäftsführer ernannt werden kann.«

Zweifache Lügnerin.

»Und was machst du in Lake Geneva?«

»Ach. Ähm. Wir sind mitten in der Bauphase für ein neues Resort dort. Dummerweise liegen wir im Zeitplan weit zurück. Nach allem, was die Beerdigung meines Vaters und so mit sich

gebracht hat, war es die erste Gelegenheit für mich, herzukommen und mir ein Bild von der Lage zu machen.«

Er nickte langsam, und wieder musste sie wegsehen, weil sie seinen Augen einfach nicht standhalten konnte. Sie erinnerten sie an den Tanz und das Lachen und seine Hände auf ihren Hüften, daran, wie sein Körper sich an ihren presste, wie sein Atem über ihre Wange streifte und an alle erdenklichen Orte, an die sie in jener lauen Nacht in Puerto Rico hätten gehen können, wenn er nicht fortgegangen wäre.

Bei dem Gedanken daran erhitzten sich ihre Wangen, und sie wich einen Schritt zurück, um den Bann zu brechen, in den sie zu geraten drohte. Sie hatte drei Monate lang von ihm fantasiert, doch die Wahrheit war: Wenn er wirklich interessiert gewesen wäre, dann hätte sie bereits etwas von ihm gehört. Die Tatsache, dass das nicht der Fall war, sollte sie sich hinter die Ohren schreiben. Ebenso wie die Tatsache, dass das *Letzte*, woran sie im Moment denken sollte, ein Kerl war.

»Ich sollte jetzt gehen«, sagte sie.

»Was? Du kannst noch nicht gehen. Ich bin doch gerade erst gekommen. Komm, ich geb dir einen aus.«

Etwas trinken? Mit ihm? Und diesen Augen, die so sexy glühten? Oh nein.

»Ich kann nicht«, sagte sie schnell. »Ich muss heute Nacht noch nach Wisconsin zurückfahren, bevor die Straßen zu sehr überfrieren. Und ganz nebenbei habe ich meine Cubs-Schmerzgrenze für heute erreicht. Genau genommen hatte ich sie schon bei den Play-offs erreicht, glaube ich.«

Er lachte in sich hinein, ein weicher, voller Klang, der den Boden zum Vibrieren zu bringen und bis in ihre Zehen zu dringen schien. »Das ist hier so eine Art Religion.«

»Ja, das ist mir auch schon aufgefallen. Das Frühjahrstraining hat ja noch nicht einmal begonnen.«

»Wenn es in zwei Wochen den *Pitchers Report* gibt, werde ich gar nicht schnell genug hierherkommen können.« Dann grinste er, und, oh ja, die ganze Wucht dieses Lächelns war eindeutig zu viel für sie. Sie musste ihren Blick auf die Tür richten, um ihn nicht anzustarren. Noch ehe ihr eine Möglichkeit einfiel, sich von ihm zu verabschieden, berührte er sie am Ellbogen. »Wie wär's mit einem Kaffee?«

»Oh, ich –«

»Ach komm schon, sag jetzt nicht nein. Meine Schwester Keira hat mir zu Weihnachten so eine Espressomaschine geschenkt, und ich hab mich noch nicht damit beschäftigt, wie sie funktioniert. Das ist die perfekte Gelegenheit, sie einzuweihen. Meine Wohnung ist gleich hier um die Ecke.«

Seine Wohnung? Ach du Scheiße, *nein.* Das war eine abgrundtief schlechte Idee. »Ich sollte lieber nicht –«

Seine Hand legte sich fester um ihren Ellbogen, sie blickte auf und sah wieder jenes spitzbübische Funkeln in seinen Augen. Dasselbe, das sie in Key Biscayne gesehen hatte. Dasselbe, das sie auf dem Hochzeitsfest in Puerto Rico gesehen hatte. Dasselbe, von dem sie schon viel länger träumte als vernünftig war, und das sie heute Abend hierhergetrieben hatte. Dabei wäre es wesentlich besser, in diesem Augenblick in Lake Geneva in Sicherheit zu sein und sich die Wunden zu lecken. »Ich beiße nicht, Hailey. Und ganz nebenbei: Selbst, wenn ich es doch tun würde, wir wissen beide, dass du mir jederzeit in den Hintern treten könntest, wenn du nur wolltest.«

Sie fixierten sich gegenseitig, und sie spürte, wie sich ihre Lippen allmählich zu einem Lächeln kräuselten, weil sie wusste, woran er dachte. An die Nacht, als er in Key Biscayne aufgetaucht war, um nach seiner Schwester zu suchen. Hailey war dort gewesen und hatte ihn für einen Eindringling gehalten. Sie hatte ihn auf der Terrasse niedergestreckt, den muskulösen

Kripobeamten von der Chicagoer Mordkommission entwaffnet und angefangen, ihm seine Rechte vorzulesen, bevor Lisa durch die Dunkelheit auf sie zugestürmt war und erklärt hatte, dass es sich bei dem Mann nicht um einen Spanner, sondern um ihren Bruder handelte.

»Eine Tasse Kaffee wird wohl nicht wehtun«, hörte sie sich selbst sagen, bevor sie sich eines Besseren besinnen konnte.

Sein Grinsen wurde breiter. »Kurz und schmerzlos. Versprochen.«

Ihr Herz hämmerte. Das bezweifelte sie stark.

Aber sie wollte verflucht sein, wenn sie nicht darüber nachsann, wie furchtbar süß ein kleines bisschen Schmerz von der Sorte, die er ihr zufügen konnte, mit einer Tasse Espresso schmecken würde.

Er wusste nicht genau, wie es dazu gekommen war, dass er jetzt, mitten im Januar, mit Hailey Roarke eine zugige Straße in Chicago entlanglief, aber Shane nahm sich vor, jetzt nicht alles zu Tode zu analysieren. Das Leben hatte ihm den Ball zugespielt, als er an diesem elendig kalten Tag nach der Arbeit das Players betreten und sie dagestanden hatte – immer noch genauso heiß wie in Florida. Er wusste, dass es falsch war – sie war die Exfrau seines neuen Schwagers, verflucht noch mal – aber ein einziges Mal in seinem Leben war er fest entschlossen, etwas, das ihm ganz überraschend in den Schoß gefallen war, einfach nur zu genießen, egal wohin es führen würde.

Er warf ihr einen Seitenblick zu, sah, wie sie in ihrer aufgeplusterten schwarzen Jacke mit pelzbesetzter Kapuze zitterte und ihr das blonde, lockige Haar bis auf die Schultern fiel, und verspürte das plötzliche Verlangen, seine Arme um sie zu legen und sich von ihrer Hitze auftauen zu lassen.

Die ungeheure Anziehung, die sie von Anfang an auf ihn

ausgeübt hatte, war gerade wieder sehr stark. Aber ob sie sich von ihm genauso angezogen fühlte, würde sich erst noch zeigen müssen. Irgendetwas musste sie ja schließlich für ihn empfinden. Warum hätte sie sonst heute Abend in seine Kneipe kommen sollen?

»Hier geht's rauf.« Er führte sie ein paar Stufen hinauf und steckte den Schlüssel ins Schloss. Als er ihr die Tür aufhielt und sie an ihm vorbeischlüpfte, umgab wohlige Wärme seinen Körper, und der Duft von Flieder wehte ihm um die Nase.

Er machte die Tür hinter sich zu, knipste das Licht an und streifte ihr die Jacke von den Schultern. Ein Kribbeln lief ihm über die Haut, als er sie dabei berührte, und er musste sich zwingen, die Hände wieder wegzunehmen und sich nicht gleich an Ort und Stelle in ihrer Zartheit zu verlieren. Er versuchte, seine Hormone in Schach zu halten und warf beide Jacken auf einen Stuhl. »Mach's dir bequem.«

»Hübsche Wohnung«, sagte sie, während er in die Küche ging. »Keine typische Junggesellenbude.«

Eine kleine Kücheninsel grenzte die Küche vom Wohnzimmer ab. Als er die noch verpackte Espressomaschine in der Vorratskammer auf dem Boden gefunden hatte, stellte er sie auf die Theke und blickte sich rasch im Wohnzimmer um, um sich zu vergewissern, dass es nicht unordentlich war. Keine hingeworfenen Klamotten auf der Ledercouch, keine leeren Getränkedosen auf den Beistelltischen. Lediglich eine zusammengefaltete Zeitung und die letzte Ausgabe der *Sports Illustrated* lagen auf dem Wohnzimmertisch neben seiner Fernbedienung. »Danke. Catrine wird sich freuen, dass du das gesagt hast. Sie hat die Möbel und dieses ganze Dekozeug in den Regalen ausgesucht.«

»Du meinst den Nippes?«

Er riss die Augen von ihr los, und endlich gelang es ihm, das Gerät aus dem Karton zu ziehen. Dann betrachtete er stirnrunzelnd die fünfzehnseitige Bedienungsanleitung. Sie hätte ebenso gut auf Chinesisch sein können, so nützlich schien sie ihm. »Ach, so heißt das. Aus irgendeinem Grund kann ich mir das nie merken. Wie auch immer man das Zeug nennt, sie hat es ausgesucht. Das Einzige, was ich unbedingt behalten wollte, waren meine Cubs-Sachen.«

Sie kicherte, und es klang so sexy, dass es seine gesamte Aufmerksamkeit auf sich zog. Dann sah sie zu den kunstvoll gerahmten Fotos an der Wand hinüber – die Rahmen waren ebenfalls Catrines Idee gewesen. »Also die da sehen aus irgendeinem Grund sehr nach deinem Einfluss aus. Wer ist denn Catrine? Deine Freundin?«

»Was? Nein. Eine meiner Schwestern. Du hast sie bei Lisas Hochzeit gesehen.«

»Habe ich das?«

»Ja. Rote Haare, Klemmbrett.« Er zog die Stirn kraus, während er einen Beutel mit Schrauben für die Maschine in den Händen drehte. »Man konnte sie gar nicht übersehen.«

»Ich dachte, das sei die Hochzeitsplanerin gewesen.«

Shane schnaubte verächtlich. »In ihren Träumen vielleicht«, murmelte er.

Sie schlenderte zum Fenster, und seine Augen, die sich eigentlich dem blöden Kaffeebereiter vor ihm hätten widmen sollen, folgten ihr unwillkürlich. »Tolle Aussicht. Ich könnte mir vorstellen, dass so eine Wohnung ganz schön was kostet.«

»Tut sie auch. Sie gehörte meiner Großmutter. Als sie gestorben war, bekam ich sie günstig.«

Als er merkte, dass sie ihn anstarrte und ihre hübschen blauen Augen in seinem Gehirn gleich einen Kurzschluss verursachen würden, wandte er sich schnell wieder der Bedienungsanleitung zu, mit der sich zu beschäftigen er nicht die geringste Lust hatte. Das Einzige, was er sich im Moment ansehen wollte, war sie.

»Wie wär's mit einem normalen Filterkaffee? Ich glaube, ich hätte in Aeronautik promovieren müssen, um dieses Ding zum Laufen zu bringen.«

Hailey lachte, und der Klang war so unglaublich süß, dass er seine Nervenstränge in Schwingungen versetzte. »Normal klingt klasse. Ich bin sowieso nicht wild auf diese ganzen Designerkaffees.«

Er auch nicht.

Er machte sich daran, auf der gegenüberliegenden Arbeitsfläche Kaffee in den Filter von Mr. Coffee zu füllen und versuchte, nicht verstohlen zu ihr hinüberzublicken. Sie streifte umher, begutachtete seine Bücher, die Sport-Fanartikel auf den Regalen, die zu behalten und dort hinzustellen er mit Catrine heftige Diskussionen ausgetragen hatte, das Familienfoto, das seine Mutter erst vor wenigen Wochen zu Weihnachten gemacht hatte. Er dankte dem Himmel, dass die Wohnung sauber war. Mrs. Lewis war jeden Cent wert, den er ihr bezahlte, um hinter ihm herzuputzen.

Während sie sich in aller Ruhe umsah, öffnete er den Kühlschrank, griff nach dem Milchkännchen und schnupperte daran. Und kniff die Augen zusammen, als ihm ein widerlicher Gestank entgegenschlug. Schnell ließ er es im Eisfach verschwinden. Er durchwühlte den Schrank und suchte nach irgendwelchen Snacks, die er zum Kaffee reichen konnte, und sagte sich, dass es höchste Zeit war, einkaufen zu gehen. Mal wieder. Ein Mal im Monat reichte vielleicht doch nicht aus. Ganz hinten in der Speisekammer fand er noch eine angebrochene Packung Oreo-Kekse, steckte einen davon in den Mund und beschloss: Nicht mehr ganz bissfest war immer noch besser als nichts.

Als er die Kekse auf einem Teller verteilt hatte, war der Kaffee fertig, und er goss zwei Tassen ein, stellte eine vorsichtig auf den Keksteller und trug alles ins Wohnzimmer.

Sie hatte das Licht gedimmt, stand wieder am Fenster und blickte hinab auf die Lichter der Stadt und den dunklen See dahinter. Von da, wo er stand, ließ der Lichtschein ihre Haut noch zarter, ihr Haar dunkler und ihre Kurven noch viel ausgeprägter erscheinen. Und als er sie betrachtete, wie sie da so zwischen all seinen Dingen stand, wurde ihm bewusst, dass er keine Frau – die nicht zur Familie gehörte – mehr in seiner Wohnung gehabt hatte, seit … Himmel, seit einer verdammten Ewigkeit.

Sie hat das Licht gedimmt.

Er räusperte sich, weil er plötzlich vor Erregung einen Kloß im Hals hatte, und reichte ihr, als sie sich umdrehte, die Tasse. »Ich hoffe, du magst ihn schwarz. Ich habe leider keine Milch mehr.«

»Das ist in Ordnung.«

Er stellte die Kekse auf den Couchtisch und sah zu, wie sie seine Lieblingstasse der Cubs an ihre vollen Lippen führte, nippte und ihn mit einen leichten Seufzer anlächelte, der so sexy klang, dass ihm eine Überdosis Hormone ins Blut schoss. Sie wandte sich dem Weihnachts-Familienporträt zu. »Ich finde es toll, dass alle Frauen auf dem Bild lächeln und die Männer ein böses Gesicht machen.«

Er kratzte sich am Hinterkopf. »Stressiger Tag. Feiertage sind immer nervig bei den Maxwells.«

Sie lachte wieder. Schlürfte Kaffee. Ging die Wand entlang, um sich etwas anderes anzusehen. Er sah ihr gerne zu, wie sie sich bewegte, so geschmeidig wie eine Tänzerin, mit ihren langen Beinen und der schlanken Figur, aber zielgerichtet und selbstbewusst. Plötzlich blieb sie stehen und riss die kobaltblauen Augen auf. »Oh, mein Gott. Ist das etwa …«

Er stellte seine Tasse auf den Tisch, trat hinter sie und blickte über ihre Schulter auf den gerahmten, fünfzehn Jahre alten Schnappschuss auf seinem Kaminsims. »Ja, ist es.«

»Unmöglich.« Sie stellte ihre Tasse ab und streckte die Hand nach dem Rahmen aus. »Wo in aller Welt bist du Jon Bon Jovi begegnet?«

»Eigentlich eine ganz lustige Gesichte. Es ist Jahre her, wie unschwer an meinem Babyface auf dem Foto zu erkennen ist. Ich fuhr damals Streife, und kurz vor Ende meiner Dienstzeit kommt so ein Kerl den Lake Shore Drive entlanggerast. Ich winke ihn raus, lese ihm die Leviten, und es stellt sich raus, dass es Jons Schlagzeuger ist. Sie hatten gerade ein Konzert im United Center gegeben.«

»Wie schnell ist er gefahren?«

»Um die hundertfünfzig.«

»Auf dem Lake Shore Drive?«

»Ja.« Er steckte die Hände in die Hosentaschen. »Es ist gegen ein Uhr morgens, kein Mensch auf der Straße, und ich bin sicher, dass er blau ist. Wie sich herausstellt, ist er es nicht, sondern musste sich nur nach dem Set abreagieren. Schließlich verwarne ich ihn, weil ich sowieso zu müde für den ganzen Papierkram bin, und aus lauter Dankbarkeit lädt er mich zu der Party ein, auf die er gerade fährt. Ich wollte erst nicht mit, aber ...« Er zuckte lächelnd mit den Schultern.

Sie warf ihm einen Blick über die Schulter zu, der so verdammt sexy war, dass er seine Finger in den Hosentaschen verkrampfte, um nicht nach ihr zu greifen. »Eine Verwarnung? Für hundertfünfzig Sachen in einer Ortschaft?«

Er zuckte wieder die Schultern. »Ich plädiere auf Unzurechnungsfähigkeit. Ich meine, es war Bon Jovi.«

Ihr Lächeln war tief und ehrfürchtig, als sie sich dem Foto zuwandte und mit den Fingern darüber strich. »Das ist sowas von cool.«

Gott, er liebte es, wie sie lächelte. Mit ihrem ganzen Gesicht, nicht bloß mit ihren sinnlichen, wohlgeformten Lippen. Während er das Spiel des Lichts in ihrem Gesicht und auf ihrem durchtrainierten Körper betrachtete, verspürte er das plötzliche Verlangen, dass sie *ihn* so anlächelte.

Keine gute Idee. Erinnerst du dich noch an das letzte Mal, als du dieses Verlangen hattest?

Die schwache Stimme in seinem Unterbewusstsein brachte ihn wieder auf den Boden der Tatsachen zurück, doch er kämpfte mit allen Mitteln dagegen an. War es leid, sein Leben der Willkür jener Stimme zu unterwerfen, auch wenn er wusste, dass sie das Einzige war, das ihn im Moment noch am Leben hielt.

»Das hat mich damals völlig fertiggemacht«, fügte er hinzu, in der Hoffnung, dass sie ihn wieder ansehen würde, während er sich ihr gefährlich näherte.

»Wieso das denn?«

Sein Lächeln kehrte zurück, als sie wieder ihre funkelnden blauen Augen auf ihn richtete, die wie ein kühler Tag in der Karibik aussahen und ihn daran erinnerten, was er in Puerto Rico gerne mit ihr gemacht hätte. »Ich war so um die dreiundzwanzig, als das passierte. Ich hatte gerade erst bei der Polizei angefangen. Ich dachte, das sei normal. Stell dir vor, wie enttäuscht ich war, dass keine Rockstars mehr bei mir angeklopft haben, um mich auf irgendwelche abgefahrenen Partys zu schleppen.«

Da war es wieder: jenes Funkeln in ihren Augen und das Lächeln, das ihre Lippen so verlockend aussehen ließ, die förmlich darum flehten, geküsst zu werden. Nur dass sie dieses Mal ihn anschaute, und nicht ein Stück Papier. »War wohl 'ne wilde Nacht, was?«

»Die wildeste überhaupt.«

Als sie ihn eingehend musterte, zog sich in seinem Lendenbereich alles zusammen, und er wusste, dass er sich mit ihr hier bei sich zu Hause auf dünnem Eis bewegte. Schlimm genug, dass es bescheuert lange her war, dass er überhaupt mit einer Frau zusammen gewesen war – sie bewirkte bei ihm auch noch, dass sein Hirn völlig aussetzte. Das war auch einer der Gründe gewesen, warum er sich vor drei Monaten in Puerto Rico aus dem Staub gemacht hatte. Und erst recht, warum er sie nach der Hochzeit seiner Schwester nicht in sein Hotelzimmer hinaufgeschleift und ihr mit Händen, Zähnen und Zehen das eng anliegende schwarze Kleid ausgezogen hatte, wie er es sich schon den ganzen verdammten Tag gewünscht hatte. Und der einzige Grund, warum er sich seitdem nicht mehr bei ihr gemeldet hatte.

Ihre Augen fielen auf seine Lippen, während sie ihm noch ein winziges Stück näher kam. »Vielleicht sollte ich lieber gehen«, sagte sie, doch sie rührte sich nicht.

»Du bist doch noch gar nicht fertig.«

»Fertig mit was?«, fragte sie und wandte ihren Blick keine Sekunde von seinem Mund.

»Mit deinem Kaffee.«

»Ach so. Stimmt.« Ein Anflug von Enttäuschung war aus ihren Worten herauszuhören, und als sie sich mit einer anzüglichen Bewegung über die Lippen leckte, die bei ihm die Vision auslöste, wie sie mit ihrem Mund seine nackte Brust und seinen Bauch hinunterfuhr, wich alles Blut aus seinem Kopf und schoss ihm in den Unterleib, geradewegs in seinen Schwanz.

In dem Moment wusste er genau, dass sie auch etwas von dieser berauschenden Erregung fühlte. Und, verflucht noch mal, das heizte ihm noch mehr ein, und er ließ seine rationale Gehirnhälfte endgültig links liegen.

Tu es nicht.

Er strich ihr mit dem Finger über die Wange und spürte ihr Zittern bis in die Fußspitzen. »Ich habe eine Frage.«

»Bloß eine?«

Ihre begehrlich klingende Stimme war nicht gerade hilfreich. Aber bevor das hier weiter voranschritt, wollte er eine Sache genau wissen. »Bist du zufällig in dieser Bar gewesen oder wusstest du, dass das Players meine Stammkneipe ist?«

»Möglich, dass Lisa es mal erwähnt hat. Ein, zwei Mal.«

»Ich hatte befürchtet, dass du das sagst.«

Er umfasste ihr Gesicht mit den Händen, beugte sich hinunter und nahm Besitz von ihrem Mund, wie er es seit Monaten hatte tun wollen. Wovon zu träumen er sich viel zu lange untersagt hatte. Ihre Lippen waren zart, ihr Seufzer so verdammt erotisierend, dass er sich zwingen musste, nichts zu überstürzen. Er streifte mit seinen Lippen über die ihren, langsam und zärtlich, bis sich ihr Seufzen in ein Stöhnen verwandelte und sie sich öffnete, um ihn einzulassen.

Oh, Mann, *das* war der Grund, warum er sie in Puerto Rico nicht geküsst hatte: Die kleinste Kostprobe, und er war verloren.

Er nahm ihr das Foto aus der Hand und stellte es wieder auf den Kaminsims, während er mit seiner Zunge in ihren Mund glitt und die Süße ihres Kusses schmeckte. Er rückte näher an sie heran, so dass sich ihre Körper eng aneinanderpressten und sich der Takt ihres Herzschlags dem seinen anpasste. Der Ständer des Bilderrahmens fand keinen Halt, und das Bild fiel mit Getöse zu Boden, was keinen von ihnen störte. Und als sie erneut aufstöhnte, antwortete er ihr, indem er seine Finger mit ihrem blonden, lockigen Haar verflocht, ihren Kopf sacht zur anderen Seite drückte und sie noch inniger küsste.

Für eine Frau war sie ziemlich groß – fast eins achtzig, schätzte er –, aber wie für seinen Körper geschaffen: Ihr Busen berührte seine Brust, und ihre langgezogene Silhouette schmiegte sich an seinen Leib. Ihre Hand fand seinen Ellbogen, seinen Bauch, seine Hüften, und dann war es an ihm zu stöhnen, als ihre Zunge mit der seinen spielte. Und als sie ihre Finger bog, um ihn dicht an sich zu ziehen, und seine Erektion sich in die weiche Biegung ihres Bauches presste … machte die rationale Hälfte seines Gehirns, die ihn die ganze Zeit noch vor diesem gefährlichen Schritt gewarnt hatte, komplett die Schotten dicht.

Er wünschte sich, er hätte seine Waffe und den Schulterhalfter abgelegt. Und daran gedacht, das Bett frisch zu beziehen. Und Kondome zu kaufen.

Mist. Er hatte seit mehr als sechs Monaten keine Kondome mehr gekauft. Hatte er überhaupt noch welche, die nicht abgelaufen waren?

»Maxwell«, flüsterte sie.

Er fand den Bund ihres Pullis und hob ihn an, wobei er mit den Händen die zarte Haut ihres Unterbauchs entlangfuhr, und noch weiter nach oben, bis seine Finger ihren seidigen BH berührten. Er stöhnte wieder, umfasste ihre schweren Brüste mit seinen Händen und drückte sie gerade so fest, dass sie nach Luft schnappen musste.

»Ich will dich«, flüsterte sie.

Oh Mann. Er wollte sie auch. Noch viel mehr, als er sich bis zu diesem Zeitpunkt bewusst gewesen war. Ihre Worte entzündeten ein Feuer in seinem Leib und ließen ihm das Blut rauschend in die Ohren schießen. Er drückte sie gegen die Wand, während er sie weiter küsste, als sei er völlig ausgehungert.

Eine seiner Hände wanderte zu ihrem Knie und hob es an, so dass er sich die Innenseite ihres Oberschenkels um seine Hüfte legten konnte, während er sich zwischen ihre Beine presste. Sie rang wieder nach Atem, was ihn dazu brachte, sich noch fester an ihr zu reiben, sein Becken zurückzuziehen und dann wieder vorzustoßen. Seine Lippen fanden ihren Hals und jene ach so empfindliche Stelle direkt hinter ihrem Ohr. »Gott, Hailey. Du schmeckst so verdammt süß. Ich möchte jeden Teil deines Körpers kosten. Die hier.« Er nahm ihr Ohrläppchen in den Mund. »Die hier.« Er knabberte an ihrem Schlüsselbein, das der V-Ausschnitt ihres Pullovers freigab.

»Oh …«

Sie atmete scharf ein, was ihn anspornte, weiterzumachen, also schob er seine Hüften erneut gegen ihre, wieder und wieder, bis er innehalten musste, weil er schon durch diesen einfachen Kontakt kurz davor war, zu kommen.

»Maxwell … oh, Gott, das ist keine gute Idee.«

»Die schlechteste, die wir je hatten.«

Sie fuhr ihm mit den Fingern durchs Haar. »Aber wir werden es trotzdem tun.«

»Stimmt.«

Sie presste sich stöhnend gegen ihn und küsste ihn heftiger. Tat es wieder. Und wieder. Bis er davon ganz benommen war. Ihre Hand schlüpfte unter sein Hemd, fuhr über die Haut seines Bauches, um seine Seite herum, wo sie die Narbe rechts über seinen Rippen streifte.

Er zuckte zusammen. Begann zu schwanken, als sein Hirn die Berührung registriert hatte. Fing sich wieder. Für den Bruchteil einer Sekunde, in dem ihre Fingerspitzen kaum merklich über diese Narbe gestreift waren, war er nicht in seiner Wohnung gewesen. Er befand in einem rattenverseuchten Drecksloch mit einem Messer in der Seite und einer qualmenden Knarre in der Hand.

Das Bild war so real, dass er sofort zurückweichen musste, um wieder klar sehen zu können. Mit den Beinen stieß er gegen die Sofalehne, sie sackten unter ihm weg, und er brach zusammen. Und während er noch innerlich fluchte, versuchte er alles so aussehen zu lassen, als habe er sich nur ein wenig ausruhen wollen und sei nicht umgefallen wie ein absoluter Schwächling.

»Maxwell –«

Er hob abwehrend die Hand, um sie davon abzuhalten, ihn anzufassen, atmete zwei Mal tief durch und fuhr sich mit zitternder Hand über das Gesicht.

Ganz, ganz, ganz blöde Idee. Als hätte er es nicht gewusst. Kein Wunder, dass er seit einer halben Ewigkeit keine Frau mehr mit hier oben gehabt hatte.

»Habe ich etwas falsch gemacht?«, fragte sie. »Ist alles in Ordnung?«

»Mir geht's gut.« Das würde es zumindest. Wenn er allein wäre. Wie immer. Sein Herz hämmerte wie wild. Der Schweiß stand ihm auf der Stirn. Er hatte seine Panikattacken schon vor einiger Zeit überwunden, aber dieser Rückfall aus der Gegenwart in die Vergangenheit war manchmal derart überwältigend, dass es ihn gehörig aus der Bahn warf, so wie jetzt.

Sie musterte ihn, als sei ihm gerade ein zweiter Kopf gewachsen, und so fühlte er sich auch. Wie eine Missgeburt. Verdammt, vor ihm stand die Frau seiner Träume, und er war nicht einmal in der Lage, damals und heute ausreichend auseinanderzuhalten, um …

Er schluckte schwer. Verdrängte den reizvollen Gedanken und rang um Worte. »Also, ähm, tut mir leid. Das war … tja. Du hattest recht. Eine blöde Idee. Ich meine, du bist du und ich bin …«

Schweigen breitete sich zwischen ihnen aus. Und eine Spannung, die so zäh war wie Sirup, tilgte die sexuelle Energie im Raum und erstickte den Rausch der Erregung.

Toll. Er machte alles nur noch schlimmer. Er riskierte einen Blick auf ihr erschrockenes Gesicht und sagte sich *Gut gemacht, du Volltrottel. Warum knallst du ihr nicht noch eine, da du schon dabei bist?*

Er raufte sich die Haare. »Es … tut mir leid«, wiederholte er, weil ihm nichts anderes einfiel.

»Schon in Ordnung«, sagte sie schließlich nach langem Schweigen.

Aber das war es nicht. Als sie die Arme über der Brust verschränkte und sich nach ihrer Jacke umsah, wusste er, dass gar nichts in Ordnung war. Herrgott, *das* war der Grund gewesen, warum er sich beim ersten Mal von ihr zurückgezogen hatte. Weil er aufhörte zu denken, wenn er ihr zu nahe kam. Und wenn er aufhörte zu denken, wurde er gefährlich.

»Ich sollte jetzt wirklich gehen«, sagte sie und bewegte sich langsam auf ihre Jacke zu. Das Gespräch, der Kaffee und alles andere war längst vergessen.

»Ja.« Er stand auf. »Ich, äh …«

Sie zog die Tür auf, ehe ihm etwas einfiel, das nicht total lahm klang, doch als sie ihn noch einmal ansah, verschlug ihr Blick ihm den Atem. »Vergiss einfach, dass ich überhaupt da war. Das werde ich auch tun, sobald ich durch diese Tür gehe.«

Als die Tür ins Schloss gefallen war und sich ihre Schritte draußen in der Januarkälte verloren, blieb er noch sekundenlang wie erstarrt stehen. Sein Herz raste wie verrückt, diesmal nicht vor Erregung oder Angst, sondern weil er etwas in ihren karibikblauen Augen gesehen hatte, kurz bevor sie gegangen war. Er hatte es erkannt, weil es dasselbe war, das er jedes Mal sah, wenn er in den verdammten Spiegel blickte.

Geheimnisse. Solche, die eine Person verfolgten und ihr Leben für immer veränderten. Auch sie hütete eins, und es war groß genug, um sie nach Chicago und in seine Arme zu treiben, bevor er sie hochkant wieder hinausbefördert hatte.

3

Bis Hailey bei ihrem Mietwagen angekommen war, war sie ein einziges Nervenbündel. Sie rutschte zweimal mit dem Schlüssel ab, ehe sie das Zündschloss traf, und saß dann bei laufendem Motor einfach nur da, umklammerte mit den Händen das Lenkrad und starrte hinaus in die Dunkelheit der stillen Lincoln Park Street.

Es war nicht ganz nach Plan gegangen. Alles, was sie vorgehabt hatte, war, ihm vielleicht über den Weg zu laufen. Eventuell einen Eindruck zu bekommen, wo er sich so herumtrieb. Herauszufinden, wie es ihm ging. Sich selbst zu überzeugen, dass er gar nicht so großartig war, wie sie ihn in Erinnerung hatte. Mit in seine Wohnung zu gehen, war ihr erster Fehler gewesen. Festzustellen, dass er tatsächlich so großartig war, wie sie ihn in Erinnerung hatte, der zweite. Ihn zu küssen, der dritte.

Aber, großer Gott, dieser Mund! Sie führte die Hand an den Mund und rieb mit den Fingern über die angeschwollenen Lippen, auf die er sie um den Verstand geküsst hatte. Als er seine Hände an ihrem Körper und seine Zunge in ihrem Mund gehabt hatte und sein maskuliner Duft sie voll und ganz eingehüllt hatte, hatte sie alles andere vergessen, was heute Abend geschehen war.

Oh Mann. Sie hatte sogar ihr Gelübde vergessen, nie wieder Sex zu haben. Offenbar hatte Bryans kleine *Sexkapade* nicht annähernd so viel bei ihr angerichtet, wie sie geglaubt hatte.

Angewidert von sich selbst verzog sie das Gesicht. Das *Allerletzte*, was sie jetzt gebrauchen konnte, war, sich durch einen Kerl ablenken zu lassen. Und dann auch noch durch Shane Maxwell! Sie hatte sich schließlich den Bedingungen des Testaments ihres Vaters verpflichtet. Sie musste sich darauf konzentrieren, in Ordnung zu bringen, was bei dem Lake Geneva-Projekt schiefgegangen war, und dann ernsthaft versuchen, diese Statuen zu finden. Vielleicht, wenn das alles geschafft war, ihr Leben wieder in geordneten Bahnen verlief und sie ihren alten Job in Key West wiederhatte … dann konnte sie eventuell darüber nachdenken, Shane über den Weg zu laufen.

Aber als die Realität über sie hereinbrach, rutschte ihr gleich wieder das Herz in die Hose. Äußerst unwahrscheinlich. Nachdem er sie vorhin so von sich gestoßen hatte. Irgendetwas hatte bei ihm offenbar von einer Sekunde auf die andere einen Schalter umgelegt. Was hatte er gesagt? *Du bist du, und ich bin …* Klar, sie konnte sich schon denken, was er damit meinte.

Ein lautes Geräusch ließ ihr das Herz plötzlich bis zum Hals schlagen, und sie zuckte zusammen, als die ersten Töne ihres liebsten Bon Jovi-Stücks erklangen. Dann atmete sie auf, als sie merkte, dass es bloß ihr Handy war. »Ja.«

»Wo zum Henker bist du?« Billys Stimme klang mehr als beunruhigt. Fast schon zornig. Und wenn er so aufgebracht war, klang er viel zu sehr wie sein Bruder.

Sie legte den Gang ein und fuhr in Richtung Schnellstraße.

»Ich mache mich gerade auf den Heimweg.«

»Du bist noch in Chicago?«

»Entspann dich. Es ist alles in Ordnung.«

»Es *wird* in Ordnung sein, wenn du deinen Hintern wieder hierherbewegt hast. Das Ganze war viel zu knapp für meinen Geschmack. Ich wusste, wir hätten nicht mit zwei Autos fahren sollen.«

»Wir wollten nicht, dass uns irgendjemand zusammen sieht, schon vergessen? Und das hat auch keiner. Also hör auf, dir Gedanken zu machen.«

»Wo in aller Welt bist du gewesen?«

»Ich habe noch einen Happen gegessen.« Ein Bierchen getrunken. Ein bisschen mit einem Typ rumgemacht. Und bin dann in hohem Bogen aus seiner Wohnung geflogen.

»Gott, du hast es wirklich drauf, einen Kerl an den Rand eines Herzinfarkts zu bringen.«

Sie verbannte die Gedanken an Shane Maxwell endgültig aus ihrem Kopf, und ihr wurde ganz warm ums Herz, weil Billy sich solche Sorgen gemacht hatte. Trotz all seiner Fehler konnte sie eines über Billy sagen: Wenn irgendetwas wirklich wichtig war, zog er es auch durch. »Ich bin in etwa einer Stunde da. Würdest du mir einen Gefallen tun? Halte einen Martini für mich bereit. Es war ein Scheißabend.«

»Mach ich.« Sie hörte den Triumph in seiner Stimme. »Wir haben sowieso einen Grund zum Feiern. Wir haben heute genau das bekommen, was wir wollten, und niemand hat auch nur die leiseste Ahnung.«

Nein. Niemand. Aber tief im Herzen wünschte sie, Bryan wüsste es. Zu dumm, dass er es nie erfahren würde.

Shane war noch nie so froh gewesen, zur Arbeit gerufen zu werden.

Während er die vereiste Straße überquerte und auf den Fußweg des Anwesens zuging, das gerade zu einem Tatort geworden war, steckte er sich zwei Tic Tacs in den Mund, klappte den Plastikdeckel wieder zu und stopfte sich die kleine Box in die Tasche seiner Jeans.

In Chicago hatte Mutter Natur zwei Tage zuvor unerbittlich zugeschlagen, und die Auswirkungen des Sturms waren immer noch an den schneebedeckten Autos und Bäumen zu erkennen. Obwohl es nicht gerade zu seinen Lieblingsbeschäftigungen gehörte, mitten in der Nacht bei Temperaturen unter dem Gefrierpunkt draußen zu sein, war es immer noch um Welten besser, als zu Hause in seinem Schlafzimmer die Decke anzustarren, wieder und wieder abzuspulen, was mit Hailey los gewesen war und von einer Flasche Fusel zu träumen.

Tony Chen, der seit zwei Jahren sein Partner war, hielt gerade mit seinem Wagen am Tatort, als Shane den Bürgersteig erreicht hatte. Polizeiautos parkten auf der ruhigen Straße, und ein paar Beamten liefen herum, die versuchten, Schaulustige fernzuhalten. Mit Jeans, einem Pullover und einer dünnen Jacke bekleidet, warf Tony die Autotür zu und musterte Shane von oben bis unten. »Ach du Scheiße, Weib. Du hattest ein Date.«

Shane runzelte die Stirn. »Immer kommst du damit. Findest du nicht, dass der Witz langsam alt wird?«

Tony steckte sich einen Kaugummi in den Mund und grinste. Mit seinen eins achtzig war er gut fünf Zentimeter kleiner als Shane, mit schwarzem Haar, das an seine chinesische Herkunft erinnerte, und blassen, fast türkisfarbenen Augen, die eigentlich überhaupt nicht zu seinem Gesicht passten. »Diesmal meine ich es ernst. Du hast diesen Ich-wurde-gerade-aufs-Kreuz-gelegt-Blick, aber nicht im positiven Sinn.«

Shane zeigte Tony den Mittelfinger, während sie die Treppe zum Eingang hochstiegen. »Was du so alles weißt.«

Tony kicherte, nahm die Handschuhe entgegen, die ihm ein sogenannter Frischling reichte, als er das Haus betrat. Shane tat es ihm gleich, während die Tür ins Schloss fiel und die Kälte hinter ihnen aussperrte.

Das dreistöckige Backsteingebäude betrat man durch eine weite Vorhalle mit wuchtigen Säulen. Der riesige Eingangsbereich mit glänzenden Fliesen und einem runden Tisch mit einem Blumenarrangement kündete von außerordentlichem Reichtum. Wer immer hier wohnte, hatte zweifellos genug Geld. Aber offensichtlich doch nicht genug, um Gevatter Tod aufzuhalten. Aber das hatte schließlich noch keiner geschafft.

Sie gingen auf den Salon zu, in dem Polizisten hin und her liefen und Beweismaterial sicherstellten. Amanda Kent, eine Ermittlerin vom gerichtsmedizinischen Institut Cook Country, die gerade im hinteren Teil des Raums die Leiche untersucht hatte, erhob sich. »Hallo, Chen und Maxwell. Schön, dass ihr Jungs auch schon da seid.« Sie nahm Shane in Augenschein. »Mieses Date gehabt?«

Shane blickte Tony finster an. »Warum fragt mich das ständig jeder?«

»Keine Ahnung«, murmelte Tony. »Vielleicht, weil du so verdammt steif aussiehst, dass du offensichtlich mal flachgelegt werden musst.«

Shane blickte wieder zu Amanda, die abwehrend eine behandschuhte Hand hochhielt. »Sehen Sie nicht mich an. Mein Mann würde mich umbringen.«

Kopfschüttelnd sah Shane auf den Toten hinab, in der Hoffnung, wieder in die Spur zu kommen. »Also, wen haben wir hier?«

Amanda seufzte. »Einen männlichen Weißen von ungefähr fünfunddreißig Jahren. Quetschungen an Hals und Bauch.« Der mit grauen Hosen und einem weißen Hemd bekleidete Mann lag mit dem Rücken auf dem Parkettboden und starrte zur Decke. »Er wurde von vorne angegriffen. Wenn Sie sich die Wunde ansehen, werden Sie feststellen, dass der Winkel des Einschnitts darauf hindeutet, dass er in horizontaler Richtung ausgeführt wurde. Ich vermute, dass der Angreifer ein ganzes Stück kleiner war als er.«

»Rechts- oder Linkshänder?«, fragte Tony.

»Rechtshänder. Eindeutig. Und ich wette, er kannte seinen Angreifer. Es gab keine Anzeichen für gewaltsames Eindringen, obwohl die beiden miteinander gekämpft haben.«

Shane sah sich in dem Raum um. Ein kleiner Tisch war umgefallen, Sofakissen lagen auf dem Boden herum, irgendein kristallener Gegenstand war in tausend Stücke zersprungen, und in einem Glas befand sich ein Rest bernsteinfarbener Flüssigkeit. »Mann oder Frau?«

»Schwer zu sagen im Moment«, sagte Amanda. »Beides ist möglich. Aber der- oder diejenige muss ziemlich stark gewesen sein, um die Oberhand zu gewinnen. Er war nicht gerade ein Leichtgewicht.«

Nein, dieser Kerl musste fast eins neunzig groß sein. Und wog vielleicht hundert Kilo. »Irgendwelche Indizien unter seinen Fingernägeln? Haarfasern?«

»Bisher nicht. Aber wir haben auch gerade erst angefangen.«

»Mordwaffe?«, fragte Shane.

Amanda schüttelte den Kopf. »Tut mir leid, so gut bin nicht einmal ich. Dachte, ihr könntet auch noch etwas tun für euer Geld.«

»Was ist mit der Todeszeit?«, fragte Tony und ignorierte den Scherz.

»Allein aufgrund der Körpertemperatur würde ich sagen, vor sechs Stunden. Oben ist die Freundin dieses Typs. Hat angeblich geschlafen und nichts gehört. Als sie aufgewacht ist, wollte sie nachsehen, wo er ist, kam runter und fand ihn hier so.«

Die Eingangstür öffnete sich, und ein eiskalter Windstoß fegte durch das Haus.

»Strammstehen, Jungs«, raunte Amanda. »Jim Hill ist da. Das ging schnell, selbst für ihn.«

Als sie den Namen des aufgeblasenen Ermittlers der Staatsanwaltschaft nannte, warf Shane Tony einen Blick zu. »Ich gebe dir meine Tickets für das Eröffnungsspiel der Cubs, wenn du dir das Mädchen oben vornimmst.«

Tony durchbohrte ihn mit seinem Blick. »Und dich mit Hill

allein lasse? Auf gar keinen Fall. Wenn ich das tue, schlägst du ihn entweder zusammen oder er lässt sich etwas einfallen, wie er uns in dieser Sache eins reinwürgen kann. So oder so landest du wieder auf der schwarzen Liste, und ich muss dich wieder raushauen.« Er deutete mit dem Kopf auf die Treppe. »Reiß dich zusammen. Du bist sowieso dran, Romeo.«

Shane starrte die Treppe an, während Amanda zu dem Toten zurückkehrte. Er hätte sich viel lieber mit Hill herumgeschlagen, als wieder mit einer hysterischen Zeugin. Das letzte Mal, als er das hatte machen müssen … daran wollte er jetzt lieber nicht denken.

»O. k., Manda«, rief Tony, ehe sich die Gerichtsmedizinerin wieder in ihre Arbeit vertiefen konnte. »Haben wir die Identität von dem Kerl geklärt?«

Am anderen Ende des Raums blickte Amanda auf das Klemmbrett in ihren Händen. »Ja. Warten Sie.« Sie überflog die Seite. »Bryan Roarke. Führerschein aus Florida. Nach den Angaben auf der Visitenkarte in seiner Tasche ist er bei den Roarke Resorts.« Sie sah auf. »Hey, bauen die Roarke Resorts nicht gerade bei Lake Geneva?«

Shane, der gerade den Fuß auf die erste Stufe der Treppe setzen wollte, erstarrte mitten in der Bewegung.

Das konnte kein Zufall sein.

4

Lake Geneva, Wisconsin

»Du bist jetzt schon fast eine Stunde da drin. Mach mal hin, du Diva.«

Zum wiederholten Male trommelte Hailey mit der Faust an die Badezimmertür. Die Dusche lief immer noch, und von drinnen war ein Summen zu hören. Wenn er so weitermachte, würde er das gesamte warme Wasser aufbrauchen. Wenn man bedachte, dass das Resort in Lake Geneva noch nicht in Betrieb und dieser Flügel der einzige Teil des Gebäudes war, in dem es überhaupt warmes Wasser gab, war das gar nicht so unwahrscheinlich.

»Ist der Kaffee schon da?«, rief Billy auf der anderen Seite der Tür. »Ich komme nämlich nicht raus, solange kein Kaffee da ist. Es ist verflucht kalt hier!«

»Südstaaten-Weichei«, murmelte Hailey. »Kaum holt man ihn aus der Sonne und schmeißt ihn in die Gefriertruhe, führt er sich auf wie ein Fünfjähriger.«

»Hey«, rief Billy und tat schockiert. »Das war nicht nett.«

Hailey kicherte. »Vielleicht lässt du dir mal ein paar Haare –«

»Also, jetzt wirst du mir aber etwas zu persönlich!«

In dem angrenzenden Zimmer klopfte es an der Tür. Hailey horchte auf. »Ich glaube, ich habe den Kaffee gehört. Da hast du ja noch mal Glück gehabt, Prinzessin.«

»Sehr witzig«, schrie Billy.

Einer von Haileys Mundwinkeln verzog sich zu einem Lächeln, während sie in das Wohnzimmer ihrer Suite ging. *Suite* war eigentlich etwas zu viel gesagt. Diese hier lag in der Nähe der Büros und der Küche und war eine von wenigen, die jetzt schon ein paar Tage in Betrieb waren. Sie bestand aus einem Wohnzimmer, einem Schlafzimmer und einer Veranda, von der aus man auf den See blicken konnte. Sie war nicht übermäßig schick, aber Hailey blieb ohnehin nur wenige Tage. Da sie gestern Abend von Bryan bekommen hatte, was sie wollte, hatte sie jetzt wenigstens eine Sorge weniger. Bei der Personalbesprechung heute Morgen, auf der der Zeitplan für den Bau, das Budget und die Gründe für die Verzögerungen durchgegangen werden sollten, würde es dann einer zweiten an den Kragen gehen.

Drei Tage maximal. Dann würde sie zurück in Florida sein und sich um den Rest des mysteriösen Testaments ihres Vaters kümmern.

Sie öffnete die Tür und erwartete Liam, den neuen Assistenten des Chefkochs, doch stattdessen stand ein attraktiver Mann asiatischer Herkunft im Türrahmen und hielt seine Dienstmarke hoch. Sie erkannte sofort, dass die Dienstmarke aus Illinois stammte. »Ms. Roarke? Ich bin Detective Chen vom Chicago Police Department. Hätten Sie wohl einen Moment Zeit?«

Die Chicagoer Polizei?

Hailey zog sich den weißen Frotteebademantel über der Brust enger zusammen. »Worum geht es?«

»Kennen Sie einen gewissen Bryan Roarke?«

Ach du Scheiße. Bryan hatte gemerkt, dass die Alarmanlage letzte Nacht ausgeschaltet war.

Hailey machte ein neutrales Gesicht. »Ja.«

Er warf im Gang einen Blick nach rechts und links. »Hätten Sie etwas dagegen, wenn ich hereinkomme? Ich möchte das lieber nicht vor Ihrem Personal besprechen.«

Hailey zögerte, doch dann wurde ihr klar, dass sie das auch

nicht wollte, was immer er mit ihr bereden wollte. Sie trat einen Schritt zurück. »Natürlich, Detective –«

»Chen.« Sie wollte gerade die Tür hinter ihm schließen, als eine Hand, die wie aus dem Nichts geschossen kam, sie aufhielt. Chen wies mit dem Kinn zur Seite. »Das ist mein Partner, Detective Maxwell.«

Ein Schlag in die Magengrube hätte Hailey weniger überrascht. Ihr Blut erhitzte sich bei dem Gedanken an letzte Nacht, als Shane eintrat – an seinen Mund, seine Hände, die Dinge, die er ihr ins Ohr geflüstert hatte.

Dann fiel ihr wieder ein, wie er sie abserviert hatte. Hailey wandte sich von der Tür ab, ging ins Wohnzimmer zurück und hoffte, dass ihre Hände nicht anfingen zu zittern. Falls Detective Chen die plötzliche Spannung im Raum wahrnahm, ließ er es sich nicht anmerken. Sie bemühte sich, Shanes Blick nicht zu begegnen. Konnte es auch nicht.

»Waren Sie gestern in Chicago, Ms. Roarke?«

Hailey sah Chen an. »Entschuldigung. Wie war das?«

Chen kniff die gespenstisch hellen Augen zusammen. »Ob Sie gestern in Chicago waren.«

Obwohl ihr Herz zu rasen begann, bekam sie allmählich wieder eine Verbindung zu ihrem Gehirn, und der Tonfall von Chens Frage wurde ihr bewusst. Zwei Kripobeamte aus Chicago standen in ihrem Wohnzimmer und fragten sie, wo sie am Vortag gewesen war. Sie wählte ihre Worte mit Bedacht, denn sie wusste, wenn sie sich in Lügen verstrickte, würde alles nur noch schlimmer werden. Aber wenn Bryan sie angeschwärzt hatte, im Haus gewesen zu sein … Wenn er gelogen hatte, um sie aus dem Weg zu räumen … »Ja, war ich.«

»Wo genau?«, fragte Chen. »Was haben Sie da gemacht?«

»Ich habe ein paar Erledigungen gemacht und dann noch etwas getrunken.«

Chen und Maxwell tauschten Blicke miteinander. Und als Chen sie schließlich wieder ansah, wusste sie, dass etwas nicht stimmte.

»Was ist denn los?«, fragte sie und blickte zwischen den beiden hin und her. Shane hatte noch nicht ein Wort gesagt, seit er den Raum betreten hatte, und sah auch nicht so aus, als beabsichtigte er es.

Guter Bulle, böser Bulle. Oh ja, sie kannte das Spielchen.

»In welcher Beziehung stehen Sie zu Bryan Roarke?«, fragte Chen.

Hailey lief ein Schauer über den Rücken. »Er ist mein Cousin.«

»Er arbeitet für die Roarke Resorts?«

Sie nickte. »Er ist der Regionalleiter für den Norden. Hat Bryan irgendetwas ausgefressen?«

Chen stellte sich breitbeiniger hin. »Ich fürchte, wir haben schlechte Nachrichten für Sie, Ms. Roarke. Ihr Cousin wurde letzte Nacht tot aufgefunden.«

Der Boden schien Hailey unter den Füßen weggezogen zu werden. Im Geist sah sie Bryans aggressives Verhalten vor sich, als sie sich vor zwei Tagen geweigert hatte, jene Papiere zu unterschreiben. Ihr musste schwindelig geworden sein, denn sie geriet ins Schwanken, und im selben Moment umfasste Shanes große Hand fest ihren Oberarm, und er führte sie zur Couch und ließ sie Platz nehmen.

Okay, sie hatte sich geirrt. Shane an diesem Morgen in ihre Suite kommen zu sehen, war doch nicht der größte Schock ihres Lebens gewesen. Die Neuigkeiten über Bryan konnten da locker mithalten. »Sind … sind Sie sicher? Vielleicht haben Sie ihn mit jemandem verwechselt.« Sie blickte zu Chen auf.

»Wir haben uns bestimmt nicht geirrt«, sagte Chen tonlos. »Was für Erledigungen?«

»Ähm …« Sie hob die Hand an die Stirn. Konnte sie ihnen die Wahrheit sagen? Nein, denn das würde einen Rattenschwanz an Fragen nach sich ziehen, wie sie in das Haus gekommen war und was sie dort gemacht hatte. Und sie konnte nicht riskieren, dass sie Billy da mit hineinzog. »Ich war shoppen«, log sie. »Ich komme nicht so oft nach Chicago.«

»Waren Sie allein?«

»Ja.« Noch mehr Lügen. Oh Mann.

»Und dann sind Sie etwas trinken gegangen? Wo genau?«

»Äh …« Sie blickte auf ihre nackten Füße hinunter. »Irgendwo in der Nähe des Lincoln Parks.«

»Sie wissen nicht, wie das Lokal hieß?«

»Nein. Ich hatte den Taxifahrer gefragt, wo ich einen guten Burger und ein Bier bekomme, und er hat mich hingefahren. Ich habe nicht auf den Namen geachtet.«

Lügnerin. Sie warf Shane einen Blick aus den Augenwinkeln zu, schluckte und sah wieder auf ihre Füße.

Chen notierte sich etwas auf einem Notizblock, den er in der Hand hielt. »Um wie viel Uhr war das?«

»Ich weiß nicht. Ungefähr neun, schätze ich.«

»Und wann sind sie wieder gegangen?«

»Irgendwann nach zehn.« Oh Mann, konnte sie sich überhaupt noch schuldiger anhören? Sie hatte das alles wieder und wieder in Gedanken durchgespielt, nur für den Fall, dass Bryan gemerkt hätte, dass jemand im Haus gewesen war und dann in der Firma Lärm geschlagen hätte. Aber sie hätte niemals damit gerechnet, der Polizei Rechenschaft darüber ablegen zu müssen, wo sie gewesen war. Und schon gar nicht wegen seines Todes.

Oh, Scheiße. Das war wirklich übel. Ihr drehte sich der Magen um.

»Hat irgendjemand Sie dort gesehen? Kann jemand die Angabe der Uhrzeit bezeugen?«

Bezeugen? Moment mal. Durch all den Wirrwarr in ihrem Kopf drang eine Sache zu ihr durch. Ihr Blick flog zu Chen. Und als sie seine blassen Augen fixierte, wurde es ihr schlagartig klar.

Die beiden waren nicht einfach nur hier, um ihr die schlechte Nachricht zu überbringen, sondern um sie zu befragen. Das hieß, dass Bryans Tod kein Unfall gewesen war. Und dass sie entweder von ihrem schwierigen Verhältnis zu ihrem Cousin wussten oder dass sie bereits einen Beweis gefunden hatten, dass sie im Haus gewesen war.

Oh, doppelte Scheiße: der Schnitt in ihrem Arm. Sie hatte Handschuhe getragen, um keine Fingerabdrücke zu hinterlassen, nur für alle Fälle, doch ihr Arm hatte geblutet, als sie unter diesem Bett festgesteckt hatte. Soweit sie es hatte sehen können, hatte sie es weggewischt, aber Blut konnte man mit Schwarzlicht sichtbar machen. Und wenn er in der Zeit umgebracht worden war, nachdem sie das Haus verlassen und bevor sie Shane getroffen hatte …

Ein Kloß bildete sich in ihrer Kehle, doch sie presste die Worte hervor und zwang sich, nicht zu schlucken und noch schuldiger auszusehen, als sie es ohnehin schon tat. »Ich bin nicht sicher. Der Barkeeper bestimmt. Eine Kellnerin.« *Shane.* Sie riskierte einen Blick in seine Richtung und sah, wie angespannt sein Kiefer und seine Schultern waren. Warum sagte er nichts? Hielt er sie für schuldig? Schämte er sich dafür, mit ihr zusammen gewesen zu sein? Nahm er vielleicht an, sie sei ihm mit Absicht über den Weg gelaufen, um ein Alibi zu haben?

Dieser letzte Gedanke ließ ihren Magen rebellieren. Sie sah wieder Chen an. »Wie ist er denn gestorben?«

Chen blickte starr auf den Notizblock in seiner Hand. »Das Haus ist als Eigentum der Roarke Resorts eingetragen. War es der ständige Wohnsitz Ihres Cousins?«

Oh ja, sie steckte tief in der Scheiße. Er wich ihrer Frage aus.

Sie schüttelte den Kopf und blickte hinunter auf den Teppich. *Bleib cool. Behalte einen klaren Kopf, und alles wird gut werden. Du weißt doch, wie das läuft.* »Nein. Er, äh, lebt in Florida. Er hat eine Frau.« Sie schloss die Augen. Mist. Madeline. Sie zwang sich, die Augen wieder aufzumachen. »Er hat das Bauprojekt hier überwacht. Aber er zieht es vor, in dem Haus in Chicago zu wohnen und nicht hier.«

»Ein ziemlich langer Weg zur Arbeit, nicht wahr?«, fragte Chen.

Ja, aber das gehörte zu Bryans Plan: sich so weit entfernt wie möglich zu halten, damit er eine Ausrede hatte, die meiste Zeit nicht da zu sein. Vom Personal würde niemand Fragen stellen, und er ließ es sich gut gehen. Das war einer der Gründe, warum das Budget dieses Resorts um eine halbe Million Dollar überzogen und das Projekt im Zeitplan um zwei Monate im Rückstand war. Und es war auch *einer* der Gründe, warum sie jetzt hier war.

Die Szene, die sie mit angesehen hatte, kam ihr wieder in den Sinn. Ihr fiel Lucy Walthers ein. Die bisher mit keinem Wort erwähnt worden war.

Mist. Sollte sie es ihnen sagen? Nein. Denn dann würde sie Billy wirklich reinreiten. Und das würde sie niemals tun.

»Allerdings«, stimmte sie mit leiser Stimme zu.

Sie konnte nicht anders, sie musste wieder Shane anblicken, um festzustellen, dass seine harten, dunklen Augen sich ausschließlich auf sie richteten. Er hatte immer noch kein Wort gesagt, und außer, dass er sie aufgefangen hatte, ehe sie wie ein schwaches Weibchen in die Knie gegangen war, hatte er sie nicht mehr berührt. Aber der forschende Blick, mit dem er sie ansah, machte sie völlig nervös. Es waren nicht mehr die weichen, sanften Augen von letzter Nacht. Es waren die Augen eines Cops. Solche, die einen durchleuchteten und entschieden: *Jawohl, sie lügt.*

Hailey musste wegsehen.

»Sind Sie gestern dort gewesen, Ms. Roarke?«, fragte Chen.

Ihr Magen zog sich zusammen. Was sollte sie darauf antworten?

Noch ehe Hailey den Mund aufmachen konnte, ging das Telefon an Chens Hüfte. Er blickte auf die Nummer, machte ein mürrisches Gesicht und klappte es auf. »Ich muss drangehen. Detective Maxwell kann das hier zu Ende führen.«

Er wartete ihre Antwort gar nicht erst ab, sondern hielt sich das Telefon ans Ohr und sagte »Chen«, während er auf die Eingangstür zuging.

Okay. Zu Ende führen. Zumindest bedeutete das, dass sie sie nicht verhaften würden. Und es bedeutete auch, dass sie kein Wort über Billy zu verlieren brauchte. Die Erleichterung schoss Hailey durch den Körper wie ein dreifacher Espresso. Bis zu dem Moment, als die Tür zufiel und sie plötzlich mit Shane allein war.

Er starrte sie aus zusammengekniffenen Augen an. Sagte kein Wort. Und in dem Schweigen, das zwischen ihnen herrschte, kehrten die Selbstzweifel wieder zu ihr zurück.

Sie war für keinen Mann je gut genug gewesen. Nicht für ihren Vater, nicht für ihren Exmann, und schon gar nicht für diesen strammen Detective, der ihr seit drei langen Monaten im Kopf herumgeisterte. Das Ende vom Lied war immer gewesen, dass sie sich aus dem einen oder dem anderen Grund von ihr abgewendet hatten.

Ihr wurde bewusst, dass er sie musterte. Das war nicht mehr der Mann, der an ihr interessiert war. Zumindest nicht an ihr als Frau. Und schon gar nicht als potentielle Partnerin. Er war lediglich hier, weil sie eine Verdächtige war.

Eine Verdächtige. Vergiss das ganze blöde Liebesgeplänkel. Sie musste sich jetzt voll und ganz darauf konzentrieren, ihren Hintern vor dem Gefängnis zu retten.

Zum Teufel mit Bryan. Und mit meinem Vater auch.

Sie straffte die Schultern, nicht gewillt, sich einschüchtern zu lassen. Und wollte gerade den Mund aufmachen, um das Schweigen zu brechen, als die Badezimmertür aufflog und Billy, eingehüllt in eine Wolke aus Dampf und Hitze, herauskam.

»Schätzchen, hast du nicht gesagt, es gibt Kaffee?« Ihr ehemaliger Schwager war nackt bis auf eine tief geschnittene Levi's und ein Handtuch, mit dem er sich das hellbraune Haar trocken rieb. »Du weißt doch, ohne Koffein ist mit mir vor neun Uhr nichts anzufangen.«

Shanes Blick flog von Billys nackter Brust zu ihrem weißen Frotteebademantel. Und in seinen Augen konnte sie dicke, fette Fragezeichen sehen. Er wusste, wer Billy war. Und er kannte Billys Ruf.

Hailey schloss die Augen und stieß einen tiefen Seufzer aus. Okay. Es kehrte sich nicht gerade zum Besseren. Und trug auch nicht gerade dazu bei, sie vor dem Gefängnis bewahren.

Shanes Rücken versteifte sich, während Hailey rasch aufsprang und sich von ihm abwandte. »Billy. Du erinnerst dich doch noch an Shane Maxwell, oder?«

Billy hielt inne und hob den Kopf. Überraschte, haselnussbraune Augen blickten zuerst in Haileys Gesicht und dann über ihre Schulter hinweg zu Shane.

Ja, da guckst du, was, Kumpel? Shane presste die Kiefer aufeinander. Billy war der Schwager seiner Schwester Lisa. Streng genommen gehörte Billy damit irgendwie zur Familie. Nicht, dass er einen Anspruch auf ihn erhob. Das bisschen, was er über Billy Sullivan wusste, konnte man in einem Wort zusammenfassen: Totalversager.

Vor seinem geistigen Auge sah Shane die blauen Flecken, die über Haileys ganzes Gesicht verteilt waren und ihn fast hatten durchdrehen lassen, als er die Suite betreten hatte – letzte Nacht waren sie ihm weder im schwachen Licht der Bar noch in seiner Wohnung aufgefallen –, dann sie, mit nichts bekleidet als einem Bademantel, und dieser Drecksack, der jetzt vor ihm stand. Und alles lief auf eine einzige große Frage hinaus, die zu stellen er kein Recht hatte.

»Na klar.« Billy warf sich das Handtuch über die nackte Schulter. »Was führt Sie her, Cop?«

Hailey trat zwischen die beiden, und Shane wusste, auch ohne dass er ihr geschundenes Gesicht sah, dass sie Billy einen warnenden Blick zuwarf. Kluges Mädchen. Er war nicht in der Stimmung, einen auf nett zu machen. »*Detective* Maxwell ist hergekommen, um mir ein paar Fragen über das neue Hotel zu stellen.«

Billys Blick heftete sich auf ihr Gesicht. Und Shane wusste im selben Moment, dass der Kerl ein Versager sein mochte, doch sehr schnell kapierte. »Was du nicht sagst.«

»Warum gehst du nicht schon mal runter in die Küche und siehst nach, wo der Kaffee bleibt?«, fragte Hailey mit mehr Enthusiasmus als nötig. »Dann kläre ich das hier inzwischen.«

Billy nickte kurz, warf Shane einen Blick zu und war dann mit zwei Schritten an der Schlafzimmertür. »O.k. Ich geh nur noch mein Shirt holen.«

Er war augenblicklich zurück und zog sich ein schlichtes weißes T-Shirt über den Kopf. Flip-Flops klatschten an seine Fußsohlen. »Ist noch irgendwas?«

»Nein, alles klar«, beeilte Hailey sich zu sagen.

»Okay, dann bin ich mal weg.«

Die Tür flog zu, und Stille breitete sich im Raum aus. Langsam drehte Hailey sich wieder zu Shane um. Aber jetzt sah sie nicht mehr schockiert aus, wie nachdem Tony ihr die Neuigkeiten über ihren Cousin erzählt hatte, sondern schuldig.

Völlig ausgeschlossen.

Sie biss sich auf die Innenseite der Lippe. Beäugte ihn misstrauisch. Wartete ab.

Und obwohl er wusste, dass es absolut falsch war, es zu sagen, konnte er nicht anders: »Hast du jetzt von dem einen Bruder zum anderen gewechselt?«

Zuerst wirkte sie überrascht, dann loderten ihre saphirfarbenen Augen wütend auf, ehe sie sich zu Schlitzen verengten. »Du kannst mich mal, Maxwell.«

Peng. Er hatte es nicht besser verdient, oder? Klar, er war derjenige gewesen, der ihr letzte Nacht den Laufpass gegeben hatte, aber ganz im Ernst … Billy Sullivan? *Billy Sullivan?*

Er fuhr sich mit der Hand durchs Haar und verdrängte diesen abstoßenden Gedanken aus seinem Kopf. Mit wem sie herumvögelte, ging ihn nichts an. Aber wenn dieser Kerl sie als Boxsack benutzte, ging ihn das sehr wohl etwas an. »Wo kommen die blauen Flecken her?«

Sie neigte den Kopf zur Seite und warf ihm einen gelangweilten Blick zu. »Ich bin hingefallen.«

»Blödsinn. Jetzt red' schon, oder ich finde jemanden, der es tut.«

Ihr Gesichtsausdruck blieb unverändert, aber als sie endlich einsah, dass er nicht lockerlassen würde, hob sie eine Schulter und ließ sie wieder fallen. »Welche Flecke meinst du?«

Welche? Sie ließ sich von Billy Sullivan verprügeln? Regelmäßig? Oh Mann, der Typ war so gut wie tot. Und wo war die couragierte *Ich-lass-mir-von-keinem-Kerl-was-gefallen*-Frau geblieben, die er in den Keys kennengelernt hatte?

Sie löste ihre verschränkten Arme. »Ach, komm schon. Ich weiß, was du denkst, aber so ist es nicht. Hast du dich in letzter Zeit mal mit Lisa unterhalten?«

Er überlegte, wann seine Zwillingsschwester das letzte Mal angerufen hatte. »Letzte Woche.«

»Hat sie dir erzählt, was bei Pete los war?«

Pete war Peter Kauffman. Ein Freund von Lisa und Rafe. Und Rafes Geschäftspartner in der Galerie Odyssey. Shane war Kauffman ebenfalls in Florida begegnet. Intelligent. Scharfsinnig. Jedermanns Kumpel. Shanes Meinung nach der Typ Mann, den man stets im Auge behalten musste, weil man nie wusste, was er als Nächstes tun würde.

»Der Ärger mit seiner Freundin?«, fragte Shane und erinnerte sich, was Lisa ihm erzählt hatte. Vor ein paar Wochen war Kauffmans Ex von zwei Typen von einer ägyptischen Terrorzelle verfolgt worden, weil sie Zeugin irgendeines Verbrechens geworden war. Er wusste nichts Genaues, nur, dass es einen Zusammenstoß in New York gegeben hatte, Kauffman und seine Freundin davongekommen und der Terrorist getötet worden war.

»Ja.« Hailey deutete auf ihr Gesicht. »Die gelben Flecken: Ich habe Pete geholfen, indem ich ein paar Nachforschungen anstellte. Kats ›Freunde‹ hielten mich versehentlich für Petes Schwester. Wahrscheinlich dachten sie, ich sei gutes Verhandlungsmaterial.«

Er riss die Augen auf. Ach du Scheiße. Sie war als Geisel genommen worden. Von einem Dschihad-Terroristen. »Was ist passiert –«

»Nichts«, sagte sie rasch. »Ich konnte entkommen. Der Böse hat bekommen, was er verdiente. Ende der Geschichte.«

Er atmete erleichtert auf. Aber die Erleichterung war nur von kurzer Dauer, als ihm wieder einfiel, was sie eben gesagt hatte. *Welche Flecken?*

Sein Blick fiel wieder auf das frische blaue Mal neben ihrem Auge. »Was ist mit den neuen Flecken?«

Sie biss sich wieder auf die Lippe.

»Denk nicht mal daran, mir etwas vorzuenthalten, oder dein Freund da draußen bekommt großen Ärger.«

Ihre Lippen wurden schmal. »Fragst du, weil du dich um mein Wohlergehen sorgst oder weil du eine Aussage von einer Hauptverdächtigen brauchst?«

Ihre Schönheit und ihre mörderischen Kurven ließen ihn fast vergessen, dass sie selbst ein Cop gewesen war. »Du bist keine Verdächtige.« Jedenfalls *noch* nicht.

»Aber ich bin eine Zielperson. Alles eine Frage der Formulierung, nicht wahr?«

»Wir sprechen mit jedem, der mit diesem Fall zu tun hat, nicht nur mit dir.«

Sie musterte ihn sekundenlang. »Wie ist er gestorben?«

Er zögerte. »Das wissen wir nicht genau. Das Ergebnis der Autopsie liegt uns noch nicht vor.

Sie wusste, dass das gelogen war. Sie konnte es in seinen kristallblauen Augen lesen. »Ich beantworte keine Frage mehr ohne meinen Anwalt.«

Ihm platzte der Kragen. Und jedes bisschen Umgänglichkeit, das sie gerade aufgebaut hatten, fiel wieder in sich zusammen. »Das liegt ganz bei dir. Aber es gibt keinen Grund –«

»Doch, den gibt es. Also, wenn sonst nichts mehr ist, Detective, würde ich es begrüßen, wenn Sie jetzt gehen. Ich habe ein paar Anrufe zu erledigen. Die Familie verständigen und Aufgaben verteilen. Wenn Sie noch irgendwelche Fragen haben, soll Detective Chen sich mit meiner Sekretärin in Verbindung setzen, und ich werde kooperieren, soweit ich kann. Mithilfe meines Anwalts. Ansonsten ist dieses Gespräch beendet.«

Sein Blick musterte eingehend ihr ramponiertes Gesicht. Sank hinab zum V ihres Bademantels und wieder nach oben, ehe er es verhindern konnte. Sie merkte es und zog den Kragen enger zusammen.

Vielleicht war es besser so. Wenn sie auf offizieller Ebene miteinander kommunizierten und er nicht wieder in einen Liebesrausch verfiel, wie er es in Florida getan hatte. Oder in Puerto Rico. Oder, verflucht … in seiner Wohnung letzte Nacht. Sie hatte recht. Sie war eine Zielperson in diesem Fall, und er war ein Kripobeamter, der ein Verbrechen aufzuklären hatte, von dem er instinktiv wusste, dass es irgendwie mit ihr zu tun hatte.

Besser so. Einfacher. Und eindeutig sicherer. Vor allem für sie.

Er zog eine Visitenkarte aus der Gesäßtasche und reichte sie ihr. »Wenn Ihnen noch etwas einfällt, rufen Sie uns an.«

Er verharrte mit einer Hand am Türgriff. Wagte aber nicht, sie noch mal anzusehen. »Warum hast du ihm nicht einfach gesagt, dass du letzte Nacht mit mir zusammen warst?«

Schweigen.

Dann sagte sie leise: »Warum hast du es ihm nicht gesagt?« Als er nicht antwortete, fügte sie hinzu: »Das habe ich mir gedacht. Es ist für uns beide nie passiert.«

5

Hailey streckte ihre zitternden Hände nach der Sofalehne aus. Sie würde nicht durchdrehen, verflucht.

Bryan war tot. Genau wie ihr Vater. *Deine Teilnahme entscheidet über Leben und Tod. Du bist die Einzige, der ich vertrauen kann.* Ein Schauer lief ihr über den Rücken. Ob ihr Vater ihr mit dieser Nachricht etwas hatte sagen wollen? War es möglich, dass sein Tod gar kein Unfall gewesen war?

Ihr Herz raste, als sie nach dem Telefon griff und die einzige wahre Freundin anrief, die sie im Key West Police Department hatte. Alice Hargrove meldete sich nach dem zweiten Klingeln.

»Klapsmühle hier. Um was für einen Notfall handelt es sich?«

In Haileys Kopf arbeitete es. Und weil sie an solche Spielchen gewöhnt war, ratterte sie das Erste herunter, das ihr in den Sinn kam. »Redest du mit *mir*?«

»Schon besser, H. Aber mit etwas Originellerem als *Taxi Driver* solltest du schon aufwarten können. Und etwas Humor in der Stimme könnte nicht schaden. Eine Parodie auf Paris Hilton wäre nicht schlecht. Versuch's mal mit ›Mir ist mein Chihuahua mit dem rosa Tutu entlaufen.‹«

Hailey schloss die Augen. Normalerweise konnte Allies heiteres Wesen sie immer aufmuntern, egal, was sie bedrückte. Allies Humor hatte sie zum Lachen gebracht, als sie beim *Detectives Programme* abgelehnt worden war, während ihrer Scheidung, selbst nach dem Tod ihres Vaters vor zwei Wochen. Aber heute änderte es rein gar nichts an der Übelkeit, die sie verspürte. »Allie, du musst mir einen Gefallen tun. Einen großen.«

Allies Tonfall wurde ernst. »Was ist denn los? Und wo bist du? Ich hab dir gestern Abend zu Hause auf deinen Anrufbeantworter gesprochen, aber du hast nicht zurückgerufen.«

»Wisconsin. Ich bin hier, um im neuen Resort nach dem Rechten zu sehen. Allie, Bryan ist tot.«

»Ohne Scheiß?« Es folgte ein langes Schweigen, und dann sagte Allie: »Nun ja, das klingt jetzt vielleicht ein bisschen krank, aber das ist nicht direkt schlecht für dich, oder?«

Hailey erschauderte. Shane brauchte nur ein wenig zu kramen, bis er auch dahinterkommen würde. »Ich bin ziemlich sicher, dass er ermordet worden ist. Gerade war die Polizei da, um mich zu befragen.«

»Was? Wieso denn dich?«

Hailey fuhr sich mit der Hand über die Stirn. Zum Glück zitterte sie nicht mehr. Aber ihr war immer noch speiübel. »Weil ich gestern in seinem Haus war, bevor ich hierherkam.«

»Na ja, streng genommen ist es ja dein Haus, oder? Woher weißt du, dass er ermordet wurde?«

»Weil sie sonst nicht hier gewesen wären und mich gefragt hätten, wo ich gestern Abend war. Allie, es wird nicht lange dauern, bis sie genau das herausfinden, was du gerade gesagt hast. Ich habe ein Motiv. Ich hatte die Gelegenheit. Ich habe ein beschissenes Alibi.«

»Halt, halt, halt. Jetzt mal schön der Reihe nach. Was meinst du mit beschissenem Alibi? Wo warst du denn gestern?«

Hailey biss sich auf die Lippen. Sie wollte Allie nicht mit reinziehen. Freundinnen hin oder her, Allie stand kurz vor einer Beförderung. Und im Gegensatz zu Hailey war sie eine verdammt gute Polizistin.

»Das spielt keine Rolle. Hör zu, du musst mir einen Gefallen tun. Mein Vater wurde obduziert. Ich habe den Schlussbericht gesehen, aber ich konnte nichts Auffälliges daran feststellen.

Könntest du dir den Bericht besorgen und deinen Dad einen Blick darauf werfen lassen? Vielleicht springt ihm irgendetwas ins Auge, was übersehen wurde.«

Allies Vater war der Gerichtsmediziner von Monroe County. Wenn es je einen Experten für Todesfälle gegeben hatte, dann James Hargrove. »Du glaubst nicht, dass dein Vater an Herzversagen gestorben ist, wie der Gerichtsmediziner festgestellt hat? Und nur für's Protokoll: Mir ist sehr wohl aufgefallen, wie du das Thema gewechselt hast.«

Hailey ignorierte den letzten Satz und konzentrierte sich auf das, was wichtig war. »Ich bin mir nicht sicher. Ein paar Sachen, die er mir zum Schluss gesagt hat, ergeben einfach keinen Sinn. Ich habe das seltsame Gefühl, dass er versucht hat, mir etwas Wichtiges zu sagen. Ich hatte kurz nach seinem Tod viel um die Ohren. Ich habe den Bericht nicht so gründlich gelesen, wie ich es hätte tun sollen.«

»Ja, H, das kann ich tun, aber was hat das mit Bryan zu tun?«

»Ich weiß nicht genau. Es ist nur ein Bauchgefühl. Irgendetwas stimmt da nicht.«

»Den Eindruck habe ich auch. Dabei kommt mir ›Dänemark‹ und ›faul‹ in den Sinn.«

»Den Spruch habe ich nie verstanden.«

»Ich auch nicht«, sagte Allie. »Ich bin sicher, dass es irgendjemanden irgendwo verärgert, aber ich verärgere ja ständig Leute, also ist das nichts Neues.«

Dieses Mal fühlte Hailey sich ein klein wenig besser, als sie lächelte. Aber ihr Lächeln erstarb schnell wieder. »Du kommst nie drauf, wer der Kripobeamte war, der mich befragt hat.«

»Howie D.!«

Hailey konnte nicht anders. Sie musste kichern. Allies Schwärmerei für den puerto-ricanischen Backstreet Boy war schon legendär. Während Haileys kurzer Ehe mit Rafe hatte Allie ständig darauf hingewiesen, dass Rafe wie eine ältere, größere Ausgabe des Sängers aussah. Was Rafe tierisch genervt hatte.

»Nein. Leider nicht. Ich sage nur: großer, dunkler, grüblerischer Detective aus Chicago.«

»Nein!«

»Doch. Leider.«

Allie stieß an ihrem Ende der Leitung einen Pfiff aus. »Und was ist passiert?«

Da Hailey Allie bereits alles über Shane und die leicht entflammbare Chemie zwischen ihr und ihm erzählt hatte, war keine weitere Erklärung nötig. Sie hielt es jedoch für klüger, das Techtelmechtel in seiner Wohnung letzte Nacht auszulassen. »Nicht viel. Er hat mich beschimpft. Ich habe ihn beschimpft. Er versuchte, mir das Geständnis zu entlocken, dass ich meinen Cousin umgebracht habe. Das Traumpaar schlechthin, findest du nicht auch?«

»Süße, wir müssen unbedingt an deinen Umgangsformen gegenüber Männern feilen.«

»Nicht nur daran. Okay, Allie, ich muss weg. Ich ruf dich später wieder an.«

»Das solltest du tun. Ich werde mit meinem Dad reden und dir besorgen, was du brauchst.« Ihr Tonfall wurde wieder ernst. »Und H, ganz im Ernst, wenn du sonst noch irgendetwas brauchst, ruf mich an. Wirklich. Ich mache mir Sorgen um dich.«

»Das brauchst du nicht. Es wird schon alles wieder gut. Aber danke.«

Hailey legte auf und wählte dann die Nummer des Chauffeurdienstes, den sie häufig nutzte. Gerade als sie das Gespräch beendet hatte, ging die Tür der Suite auf. Billy betrat den Raum mit zwei Pappbechern in den Händen.

Sie stand auf und nahm den Kaffee, den er ihr hinhielt. »Was wollten die Bullen denn?«

Sie nahm einen großen Schluck und ließ sich das bittere Nass, das ihren unterkühlten Leib wärmen sollte, heiß die Kehle hinunterlaufen. »Nichts. Maxwell war gerade in der Gegend und ist nur vorbeigekommen, um Hallo zu sagen.«

Billy kniff die Augen zusammen. »Quatsch. Ich weiß noch genau, wie ihr auf Rafes und Lisas Hochzeit ein Kopf und ein Arsch wart. Das war kein zwangloser Gelegenheitsbesuch.«

Sie nippte wieder, wandte den Blick aber nicht von ihm ab. Was auch immer Billy zu wissen glaubte oder was er jetzt sagte, sie würde ihn da nicht mit hineinziehen. Noch ein Zusammenstoß mit dem Gesetz, und er würde in ernsthaften Schwierigkeiten stecken. Und solange Hailey den Ärger mit ihrem Exmann verhindern konnte, der daraus zwangsläufig folgen würde, würde sie das nicht zulassen, denn sie war der Mutter der beiden etwas schuldig. Teresa Sullivan war eine Mutter, wie sie sich Hailey immer gewünscht hätte, und sie hatte Bauchspeicheldrüsenkrebs im Endstadium. Wenn ihr jüngster Sohn jetzt ins Gefängnis wandern müsste, ehe ihre Zeit gekommen war, würde sie das umbringen. Buchstäblich.

»Glaubst du etwa nicht, dass er einfach so vorbeischauen würde, um mich zu sehen?«

»Das war nicht der Grund, warum er hier war.«

Mit finsterer Miene ließ sie sich auf einem Stuhl nieder. »Es gibt Männer, die mich attraktiv finden.«

Billy lachte in sich hinein, während er sich auf das Sofa plumpsen ließ, seine Flip-Flops abstreifte und die nackten Füße auf den gläsernen Couchtisch legte. »Ich weiß. Dieser Cop ganz bestimmt. Aber deswegen war er nicht hier.« Er blickte auf seinen Pappbecher hinunter, als sich ein niederträchtiges Grinsen auf seinem Gesicht ausbreitete. »Er denkt, wir beide haben etwas miteinander. Und er war gar nicht begeistert von dieser Vorstellung.«

Wenn sie bedachte, wie Shane letzte Nacht ihre kleine Knutscherei vermasselt hatte, bezweifelte sie, dass er sich auch nur im Entferntesten darum scherte, mit wem sie was machte. »Du sagst das, als würde dich das anwidern.«

»Versteh mich nicht falsch, H, du bist echt heiß und alles. Aber selbst wenn es nicht diesen Pfui-Faktor gäbe, weil du zur Familie gehörst und so – Rafe würde mir in den Arsch treten. Allerdings … deine Schwester« – er hob die Augenbrauen – »das wäre etwas anderes.«

Hailey durchbohrte ihn mit ihren Blicken. Ihre Schwester Nicole war altersmäßig näher an Billys siebenundzwanzig Jahren, und auch sonst alles, was Hailey nicht war. Zierlich, natürlich gebräunt, umwerfend in ihrer Niemand-kann-mich-übersehen-Art und das absolute Partygirl. Es war vollkommen logisch, dass Billy sie attraktiv fand.

Das war auch der Grund, warum sie ihn wieder nach Miami bekommen und sich um die andere Angelegenheit kümmern musste, und zwar *bevor* Nicole von ihrer Europareise zurück sein würde.

»Ich habe dir einen Wagen gerufen. Er wird in wenigen Minuten hier sein.«

Er musterte sie über den Pappbecher hinweg. Und obwohl sie versuchte, sich ihre Besorgnis über alles, was sie gerade erfahren hatte, nicht anmerken zu lassen, erkannte er sie. Der Kerl war schlauer, als gut für ihn war. »Bist du sicher, dass du mich hier nicht brauchst?«

Sie schüttelte den Kopf. »Wir haben gestern Abend bekommen, was ich wollte. Das Einzige, was du für mich noch erledigen musst, ist diese andere Sache, die wir besprochen haben.«

Seine dunkelbraunen Augen fixierten die ihren länger, als ihr lieb war. Und ihr Magen verkrampfte sich vor Sorge, die er ihr hoffentlich nicht ansah. Er war ganz anders als sein Bruder, ihr Ex. Hell statt dunkel. Und er kam stark nach seinem Vater, während bei Rafe mehr die puerto-ricanischen Wurzeln seiner Familie durchkamen. Reagierte er impulsiv, dann reagierte Rafe vorsichtig. Und er war dreist, wenn Rafe bestimmt war. Jemand, der die Dinge auf seine Art machte und deswegen meist missverstanden wurde.

Sie überlegte, dass diese Eigenschaft der Grund war, warum sie Billy so mochte. Ja, er traf die falschen Entscheidungen, und in den allermeisten Fällen handelte er sich damit Ärger ein, aber rückblickend unterschied er sich gar nicht so sehr von ihr. Die Art, wie er sie jetzt ansah, seine Augen, die viel zu viel sahen, machten ihr klar, dass Billy und sie eigentlich viel mehr gemeinsam hatten, als es bei ihr und Rafe je der Fall gewesen war.

Endlich hörte er auf, sie mit seinem Blick zu durchdringen, nahm die Füße vom Tisch und beugte sich vor. »Was bedeutet sie? Die Zahl auf dem Boden der Statue? Fünfundzwanzig. Fünfundzwanzig was?«

»Keine Ahnung.« Sie glaubte mehr und mehr daran, dass ihr Vater ihr tatsächlich etwas Bestimmtes hatte sagen wollen. Was wäre, wenn diese verrückte Schatzsuche am Ende gar nicht so verrückt war? Wer hatte Bryan getötet, und warum? Und was wäre, wenn dieselbe Person etwas mit dem Tod ihres Vaters zu tun gehabt hätte?

Die Sprechanlage summte, was bedeutete, dass der Wagen da war, und das schrille Geräusch durchtrennte ihre Gedanken wie eine Kettensäge.

Sie setzte ein Lächeln auf, während sie und Billy sich rasch voneinander verabschiedeten. Er holte seinen Rucksack aus dem Schlafzimmer und versprach ihr, sich zu melden. Während sich die Tür hinter ihm schloss, betete sie, dass sein Teil ihres kleinen Plans reibungslos über die Bühne ging. Dann, sobald sie allein war, ließ sie den Kopf an den Türrahmen sinken.

Ganz große Klasse, Hailey.

Billy war der Einzige, der bezeugen konnte, wo sie letzte Nacht gewesen war, und sie hatte ihn einfach gehen lassen. Wenn Bryan tatsächlich ermordet worden war, steckte sie tief in der Tinte.

Sie drehte sich um, lehnte sich mit dem Rücken an die kühle Tür und starrte vor sich hin.

Sie musste schnellstmöglich aus Chicago weg. Bevor der Polizei ein Grund einfiel, sie hier festzuhalten. Bevor Shane zurückkam und sie wieder mit Fragen bombardierte. Wenn sie nicht morgen die Besprechung mit der Planungskommission von Lake Geneva gehabt hätte, würde sie in diesem Moment bereits in einem Flieger sitzen.

Irgendetwas sagte ihr, dass es eine blöde Idee war, hierzubleiben, genauso wie gestern in dieser Bar – wie immer sie es drehte und wendete.

Tony saß im Auto und telefonierte, als Shane sich auf den Beifahrersitz schwang. Er zog die Tür zu und betrachtete die Baustelle. Obwohl dieser Teil des Resorts so gut wie fertig war, waren rund um das Gebäude noch keine Grünflächen angelegt, lediglich Berge von Erde, Steinen und Baumaterial lagen unter einer dünnen Schneedecke.

Tony klappte das Telefon zu und warf Shane einen Blick zu. »Hast du irgendetwas aus ihr herausbekommen?«

»Auch nicht mehr als du.«

»Hat sie gesagt, was mit ihrem Gesicht passiert ist?«

»Nein.« Shane presste die Kiefer aufeinander, während er auf das Resort starrte. Und daran dachte, was sie ihm gestanden hatte – Scheiße, von einem Dschihad-Terrorist als Geisel genommen zu werden! Kauffmann stand ganz oben auf seiner Liste von Arschlöchern, die er demnächst zusammenschlagen würde, gleich nachdem er Billy Sullivan windelweich geprügelt hatte.

Er musste an das denken, was sie nicht zugegeben hatte. »Könnte ein willkürlicher Raubüberfall gewesen sein.«

»Glaubst du das wirklich?«

»Nein. Du?«

Tony stützte sich mit dem Ellbogen an den Fensterrahmen und schüttelte den Kopf. »Auf keinen Fall. Wollte nur sichergehen, dass du es auch nicht tust. Die Dame lügt, wenn sie nur den Mund aufmacht.«

Ja, zum Teufel, sie log. Wie gedruckt. Und Shane wollte wissen, warum.

Außerdem wollte er wissen, was Sullivan in ihrem Hotelzimmer zu suchen hatte. Der Junge war Mitte zwanzig. Sie musste mindestens sechs Jahre älter sein als der Kerl. Was zum Henker sah sie in einem Versager wie Sullivan? Und wenn sie wirklich mit dieser Niete zusammen war, warum in aller Welt hatte sie ihm dann letzte Nacht ihre Zunge in den Hals gesteckt?

Er raufte sich die Haare, als er merkte, welche Richtung seine Gedanken nahmen, und versuchte das Bild von ihnen beiden, wie sie sich nackt und schwitzend auf dem Boden wälzten, aus dem Kopf zu bekommen.

»Verdammt«, murmelte Tony in seiner Wagenhälfte. »Du hast sie gefickt.«

Shanes Blick schnellte in seine Richtung. »Was? Nein, habe ich nicht.«

»Dann willst du sie ficken«, sagte Tony mitfühlend.

Shane sah ihn verächtlich an und rutschte hin und her, um an die Tic Tacs in seiner Hosentasche zu kommen. Er brauchte jetzt eins. Oder fünfzig. »Zügle gefälligst deine schmutzige Fantasie.«

»Das würde ich ja, wenn deine nicht noch viel schmutziger wäre. Ich habe gemerkt, wie ihr beide euch angesehen habt.

Mensch, sie ist eine mögliche Verdächtige. In einem ziemlich hässlichen Mordfall, falls du das schon vergessen hast. Wenn zwischen euch beiden was läuft, dann legst du besser gleich die Scheiß-Karten auf den Tisch.«

Shane starrte wieder das Gebäude an und dachte angestrengt darüber nach, was er darauf antworten konnte, das halbwegs sinnvoll klang. Keine Chance, dass Tony in dieser Sache lockerließ. Nicht nach den letzten Vorkommnissen.

»Hör zu, zwischen uns läuft überhaupt nichts, okay? Ich bin ihr begegnet, als ich vor ein paar Monaten nach Florida geflogen bin, um Lisa zu suchen. Das war's.«

»Das war's? Sicher? Es sieht nämlich ganz anders aus.«

Shane spannte die Kiefermuskeln an. Er müsste eigentlich reinen Tisch machen. Tony sagen, dass er letzte Nacht mit Hailey zusammen gewesen war. Aber wenn er das tat, dann würde ihm dieser Fall entzogen. Und wenn Bryan Roarke ermordet worden war, bevor Hailey ihm über den Weg gelaufen war …

»Das war's«, sagte er mit Bestimmtheit. Er hatte seine Entscheidung gefällt. »Ende der Geschichte.«

Tony sah ihn eine Weile an. Dann schüttelte er langsam den Kopf. »Das will ich hoffen. Wirklich. Du weißt ja, was das letzte Mal passiert ist, als du dich mit einer Frau eingelassen hast, die in einen Mord verwickelt war –«

»Ja, ich weiß«, sagte Shane rasch. Er schnippte eine Handvoll Tic Tacs heraus und griff nach dem Sicherheitsgurt. Als ob er Tony oder sonstwen nötig hätte, um daran erinnert zu werden. »Und jetzt sagst du mir, wer vorhin am Telefon war, und warum es so unglaublich wichtig war, dass du mitten in der Befragung abhauen musstest.«

Tony startete den Motor. »Das war Ramos. Sie haben sich gerade die Überwachungsvideos des Roarke-Hauses angesehen.«

»Und?«

»Und sie wollen, dass wir mal einen Blick darauf werfen. Sie haben Aufnahmen, wahrscheinlich von einer Frau, die um den Todeszeitpunkt herum in das Haus einbricht.«

Shane kniff die Augen zusammen. »Eine Frau? Sind sie da sicher?«

Tony bog auf die Schnellstraße Richtung Süden ein. »Ziemlich sicher. Ramos sagt, es sieht aus, als sei sie blond.«

»Fuck«, murmelte Shane und blickte durch die Windschutzscheibe in das endlose Weiß hinaus.

»Jetzt nicht«, warf Tony zurück, während er die Spur wechselte. »Wenn du klug bist, niemals. Und, Maxwell, ich hoffe sehr, dass du diesmal klug bist. Gott weiß, anders komme ich nicht mit dir klar.«

In eben dem Moment, als Eleanor Schmidt-Roarke die Diele ihres Anwesens in Palm Beach betrat, wusste sie, dass sie nicht allein war.

Es gab nur eine Person, die einen derartigen Lärm in ihrem Haus veranstaltete und damit ungeschoren davonkam.

Ihre Tochter war wieder da.

Sie folgte den dumpfen Beats von Jay-Z, die aus dem hinteren Teil des Gebäudes drangen, und blieb schließlich in der Tür zu ihrer funktional eingerichteten Küche stehen. Über die Kücheninsel waren verschiedene Wurstsorten, Brotscheiben, Chipstüten und eine offene Packung M&Ms verteilt, von denen Eleanor nicht einmal gewusst hatte, dass sie sie im Haus hatte. Mit entsetztem Gesicht stand Matilda, Eleanors Haushälterin, neben der Spüle und starrte auf das Durcheinander und das XS-Hinterteil, das ihr aus dem gigantischen, offen stehenden Kühlschrank entgegenragte.

Mit einem halben Käsekuchen in der Hand wirbelte Nicole herum und hörte mitten im Satz auf zu singen, als sie ihre Mutter sah. Ihr dunkler Pferdeschwanz wippte hin und her.

Eleanor durchbohrte ihre Tochter mit Blicken, streckte die Hand nach dem CD-Player aus, den Matilda in der Küche stehen hatte, um klassische Musik zu hören, und schaltete ihn aus. Stille legte sich wie eine schwere, dunkle Wolke über den Raum.

»Du bist aber früh zurück«, sagte Eleanor.

Ein selbstgefälliges Grinsen breitete sich in Nicoles Gesicht aus. »Hast du mich vermisst?«

Eleanor hob eine Augenbraue.

Matilda kam herbei. »Miss Eleanor, ich habe nicht gewusst –«

Eleanor unterbrach sie mit einer Handbewegung. »Schon gut, Matilda. Meine Tochter und ich haben etwas zu besprechen. In meinem Auto sind ein paar Tüten, die hereingeholt werden müssen.«

»Ja, Ma'am.« Matilda verließ hastig das Zimmer.

Nicoles Miene verfinsterte sich, als sie alleine waren. »Lass sie nicht dafür büßen, dass du sauer auf mich bist.«

»Das tu ich schon nicht. Und pass gefälligst auf, wie du mit mir redest, junge Dame.« Mit mürrischem Gesicht fegte Eleanor einen Haufen Krümel beiseite, um Platz für ihre Handtasche zu schaffen. »Wir hatten eine Abmachung, Nicole. Du solltest einen Monat in Europa bleiben.«

Nicole, trotzig wie immer, umrundete die gegenüberliegende Seite der Theke und griff nach einem Messer aus dem Messerblock. Sie schnitt ein Viertel des Käsekuchens ab und legte ihn auf einen Teller, stach die Gabel hinein, um sich einen riesigen – sehr undamenhaften – Bissen in den Mund zu schieben. »Mir ist langweilig geworden. Verklag mich doch deswegen.«

Eleanors Blutdruck schoss in die Höhe, doch sie hielt ihn mit kontrollierten Atemzügen in Schach. Die Tatsache, dass ihre sechsundzwanzigjährige Tochter sich jeden Müll in den Mund stopfen konnte und trotzdem ihre gertenschlanke Größe zweiunddreißig behielt, während Eleanor täglich Sport treiben und über jedes Häppchen dreimal nachdenken musste, um in ihre sechsunddreißiger Hosen zu passen, war nur eines der vielen Dinge, die sie am Muttersein verabscheute. »Glaub mir, wenn ich dir sage, dass es besser für dich wäre, wenn du nicht hier wärst.«

»Was soll denn das heißen?«, fragte Nicole mit einem zweiten gigantischen Bissen im Mund.

Hatte wirklich sie dieses Kind aufgezogen? Das Mädchen besaß kein bisschen gesellschaftlichen Anstand. Eleanor lief um die Insel herum, riss ihrer Tochter Teller und Gabel aus der Hand und stellte beides in die Spüle. »Ich verstehe ja, dass der Tod deines Vaters sehr hart für dich war –«

»Ach komm, sei nicht albern, Mutter.« Nicole wischte sich mit dem Handrücken den Mund ab. »Es war für mich genauso hart wie für dich. Außer uns beiden ist niemand im Raum. Du musst nicht die trauernde Witwe spielen. Ich *weiß*, wo du in der Nacht warst, in der Daddy gestorben ist.«

Um ihren Blutdruck war es schon wieder geschehen. Ruhig zupfte Eleanor ein Handtuch auf dem Handtuchständer gerade. »Da irrst du dich.«

»Nein, das glaube ich eigentlich nicht.« Nicole schnappte sich die M&Ms-Tüte und steckte sich eine Handvoll davon in den Mund. »Tatsächlich ist das einer der Gründe, warum ich zurückgekommen bin«, sagte sie kauend. »Weiß Hailey davon? Von deinem neuen Typ?«

Eleanor drehte sich langsam um und sah ihrer Tochter direkt ins Gesicht. Trotz und Überheblichkeit. Das hatte sie beides von ihrem Vater geerbt. Alle beiden Töchter. »Es liegt nicht bei dir oder Hailey, meine Entscheidungen zu billigen. Und außerdem, junge Dame, wenn ich dir etwas sage, dann erwarte ich, dass du es auch tust. Du wirst auf der Stelle nach Paris zurückkehren –«

»Einen feuchten Kehricht werde ich«, schleuderte Nicole kauend zurück.

»– und du wirst vor der Presse nicht ein Wort über deine ungeplante Heimreise verlieren.«

»Ach komm, wach doch auf, Mutter. Glaubst du im Ernst, dass es irgendwen interessiert, dass ich zurückgekommen bin?«

»Die ganze Welt interessiert es, Nicole. Dafür hast du schließlich gesorgt.« Sie riss Nicole die Süßigkeiten aus der Hand und warf sie in den Müll. »Indem du dich zu jeder Tages- und Nachtzeit mit diesen Hollywood-Perverslingen abgibst.«

Nicole verdrehte die Augen. »Sie sind meine Freunde.«

»Niemand, der sich Star oder Lakesha nennt, ist ein Freund der Roarkes.«

»Na ja, vielleicht ist das genau das Problem. Vielleicht sollten sie es sein.«

»Ich werde nicht zulassen, dass du so mit mir redest –«

»Wie wär's dann also.« Nicole durchquerte den Raum und griff in eine Tasche, die neben dem Küchentisch auf dem Boden stand. Sie zog eine Bronzestatue heraus und knallte sie auf den Granittresen. Genau die Statue, nach der Eleanor seit drei Tagen suchte. Das Mädchen hatte sie die ganze Zeit bei sich gehabt. »Erklär mir bitte mal, warum Bryan mich gestern in Paris angerufen hat und wissen wollte, wo diese dämliche Statue ist, die Daddy uns allen zu Weihnachten geschenkt hat? Obwohl er sich bisher nie dafür interessiert hat. Und obwohl er dieses Geschenk an dem Abend, an dem Daddy es ihm gegeben hat, für den letzten Schund hielt, das weiß ich noch genau.«

Ohne zu blinzeln, starrte Eleanor auf die berühmte Bronzedarstellung der Versuchung. Gott, wie sie diese verdammte Statue hasste. Und alles, wofür sie stand.

»Keine Antwort?«, fragte Nicole. »Okay, wie wäre es dann, wenn du mir erklärtest, warum CNN heute Morgen berichtet hat, dass Bryan tot in seinem Haus in Chicago aufgefunden wurde? Und woran es liegt, Mutter, dass du überhaupt nicht überrascht zu sein scheinst.«

Eleanors Augen hoben sich langsam. Erstaunt sah sie ihre Tochter an, denn in diesem Moment wurde ihr klar, dass sie Nicole Roarke unterschätzt hatte. Sie waren sich sehr ähnlich, nicht nur dem Aussehen nach, sondern auch in ihren Gedankengängen. Nicole war nicht die hirnlose Tussi, als die die Medien sie hinstellten. Es war ihr vielleicht egal, wer RR leitete, aber nicht, woher ihr Geld kam. Und da sie bereits einen großen Batzen ihres Treuhandfonds ausgegeben hatte, ergab es durchaus Sinn, dass sie jetzt mehr darauf achtete, was zu Hause vor sich ging, als in der Vergangenheit.

Eleanor kniff die Augen zusammen. »Bist du nicht bestürzt über Bryans Tod?«

»Du etwa?«

»Was willst du von mir?«

Langsam breitete sich ein Lächeln auf Nicoles perfektem Modelgesicht aus. »Das kommt darauf an, was du bereit bist, mir zu geben. Dafür, dass ich den Mund halte, meine ich.« Sie deutete mit dem Kopf auf ihre Statue. »Und dafür.«

Eleanor blickte wieder auf die Skulptur. Es juckte sie in den Fingern, danach zu greifen, doch damit würde sie verraten, wie groß die Verzweiflung war, die sie trieb. Aber wenn es etwas gab, das sie nicht mehr zulassen würde, dann war es, verzweifelt zu sein. Sie hatte sich geschworen, es nie wieder zu sein.

»Ich warne dich, Mutter. Daddys Anwalt hat mich auch angerufen. Ich weiß von diesem kleinen Spielchen, das ihr alle spielt. Also sorge lieber dafür, dass es sich für mich lohnt.« Zur Betonung beugte sie sich über die Theke. »Oder ich rufe die nächste Person auf meiner Liste an.«

Eleanor blickte auf. »Das wagst du nicht.«

»Das wirst du schon sehen.«

6

Ein kluger Mann weiß, wann er die Finger von etwas lassen sollte. Ein kluger Mann weiß, wann er sein gottverdammtes Glück nicht herausfordern sollte. Und ein kluger Mann erkennt auch, wenn er in Treibsand geraten ist.

Aber Shane Maxwell war nie besonders klug gewesen, zumindest nicht, wenn es um Frauen ging. Er hatte einige Beziehungen hinter sich – alle waren aus dem einen oder anderen Grund zerbrochen – und wenn die Rede auf eine feste Bindung kam, hatte er als Antwort nur ein Wort parat: *Lauf!* Aber *diese* Frau hatte etwas an sich, das er einfach nicht aus seinem Kopf bekam. Oder aus seiner Brust. Immer, wenn er an sie dachte, spürte er einen Stich der Reue in seiner Brust, und eine äußerst irritierende Stimme in seinem Kopf schrie: *Feigling!*

Diese Stimme verabscheute er am meisten. Die Stimme, die ihn schon seit Monaten verfolgte. Die Stimme, die sich in seinen Kopf gedrängt hatte, als Hailey gestern Nacht in seiner Wohnung gewesen war. Die Stimme, die ihm sagte, er solle das Weite suchen, dass hier zu sein eine saublöde Idee war. Dass nichts Gutes dabei herauskäme, wenn er sich mit ihr einließ.

Er starrte auf die dunklen Fenster des Roarke Lake Geneva Resorts und schnippte in seiner Hosentasche die Tic Tac-Dose auf und zu. Die Uhr am Armaturenbrett seines Wagens zeigte 23:42 an. Wahrscheinlich schlief sie. Oder lag im Bett und sah sich *The Tonight Show* an. Oder lag nackt in diesem großen, weichen Bett mit Billy Sullivan.

Der letzte Gedanke trieb ihn aus dem Auto und über den

vereisten Gehsteig auf den Haupteingang des Hotels zu, noch ehe er seine Reaktion richtig begriffen hatte. Die Türen waren verschlossen, wie er es erwartet hatte, aber da er seit einer Stunde wie ein verflixter Stalker vor dem Haus in der Kälte gesessen hatte, wusste er, dass ein Hausmeister mittleren Alters in der Lobby sauber machte. Shane stand da und zitterte in seiner Jacke und den abgewetzten Nikes aus dem letzten Jahr, als er an die Scheibe klopfte und darauf wartete, dass der Mann seinen Staubsauger abschaltete und in Shanes Richtung blickte.

Als er es endlich tat, hielt Shane seine Dienstmarke hoch und deutete auf die Türen. Der Hausmeister kam gemächlich angeschlendert und löste die Verriegelung. »Gibt's ein Problem, Officer?«

Shane steckte seinen Ausweis wieder in die Jackentasche, betrat die Lobby und ließ die Kälte hinter sich. »Nein, ich muss nur kurz mit Ms. Roarke sprechen. Es haben sich noch weitere Fragen ergeben.«

Die buschigen, grau melierten Augenbrauen des Mannes zogen sich zusammen. »Jetzt? Kann das nicht bis morgen früh warten?«

Das sollte es. Verdammt, als wenn Shane nicht wüsste, warum es nicht warten konnte. »Nein, ich –«

»Ich hab mitbekommen, wie sie ihrer Sekretärin gegen fünf gesagt hat, dass sie heute Abend nicht mehr gestört werden will. Hat sich vorhin etwas von so einem piekfeinen Restaurant bestellt. Muss toll sein, so viel Geld zu haben.«

Shanes Muskeln spannten sich an, als ihm Billy wieder einfiel. Und die frischen blauen Flecken in Haileys Gesicht. Nur, dass er die beiden diesmal an einem hübsch gedeckten Tisch bei einem romantischen Dinner sitzen sah, allein in ihrem Zimmer. Er fegte an dem Hausmeister vorbei auf den Flur zu, in dem er heute Morgen bereits gewesen war, und der zu den Suiten im

Erdgeschoss führte. »Sie kann sich ein paar verdammte Minuten für mich Zeit nehmen.«

»Ich könnte sie anrufen und ihr sagen, dass Sie hier sind«, rief ihm der Hausmeister nach.

»Sparen Sie sich die Mühe«, warf er zurück. Er wollte sie überraschen. Zum Teufel, er wollte sie richtig überraschen. Und Billy dann die Faust ins Gesicht schlagen, nur so zum Spaß.

Er kämpfte gegen seinen Zorn an, als er vor der Tür zu ihrer Suite stand. Dann horchte er einfach nur. Kein Laut war von der anderen Seite zu hören. Er klopfte und wartete. Immer noch nichts.

Er kehrte in die Lobby zurück. Der Hausmeister war nirgends zu sehen. Er wurde von Minute zu Minute wütender, griff in seine Hosentasche und holte seine Tic Tacs heraus. Er warf sich eine Handvoll in den Mund und stopfte die Plastikbox wieder in die Tasche. Sein Finger schnippte den Deckel auf und zu, während er darüber nachdachte, wo sie sein konnte.

Er hoffte inständig, dass sie sich nicht mit Sullivan ins Schlafzimmer zurückgezogen und sein Klopfen nicht gehört hatte. Dass es so sein konnte und sie ihn einfach ignorierte, löste erneut Stiche in seiner Brust aus. Und in dem Moment drang ein Geräusch an seine Ohren. Ein sehr schwacher Bass, der von irgendwo aus dem Gebäude kam.

Er lauschte angestrengt. Das Geräusch kam aus einem anderen Flur, der von der Hauptlobby abging.

Er lief in diese Richtung, horchte, während der Bass lauter wurde, und war sich fast sicher, einen alten Bon Jovi-Song zu erkennen.

Er kam an einigen Konferenzräumen vorbei, einer offenen Lounge mit noch in Plastikfolie eingepackten Sofas und Glaswänden, durch die man auf etwas blicken konnte, was vermutlich bald ein Wellnessbereich sein würde. Die Musik wurde lauter, als er um eine lang gezogene Ecke bog und dann bei dem Anblick, der sich ihm bot, fast über seine eigenen Füße stolperte.

Drei übergroße Glasfenster gaben den Blick auf den Fitnessraum des Resorts frei. Übungsgeräte, die aussahen, als seien sie noch nie benutzt worden, waren so vor den Fenstern aufgestellt, dass man von ihnen aus auf die gegenüberliegende Wand und einen Flachbild-Fernseher neben dem anderen blicken konnte. Aber was seinen Herzschlag plötzlich wie verrückt beschleunigte, war die Frau, die nichts anhatte als ein Paar eng anliegender Shorts und einen schwarzen Sport-BH, die Hände umwickelt wie ein Preisboxer, und ein blonder, lockiger Pferdeschwanz, der an ihrem Rücken hin und her flog, während sie auf einen von der Decke hängenden Sandsack einprügelte.

In seinem Hals bildete sich ein Kloß, als er ihr dabei zusah. Sie hörte nicht auf, barfuß auf den blauen Matten herumzutänzeln und im Takt zu dem harten Rhythmus Schläge auszuteilen. Und während die Musik pulsierte und ihr der Schweiß die Schläfen hinunterlief, hatte er eine berauschende Vision, wie sie nackt und verschwitzt die ganze Nacht zu diesem Beat auf ihn einschlug, statt ihre Energie für diesen verdammten, glücklichen Boxsack zu verschwenden.

Der Song ging zu Ende, und sie machte eine Pause, um wieder zu Atem zu kommen. Ihre seidige Haut glitzerte im fluoreszierenden Licht des Übungsraumes. Ihre Brust hob und senkte sich, was ihre kessen Brüste noch betonte. Und als seine Augen weiter nach unten wanderten, bekam er einen ausgezeichneten Eindruck von gut ausgebildeten Bauchmuskeln und einem Körper, den sie in Topform hielt.

Er schluckte schwer. Erinnerte sich daran, wie sie in Shorts und einem Trägertop in Florida ausgesehen hatte. Damals hatte er dem Himmel gedankt, dass er sie nicht in einem Bikini gesehen hatte, aber jetzt musste er sich diesen Körper ununterbrochen in etwas vorstellen, das nur aus Schnüren und seitlichen Bändern bestand, die er mit den Zähnen lösen konnte.

Als die Musik von schönen Tagen zum Leben in den Docks umschlug und Hailey wieder ihre Fäuste hob, um erneut auf den Sack einzuschlagen, öffnete er die Haupttür zum Trainingsraum und trat ein. Der süße Duft von Frauenschweiß und nur ein Hauch des Flieders, den er immer mit ihr in Verbindung brachte, drangen an seine Nase.

Sie hörte nicht auf zu boxen. Linker Haken, links und wieder rechts. Und ihm wurde immer wärmer, je näher er ihr kam. Erst als er vor der Stereoanlage stand und sie ausschaltete, hörte sie abrupt auf und wirbelte zu ihm herum.

Zunächst war Überraschung in ihren saphirfarbenen Augen zu lesen. Dann Argwohn. Und schließlich Abscheu.

Okay, nach ihrem Zusammenstoß vorhin hatte er das kommen sehen. Aber sie hatte ihn mit Absicht hängen lassen, und er wollte Antworten auf seine Fragen.

Sie sagte nichts, doch ihre Brust hob und senkte sich, als sie tiefe Atemzüge machte. Eine Schweißperle rann ihre geschundene Schläfe hinab, ihren Kieferknochen entlang, die lange, schlanke Säule des Halses hinunter und geradewegs auf ihre Brüste zu. Wie ein Idiot folgte er dem Tropfen mit seinen Augen, und seine Körpertemperatur stieg, je weiter er nach unten lief.

Und da entdeckte er die mittlerweile gelben Blutergüsse. Schwache Spuren dessen, was sie durchgemacht hatte. Auf ihren Rippen, ihren Oberschenkeln, auf der zarten Haut ihrer Arme. Dicht bei einem Verband an ihrer Schulter.

»Wie bist du reingekommen?«, fragte sie atemlos.

Er zwang sich, seinen Blick von den verblassenden Verletzungen zu lösen, sagte sich, dass es ihr gut ging, dass sie gesund war und alles, was ihr zugestoßen war, überlebt hatte. Aber der Drang, denjenigen zusammenzuschlagen, der ihr das angetan hatte, war schwer zu überwinden. Und Kauffman war sowieso so gut wie tot.

»Hausmeister.«

»Kommst du, um mich zu verhaften oder konntest du bloß nicht einschlafen, Maxwell?«

Ihre Stimme holte ihn aus seinen Rachegedanken, und er konzentrierte sich wieder auf ihr Gesicht. Er würde ihr bestimmt nicht auf die Nase binden, dass er nie schlafen konnte, jedenfalls nicht sehr viel. Und ihr Blick war ihm eine Warnung, dass ihre Trainingseinheit nicht gerade dazu beigetragen hatte, ihren Zorn zu mildern. »Müsste ich dich denn verhaften?«, fragte er.

Sie spähte an ihm vorbei auf die Fenster und sah ihm dann wieder ins Gesicht. »Wer spielt denn heute den guten Bullen?«

»Keiner. Ich bin alleine hier.«

Sie hob elegant eine Augenbraue. »Weiß Inspektor Clouseau, dass du abtrünnig geworden bist?«

Amüsiert umspielten die Lachfältchen seine Augen. »Nein, das weiß er nicht. Der würde mir was erzählen.«

»Und warum bist du dann hier?«

»Weil ich noch nicht mit dir fertig bin.«

Ihre Augen wandten sich nicht von seinen ab, als sie die Hand hob, um sich den Schweiß von der Stirn zu wischen. »Ich habe dir doch schon gesagt, dass ich keine Fragen mehr ohne meinen Anwalt beantworte.«

»Ich bin nicht dienstlich hier, Hailey.« Als sie den Mund aufmachte, um zu protestieren, fügte er hinzu, »Ich habe die Überwachungsbänder gesehen. Vertrau mir, wenn ich dir sage, dass du jetzt dringend einen Freund brauchst. Und ich bin vielleicht deine einzige Chance.«

Sie kniff die Augen zusammen. »Was willst du?«

»Mit dir reden. Inoffiziell«, ergänzte er, damit sie ihren Anwalt aus dem Spiel ließ. »Aber vor allem will ich dir helfen.«

Ihre blauen Augen verweilten auf seinem Gesicht, und er konnte förmlich sehen, wie die Zahnräder in ihrem Kopf arbeiteten. Außerdem erkannte er eine gehörige Portion Ungläubigkeit.

»Du willst mit mir reden?«, fragte sie. »Inoffiziell?«

Er nickte langsam, fand, dass sie viel zu schnell nachgab, war aber dankbar, dass er es ihr nicht aus der Nase ziehen musste.

»Gut. Ich werde jede deiner Fragen beantworten. Aber erst musst du mich besiegen. Lege ich dich aufs Kreuz, stelle ich die Fragen.«

Sie wollte kämpfen? Mit ihm? Hier? Jetzt? Er sah die Matten an, dann wieder sie, schweißbedeckt, die blauen Flecken von ihrer letzten Auseinandersetzung noch nicht verheilt und berauscht von Endorphinen. Ja, er wollte Antworten auf seine Fragen, aber er würde ihr nicht wehtun, um sie zu bekommen. »Ich finde, das ist keine so gute –«

»Schiss?«

Der Blick schieren Selbstbewusstseins ließ ihn erstarren. »Nein, ich habe nur –«

Sie trat einen Schritt zurück und streckte die Hände aus. »Wie sehr willst du deine Antworten, Maxwell? Gib dein Bestes.«

Er würde das nicht wirklich tun, oder?

Das überhebliche Funkeln in ihren Augen beantwortete seine Frage wie von selbst. Ehe er sich anders besinnen konnte, streifte er Schuhe und Jacke ab.

»Die Waffe auch«, sagte sie, als er seine Jacke auf die Theke an der anderen Wand warf. »Ich will nicht, dass du wieder angeschossen wirst.«

Er sah sich nach ihr um, als er seinen Schulterhalfter entfernte und die Pistole ebenfalls auf dem Tresen ablegte, und versuchte, sich nicht seine Narbe an der Schulter zu reiben, wo er vor drei Monaten auf der Suche nach seiner Schwester in Florida getroffen worden war. Hailey war auch dort gewesen. Genauer gesagt hätte er es vielleicht gar nicht überlebt, wenn sie nicht gewesen wäre.

Er erinnerte sich daran, wie panisch ihre Stimme geklungen hatte, als sie ihn gefunden hatte, zum Sterben zurückgelassen, und wie sie seinen Namen gesagt hatte – das einzige Mal, dass er sie je seinen Vornamen hatte sagen hören –, wie süß und sexy er sich aus ihrem Munde angehört hatte. Und er wollte hören, dass sie ihn wieder einmal sagte. Aber das hatte sie nicht getan. Nicht, als sie im Krankenhaus bei ihm gesessen und ihm dumme Witze erzählt hatte, während er genäht worden war, noch als sie ihm auf dem Rückweg nach Florida Gesellschaft geleistet hatte. Nicht einmal, als sie Wochen später auf der Hochzeit von Lisa und Rafe die ganze Nacht aufgeblieben waren und getanzt hatten. Nicht ein einziges Mal hatte sie ihn wieder bei seinem Vornamen genannt.

Was rückblickend wahrscheinlich ganz gut war. Was hätte er gemacht, wenn sie es getan hätte? Bloß, weil sie die erste Person seit fast einem Jahr war, die ihn überhaupt irgendetwas hatte empfinden lassen, musste das noch lange nichts heißen.

Außer … plötzlich wollte er, dass sie seinen Namen sagte. Brauchte das aus einem Grund, den er selbst nicht verstand.

Er betrat die Matte, trug nur noch Jeans und T-Shirt und bemerkte, dass sie ihn von Kopf bis Fuß musterte. Sein Blut heizte sich unter ihrem heißen Blick auf, und er sagte sich, wenn sie dieses Spiel unbedingt spielen wollte, würde er mitmachen, doch er würde sie nicht verletzen. Denn keine Antwort war es wert, dass sie noch mehr blaue Flecken bekam.

»Du siehst ein bisschen sehr selbstsicher aus, Maxwell.«

»Nur weil ich weiß, dass du müde sein musst nach deinem Training.«

Ihre Augen sprühten Funken. »Ich habe mich gerade erst warm gemacht. Zeig mir, was du draufhast.«

Keiner von ihnen rührte sich. Sie starrten sich nur gegenseitig an. Er kam sich wie ein Idiot vor, weil er nicht vorhatte, sie auf den Rücken zu werfen und auf die Matte zu pressen. Als klar war, dass sie sich in einer Pattsituation befanden, machte er einen Schritt auf sie zu. »Hör zu, Hailey –«

Sie hatte ihn am Handgelenk gepackt, ehe er ihre Bewegung überhaupt wahrgenommen hatte. Sie war schnell, und ihre Druckpunkttechnik wirkte Wunder. Als sein Handgelenk taub zu werden begann und Schmerz seinen Arm hinaufschoss, hakte sie ihren Arm unter seinen Ellenbogen, drehte sein Handgelenk auf seinen Rücken herum und schmetterte ihn mit dem Gesicht zuerst auf die Matte.

»Der Punkt geht an mich«, sagte sie und presste ihm das Handgelenk auf den Rücken, bis seine Zähne vor Schmerz aufeinander schlugen. »Warum hast du dich in Puerto Rico aus dem Staub gemacht?«

»Das habe ich nicht –«

»Netter Versuch.« Sie drehte sein Handgelenk nach oben, bis er mit der anderen Hand auf die Matte schlug, um nicht loszuheulen wie ein kleines Mädchen.

»Na gut. Gottverdammt. Es war bescheuert von mir, okay?«

Sie ließ sein Handgelenk los und stand schnell auf. »Allerdings.«

Er rollte sich auf den Rücken und schüttelte das Handgelenk, um den Blutfluss wieder anzuregen. Dann setzte er sich langsam auf und musterte sie über die Matte hinweg.

Na schön, das war eine Überraschung. Er hatte ja gewusst, dass sie sich zu ihm hingezogen gefühlt hatte, aber er war zu dem Schluss gekommen, dass es ihr eine Menge Ärger erspart hatte, dass er sich gleich nach der Hochzeit von ihr entfernt hatte, anstatt mit ihr zu schlafen. »Ich habe dich damals davor bewahrt, dich mit mir einzulassen. Du solltest mir lieber dafür danken, statt sauer auf mich zu sein.«

»Das tue ich. Steh auf und versuch's noch einmal.«

Sein guter alter Instinkt sagte ihm, er solle dasselbe tun wie damals und *jetzt* das Weite suchen. Aber die irritierende Stimme, die ununterbrochen *Feigling* rief, zwang ihn auf die Beine. Und als er sie eingehend betrachtete, wurde ihm bewusst, dass sie mit der Linken geführt hatte. Wenn er darüber nachdachte, so hatte sie auch die linke Hand benutzt, als sie den Sandsack verdroschen hatte. »Hailey, ich will mich wirklich nur darüber unterhalten, was im Haus deines Cousins –«

»Nicht reden. Zeig mir deinen besten Zug.«

Er war immer noch nicht gewillt, mit ihr zu kämpfen. Er machte einen Schritt nach vorn, in der Hoffnung, ihre Aufmerksamkeit auf sich zu ziehen, und wieder bewegte sie sich so schnell, dass er ihr kaum folgen konnte. Eben stand sie ihm noch gegenüber, und jetzt war sie ihm ganz nah, ihr Arm legte sich um seinen Rücken, ihr Oberkörper drehte sich herum und senkte sich, sodass ihre Hüfte ihn kurz unter seinem Schwerpunkt traf. Dann spürte er nur noch einen Luftzug, als sie ihn über die Hüfte warf und er mit einem widerhallenden Knall auf der Matte aufschlug.

Er ächzte und rollte sich auf den Rücken. Okay, den hatte sie nicht auf der Polizeiakademie gelernt. Und, verflucht, sie war stärker, als sie aussah.

»Nummer zwei für mich, Maxwell.« Sie stützte die Hände auf die Knie und beugte sich mit selbstzufriedener Miene zu ihm hinunter. »Ist das so eine Angewohnheit von dir, herumzulaufen und Frauen an der Nase herumzuführen, oder bist du einfach nur ein Arschloch?«

»Frauen an der Nase herumzuführen? Glaubst du, das hätte ich getan?«

»In zwei von zwei Fällen. Ich würde sagen, das ist *genau* das, was du tust. Ich glaube, du genießt es, diese Macht zu haben. Ich glaube, du siehst gerne zu, wie eine Frau erst Feuer und Flamme ist und du sie dann wie eine heiße Kartoffel fallen lassen kannst. Macht Spaß, was?«

Mist. »Hailey, ich –«

»Für den Fall, dass du es vergessen hast, ich bin diejenige, die hier die Fragen stellt. Du bist derjenige, dem in den Arsch getreten wird.« Sie ging einen Schritt zurück. »Noch einmal.«

Sein Blut pulsierte, als er wieder hochkam. Okay, er hatte sich getäuscht. Sie war sauer wegen Puerto Rico und noch angefressener wegen letzter Nacht, als er gedacht hätte. Was nur eins bedeuten konnte: Er war ihr unter die Haut gegangen. Vielleicht ebenso sehr wie sie ihm. Dieser Gedanke beruhigte ihn ein wenig. Aber sein Adrenalin wallte auf, als sie aus heiterem Himmel angriff, ihn bei den Schultern packte, über den Boden glitt und beide Beine unter ihm wegfegte.

Er landete hart auf dem Rücken, und diesmal sah er Sterne. Und, oh, nein, mit ihm stimmte etwas ganz gewaltig nicht, denn ihm gefiel das. Es gefiel ihm, ihre Hände an seinem Körper zu spüren und von ihr Schmerzen zugefügt zu bekommen.

Sie war wieder auf den Beinen, ehe er überhaupt nach Luft schnappen konnte. Aber sie atmete schwer. Und sie war nicht ganz so robust wie sie tat. »Geh nach Hause, Maxwell. Ich hab Besseres zu tun, als dich die ganze Nacht auf die Matte zu werfen. Und so lustig das auch war, ich habe kein Interesse mehr.«

Sie drehte sich um und entfernte sich einen Schritt, ehe er nach ihr trat und sie aus dem Gleichgewicht brachte. Sie warf überrascht die Arme nach vorne, aber bevor sie auf der Matte aufkam, war er bei ihr, drehte sich so, dass er vor ihr war und ging mit ihr zu Boden, sodass er die Wucht ihres Sturzes abfing und sie hart auf seiner Brust landete.

Sie stemmte sich sofort dagegen, doch er rollte herum und begrub sie unter sich. Ihre Hände schnellten zur Seite, aber er konnte sie leicht ergreifen und über ihrem Kopf zusammenpressen. Dann hakte er seine Füße unter ihre Beine, sodass sie sich nicht mehr befreien und ihm in die Eier treten konnte, und starrte auf ihr erzürntes Gesicht hinab.

»Lass mich los«, knurrte sie.

Jedes Zappeln brachte ihre Hüften näher zueinander, und ihm schoss noch mehr Blut in den Unterleib. »Keine Chance. Ich würde sagen, ein Haltegriff zählt für drei.«

»Fahr zur Hölle.«

»Bestimmt. Aber nicht heute. Erste Frage: Schläfst du mit Billy Sullivan?«

»*Was?*«

»Ich bin jetzt derjenige, der hier die Fragen stellt. Du antwortest nur. Ja oder nein?«

Sie blickte zu ihm hinauf. Kämpfte. Sah ein, dass sie festsaß. »Nein.«

»Sicher?«

»Ist das deine zweite Frage?«

Auf keinen Fall. »Hat Sullivan dich geschlagen?«

»Nein.«

»Wer dann?«

Sie biss die Zähne aufeinander. »Irgendein Arsch im Fahrstuhl im Haus meines Vaters in Miami. Wollte mir die Botschaft übermitteln, zurückzutreten.«

»Von was zurückzutreten?«

»Von der Firmenleitung. Alle wollen, dass ich meinen Anteil abtrete, damit sie mich loswerden.«

»Einschließlich deines Cousins?«

Sie starrte ihm lange und fest in die Augen, und er konnte sehen, warum sie seine Fragen nicht hatte beantworten wollen. Egal, was sie sagte, es ließ sie nur noch schuldiger erscheinen. »Ja.«

»Eine Frage noch –«

Sie kämpfte erneut gegen seinen Griff an. »Ich habe jetzt schon mehr als drei beantwortet –«

»– wenn du nicht mit Sullivan schläfst, mit wem schläfst du dann?«

Ihre Augen flackerten. »Das hat das CPD einen Scheißdreck zu interessieren!«

Er packte ihre Hände wieder fester. »Das stimmt. Aber mich interessiert es. Also, mit wem?«

»Mit niemandem!«

»Gut.«

Er beugte sich hinunter und nahm Besitz von ihrem Mund, ehe sie die Lippen schließen konnte. Er war keineswegs zärtlich oder sanft oder einfühlsam wie gestern in seiner Wohnung. Stattdessen nahm er sich schlicht, was er wollte, sein Kuss war fordernd und drängend, seine Zunge tauchte in ihren Mund und verflocht sich mit der ihren. Sie ächzte und wand sich wieder unter ihm, doch alles, was die Reibung bewirkte, war, dass sie ihn noch mehr erregte und seine letzten paar Gehirnzellen in Richtung Süden abwandern ließ. Seine Leistengegend schwoll an, und er presste sich gegen sie, um ihr klarzumachen, was sie gerade mit ihm anstellte.

Sie rührte sich nicht mehr. Entspannte sich unter ihm, als er seine Taktik änderte und mit seiner Zunge tiefer stieß, eindringlicher, fieberhafter, wilder wurde, wobei ihr Geschmack seinen Mund ausfüllte, seinen Kopf, seine Seele. Und obwohl er wusste, dass er aufhören sollte, dass er genau das machte, was er ihr oder jeder anderen Frau niemals antun wollte, konnte er es nicht.

Glaubst du etwa, dass du deswegen weniger ein Feigling bist? Weniger ein Versager?

Die schwache Stimme drang irgendwie durch den Schleier der Lust, der ihn umgab, und in dem Moment wurde ihm schlagartig klar, was er da gerade machte. Er ließ ihre Hände los, stützte die seinen neben ihren Schultern auf der Matte auf und begann sich hochzustemmen. Doch sobald sein Mund und sein Körper sich von ihrem lösten, stieß sie ein frustriertes Stöhnen aus, drehte ihn rasch auf den Rücken und stieg auf ihn.

Die Wirklichkeit brach über ihn herein. Und mit ihr ein Riesenhaufen Schuldgefühle. »Hailey. Scheiße, ich wollte nicht –«

Aber er konnte seine Entschuldigung nicht zu Ende führen, denn plötzlich war ihr Mund wieder auf seinem, nur, dass *sie* diesmal *ihn* mit einem verzweifelten Verlangen küsste, das zehntausend Mal heißer war, als er es sich zu träumen gewagt hätte.

Er stöhnte in ihren Mund hinein, während ihre Zunge über seine leckte, und wusste, dass ihm nur Minuten blieben – oder Sekunden – bis einem von ihnen oder allen beiden klar werden würde, wie töricht sie waren. Er streckte seine Hände nach ihrem Haar aus, löste das Band und ließ diese umwerfenden blonden Wellen auf sich niederstürzen. Er strich ihr Haar zurück, fuhr mit seinen Fingern über ihre Schultern und ihren schweißnassen Rücken hinunter zu ihren Hüften, wo er sie packte und so lange schob, bis er sie genau da hatte, wo er sie haben wollte.

Versuchst du, sie auch zu retten?

Wie ein Stromnetz, das plötzlich aufdrehte, fing sein Gehirn wieder an zu arbeiten. Und obwohl er nichts mehr wollte, als Hailey wieder auf den Rücken zu drehen, ihr diese heißen, kleinen Shorts auszuziehen und sich selbst zu beweisen, dass er diese gottverdammte Stimme für immer aus seinem Kopf verbannen konnte, indem er tief in Hailey eindrang, konnte er es nicht.

Er hatte seine Lektion gelernt. Er würde ihr nicht helfen können, wenn er sich noch weiter mit ihr einließ, als es ohnehin schon der Fall war. Was bedeutete, dass er jetzt einen Schlussstrich ziehen musste und es nie wieder geschehen lassen durfte.

Er rollte sie auf ihren Rücken und brach den Kuss ab. Sie atmete schwer und starrte mit lüsternem Verlangen zu ihm auf. Und da wusste er, dass es zu spät war. Er war bereits weit mehr mit ihr in Verstrickungen geraten, als er es je mit Julie gewesen war.

Schnell ließ er von ihr ab und stand auf, rieb sich mit der Hand übers Gesicht, als er in seiner Hosentasche nach seinen Tic Tacs kramte. Nicht der Jameson, den er jetzt eigentlich dringend nötig gehabt hätte. Aber sie taten es auch. Meistens zumindest. Er klopfte sich fünf Stück in die Handfläche und steckte sie sich in den Mund.

Sie kam langsam auf die Ellbogen hoch und starrte ihn an. Und sie wusste es. Er brauchte nicht einmal die Stimme zu hören, um zu wissen, was sie dachte.

Feigling.

Ja, das war er. Aber sie war zu wichtig, um Spielchen mit ihr zu treiben. Und er hatte ihr immer noch nicht den wahren Grund gesagt, weshalb er hier war.

Er hielt ihr die Hand hin, um ihr aufzuhelfen. Sie starrte einen Moment darauf, dann glitten ihre Finger langsam in seine, und sie ließ sich von ihm hochziehen.

Als sie vor ihm stand, wanderte sein Blick wieder über ihre blauen Flecken, und die Schuldgefühle überkamen ihn wie ein Tsunami. »Habe ich dir wehgetan?«

»Nein.« Die Giftigkeit war aus ihrer Stimme gewichen, aber sie war vorsichtig. »Ich bin robuster als man meint.«

Ja, das war sie. Und, verdammt, er wollte nicht, dass sie es war. Er wollte sie irgendwo in Sicherheit wissen, wo ihr nichts geschehen konnte. »Du bist auf dem Überwachungsvideo des Hauses.«

Ihr Blick, der gerade auf seinem Mund gelegen hatte, fuhr wieder zurück zu seinen Augen.

»Du und noch jemand«, sagte er rasch. »Sie haben im Haus

DNA gefunden und glauben, dass sie damit Rückschlüsse auf den Mörder ziehen können. Scheiße, ein Roarke-Mitarbeiter hat ausgesagt, dass du Bryan in Miami bedroht hättest. Hailey, was zum Teufel geht hier vor?«

Sie umfasste ihren Oberarm. Antwortete jedoch nicht. Starrte ihn nur an, bis er am liebsten geschrien hätte.

»Du warst im Haus in der Nacht, als Bryan Roarke gestorben ist.«

Nichts. Ihre Augen zuckten nicht einmal.

»Verdammt, ich kann dir nicht helfen, wenn du mir nicht sagst, was los ist.«

»Warum willst du mir denn helfen?«, flüsterte sie.

»Keine Ahnung«, fuhr er sie an, weil sich in diesem Moment seine ganze Enttäuschung – über ihre Heimlichtuerei, den Mord an ihrem Cousin und sein aufgestauter sexueller Frust – auf einmal entlud. »Vielleicht, weil ich dich seit drei Monaten nicht aus meinem blöden Kopf kriege.«

»Das ist gelogen.«

»Meinst du? Dann sag mir doch mal, warum ich mich gerade nicht entscheiden kann, ob ich dich auf der Stelle verhaften soll, nur um dich vor weiterem Ärger zu bewahren, oder ob ich dich auf die Matte werfen und wieder bis zum Wahnsinn küssen soll.«

Und da sah er es. Ein Aufblitzen von einem Etwas in ihren Augen, das er nicht recht deuten konnte. Erregung? Nein, das war es nicht. Ungläubigkeit? Oder war es Angst?

Wovor sollte sie sich fürchten? Es sei denn …

Sie trat rasch zwei Schritte zurück, bis sie mit dem Rücken gegen den Sandsack stieß, an dem sie vorhin ihren Ärger ausgelassen hatte. »Du musst jetzt gehen.«

»Hailey.«

»Nein, Maxwell, du musst wirklich gehen. Jetzt. Ich habe bereits viel zu viel gesagt und gemacht. Ich werde keine deiner

Fragen mehr beantworten. Geh, bevor ich den Sicherheitsdienst rufe und dich rauswerfen lasse.«

»Rede doch einfach mit mir.«

Sie schüttelte langsam den Kopf. »Du kannst mir nicht helfen. Versuch es gar nicht erst.«

Die Endgültigkeit in ihrer Stimme ließ ihn erstarren. Etwas in ihrem Tonfall löste bei ihm instinktiv Alarm aus.

Ehe er fragen konnte, wie sie das meinte, schnappte sie sich ihr Sweatshirt und ging zur Tür. »Komm nie mehr wieder. Es sei denn, du hast vor, mich zu verhaften.«

Und weg war sie.

7

Irgendwie schaffte Hailey es bis in ihr Zimmer, schloss hinter sich ab und sank, wo sie war, zu Boden. Mit den Worten ihres Ex … *heilige Scheiße.*

Sie zog die Knie zur Brust und ließ den Kopf nach vorne fallen. Dann atmete sie einfach nur. Ein und aus. So lange, bis sich ihre Herzfrequenz wieder im menschenüblichen Bereich bewegte und ihre Gehirntätigkeit allmählich wieder einsetzte.

Okay, das mit dem Kämpfen war vielleicht nicht die intelligenteste Idee gewesen. Aber als er den Trainingsraum betreten hatte, war sie so frustriert gewesen über ihn und alles andere, dass es der einfachste Weg zu sein schien, ihn loszuwerden. In dem Moment, als sie ihn aufs Kreuz gelegt hatte, war es ein himmlisches Gefühl gewesen. Bis er den Spieß umgedreht und sie geküsst hatte. Und ihr wieder ins Gedächtnis gerufen hatte, wie es im wahren Himmel war.

Mit zitternder Hand fuhr sie sich mit den Fingern über die Lippen. Als schwirrten in ihrem Kopf nicht schon genug törichte Fantasien über ihn herum.

Nach den letzten beiden Abenden wusste sie jetzt, wie Shane schmeckte, wie es sich anfühlte, wenn er sich an sie presste, hart und erregt, und wie es wäre, nachzugeben und sich zu nehmen, was sie wollte.

Verdammt. *Verdammt, Maxwell.*

Sie stand auf und begann umherzugehen. Um die Couch herum, zum Esstisch aus Kirschholz hinüber, quer durch den Raum zum Kamin und wieder zur Tür zurück. Sie versuchte, nicht an

Shane und diesen blöden – zweiten – Kuss zu denken. Und auch nicht daran, welche Gefühle das eine und das andere bei ihr auslöste, oder die Tatsache, dass alles, was sie wollte, ein Mehr war. *Oder* sein Geständnis, dass er seit drei Monaten nicht aufhören konnte, an sie zu denken. Nichts da. Nada. Keine Chance. Wenn sie das zuließ, würde sie sich nur noch mehr Ärger einhandeln. Und gerade jetzt hatte sie genug Ärger, um eine ganze ägyptische Pyramide damit zu füllen.

Also, denk nach, dumme Kuh.

Okay. Er war hier gewesen, um mit ihr zu reden. Aber, aus unerfindlichen Gründen, auch, um sie zu warnen. Und dafür war sie ihm dankbar. Wenn man sie aufgrund der Überwachungskamera wirklich hätte identifizieren können, wäre er gekommen, um sie zu verhaften. Nicht, um sie um den Verstand zu küssen, bis sie zu Wackelpudding wurde.

Nicht daran denken.

Genau. Einfach nicht daran denken.

Das hieß also, dass das Video nicht beweiskräftig war und sie nicht genug in der Hand hatten, um sie vor Gericht zu bringen – zumindest noch nicht –, was auch bedeutete, dass sie wahrscheinlich alles daransetzten, die Mordwaffe zu finden. Und sie wusste, dass sie keine finden würden. Zumindest keine mit ihren Fingerabdrücken darauf. Es sei denn …

Ihr drehte sich der Magen um. Denn ihr war der verschwundene italienische Dolch eingefallen, den ihr Vater ihr in seinem Testament vermacht hatte.

Vielleicht war ja die Warnung in dem Fahrstuhl gar keine Warnung gewesen. Vielleicht hatte es sich lediglich um ein Ablenkungsmanöver gehandelt. Jeder bei RR wusste, dass der Dolch ihr gehörte. Wenn ihr jemand den Mord an Bryan anhängen wollte, hätte demjenigen kaum etwas Besseres einfallen können.

Heilige … Scheiße.

Sie würde des Mordes angeklagt werden. Sie fühlte es kommen wie eine Sturzwelle im Atlantik. Es gab einen ganzen Haufen Roarkes, die sie nicht leiden konnten und die ein Stück von der Firma wollten. Obwohl, allein der Gedanke, dass ein Blutsverwandter von ihr etwas so Furchtbares tun konnte … ihre Familie war wirklich krank.

Sie musste schleunigst aus Lake Geneva verschwinden. Bevor die Cops noch etwas fanden, das sie belastete.

Sie griff nach dem Telefon. Es war nach Mitternacht, doch die Uhrzeit scherte sie nicht. Steve Gleason, ihr Pilot, schlief in einem der wenigen anderen bereits bewohnbaren Zimmer des Hotels gleich am anderen Ende des Flurs. Er meldete sich nach dem zweiten Klingeln und hörte sich todmüde an.

»Steve, ich bin's, Hailey. Planänderung. Ich brauche den Flieger morgen früh, abflugbereit.«

»Alles klar, Ms. Roarke.« Er gähnte. »Sagen Sie mir, wann, und wir sind innerhalb von Minuten auf und davon.«

Hailey ging in Gedanken ihren Zeitplan durch. Sie kam um die Besprechung morgen früh nicht herum, und wenn sie sie früher verlassen würde, konnte sie sich auch gleich ein Schild mit der Aufschrift *Ich bin schuldig* an die Stirn pappen. Sie konnte sich auch gleich danach verdrücken, und niemand würde etwas merken … mindestens einen Tag lang. »Die Besprechung mit der Stadtplanungskommission fängt um neun an und dürfte eigentlich nicht länger als eine Stunde oder so dauern. Halt den Flieger um zehn bereit und startklar.«

»Kein Problem. Aber ich muss die Flugroute durchgeben. Geht's wieder zurück nach Miami?«

Sie war nicht sicher. Es hing zu einem Großteil davon ab, was in den nächsten paar Stunden passierte. »Ja.«

Sie legte auf und ging sofort ins Schlafzimmer, um zu packen. Obwohl sie völlig verschwitzt war und eigentlich dringend eine

Dusche brauchte, konnte das warten. Sie würde nichts, aber auch gar nichts hierlassen, denn sie wusste nicht, wann sie zurückkehren würde.

Wenn die Sache eskalierte, wie sie es erwartete, würden die Cops zurückkommen und nach ihr suchen. Ihr Zeitplan hatte gerade ein jähes Steilgefälle angenommen. Sie konnte nicht weiter die Geschäftsführerin mimen und in aller Ruhe diese verdammten Statuen aus der lächerlichen Schatzsuche ihres Vaters ausfindig machen. Die einzige Möglichkeit, sich von allem Verdacht zu befreien und herauszufinden, wer Bryan wirklich umgebracht hatte, war, es bis zum Ende durchzuziehen. Sie hatte keinen Zweifel, dass sich, wenn sie erst alle sechs Statuen gefunden und das große Geheimnis gelüftet hatte, von ganz allein zeigen würde, wer der wahre Mörder war.

Er konnte ums Verrecken nicht einschlafen. Tabletten hatten nicht geholfen. Schafe zu zählen brachte rein gar nichts. Und auf gar keinen Fall würde er den Fusel in seinem Küchenschrank anrühren. Er hatte sowieso nie etwas bewirkt.

Anstatt so lange an die Decke zu starren, bis er größte Lust bekam, mit der Faust auf die Wand einzuschlagen, zog Shane sich lieber an und fuhr ins Büro. Wenn er schon nicht schlafen konnte, überlegte er, als er sich hinter seinem Schreibtisch niederließ, konnte er sich wenigstens endlich einmal um den verfluchten Papierkram kümmern, der sich mit der Zeit aufgetürmt hatte. Berichte zu schreiben würde sein Hirn vielleicht von Dingen ablenken, die er nicht in der Hand hatte.

Beziehungsweise mit denen er überhaupt nicht umgehen konnte.

Und so fand Tony ihn um kurz nach acht. Als sich die Kripoabteilung nach und nach mit Mitarbeitern füllte, verwandelte sich das leise Geräusch des Raums wieder in das normale laute Chaos, das Shane gewöhnt war. Er hörte auf zu tippen, als Tony sich lässig auf seinen Schreibtisch schwang. Winzige Dampfwölkchen stiegen aus dem Kaffeebecher in seiner Hand auf. »Wann warst du das letzte Mal vor mir hier?«

Shanes Miene verfinsterte sich, und er begann wieder zu schreiben. »Keine Ahnung. Noch nie?«

»Ja, das wäre auch mein Tipp gewesen.« Tony nahm einen Schluck und betrachtete Shane über den Becherrand hinweg. »Na, du siehst nicht aus, als wäre viel mit dir los.«

Er fühlte sich auch nicht so. Aber diese Kleinigkeit hatte nichts mit seiner Gesundheit zu tun.

»Habe gestern Abend versucht, dich zu erreichen«, sagte Tony.

»Ich war nicht da.«

»Ja, so weit war ich auch schon.«

Tonys prüfender Blick sagte Shane, dass er mit seiner Arbeit nicht weiterkommen würde, solange sie das nicht geklärt hatten. Er nahm seine Hände von der Tastatur, schwenkte sich auf dem Stuhl herum und sah seinem Partner in die Augen. »Spuck's aus, Goldlöckchen.«

»Ich mach mir Sorgen um dich, Weib.«

»Das brauchst du nicht.«

»Du hast wieder diesen Blick«, sagte Tony tonlos.

»Welchen Blick?«

»Der Blick, der sagt ›Komm mir ja nicht blöd, sonst setzt es was‹.«

Shane verdrehte die Augen. »Den Blick habe ich immer.«

»Nein.« Tony schüttelte den Kopf. »Nicht so. Der hier hat sich während der letzten sechs Monate aufgebaut.«

Die Anspielung darauf, was mit Julie passiert war, jagte Shanes Blutdruck in die Höhe, aber er biss die Zähne fest zusammen und antwortete nicht.

»Diese Sache war schon nicht besonders hilfreich«, fügte Tony hinzu und ignorierte den Wink mit dem Zaunpfahl. »Aber dieser ganze Scheiß mit dem Roarke-Mädchen macht alles nur noch schlimmer.«

Shane sah ihn verächtlich an und wandte sich wieder seinem Computer zu.

»Ich meine es ernst«, sagte Tony. Er senkte die Stimme, sodass niemand sonst ihn hören konnte. »Wenn ich irgendwann mitten in der Nacht einen Anruf bekomme, dass du dir mit deiner Scheiß-Dienstwaffe das Hirn weggeblasen hast –«

Shane neigte den Kopf in Tonys Richtung. »Das wird nicht passieren.«

»Ist das ein Versprechen?«

War es das? Ja, erkannte er, das war es. Denn er war bereits zu dem Schluss gekommen, dass er für so etwas gar nicht die Nerven hätte. Obwohl er nicht gerade vor Selbstachtung strotzte, hatte er nicht vor, die Menschen, die er liebte, zu verletzen, bloß weil er mit dem haderte, was er getan hatte.

Hinzu kam, dass jetzt, nachdem er Hailey Roarke wiederbegegnet war und endlich einen Vorgeschmack auf jene süßen und verlockenden Lippen bekommen hatte, das Einzige, was er mit seinem Mund spüren wollte, nass und warm war und Millionen Mal besser schmeckte als kaltes Metall.

»Jetzt hör endlich auf, solch ein Pessimist zu sein und dir Sorgen um mich zu machen. Wenn du dich schon wegen einer Sache stressen musst, dann fang lieber an, dir Gedanken darüber zu machen, wie du mit deinem armseligen Gehalt drei Kinder durchbringen willst.«

Bei der Anspielung auf die erneute Schwangerschaft seiner Frau Robin lehnte Tony sich grinsend zurück. »Du wärst froh, wenn du meine Probleme hättest.«

Shane schnaubte und fing wieder an zu tippen. »Kinder und ich passen einfach nicht zusammen.«

»Das weiß man nie. Würde vielleicht gegen deine miese Stimmung helfen.«

Shane zeigte Tony den Mittelfinger und schrieb weiter.

Tony kicherte und schlürfte weiter seinen Kaffee. »Ja, das ist mein Weib, wie ich es kenne und liebe.«

»Maxwell und Chen, hört auf rumzutratschen. In mein Büro. Aber plötzlich.«

Shane blickte über die Schulter hinweg zu Polizeichef O'Conner hinüber und runzelte die Stirn. Tony rutschte vom Schreibtisch und stürzte den Rest seines Kaffees hinunter. Dann warf er in einer schlechten Imitation von Michael Jordan den Pappbecher in den Abfalleimer. »Fünf Dollar, dass die Ader an seiner Schläfe zu pochen beginnt, ehe wir uns überhaupt hingesetzt haben.«

Shane stand von seinem Schreibtisch auf und fühlte sich wie ein Lamm, das zur Opferbank geführt wird, als sie beide auf das Büro des Polizeichefs zugingen. Er fühlte sich in letzter Zeit oft so. »Die Wette gilt. Ich muss noch das Geld von gestern zurückgewinnen.«

»Aber dieser Zug hätte wirklich drei Loks haben können. Es war kein schlechter Tipp.«

Shane schnaubte verächtlich. Auf was sie so alles wetteten, nur, um den Trübsinn zu vertreiben.

»Machen Sie die Tür hinter sich zu«, bellte O'Conner, als die beiden den Raum betraten.

Kein *Guten Morgen. Na, wie geht's denn so?* Das konnte nichts Gutes bedeuten.

Tony grüßte trotzdem, während Shane die Hand in seine Hosentasche steckte und den Deckel seiner Tic Tac-Dose aufschnippte. O'Conner bot ihnen keinen Platz an, sondern nahm nur eine Fernbedienung vom Schreibtisch und hielt sie auf den Fernseher, der am anderen Ende des Raums in einem Regal stand. Die Ader an der linken Schläfe des Mannes pochte sichtbar im Takt des Herzschlags.

Tony piekte Shane in die Rippen und machte ihn darauf aufmerksam. Stirnrunzelnd zog Shane einen Fünfdollarschein aus der Brieftasche und reichte ihn seinem Partner, ehe der Polizeichef sich umdrehen konnte.

»Seht euch das an, Jungs.« Auf dem Bildschirm war eine Reporterin der Lokalnachrichten zu sehen, die mit einer Crew vor dem Tatort des Hauses der Familie Roarke stand.

»Scheiße«, murmelte Tony.

»*… die Polizei sucht noch immer nach Hinweisen zu diesem grausamen Mord in einer von Chicagos besten Wohngegenden. Doch aus Kreisen des Chicago Police Departments wurde bestätigt, dass die Erbin, Hailey Roarke, Tochter des verstorbenen Hoteliers Garrett Roarke und einstweilige Geschäftsführerin der Luxushotels Roarke Resorts, zu dem Tod ihres Cousins befragt wurde, mit dem sie zerstritten war …*«

»Fuck«, murmelte Shane.

»*… All das unmittelbar nach dem kürzlichen Tod von Garrett Roarke. Und von den Roarke Resorts ist zu hören, dass innerhalb der Firma derzeit Unfrieden herrscht, weil sich die Familienmitglieder um deren Leitung streiten. Was zunächst wie ein üblicher Chicagoer Mord aussah, entpuppt sich offenbar als eine Tat der Reichen und Berühmten. Ich bin Shelley Hanson, live vom Tatort für Kanal …*«

O'Conner hielt das Band an und wandte sich wieder seinen beiden Detectives zu. Die kleine Ader an seiner Schläfe vibrierte unter der irisch käsig-blassen Haut. »Woher zum Henker weiß Shelley Hanson, was hier los ist?«

Als keiner der Männer antwortete, wandte O'Conner seine wütenden Augen Shane zu.

Shane hob abwehrend die Hände hoch. »Sehen Sie mich nicht

an. Ich bin zwei Mal mit ihr ausgegangen. Vor einem Jahr. Sie hat die Story nicht von mir.«

»Nun, irgendjemand lässt Informationen an die Presse durchsickern, und ich will, dass das aufhört. Solcher Unfug lässt euch wie unfähige Idioten aussehen.« Seine Augen fuhren zu Chen. »Haben Sie genug, um vor Gericht zu gehen?«

Tony zuckte die Achseln. »Noch nicht. Bisher nichts Überzeugendes, was diesen Dolch angeht.«

»Dolch?«, fragte Shane und sah seinen Partner scharf an.

Tony warf ihm einen Blick zu. »Ja. Das wollte ich dir gerade erzählen, bevor wir reingerufen wurden. Ruiz und Ogada haben einen Dolch gefunden, der im Erdgeschoss versteckt war. Mit den Initialen LdM auf der einen Seite des Griffs und GR auf der anderen. Die Spurensicherung hat ihn untersucht, konnte aber nichts finden.« Er blickte wieder O'Conner an. »Werde mich auch mal mit Garrett Roarkes Anwalt in Florida in Verbindung setzen. Das Ding sieht wie ein Sammlerstück aus. So etwas muss doch im Testament aufgetaucht sein, oder? Scheint antik zu sein.«

Shane gefror das Blut in den Adern.

»Wenn wir Glück haben, schon.« O'Conner ließ sich in den Sessel hinter seinem Schreibtisch fallen und rieb sich mit der Hand übers Gesicht. »Okay, das ist der Deal. Die Presse aus dem ganzen Land rennt mir wegen dieser Sache die Bude ein. Die saublöde Sendung *Entertainment Tonight* will die Exklusivrechte, als hätten sie auch nur die geringste Chance, sie zu bekommen. Die Roarke-Schwester, dieser Paris Hilton-Verschnitt, wie heißt die noch gleich? Nippel?«

Tony gluckste. »Nicole.«

»Ja. Nicole. Die Medien sind ganz heiß auf sie. Die Spekulationen, dass ihre Schwester eine Mörderin sein könnte, haben die Quoten in den Himmel schießen lassen, was bedeutet, dass mein Leben zur Hölle wird.« Er fixierte Shane und Tony mit einem Blick. »Ich will, dass der Tatort noch einmal gründlich unter die Lupe genommen wird. Wenn das die Mordwaffe ist, müssen wir das verdammt noch mal sicherstellen, bevor wir an die Öffentlichkeit gehen. Chen, Sie holen sich die Bestätigung, dass zwischen dem Dolch und dieser Roarke eine Verbindung besteht, dann gehen Sie zu Richter Hamilton und besorgen sich einen Haftbefehl. Ich will diesen Fall abhaken. Ungelöste Mordfälle, in denen Millionäre klein gehackt werden wie Sushi, entsprechen nicht meiner Vorstellung von guter Unterhaltung. Und jetzt verschwinden Sie. Alle beide.«

Die Tür knallte hinter Shane zu, aber er hörte es kaum. Er war wie benommen, als er wieder zu seinem Schreibtisch zurückkehrte. LdM sagte ihm nichts. Aber GR konnte kein Zufall sein. Wie groß war die Wahrscheinlichkeit, dass Haileys Vater ihr diesen Dolch geschenkt hatte? Oder ihn ihr in seinem Testament vermacht hatte?

Wenn er alles andere in seine Überlegungen einbezog, verdammt groß.

»Hey, Maxwell«, sagte Tony und schnappte sich seinen Mantel von der Stuhllehne. »Ich kenne einen Geschichtsprofessor an der Northwestern, der meinte, er könne uns etwas über den Dolch erzählen.« Er hielt ein ausgedrucktes Foto der Waffe hoch. »Lass uns hinfahren und uns das einmal anhören.«

Motiv, Gelegenheit und eine Mordwaffe. Alles auf einmal. Es war zu perfekt. Zu bequem. Die ganze Sache stank nach dummen Kriminellen.

Wenn es eines gab, was Shane mit absoluter Sicherheit wusste, dann war es, dass Hailey nicht dumm war. Schließlich war sie selbst ein Cop gewesen. Sie wusste, wie das System funktionierte. Und er musste immer wieder daran denken, dass sie vergangene Nacht mit der linken Hand geführt hatte. Was nur eins bedeuten konnte: Nichts war hier, wie es schien.

»Huhu«, rief Tony und fuchtelte mit der Hand vor Shanes Gesicht herum. »Hier bin ich.«

Shane fuhr gereizt hoch. »Was denn?«

»Mordwaffe. Nachforschungen. Du und ich. Auf geht's, Weib.«

In Shanes Nacken brach der Schweiß aus. »Ja. Geh heute mal ohne mich. Ich muss diese Berichte zu Ende schreiben.«

Tony runzelte die Stirn, als Shane sich hinsetzte und nach seiner Tastatur griff. »Seit wann lässt du dir die Chance entgehen, an der Front zu kämpfen, um stattdessen hinter dem Schreibtisch zu sitzen?«

Shanes Stimme klang verärgert. »Seit ich extra früh gekommen bin, um das hier zu erledigen. Jetzt lass es mich auch endlich in Ruhe tun. Die können sowieso nicht mit zweien von uns in der Uni etwas anfangen. Du kannst mich ja anrufen, wenn du etwas rausgefunden hast.«

Tony sah ihn besorgt an. Zog langsam seinen Mantel an. Und obwohl Shane nicht aufblickte, wusste er, dass sein Partner ihn ansah, als seien ihm Hörner gewachsen, und dazu passend auch gleich noch ein Paar Flügel. Ein Meteor, der in diesem Moment in das Gebäude eingeschlagen wäre, wäre eine kleinere Überraschung gewesen als die Tatsache, dass Shane ihn nicht zu dem Gespräch begleiten wollte.

Man konnte die Spannung zwischen ihnen fast mit Händen greifen, als Shanes Finger über die Tastatur flogen und er Worte tippte, die er nicht sah. Scheiß drauf. Es war ihm egal, was Tony dachte.

»Okay«, sagte Tony schließlich in argwöhnischem Ton. »Lass dein Telefon an.«

»Ist gut.«

Tony blickte ihn noch ein Mal an, als wisse er, dass Shane log, dass sich die Balken bogen, ging dann aber trotzdem zum Fahrstuhl.

Sobald sich die Doppeltüren geschlossen hatten, machte Shanes Herz einen Satz. Er fuhr hastig den Computer herunter, schnappte sich seine Jacke und nahm das hintere Treppenhaus.

Jetzt war Schluss mit *keine Fragen mehr*. Sie würde ihm jetzt endlich sagen, was los war, und wenn er sie kopfüber an den Zehen aufhängen musste, um sie zum Reden zu bringen.

Und so viel war sicher: Dieser Gedanke turnte ihn nicht an. Nicht im Geringsten.

8

Billy Sullivan schob sich die Sonnenbrille auf die Stirn, um die Brünette im hautengen weißen String-Bikini auf der anderen Seite des Pools im South Beach Ritz besser sehen zu können. Sie kam gerade die Leiter herauf, Wasser lief ihr aus dem langen, dunklen Haar, über ihre tief gebräunte Haut und ihren perfekten kleinen Hintern.

Also, dieses Mädchen war heiß. Schmale Taille, hübscher Vorbau, perfekt proportionierte Hüften. Und ein Mund, zum Teufel, ein solcher Mund, dass ein Kerl alles tun würde, um ihn auf seinem zu spüren.

»Irgendwas von der Bar?«

Billy ließ die Sonnenbrille wieder auf seine Nase rutschen und blickte zu der rothaarigen Kellnerin auf, die neben seinem Tisch am Pool stand und auf seine Bestellung wartete. »Jackie Cola.« Er deutete mit der Schulter über den Pool, wo Bikini-Girl neben einer Liege stehen geblieben war, das Haar zur Seite schüttelte und sich das Gesicht mit einem rosafarbenen Handtuch trocken tupfte. »Sehen Sie das Mädchen da drüben im weißen Bikini?«

Die Bedienung sah hoch. Ihr Blick sagte, *ich sehe sie, und ich weiß, wer sie ist, und du hast nicht den Hauch einer Chance.*

»Ja.«

»Ihr nächster Drink geht auf mich.«

Die Kellnerin richtete ihren Blick wieder auf ihn, verzog nur das Gesicht und entfernte sich dann kopfschüttelnd in Richtung Bar.

Billy, der im Schatten eines riesigen Sonnenschirms saß, lehnte sich in seinem Stuhl zurück, kreuzte die nackten Füße an den Knöcheln und faltete die Hände über dem Bauch. Von dem metallenen Jugendstilstuhl bekam er einen steifen Rücken, aber er hatte sowieso nicht vor, hier noch lange herumzusitzen.

Er sah der Kellnerin zu, wie sie sein Getränk vor ihn hinstellte und sich dann mit der bonbonrosa Mixtur, die sich Bikini-Girl schon den ganzen Vormittag reinzog, auf den Weg um den Pool herum machte. Als die Bedienung ihr den Drink servierte, sah Bikini-Girl erstaunt auf, und als sie quer über den Pool zeigte, schob es sich die Sonnenbrille ins Haar und blickte schließlich in seine Richtung.

Er lächelte, hob die Hand und winkte, machte aber keine Anstalten, sich aufzusetzen oder zu ihr zu gehen.

Bikini-Girl wechselte ein paar Worte mit der Kellnerin, ehe diese wieder an die Bar zurückkehrte. Bikini-Girl nahm einen großen Schluck von seinem Getränk, ohne die Augen von Billy abzuwenden.

Wenn er sich einer Sache sicher war, dann der, dass die Neugierde am Ende den Sieg davontragen würde. Von da an würde alles in seinen Händen liegen.

Mehr als zehn Minuten würde sie es mit Sicherheit nicht aushalten, ihn zu beobachten. Mit dem Martiniglas in der Hand schnappte sie sich ihr weißes Hüfttuch, schlüpfte mit ihren perfekt manikürten Zehen in ihre teuren, edelsteinbesetzten Sandalen und marschierte über die Poolterrasse auf ihn zu.

Billy lächelte, als sie sich näherte, machte sich aber immer noch nicht die Mühe, sich zu erheben.

»Ich habe dich hier noch nie gesehen«, sagte sie und blieb vor ihm stehen. Sie band sich das Tuch nicht um die Hüften, um ihren kaum vorhandenen Bikini zu bedecken – nicht, dass es ihm etwas ausmachte. Sie drapierte sich den durchsichtigen weißen

Stoff lediglich um die Schultern, mit einer Bewegung, die sie garantiert tausende Male geübt hatte.

»Ich bin nur zu Besuch.«

Sie nippte wieder an ihrem Drink und betrachtete ihn über den Glasrand hinweg. »Hmm. Wir sind uns noch nie begegnet. Ich bin –«

»Wir sind uns noch nicht offiziell begegnet, aber wir sind quasi verwandt, oder waren es.«

Sichtlich verwirrt kniff sie die dunklen Augen zusammen. »Ich weiß nicht –«

»Ich bin Billy Sullivan.«

Er konnte förmlich zusehen, wie sich in ihrem umwerfenden, aber hohlen Kopf die Räder in Gang setzten, und kämpfte gegen den Impuls an, aufzustehen und ihr ein Überbrückungskabel zu besorgen, damit der Funken schneller übersprang. »Warum kommt mir dieser Name so bekannt vor?«

Okay, heißer Body, aber definitiv keine Rhodes-Stipendiatin.

»Mein Bruder heißt Rafe Sullivan. Wie der Kerl, der deine Schwester geheiratet hat.«

Nicoles Augen verengten sich. »Oh.«

Bingo. Ihr war gerade ein Licht aufgegangen.

»Dann bist du also sein …«

»Bruder«, beendete er für sie, als bei ihr die Verbindung wieder abgebrochen zu sein schien. Sein Eindruck einer Möchtegern-Paris Hilton erhärtete sich.

Abscheu brodelte in ihren Augen. Offensichtlich hatte sie alles über Haileys Halunken von einem Exmann gehört. Entweder das, oder die bloße Erwähnung ihrer älteren Schwester ließ ihre Gefühle Achterbahn fahren. Sehr interessant.

»Und was machst du hier?«

Er zuckte die Achseln. »Nur ein bisschen ausspannen. Kleiner Miamiurlaub. Habe dich da drüben gesehen und mir gedacht, ich könnte mal den Familientyp raushängen lassen und dir einen ausgeben. Hailey müsste so in einer Stunde hier sein, um sich mit mir zu treffen. Du willst nicht zufällig mit uns zu Mittag essen, oder?«

Sie machte große Augen. »Hailey kommt hierher?«

»Schsch.« Er setzte sich auf, ergriff ihren Arm und zwang sie in den Stuhl neben sich. Übertrieben vorsichtig warf er den anderen Tischen am Pool einen prüfenden Blick zu, als wolle er sichergehen, dass niemand ihr Gespräch belauschte. »Bitte etwas leiser, ja? Sie steckt zurzeit etwas in Schwierigkeiten. Unsere wöchentlichen Treffen sind rein privat, und wir wollen, dass es auch so bleibt.«

In Nicoles Augen flackerte Interesse auf. Sie beugte sich über den Tisch vor zu ihm. »Du triffst dich jede Woche mit ihr? Warum denn das?«

Billy lehnte sich zurück und grinste. »Warum nicht? Deine Schwester ist heiß.«

Nicole verschluckte sich beinahe an ihrem Getränk. Billy grinste unaufhörlich, während er zusah, wie das grünäugige Monster seinen hässlichen Kopf ausstreckte. »Oh, mein Gott. Sie ist mit deinem Bruder verheiratet.«

»War«, korrigierte er. »Sie sind es nicht mehr. Und außerdem glaube ich, du hast eine falsche Vorstellung. Es ist nichts Ernstes. Es ist nur … Spaß. Hast du nicht auch gern ein bisschen Spaß, Niki?«

»Doch, natürlich«, sagte sie und wirkte empört über die Frage. »Ich bin einundzwanzig. Spaß ist mein Leben.«

Eigentlich war sie eher siebenundzwanzig, die kleine Lügnerin, aber wenn sie ihn einwickeln wollte – er wusste auch, wie man das machte.

Sein Grinsen wurde breiter. »Ich wette, wir könnten richtig viel Spaß haben. Wir drei. Willst du mit in unser Zimmer kommen?«

Sie durchbohrte ihn mit einem Blick. »Ich bin nicht interessiert an einem flotten Dreier mit meiner Schwester.«

»Woran bist du dann interessiert?«

Ihr Blick wanderte über ihn, von seinen Zehen hinauf zu seiner Badehose, über seine nackte Brust und schließlich zu seinem Gesicht. Woran sie noch vor fünf Minuten nicht im Geringsten interessiert war, erschien ihr plötzlich überaus verlockend. Gott, es ging doch nichts über konkurrierende Schwestern. »Ich weiß nicht. Wann, sagtest du, trifft du dich mit ihr?«

»Warte mal.« Das Handy in seiner Hosentasche vibrierte, und er zog es heraus und las die SMS, die er sich selbst von einem anderen Telefon aus geschickt hatte. »Wenn man vom Teufel spricht.« Er hielt es ihr hin, so dass sie die Nachricht lesen konnte.

Sorry, wird später. drinks gehen auf mich. melde mich.

Nicole gab ihm das Telefon zurück. »Zu dumm.«

»Ja«, sagte er und tat enttäuscht. »Dann habe ich wohl doch noch etwas Freizeit.«

Sie biss sich auf die Innenseite ihrer Lippe. Und es dauerte ganze zwei Sekunden, bis sie eine Entscheidung gefällt hatte. »Du könntest eine Weile mit mir in meinem Zimmer rumhängen, wenn du willst. Ich muss sowieso aus der Sonne. Und ich bin sicher, dass ich ein Zimmer mit besserem Ausblick gebucht habe als sie.«

Sein Lächeln war langsam und siegessicher. Er wollte verflucht sein, aber er liebte Schwestern.

»Ich finde, das klingt nach Spaß, Niki.«

»Noch nicht«, sagte sie, und ihr Blick wanderte noch einmal von seiner Brust an abwärts. »Könnte aber einer werden.«

»Sag mir irgendetwas, was ich hören will.« Hailey hängte sich die Tasche über die andere Schulter, um besser telefonieren zu können, während sie eilig den kleinen Lokalflughafen von Lake Geneva durchquerte. Eine Handvoll blauer Plastikstühle füllte den einzigen Terminal des Gebäudes fast aus. Entlang der Wände befanden sich eine Snackbar und ein paar kleine Check-in-Schalter verschiedener Fluggesellschaften. Sie fühlte sich in eine alte Folge von *Überflieger* versetzt, nur dass weit und breit kein junger Tim Daly zu sehen war.

»Ich habe eine gute und eine schlechte Nachricht«, sagte Allie durch das Telefon an ihrem Ohr. »Welche willst du hören?«

»Ich könnte zur Abwechslung mal eine gute Nachricht gebrauchen«, sagte Hailey seufzend. »Sag mir einfach alles, was du hast.« Sie stieß die Glastür auf und ging über das Rollfeld auf die Bombardier der Roarke Resorts zu, die bereits auf sie wartete. Das Dröhnen der Motoren machte es schwer, noch etwas zu verstehen, und sie steckte sich einen Finger ins Ohr, um das Geräusch auszuschließen.

»Blöderweise bekommst du beides auf einmal. Dad hat sich eine Abschrift des Autopsie-Berichts deines Vaters verschafft. Er sieht ihn sich gerade an, und ein paar Dinge sind auffällig, aber bisher hat er noch nichts Konkretes. Er versucht jetzt, auch an eine Kopie der Krankenakte deines Vaters zu kommen.«

»Kann er das?«

»Inoffiziell kann er alles bekommen, was er will. Es kommt nur darauf an, dass es ihm auch jemand gibt. Wo bist du überhaupt? Da ist ein Mordslärm im Hintergrund.«

»Steige gleich in den Flieger. Sag mir, was die gute Nachricht daran ist.«

»Sie ist gut, wenn du versuchst, Antworten auf bislang ungestellte Fragen zu bekommen, H. Du glaubst, dass dein Vater keines natürlichen Todes gestorben ist, oder?«

Hailey wollte Allie da nicht mit reinziehen, aber sie hatte vor ihrer Freundin noch nie etwas verheimlichen können. »Ich bin nicht sicher. Es ist eine Theorie.«

»Und in meinen Augen keine schlechte. Es ist schon ein komischer Zufall, dass dein Vater nur etwa einen Monat, nachdem er sich aus Stressgründen zurückgezogen hatte, gestorben ist. Die Frage, die du dir stellen solltest, ist nicht unbedingt, wie er gestorben ist, sondern wer seinen Tod wollte und warum.«

»Das ist doch ziemlich offensichtlich, oder?«

»Okay, dann vielleicht weniger das Wer als vielmehr das Warum. Warum jetzt, H? Wenn dein Vater wirklich ermordet wurde, was hat das alles ausgelöst?«

»Die Tatsache, dass mein Vater vor über sechs Wochen sein Testament geändert hat, hat es ausgelöst.«

»Und warum hat er das getan?«

Frustriert blieb Hailey mitten auf dem Rollfeld stehen. »Ich weiß es nicht. Ich weiß nicht, welche Gründe er für irgendetwas hatte, das er getan hat. Es ist kein Geheimnis, dass unser Verhältnis nicht besonders gut war. Himmel, in den letzten Jahren hatten wir *gar kein* Verhältnis. Man kann also behaupten, dass er mir nichts darüber anvertraut hat, was diesen ganzen Albtraum ausgelöst hat.«

»Doch, das hat er.« Auf Haileys verzweifeltes Schnauben hin fügte Allie hinzu: »Komm, reg dich nicht so darüber auf. Betrachte es als Fall. Ein Schritt nach dem anderen. Ein Hinweis führt zum nächsten. Es fing mit dir an, H. Er hat dich angerufen und gefragt, ob du ihn im Resort vertreten kannst. Warum du?«

Ja, warum eigentlich sie? Sie stellte sich diese Frage seit Wochen und hatte immer noch keine Antwort gefunden, die einen Sinn ergab. Zumindest keine, die zu diesem ganzen Szenario passte, von wegen *eines natürlichen Todes gestorben* und *ich habe beschlossen, meine bekloppten Verwandten auf eine irrwitzige Schatzsuche zu schicken.*

»Ich weiß es nicht, Allie. Wenn ich es wüsste, würde ich nicht in diesem Schlamassel stecken. Ist das alles?«

»Nein.« Nun war es an Allie, einen Seufzer auszustoßen. »Ich dachte, du solltest es vielleicht wissen. Die verlorene Tochter ist zurückgekehrt. Heute Morgen habe ich den Fernseher angemacht, und in irgendeiner Klatschsendung hatten sie Filmmaterial von gestern aus dem Ritz in Miami Beach.«

»Reizend.«

»Dein Gesicht war auch zu sehen. Deshalb haben sie sie auch befragt, wie sie auf Bryans Tod reagiert hat und darüber, ob du in den Fall verwickelt sein könntest.«

Nun, Hailey hatte eigentlich nichts anderes erwartet. Sie hoffte bloß, dass Billy genug Zeit gehabt hatte, zu bekommen, was sie brauchte. »Ich kann mir schon ungefähr vorstellen, was sie gesagt hat.«

»Glaub mir, das willst du gar nicht genau wissen.«

»Roarke!«

Mit dem Telefon in der Hand drehte Hailey sich zu der lauten Stimme um und blickte über ihre Schulter auf die Glastüren des Terminals. Dann fluchte sie leise, als sie Shane erblickte, der über den Asphalt auf sie zukam und stinksauer aussah.

»Doppelscheiße«, murmelte sie. »Das wird ja immer besser.«

»Das kannst du laut sagen«, sagte Allie in ihrem Ohr. »Und kommst du jetzt nach Hause, da deine Besprechung vorbei ist?«

Shane gestikulierte im Näherkommen, seine dunklen Augen glühten, sein Haar wurde vom Wind zerzaust, der von den Gebläsen ihres Fliegers ausging. »Ich muss mit dir reden.«

»Allie, ich muss aufhören. Wir sprechen uns später.«

»Warte, H –«

Hailey klappte rasch das Telefon zu und stopfte es sich in die Hosentasche. »Was machst du denn hier?«, schrie sie. Der Wind wehte ihr die Haare ins Gesicht und sie strich sie sich mit einer nervösen Handbewegung zurück.

Er blickte zum Flugzeug, auf die Tasche, die bis zu ihrer Hand heruntergerutscht war, und dann in ihre Augen. »Sag nicht, dass du türmst.«

Der ganze angesammelte Frust drohte über sie hereinzubrechen. »Bist du hier, um mich zu verhaften oder nur, um mir auf den Geist zu gehen?«

»Hailey –«

Das reichte ihr als Antwort. »Dann türme ich nicht. Bis später, Maxwell.«

Er packte sie am Oberarm und brachte sie kurz vor den Stufen des Flugzeugs dazu, stehen zu bleiben. »Was hat dein Vater dir in seinem Testament vermacht?«

»Was?«

»Na los, jeden einzelnen Posten. Und ich will nichts von dem Geld wissen. War irgendetwas Besonderes oder von sentimentalem Wert dabei?«

Sie hatte keineswegs vor, ihm die Wahrheit zu sagen, aber im Moment wollte sie einfach nur weg von ihm, also schien Kooperation die beste Taktik zu sein. Sie blickte auf die braune Lederjacke hinunter, die sich über seine breiten Schultern spannte. Unter der offenen Jacke trug er lediglich ein marineblaues Shirt. Er musste frieren, hier draußen im Wind, aber entweder kümmerte es ihn nicht oder er hatte es noch gar nicht bemerkt.

»Nicht viel. Der Großteil seines Besitzes muss noch verteilt werden. Die einzigen Dinge, die er mir hinterlassen hat, waren ein Schließfachschlüssel und die Papiere zu seinem Segelboot.«

»Was ist mit einem Brieföffner?«

Ihr Magen zog sich zusammen. »Ich weiß nicht –«

»Klein. Italienisch, sieht aus wie ein Dolch. Im Griff sind die Initialen LdM eingraviert. Denk scharf nach, Roarke.«

Oh, Scheiße. »Warum fragst du?«

»Genau so ein Dolch wurde am Tatort gefunden. Die Spurensicherung untersucht ihn gerade. Keine Spielchen mehr. Ich glaube, es ist höchste Zeit, dass du mir sagst, was hier wirklich los ist.«

Ihr wurde eiskalt. Und plötzlich wurden sämtliche Was-wäre-wenn, über die sie sich seit gestern den Kopf zerbrach, Wirklichkeit. »Ich muss gehen.«

»Verdammt, Hailey.«

Rasch lief sie die Stufen hinauf und schlüpfte in die Kabine des Jets. »Ich bin so weit, Steve.«

Ein Murmeln kam als Antwort zurück, aber sie hörte es kaum, weil Shane schon wieder hinter ihr war, sie am Arm packte und sie zu sich zurückriss. »Das ist kein Spaß. Wenn du jetzt abhaust, wirst du dich tief in die Scheiße manövrieren. Es wird nicht lange dauern, bis sie herausfinden, dass der Dolch noch vor wenigen Tagen in deinem Besitz war. Wenn du ihn wirklich nicht umgebracht hast oder es ein Unfall war, dann sag es mir jetzt, damit ich dir helfen kann.«

Sie entzog sich seinem Griff und trat einen Schritt zurück. »Verlass das Flugzeug, Maxwell.«

»Ich werde das nicht zulassen.«

»Ich brauche deine Hilfe nicht. Und ich fliege ab. Mit dir oder ohne dich. Also steig jetzt aus diesem Flugzeug oder du steckst genauso tief drin wie ich.«

Seine Kiefer mahlten. Die Unentschlossenheit, die in seinen Augen flackerte, verriet, dass er kurz davor war, die Beherrschung zu verlieren. Und einen winzigen Moment lang überlegte sie sich, ob sie ihn fragen sollte, warum ihre Situation ihm so wichtig war, biss sich dann aber auf die Zunge. Irgendetwas trieb ihn an, etwas, das tiefer ging als die Anziehung, die von Anfang an zwischen ihnen bestanden hatte. Geheimnisse, die sie vielleicht gar nicht kennen wollte, brodelten in seinen dunklen Augen, ebenso wie die unterschwellige Gefahr, die von ihm ausging und die sie von Anfang an gespürt hatte.

Das Zuschlagen der Kabinentür hallte im Raum wider. Gefolgt von Steves Stimme, die sie anwies, Platz zu nehmen, weil sie gleich starten würden. Als der Flieger sich ruckelnd Richtung Startbahn in Bewegung setzte, war eins klar:

Shane Maxwell hatte gerade seine Karriere für sie geopfert. Ohne zu wissen, ob sie unschuldig oder schuldig war. Wenn seine Dienststelle dahinterkam, dass er sie nicht nur hatte gehen lassen, sondern sich ihr auch noch angeschlossen hatte, wäre alles, wofür er in den letzten zwanzig Jahren gearbeitet hatte, futsch.

Was für ein Mann tat das für eine Frau, die er kaum kannte? Und vor allem, was würde er als Nächstes tun?

9

Sobald sie die erforderliche Flughöhe erreicht hatten, öffnete Hailey ihren Sicherheitsgurt und steuerte auf den hinteren Teil des Flugzeugs zu. Als sie wortlos an ihm vorbeirauschte, gruben sich Shanes Finger in die Armlehne seines Sitzes. In den zehn Minuten, seit er hier saß, hatte er vor Wut gekocht, und nun beschloss er zu handeln. Was zu viel war, war zu viel. Sein Sicherheitsgurt landete mit einem dumpfen Schlag auf dem Leder, und er folgte ihr in die Bordküche.

Der Jet der Firma Roarke war beeindruckend. Eine Hauptkabine mit einer Ledercouch, vier schwenkbaren Sesseln, in Zweiergruppen um ein niedriges Tischchen arrangiert. Vorne führte eine Tür ins Cockpit. Hinten ging es in die Kombüse und den Waschraum, und was sich dahinter befand, wusste er nicht. Da Hailey nicht in der Küche war, ging er weiter, ohne dem übertriebenen Luxus Beachtung zu schenken, stieß die hintere Tür auf und fand sie auf einem riesigen Bett sitzend und den Kopf in die Hände vergraben vor.

Himmel, ihrer ganzen, sonst so abgebrühten Art zum Trotz, schien sie den Tränen nahe.

Sie blitzte ihn an, als sich die Schlafzimmertür öffnete. »Was willst du jetzt schon wieder?«

Er hob kapitulierend beide Hände. »Einfach nur mit dir reden. Hier ist nicht genug Platz, dass du mich wieder aufs Kreuz legen könntest, und ich bin auch wirklich nicht in der Stimmung dazu.«

Ihr schwerer Seufzer verriet, dass sie ihm zustimmte, obwohl sie es eigentlich nicht wollte. Und er wünschte sich, dass ihm etwas einfiele, womit er sie jetzt zum Lächeln bringen konnte, so wie damals in Puerto Rico. Oder vor ein paar Tagen in seiner Wohnung.

»Ich habe ihn nicht umgebracht«, sagte sie leise.

Seine Erleichterung über ihre Worte war noch größer, als er gedacht hätte. Es fiel ihm regelrecht ein Stein vom Herzen. »Was hast du denn dann in seinem Haus gemacht?«

»Es ist nicht sein Haus. Es gehört zum Roarke-Besitz.« Sie sah ihn aufmerksam an. Ihre blauen Augen ließen ihn nicht los, und als sich dieses Mal seine Brust zusammenzog, war es nicht vor Stress oder Sorge, sondern aus einem anderen Grund. Es war etwas, das tief in seinem Inneren ein Kribbeln auslöste. Etwas, das er beim besten Willen nicht genau definieren konnte. »Ich bin nicht sicher, ob dir gefallen wird, was du jetzt gleich hörst. Beziehungsweise, ob du es mir überhaupt glauben wirst.«

»Lass es auf einen Versuch ankommen.« Als sie sich auf die Lippe biss, fügte er hinzu: »Wie du schon sagtest. Ich stecke jetzt da mit drin, ob du mich hier haben willst oder nicht.«

Sie blickte wieder auf ihre Hände hinab. »Es ist kompliziert.«

»Das sind die meisten Dinge.«

Ihr Schweigen ließ seinen Blutdruck wieder in die Höhe schießen, doch dann sagte sie unvermittelt: »Ich habe dir doch schon erzählt, dass mein Vater mich gebeten hatte, für ihn einzuspringen und in der Firma auszuhelfen, als es mit ihm gesundheitlich bergab ging. Zuerst habe ich abgelehnt, aber dann hat er mir ein Angebot gemacht, das ich nicht ausschlagen konnte.«

»Was für ein Angebot?«

Sie schürzte die Lippen, es schien fast, als wolle sie nicht antworten, dann sagte sie: »Er hat mir versprochen, wenn ich ihm noch dieses eine Mal helfe, würde er mich nie wieder um etwas bitten. Er würde aufhören, mich zu bedrängen, dass ich wieder nach Miami kommen und der Firma beitreten solle.«

»Wolltest du das nie?«

»Nein, nie.«

Er sah sich in dem nobel eingerichteten Flieger um. Wände aus Teakholz, luxuriöse Teppiche, über dem Bett ein großer Spiegel, Daunendecke und -kissen auf dem geräumigen Bett, auf dem er sie beide schon übereinander herfallen sah.

Die Roarke Resorts, die es an der ganzen Ostküste gab, waren allesamt 5-Sterne-Unterkünfte. Wenn auch nicht mit dem Hilton-Imperium vergleichbar, hatte Garrett Roarke in den letzten zehn Jahren jedoch nicht zu übersehende Spuren in der Reisebranche hinterlassen. Was sich nicht zuletzt an diesem Flieger und dem neuen Resort zeigte, das zurzeit in Lake Geneva gebaut wurde.

»Warum denn nicht?«

Sie zuckte die Achseln. »Kein Interesse. Sobald ich alt genug war, habe ich all dem den Rücken gekehrt. Mit ihnen – mit meiner Familie – zusammenzuarbeiten, erschien mir nicht besonders verlockend.«

»So ganz und gar nicht?«

»Ich habe dir ja gesagt, dass du mir nicht glauben würdest.«

Er musterte sie. Und da fiel ihm wieder ein, wie sie ausgesehen hatte, als er ihr in Florida begegnet war. Endlich einmal wieder jemand, mit dem er reden und lachen konnte, seit … oh Gott, einer halben Ewigkeit. Eine Streifenpolizistin, von der er vom ersten Augenblick an fasziniert gewesen war. Sie war genauso weit von all dem Reichtum und Luxus entfernt wie er. »Ich glaube dir trotzdem«, sagte er langsam. »Doch wenn das so ist, warum hat er dich dann gebeten, die Firmenleitung zu übernehmen? Du bist ein Cop, keine Geschäftsführerin.«

Sie rieb sich die Arme, als fröre sie. »Ich habe einen MBA von Harvard.« Schnell fügte sie hinzu: »Und ich bin auch im Umfeld der Firma groß geworden. Mein Vater hat dafür gesorgt, dass ich bis zum Collegeabschluss jeden Sommer ein Praktikum dort machte. Ich weiß mehr über die Roarke Resorts als die meisten Mitarbeiter.«

»Warum bist du dann Polizeibeamtin?«

Sie zuckte mit den Schultern. »Der Job hat mich gereizt.«

Was sie nicht sagte, er aber allmählich begriff, war, dass der Beruf der Polizistin vor allem genau das Gegenteil von dem war, was ihr Vater für sie im Sinn gehabt hatte.

»Ich verstehe immer noch nicht, warum er dich gebeten hat, seinen Platz einzunehmen, als er krank war. Warum nicht eine der anderen Führungskräfte seiner Firma? Es muss doch einen Vizepräsidenten gegeben haben, irgendjemanden mit mehr Erfahrung oder der schon länger dabei war. War das der Grund für den Zwist mit deinem Cousin?«

»Zumindest war es nicht gerade hilfreich. Nein, Bryan und ich hatten schon immer ein gestörtes Verhältnis. Er arbeitete schon jahrelang für die Firma, hat es aber nie weiter als bis zum Regionalleiter gebracht. Er ist faul, und das wusste mein Vater. Weshalb er ihn zwar behalten, aber nie befördert hat. Mein Vater war gegenüber Familienmitgliedern immer absolut loyal, egal, wie sie für ihn gearbeitet haben.«

»Also hat Bryan wahrscheinlich nicht gefallen, dass du die Verantwortung hattest.«

»Definitiv nicht.«

»Und der Vorstand hatte kein Problem damit?«

Sie schüttelte den Kopf. »RR ist ein Privatunternehmen, kein staatliches. Der Vorstand besteht aus Familienmitgliedern, die alle gleichviele Anteile besitzen. Meine Mutter, Bryan, ich, meine Schwester Nicole und Bryans Vater – mein Onkel Graham. Es gab noch ein Mitglied – meinen Großvater mütterlicherseits, der vor Jahren, als mein Vater sein erstes Hotel eröffnet hat, eine ordentliche Stange Geld investierte –, aber er ist vor acht

Monaten verstorben, und sein Anteil wurde zwischen meiner Mutter, mir und meiner Schwester aufgeteilt.«

»Und Bryan und sein Vater gingen leer aus.«

»Ja. Mein Vater konnte im Prinzip tun und lassen, was er wollte, und der Vorstand musste ihn gewähren lassen. Und meine Schwester und ich sind, seit ich denken kann, stille Teilhaberinnen.«

»Hat er nicht versucht, deine Schwester mit ins Boot zu holen?«

Sie durchbohrte ihn mit einem Blick. »Du hast doch meine Schwester gesehen. Sie liebt das lockere Leben. Partys, Shoppen und Titelseiten von Hochglanzmagazinen. Sie schert sich nicht darum, wer RR leitet, solange sie es nicht ist und ihr Treuhandvermögen nicht durch irgendwelche Veränderungen in der Firma angetastet wird.«

Da es kaum möglich war, Lebensmittel einzukaufen, ohne Nicole Roarkes Gesicht auf dem Titelblatt irgendeiner Boulevardzeitung zu sehen, schätzte Shane, dass diese Feststellung nicht sehr weit von der Wirklichkeit entfernt war. »Was mich noch interessieren würde: Jetzt, da dein Vater tot ist, warum bist du nicht zurückgetreten? Da du doch eigentlich nie in die Firma eintreten wolltest, wozu dann noch dort bleiben?«

Sie holte tief Luft, und die Lockerheit, mit der sie gerade noch mit ihm geredet hatte, schien geradewegs aus den kleinen Fenstern des Flugzeugs zu entschweben. »Das wollte ich ja. Nachdem wir die Beerdigung und die Testamentseröffnung hinter uns hatten. Aber dann hat mein Vater mir einen Strich durch die Rechnung gemacht.«

»Wie denn das?«

Sie blickt von ihrem Platz am Fußende des Bettes zu ihm auf. »Hat Lisa dir nichts über den … Spleen meines Vaters erzählt?«

Er schüttelte den Kopf.

Der Anflug eines Lächelns hob ihre Lippen ein wenig. Es sah

so wahnsinnig sexy aus, dass er dem Drang widerstehen musste, zu ihr zu gehen und es ihr mit seinem Mund wegzuküssen. »Ich sage es mal so: Er liebte Filme wie *Das Vermächtnis der Tempelritter*. Indiana Jones war für ihn nicht einfach nur ein Franchise-Unternehmen, sondern das, was er unter Spaß verstand. Als er hörte, dass Lisa und Rafe die drei Furien gefunden hatten, war er völlig begeistert. Und das, obwohl er Rafe Sullivan vom ersten Moment an auf den Tod nicht ausstehen konnte.« Sie schüttelte den Kopf. »Sein ganzes Leben lang sammelte mein Vater Kunst und Antiquitäten. Die meisten seiner Sammlerstücke sind nicht viel wert, aber er hat ganze Lagerräume vollgestopft mit hässlichen Gemälden und nutzlosen Skulpturen, die niemanden hinter dem Ofen hervorlocken würden. Meine Mutter ist deswegen regelmäßig durchgedreht. Aber es ging ihm nicht darum, die Sachen zu besitzen; was ihn reizte, war, sie zu *finden*.«

Sie stützte sich mit der Hand auf dem Bett ab. »Bei der Testamentseröffnung letzte Woche hatte ich erwartet, dass er die Firma meinem Onkel Graham überschreibt. Oder, dass er seine Anteile gleichmäßig auf den Rest von uns verteilt und Paul McIntosh zum Geschäftsführer macht.«

»Wer ist Paul McIntosh?«

»Der höchste leitende Angestellte, der nicht zur Familie gehört. Er arbeitet für die Firma, seit er vor Jahren während seiner Collegezeit dort ein Praktikum gemacht hat. Mein Vater mochte Paul sehr. Er war für ihn der Sohn, den er nie hatte. Paul … er ist ein heller Kopf. Und er wäre wahrscheinlich gut für die Firma, aber …«

»Aber was?«

Sie zuckte die Achseln. »Ich weiß nicht. Irgendetwas an ihm gefällt mir nicht. Er ist glatt wie ein Aal.«

Wenn es eine Sache gab, der Shane immer traute, dann war es das Bauchgefühl. »Offenbar war er nicht nominiert.«

Sie schüttelte den Kopf. »Nein. Er wurde im Testament nicht einmal erwähnt, was die meisten von uns sehr erstaunt hat. Aber die größte Überraschung waren die Klauseln des Testaments. Mein Vater hat jedem von uns ein paar banale Gegenstände hinterlassen – ich habe dir ja erzählt, was er mir vermacht hat –, aber der Hauptteil seines Vermögens steht noch aus. Ebenso wie die Zukunft der Firma.«

»Und wieso?«

Sie rutschte angespannt hin und her. »Weihnachten schenkte er jedem von uns eine Kopie einer berühmten Skulptur, *Die Letzte Versuchung*. Kennst du sie?«

Er schüttelte den Kopf.

»Es ist eine Bronzestatue. Ein Mann und eine Frau, beide nackt, stehen voreinander, ihre Körper sind von der Brust bis zu den Knien miteinander verbunden. Ihr Mund an seinem Hals, sein Kopf vor, na ja, vor Lust nach hinten geworfen. Sie war jahrelang Gegenstand heftiger Kontroversen. Die meisten Historiker glauben, dass sie eines der verschollenen Werke des berühmten italienischen Bildhauers Benvenuto Cellini ist, der von der Familie Medici dazu beauftragt wurde. Sie stellt die letzte Versuchung des Alessandro de Medici dar – einem Medici-Fürsten aus dem sechzehnten Jahrhundert, dem ersten Herzog von Florenz und sehr wahrscheinlich dem ersten dunkelhäutigen Staatsoberhaupt in der modernen westlichen Welt –, der bei einem Aufstand gegen die Medici getötet wurde, den sein Cousin anführte. Angeblich wurde Alessandro durch die Schwester seines Cousins verführt und dann mit einem Dolch ermordet.«

»Das ist ja allerliebst«, murmelte Shane.

»Na ja, ob es nun wirklich so war oder nicht, jedenfalls wurde die Skulptur kurz nach seinem Tod geschaffen, wahrscheinlich als Warnung für etwaige andere Gruppierungen, die über einen Putschversuch nachdachten. Es gibt Aufzeichnungen darüber in italienischen Bibliotheken und historischen Berichten, aber das Original ist vor über zweihundert Jahren verschwunden. Allerdings nicht, bevor eine Kopie davon angefertigt worden war.

Irgendwann in den späten Siebzigern des letzten Jahrhunderts tauchten plötzlich auf Auktionen auf der ganzen Welt Repliken der Letzten Versuchung auf. Jedes Stück musste gründlich untersucht werden, weil die Gießerei, die die Kopien anfertigte, so gut war. Mein Vater hat ein paar dieser Kopien in die Finger bekommen und schenkte jedem von uns eine davon. Insbesondere Bryan war empört über das Geschenk, weil es den Weihnachtsbonus ersetzte, den er normalerweise bekam. Mir war es ziemlich egal, weil mich Geld sowieso nie interessiert hat, aber ich hing an meiner Skulptur, weil sie mir von Anfang an gefallen hat. Mein Vater hatte Jahre zuvor eine in seinem Büro stehen. Und wenn ich dort war und sie mir angeschaut habe, hat mich irgendetwas daran fasziniert.«

Sie zuckte die Achseln und blickte auf ihre Hände hinab. »Jedenfalls hat niemand groß darüber nachgedacht bis zur Testamentseröffnung. Und dann ergab das merkwürdige Geschenk plötzlich einen Sinn. Fünf Skulpturen waren verschenkt worden. Jede davon ist ein Teil eines Puzzles. Wenn man alle zusammenfügt, führen sie angeblich zu der sechsten. Derjenige, der die sechste findet, erbt die Roarke Resorts und Vaters Besitz, abzüglich der Treuhänderfonds, die er für meine Mutter, meine Schwester und mich extra angelegt hat.«

Shane kniff die Augen zusammen. »Eine Schatzsuche?«

Sie hob den Blick zu ihm. »Ja. Ein ziemlich schräges Testament, oder?«

Schräg war stark untertrieben. »Warum hat er das gemacht?«

Sie zuckte mit den Schultern. »Vielleicht war er der Meinung, dass sich auf diese Weise herausstellen würde, wer die Firma am meisten schätzt. Vielleicht hat er auch in den letzten Monaten seines Lebens den Verstand verloren. Keiner weiß es so genau.«

»Den Verstand verloren?«

Ein nervöser Ausdruck huschte über ihr Gesicht. »Abgesehen von all … dem, habe ich in der Firma Gerüchte gehört, dass er auf seine alten Tage paranoid wurde. Ich bin sicher, dass die Anwälte von RR die Rechtmäßigkeit seines Testaments prüfen werden, aber wenn ich etwas über meinen Vater weiß, dann, dass er dafür gesorgt hätte, dass sein Testament wasserdicht ist, egal, wie merkwürdig seine Handlung erscheint. Er hatte einen beispiellosen Geschäftssinn.«

»Und diese … bizarre Schatzsuche … hat dich nicht dazu gebracht, auszusteigen?«

»Doch, ich *wollte* sogar aussteigen. Ich hatte kein Interesse, mich daran zu beteiligen. Die Firma leiten, sein Geld verwalten, nichts davon hatte auch nur den geringsten Reiz für mich. Aber an dem Morgen, bevor ich hierherkam, brachte mir der persönliche Anwalt meines Vaters einen Brief, den mein Vater mir hinterlassen hatte. Darin deutet er an, dass ich an dieser dämlichen Suche unbedingt teilnehmen müsse. Auf die Gründe ging er nicht näher ein, und so fragte ich mich unwillkürlich, was wohl dahinterstecken könnte. Er schrieb auch, wenn ich teilnehmen würde, könnte ich am Ende wirklich alles, was mit Roarke zu tun hatte, für den Rest meines Lebens hinter mir lassen und endlich … frei sein.«

»Und das hat dich überzeugt?«

»Nein. Was mich überzeugt hat, war, dass mir noch am selben Tag der gesamte Vorstand in den Rücken gefallen ist. Alle Mitglieder – selbst meine Mutter – taten sich zusammen, um mich zum Rücktritt zu bewegen. Ich habe es nicht gerne, wenn ich derart angegriffen werde. Und Bryan war unglaublich aggressiv. Die Firma war ihm völlig egal. Er interessierte sich nur dafür, dass er bekam, was ihm seiner Meinung nach zustand, obwohl er es nicht verdiente. Wenn Paul mich unter vier Augen gebeten hätte, zurückzutreten, hätte ich es vielleicht getan, aber nicht Bryan. Niemals. Ich hatte nicht vor, alles, wofür mein Vater so hart gearbeitet hatte, Bryan zu überlassen, damit er es verprasst. Mein Vater und ich haben uns vielleicht nicht gut verstanden, aber er hat mir beigebracht, wie wichtig Loyalität ist. Und ich hatte wohl das Gefühl, dass ich ihm diese Kleinigkeit schuldig bin.«

Loyalität war etwas, das Shane auch verstand. Und schätzte. »Erzähl mir, was mit deinem Cousin passiert ist.«

Sie zeigte auf die Blutergüsse in ihrem Gesicht. »Er ist für das hier verantwortlich. Oder zumindest jemand, den er engagiert hat. Als ich die Papiere nicht unterschreiben wollte, die sie für mich vorbereitet hatten, machte mir Bryan unmissverständlich klar, dass es mir noch leidtun würde. Wenige Minuten später sagte mir irgend so ein Penner im Aufzug, dass ich den ersten Hinweis wohl nicht verstanden hätte und dies jetzt der zweite sei.«

Shane wurde stocksteif.

»Offensichtlich hatte der angeheuerte Typ nicht erwartet, dass ich mich verteidigen kann, jedenfalls bin ich ziemlich sicher, dass ich glimpflicher davongekommen bin als er. Aber es hat mich wirklich auf die Palme gebracht. Und in dem Moment habe ich beschlossen, bei dieser bescheuerten Schatzsuche mitzumachen, und sei es nur, um diesen Leuten zu zeigen, dass ich mich nicht herumstoßen lasse.«

»Und deshalb warst du in dem Haus in Chicago.«

»Jede der Skulpturen hat eine andere Zahl auf dem Boden. Ich musste mir die von Bryan ansehen.«

»Und das hast du gemacht.«

Sie nickte.

»Und was ist mit dem Dolch?«

Besorgnis blitzte in ihrem Gesicht auf. »Ich … bin nicht ganz sicher, wo er ist.«

»Was meinst du mit ›nicht sicher‹?«

»Ich meine«, sagte sie und seufzte, »im Fahrstuhl nach dem Treffen in Miami hatte ich ihn noch. Nachdem ich das hier kassiert hatte« – sie deutete auf ihr Gesicht – »war es mir wichtiger, so schnell wie möglich zu verschwinden, als alles aufzuheben, was ich während des Kampfes verloren hatte. Als ich nach Hause kam, merkte ich, dass er weg ist.«

»Das heißt also, du hattest ihn nicht bei dir, als du im Haus deines Cousins warst?«

Sie warf ihm einen ärgerlichen Blick zu. »Ich hatte ihn in Chicago nicht mit. Selbst wenn ich ihn dabeigehabt hätte. Hältst du mich für blöd?«

Nein, er hielt die ganze Situation für blöd. Und absolut, vollkommen und über die Maßen unglaubwürdig. Niemand konnte sich so eine Geschichte ausdenken, um seinen Hintern zu retten. Wer in aller Welt würde ihr das glauben? »Also hat ihn jemand an sich genommen.«

»Anders kann es nicht gewesen sein. Wo wurde er denn gefunden?«

»Im Erdgeschoss.«

»Ich war überhaupt nicht im Erdgeschoss.« Als er schwieg, blickte sie auf. Kristallklare blaue Augen, die wieder dieses Kribbeln in seiner ganzen Brust hervorriefen. »Komm schon, ich weiß, es sieht schlecht aus, aber ich habe ihn nicht umgebracht. Ich habe mir genommen, was ich brauchte und bin wieder abgehauen. Ich hatte Handschuhe an, für alle Fälle, daher weiß ich, dass keine Fingerabdrücke von mir im Haus sind. Das Einzige, was sie verwenden könnten, um mir das anzuhängen, ist …«

»Was?«

Sie biss sich wieder auf die Lippe, fast, als wolle sie es ihm nicht sagen. Dann murmelte sie schließlich mit leiser Stimme, »Ich habe mich am Arm verletzt, als ich dort war.«

»Du hast *was*?«

Sie schloss die Augen. Schlug sie wieder auf. »Okay, dieser Teil hört sich gar nicht gut an, also flippe bitte nicht aus. Als ich im Haus war, ist Bryan mit seiner Freundin aufgetaucht. Es endete damit, dass ich mich unter dem Bett versteckt und mir den Arm an einer herausragenden Feder geritzt habe.«

»Himmel, Arsch und Wolkenbruch.« Er raufte sich die Haare. »Sie haben DNA im Haus gefunden, die sie versuchen werden, mit dir in Verbindung zu bringen.«

»Ich weiß. Hör mal, ich hatte das schließlich nicht geplant, okay? Und ich habe es weggewischt.« Sie blickte wieder auf ihre Hände hinab. »Ich hätte nie gedacht, dass sich das alles so entwickelt. Ich … ich hatte wohl schlicht und einfach Pech.«

Sie hatte ja gar keine Ahnung.

Er kniff die Augen zusammen, während er versuchte, zusammenzufügen, was sie ihm da erzählte. »Wie hast du es geschafft, ungesehen wieder rauszukommen?«

»Ich habe gewartet, bis sie eingeschlafen sind. Und dann fand ich seine Bronzestatue.«

»Und wo war sie?«

»Tiefkühltruhe. Er hatte sie in Alufolie eingewickelt, damit sie keiner erkennt. So hat er früher schon immer Sachen versteckt, als wir Kinder waren.«

»Und du hast sie mitgenommen.«

»Nein.« Sie schüttelte den Kopf. »Ich habe nur nachgesehen, was auf dem Boden eingraviert ist. Ich habe sie wohlweislich dagelassen.«

Er musste mit Tony reden und ihn bitten, dass er die Tiefkühltruhe überprüfen ließ, falls das nicht schon geschehen war. »Und dann?«

»Dann bin ich gegangen.«

Sein Blick verengte sich. »Und was hast du in meiner Stammkneipe gemacht?«

Vielleicht bildete er es sich nur ein, aber als ihre Hände sich in ihrem Schoß ineinander verschlangen, glaubte er, auf ihren Wangen einen Anflug von Röte zu sehen. »Na ja, ich … ich war so aufgedreht, dass ich unbedingt einen Drink brauchte. Und du, also … ich wusste, dass es deine Stammkneipe ist, also …«

Jetzt ergab endlich alles einen Sinn. »Also hast du mich benutzt.«

Sie fuhr erschrocken hoch. »Nein, das war absolut nicht meine Absicht. Es war schon so spät, dass ich gar nicht ernsthaft damit gerechnet habe, dass du da wärst. Ich kam nur, weil ich, nun ja, neugierig war. Aber ich hatte niemals vor, dich als Alibi zu benutzen, denn es gab ja keinen Grund, dass ich eins brauchen würde.«

Der Druck, der auf seiner Brust lastete, ließ etwas nach. *Neugierig* konnte eine ganze Menge heißen, aber die Tatsache, dass sie ihm nicht in die Augen sehen konnte, verriet, dass sie neugierig auf ihn gewesen war. Genau wie er in den letzten drei Monaten neugierig auf sie gewesen war.

Er suchte auf ihrem entschlossenen Gesicht nach irgendeinem Anzeichen dafür, dass sie ihn anlog. Er sah ganz genau hin, denn, meine Güte, er konnte sich nicht leisten, auf etwas hereinzufallen, was nicht echt war. Aber so sehr er sich auch anstrengte, er fand nichts. Alles, was er sah, war eine Frau, die in die Ecke gedrängt worden war. »Du hast das Sicherheitssystem erwähnt. Wie bist du denn in das Haus gekommen?«

Ein Anflug von Nervosität war in ihrem Gesicht zu erkennen. »Dieser Teil wird dir nicht gefallen.«

»Einen Versuch ist es wert.«

Sie seufzte tief. »Da Bryan die Schlösser ausgewechselt hatte, musste ich mir Hilfe holen. Ein einfaches Schloss kann ich knacken, aber ich bin nicht so ein Experte für Sicherheitssysteme wie mein Ex.«

Ihr Ex, der Dieb. Der Dieb, der sich mittlerweile gebessert hatte, fiel Shane ein, nicht, dass es ihm viel bedeutete. Wenn man bedachte, wie Rafe Sullivan sich seit der Heirat mit Lisa zusammengerissen hatte, war Shane sich ziemlich sicher, dass er nicht derjenige gewesen war, der nach Chicago geflogen war, um Hailey zu helfen. Blieb also nur noch –

»Billy Sullivan.« Er stieß den Namen zwischen zusammengepressten Zähnen hervor.

Ihre Augen wanderten wieder zu seinen, und dieses Mal wirkten sie nicht unsicher, sondern sehr entschlossen. »Bitte erzähl es auf keinen Fall Lisa. Oder Rafe. Ich habe Billy um einen Gefallen gebeten, und er hat mir geholfen, weil wir Freunde sind. Aber wenn Rafe Wind davon bekommt, macht er Hackfleisch aus ihm.«

Dass sie sich auch nur um einen der Sullivanbrüder Sorgen machte, weckte eine seltsame Eifersucht in ihm. »Dann war Billy also mit dir zusammen dort.«

Sie blickte wieder auf ihre Füße hinab. »Ich weiß, woran du denkst, Maxwell. Und es ist völlig ausgeschlossen. Ich kann Billy nicht als Alibi benutzen. Noch ein winziges Vergehen, und er sitzt. Auch, wenn das Haus streng genommen zum Roarke-Besitz gehört, war es als Bryans Wohnsitz angemeldet, und egal, wie man es betrachtet, wir haben es unerlaubt betreten. Billy müsste erklären, wie er uns da rein- und wieder rausgebracht hat, und das kann er sich nicht leisten.«

Shane rieb sich über das Gesicht. »Menschenskind, Hailey, Einbruch ist gar nichts, verglichen mit einer Mordanklage.«

Sie erhob sich und sah ihm ins Gesicht. »Das weiß ich auch. Aber ich habe ihn nicht umgebracht. Findest du es nicht ein bisschen zu einfach, dass alles auf mich hindeutet? Jemand will mir die Schuld zuschieben, damit ich aus dem Rennen bin. Dazu haben sie den Dolch meines Vaters gestohlen. Ich brauche nur etwas Zeit. Ich garantiere dir, sobald ich diese sechste Skulptur gefunden haben, wird sich Bryans Mörder, wer immer es ist, ganz von selbst zu erkennen geben.«

»Und welcher Teil dieser Aussage soll mich jetzt beruhigen? Dass du bei dieser dämlichen Idee mitmachen willst oder dass du dich als Köder für einen Mörder präsentierst?«

»Dieser Mörder ist höchstwahrscheinlich ein Mitglied meiner Familie, Maxwell. Ich habe keine Angst vor ihm. Aber ich sage dir, wenn diese Person auch meinen Vater umgebracht hat, werde ich alles tun, um sie zu finden. In Lake Geneva herumzusitzen und darauf zu warten, dass die Polizei von Chicago mich entweder verhaftet oder zum Verhör abholt, bringt mich der Antwort, wer hinter dem Ganzen steckt, nun wirklich nicht näher.«

»Warte mal.« Er hielt die Hand hoch. »Wer sagt denn, dass dein Vater ermordet wurde? Ich denke, er starb an einem Herzanfall.«

Unbehagen war in ihren zarten Gesichtszügen zu erkennen. »Ich bin nicht mehr so überzeugt davon. Vielleicht hatte seine nachlassende Gesundheit gar nicht ausschließlich natürliche Ursachen. Ich glaube, dass das einer der Gründe ist, warum er mir diesen Brief hinterlassen hat.«

Wenn das stimmte, was sie da sagte, dann ging das hier noch weit über den Tod ihres Cousins hinaus. Es hatte mit Geld und mit Gier zu tun, und damit, wozu Menschen fähig waren, um zu bekommen, was sie wollten. Und aus unerfindlichen Gründen hatte er das Gefühl, dass sie im Mittelpunkt des Ganzen stand. Auf welche Weise aber, war absolut schleierhaft.

Er verspürte den überwältigenden Drang, sie fest in die Arme zu nehmen, um Gewissheit zu haben, dass sie in Sicherheit war vor allem, das ihr irgendwie schaden konnte. Und obwohl er wahrscheinlich der letzte Mensch auf Erden war, der es konnte, wollte er derjenige sein, der auf sie aufpasste.

Du kannst sie nicht retten.

Die Stimme kam wie aus dem Nichts und schwirrte ihm jetzt im Kopf herum. Wieso hatte er geglaubt, dass es diesmal anders laufen würde? Doch sie war zu ihm gekommen, als sie Hilfe gebraucht hatte, ob beabsichtigt oder nicht. Und diese Erkenntnis verstärkte sein Verlangen nur noch. »Also, wohin fliegen wir?«

Ihre Augenbrauen zogen sich zusammen und bildeten eine tiefe Furche zwischen ihren ausdrucksvollen Augen. »Du bestehst nicht darauf, dass wir zurückfliegen, damit du mich der Polizei ausliefern kannst?«

»Würdest du darüber nachdenken, wenn ich darauf bestehen würde?«

Sie schüttelte den Kopf.

»Dann hat es wenig Zweck, es zu versuchen, oder?«

»Ja.« Sie verschränkte die Arme vor der Brust und sah sich im Raum um. »Wir müssen in Nashville zwischenlanden, um aufzutanken. Ich sorge dafür, dass ein Wagen da ist, der dich –«

»Wo auch immer du hingehst, Hailey, ich komme mit.«

Überraschung spiegelte sich in ihren funkelnden blauen Augen. »Was?«

»So, wie ich es sehe, bin ich jetzt an dich gebunden. Chen wird das alles niemals glauben, jedenfalls nicht, solange ich es nicht beweisen kann, und ich habe nicht vor, dich alleine losziehen zu lassen, um einen Mörder in die Falle zu locken. Und wenn er zehnmal zur Familie gehört.«

»Warum kümmert dich das überhaupt?«

Warum? Weil er trotz dieser abstrusen Geschichte spürte, dass sie die Wahrheit sagte. Und weil er ihr einfach nicht den Rücken kehren konnte. Diesmal nicht.

Er zuckte mit den Schultern. »Sagen wir einfach, mein Instinkt rät mir, dich nicht aus den Augen zu lassen. Also liegt die Entscheidung wohl jetzt bei dir: Entweder machen wir gemeinsame Sache oder ich schleife dich wieder nach Chicago, auch wenn du schreist und um dich trittst. Was ist dir lieber?«

Unentschlossenheit brodelte in ihren Augen, doch sie wandte ihren Blick nicht von ihm ab. »Ich brauche deine Hilfe nicht, Maxwell.«

»Nein, aber du bekommst sie trotzdem. Sei klug und nimm die Hand, die ich dir reiche.«

10

Als Hailey neben Shane auf dem Vordersitz des Mietwagens in die Everglades von Florida unterwegs war, fragte sie sich – zum tausendsten Mal –, wie sie bloß hierhergekommen war.

Sie warf ihm einen Seitenblick zu. Er saß hinter dem Steuer und betrachtete die Mangrovenbäume auf beiden Seiten der Straße, die aus Homestead hinaus Richtung Westen führte. Sein dunkles Haar fiel ihm in die Stirn. Die Bartstoppeln eines Tages zierten sein Kinn. Seine Lederjacke hatte er auf den Rücksitz geworfen, als sie heute Nachmittag in das Auto gestiegen waren, und sein langärmeliges, marineblaues Shirt spannte sich über breite, muskulöse Schultern. Er wirkte ein wenig nervös, ziemlich gefährlich und so sexy wie kein anderer, den sie je gesehen hatte.

Sie unterdrückte das erregte Knistern, das sie durchfuhr – wie jedes Mal, wenn sie ihn ansah – und zeigte auf ein Straßenschild in hundert Metern Entfernung.

»Da lang.«

Er setzte den Blinker und verlangsamte das Tempo, um abzubiegen. »Warum in aller Welt lebt jemand hier mitten in der Pampa?«

»Mein Onkel liebt die Abgeschiedenheit.«

»Das ist keine Abgeschiedenheit. So stelle ich mir die Hölle vor. Feuchtigkeit, Alligatoren, Schlangen und weit und breit kein Mäckes.«

»Erzähl mir nicht, dass du diesen Müll isst.«

»Alligatoren?«

»Big Macs.«

Sie holperten durch ein ziemlich großes Schlagloch auf der Schotterstraße. »Ich bin ein achtunddreißigjähriger Junggeselle, der nicht kochen kann. Was glaubst du denn, was ich esse?«

»Hast du nie den Film mit diesem Typ gesehen, der einen ganzen Monat lang nichts als den Fraß von McDonald's gegessen hat?«

»Hab davon gehört. Und es hat entschieden etwas bei mir bewegt. Heute begrenze ich meine Mahlzeiten dort auf mindestens fünfundzwanzig pro Monat.«

Sie konnte nicht anders. Sie musste lächeln. Bei diesem durchtrainierten Körper konnte er unmöglich jeden Tag fettige Burger essen.

Nicht daran denken. Um sich abzulenken, sah sie wieder zur Windschutzscheibe hinaus. Ein Auto kam ihnen entgegen und wirbelte im Vorbeifahren eine Staubwolke auf.

»Woher weißt du, dass er uns helfen wird?«, fragte Shane.

Das *uns* in seiner Frage versetzte ihren Magen wieder in Schwingungen, doch sie erstickte das Gefühl im Keim und rief sich ins Gedächtnis, dass er nicht zum Flirten hier war. Wenn er ihr bei dieser Sache beistehen wollte, konnte sie ihn nicht daran hindern. Das bedeutete aber nicht, dass sie daran anknüpfen mussten, was zwischen ihnen passiert war – oder auch nicht passiert war. Weiß Gott, sie hatte nicht vor, wieder eine Zurückweisung ertragen zu müssen, wenn sie es verhindern konnte.

»Graham ist das einzige Familienmitglied, mit dem ich mich überhaupt verstanden habe. Er ist nicht geldgierig wie alle anderen. Als ich in die Polizeitruppe von Key West kam, war er der Einzige, der mir gratuliert hat.«

»Du sagtest, er sei im Roarke-Vorstand?«

»Ja. Als meine Großeltern starben, hinterließen sie ihren beiden Söhnen ein kleines Erbe. Mein Vater hat Graham überredet, seinen Anteil in seine neue Hotelkette zu investieren. Graham hatte nie einen besonders ausgeprägten Geschäftssinn, und mein Vater wusste das. Er hat sich schon immer mehr für die Natur interessiert. Wenn er das Geld nicht investiert hätte, hätte er es nach und nach durchgebracht.«

»Er hat nie für die Firma gearbeitet?«

»Nicht offiziell. Aber er ist meinem Vater über die Jahre hinweg ein guter Ratgeber gewesen. Er kennt vielleicht nicht die Besonderheiten des Geschäftslebens, aber er hat gute Ideen. Und mein Vater nutzte diese Ideen, um in Märkte vorzustoßen, die er sonst gar nicht in Betracht gezogen hätte.«

»Lebt er das ganze Jahr über hier?«

»Nein. Er hat auch noch ein Haus auf den Bahamas. Und er reist gerne. Aber als ich ihn letzte Woche gesehen habe, erwähnte er, dass er ein paar Wochen hierbleiben würde. Um wieder mit der Natur in Einklang zu kommen, sozusagen.«

»So würde ich das nicht ausdrücken«, murmelte Shane, während sie auf einer wackeligen Brücke einen kleinen See überquerten und dann der Straße folgten, die durch dichtes Baumgestrüpp hindurch führte.

»Komm schon, Maxwell«, neckte sie ihn, und es freute sie, dass er immer lockerer wurde, je weiter sie sich von Chicago entfernten. »Du hast doch keine Angst vor ein paar Moskitos, oder?«

»Wegen der Moskitos mache ich mir keine Sorgen. Aber wegen aller anderen Lebewesen, die da so im Wasser lauern.«

Eine Gruppe von Zypressen, ganz mit Efeu umwuchert, ragte auf der rechten Seite der Schotterstraße in die Höhe, dazwischen Laubbäume, hier eine Esche, dort ein Ahorn. Um ihre Stämme herum wuchsen büschelweise Sägepalmen. Hohes Schilf und Gebüsch erhoben sich aus dem Tümpel zu ihrer Linken, und hin und wieder – wenn man ganz genau hinsah – nahm man die Bewegungen von kleinen Vögeln, Schildkröten und den Alligatoren wahr, die ihr Onkel so gern durchs Gras schleichen sah.

Die kurvige Straße führte nach links, und nach ein, zwei Meilen lichtete sich der Wald und gab den Blick auf ein zweistöckiges Blockhaus mit einer großen Veranda frei. Das Anwesen war gut in Schuss und von saftigen, grünen Wiesen umgeben. Als Shane den Motor abstellte und sich umblickte, war es offensichtlich, dass er etwas anderes erwartet hatte.

»Nicht gerade eine Baracke«, sagte sie, als sie ihre Tür aufstieß und aus dem Auto stieg.

Er schob sich die Sonnenbrille, die er sich am Flughafen gekauft hatte, ins dichte, dunkle Haar, um das Haus besser sehen zu können. »Lebt gerne abgeschieden, was?« Er stopfte die Hände in die Taschen seiner locker sitzenden Jeans und folgte ihr über den Rasen. »Kümmert er sich ganz allein um das Grundstück?«

»Machst du Witze? Er ist über sechzig. Das wäre schon für einen Dreißigjährigen zu viel Arbeit. Die Everglades haben die Eigenschaft, immer wieder aufs Neue die Herrschaft zu übernehmen, wenn man nicht aufpasst. Er hat Angestellte, die das Anwesen für ihn in Stand halten.«

»Und wie vertreibt er sich die Zeit?«

»Er werkelt herum, hauptsächlich in seinem Garten.« Als Shane verdutzt dreinblickte, fügte sie hinzu: »Er weiß über alles eine Menge und ist Fachmann für nichts. Solange ich ihn kenne, hat er sich nie auf eine Sache konzentrieren können.«

»Super. Ein Heimwerker-Millionär. Das erklärt diesen Ort.«

Sie lächelte. »Deswegen mag ich ihn.«

Sie klopfte. Und wartete. Als mehrere Minuten verstrichen waren, ohne dass etwas passierte, formte sie die Hände an der Fensterscheibe zu einem Trichter und spähte ins Wohnzimmer.

»Was heute so alles aus dem Sumpf kriecht. Erst dieser Typ von der Firma mit den vielen Papieren, die ich unterschreiben sollte, und jetzt du.«

Sie wandte sich zu der rauen Stimme um und erblickte vor der Veranda ihren Onkel Graham, einen Eimer in einer wettergegerbten Hand und eine Angelrute in der anderen. Er trug ausgefranste Jeansshorts und ein schmutzig weißes Key Largo-T-Shirt, aber er sah so vertraut aus wie immer. Lächelnd ging sie auf ihn zu, erwiderte seine Umarmung und drehte sich dann zu Shane um. »Onkel Graham, das ist Shane Maxwell. Ein Freund von mir.«

Graham trat auf die Veranda und schüttelte Shane die Hand. »Freut mich, Sie kennenzulernen. Ein Freund von Hailey ist auch mein Freund.« Er sah wieder sie an. »Weiter Weg. Was führt dich hierher? Und, du liebe Güte, Mädchen, was ist denn mit deinem Gesicht passiert?«

Verdammt. Sie hatte vergessen, noch etwas Make-up auf ihre gelb werdenden Blutergüsse aufzutragen. »Bin gegen eine Wand gelaufen. Nichts Schlimmes.« Um das Thema zu wechseln, warf sie einen Blick auf den Eimer, den er in der Hand hielt. »Was hast du da?«

Er hob das gelbe Plastikgefäß etwas hoch. »Flusskrebse. Hunger? Ich könnte uns was zum Essen machen.«

»Nein, danke.« Hailey legte ihm die Hand auf den Arm. Aus dem Augenwinkel sah sie, dass Shane das Gesicht verzog. »Wir sind nicht zum Essen hergekommen. Aber wenn du etwas von deinem berühmten Tee dahast, würde ich gerne ein Glas davon trinken. Es gibt etwas, worüber ich mit dir reden will.«

Ein Lächeln huschte über sein runzliges Gesicht, und er bedeutete ihnen, ihm zu folgen, während er die Fliegengittertür öffnete. »Miss Carmine hat heute Morgen welchen gemacht, ehe sie gegangen ist. Kommt mit.«

Graham durchquerte den langen Flur, der das Haus in zwei Hälften teilte. Auf Shanes neugierigen Blick hin flüsterte Hailey ihm zu: »Carmine ist die Haushälterin. Sie arbeitet seit Jahren für ihn. Ihr Verhältnis geht ein bisschen über das von Arbeitgeber und Arbeitnehmerin hinaus, wenn du verstehst, was ich meine.«

Shane nickte, und aus seiner Hosentasche kam ein Klicken, als er ihr folgte. »Flusskrebse?«

»Eine Delikatesse des Südens. Erzähl mir nicht, dass du noch nie welche gegessen hast?«

»Nein, und ich habe es auch nicht vor.«

Der Flur mündete in eine große Küche mit weißen Kunststoffarbeitsflächen, einer überdimensionalen Theke und Geräten, von denen Hailey annahm, dass sie schon so lange existierten wie das Haus selbst. Sie sahen aus, als seien sie vierzig Jahre alt. Sie stellte sich neben den Küchenschrank, während Shane auf einem der Barhocker an der Theke Platz nahm.

Graham öffnete den Kühlschrank und nahm eine Kanne mit Tee heraus. »Und was machen Sie, Mr. Maxwell?«

»Shane. Danke.« Er nahm das Glas, das Hailey ihm reichte. »Kripo.«

Grahams Augen leuchteten auf. »Ach. Dann arbeiten Sie wohl mit Hailey in Key West zusammen.«

»Nicht direkt –«

»Maxwells Schwester hat vor kurzem Rafe geheiratet«, warf Hailey ein.

»Sullivan«, sagte Graham mit einem Anflug von Abscheu. »Ich hätte nicht gedacht, dass es da draußen zwei Frauen gibt, die blöd genug sind, ein und denselben Fehler zu machen.«

Shane musste grinsen. Hailey schenkte ihm keine Beachtung und funkelte ihren Onkel böse an. »Sehr witzig.«

»Ach komm schon«, sagte Graham, während Hailey Eis in die Gläser füllte und er Tee eingoss. »Er war nicht gut genug für dich, und das wissen wir beide.«

»Gut genug war nicht der Punkt. Aber deswegen sind wir nicht hier.«

Graham nickte, und weil er wusste, dass sie über dieses Thema nicht gerne redete, wechselte er zu dem, was er für den Grund ihres Kommens hielt. »Kommst du gerade aus Wisconsin?«

Hailey nahm einen Schluck Tee und stellte das Glas ab. »Ja. Wir sind zwei Monate hinter dem Zeitplan, aber ich glaube, wir haben einen Weg gefunden, um etwas Zeit aufzuholen. Das müsste uns dem Termin der großen Eröffnung am Memorial Day wieder näher bringen.«

Graham schüttelte den Kopf. »Mein Herr Sohn ist wirklich zu blöd, oder?« Seufzend wirbelte er das Eis in seinem Glas herum. »Ich fürchte, er kann sich auf nichts konzentrieren. Wie ich.«

Shane führte das Glas an die Lippen, und im nächsten Moment spie er den Eistee über den ganzen Tresen.

Hailey griff nach einer Serviette und kam um die Theke herum, um ihm auf den Rücken zu klopfen. »Alles in Ordnung?«

Als er wieder sprechen konnte, blickte er von dem Glas in ihr Gesicht. »Das schmeckt ja wie der pure Zucker.«

»Yankee«, murmelte Graham.

»Ja, weil es süßer Tee ist«, sagte sie zu ihm.

»Woher kommen Sie, mein Sohn?«, fragte Graham.

»Aus Chicago.«

Graham schnalzte missbilligend mit der Zunge. »Die haben keine Ahnung von Tee in Chicago. Vielleicht von Pizza, aber nicht von Tee.«

Hailey reichte Shane eine Serviette und wandte sich wieder ihrem Onkel zu. Okay, genug geplaudert. Sie mussten endlich zum Grund ihres Besuches kommen. »Hast du in letzter Zeit Nachrichten gesehen, Onkel Graham?«

Er schüttelte den Kopf. »Wenn ich hier draußen bin, kümmere ich mich nur um den Garten und fische.«

Sie kam zu ihm hinter die Theke. »Ich fürchte, ich habe schlechte Neuigkeiten.«

Aus zusammengekniffenen Augen betrachtete er ihr Gesicht. »Was für schlechte Neuigkeiten?«

»Vielleicht solltest du dich hinsetzen. Du weißt doch, dein Herz –«

»Verdammt noch einmal, Mädchen, meinem Herz geht's ausgezeichnet. Hör auf, um den heißen Brei herumzureden, und rück mit der Sprache raus.«

Sie starrte ihn an und sagte schließlich: »Bryan ist tot.«

»Was?«

Sie berichtete das, was sie von Shane erfahren hatte – alles, was sie wusste – und ließ es ihn dann verarbeiten. Er setzte sich nicht hin, nicht einmal, als sie ihn – noch einmal – dazu aufforderte, sondern blieb wie angewurzelt stehen und starrte auf seinen unangetasteten Tee. »Bist du sicher?«, fragte er.

»Ja. Es tut mir so leid.« Sie drückte seine Hand etwas fester.

»Weiß die Familie es schon?«

»Ja.«

»Mir hat es keiner gesagt.«

Wieder ein Seitenhieb auf ihre Familie. »Ich bin sicher, Madeline hatte zu viel zu tun. Und es könnte ja auch sein, dass sie versucht haben, dich hier draußen anzurufen. Du bist nicht unbedingt zuverlässig, was das Abhören deiner Nachrichten angeht. Ich habe auch versucht, dich anzurufen, nachdem ich es erfahren habe.«

»Ich …« Er rieb sich mit der Hand über die Lippen. »Ich habe immer gewusst, dass er vor mir gehen wird.« Als er aufblickte, waren seine Augen von Kummer erfüllt. »Furchtbar, wenn ein Vater so etwas sagt, nicht wahr?«

Es brach ihr das Herz. »Nein. Es ist ja nicht deine Schuld. Es war nicht leicht, mit Bryan auszukommen. Er hatte seine eigene Art, die Dinge anzugehen, und diesmal hat sie jemandem nicht gefallen.«

»Wissen sie … wissen sie, wer ihn umgebracht hat?«

»Nein.« Es war das Erste, was Shane sagte. Als sich Grahams getrübte Augen ihm zuwandten, fügte er hinzu: »Aber jemand hat versucht, es so aussehen zu lassen, als sei es Hailey gewesen.«

Grahams Blick schnellte wieder zu ihr zurück. »Warum sollte das irgendjemand glauben? Du kannst nicht einmal eine Spinne im Haus töten. Jeder, der dich kennt, weiß, dass du niemals absichtlich jemandem wehtun würdest. Schon gar nicht Bryan.«

Obwohl das wohl das schrecklichste Gespräch war, das sie sich vorstellen konnte, durchströmte sie eine Welle der Wärme. Graham war wahrscheinlich der einzige Mensch auf der Welt, der an ihre Unschuld glaubte. Ihre Familie tat es mit Sicherheit nicht. Und Shane hatte es auch nicht getan, bis er alle Einzelheiten gehört hatte, und selbst jetzt war sie nicht vollkommen überzeugt, dass er ihr hundertprozentig glaubte. Aber Graham war auf ihrer Seite. War es schon immer gewesen.

»Es ist kompliziert, Onkel Graham. Du weißt, dass Bryan und ich uns nie vertragen haben. Jeder, der mich bei RR loswerden will, könnte diese Karte ausspielen. Aber hier steckt noch mehr dahinter. Ich glaube, dass es mit Daddys Testament zu tun hat.«

Als sie das Testament ihres Vaters erwähnte, verzog Graham angewidert das Gesicht. »Dein Vater hätte lieber mal seinen Kopf untersuchen lassen sollen statt sein Herz.«

»Ich weiß.«

»Warum glaubst du, dass es darum geht?«

»Weil«, sagte Shane, »die Polizei den Dolch Ihres Bruders im Haus gefunden hat. Hailey sagt, dass sie ihn bei der Vorstandssitzung in Miami bei sich hatte, und ihn danach nicht mehr gesehen hat.«

»Ermitteln Sie in dem Mord an meinem Sohn?«

Shane sah Hailey mit finsteren Augen an. Und genauso wie

zuvor im Auto, begann unter seinem glühenden Blick ihr Blut zu pulsieren. »Ja, könnte man so sagen.«

Sie riss die Augen von Shane los und konzentrierte sich wieder auf ihren Onkel. »Die einzige Möglichkeit, wie ich mich von jedem Verdacht befreien und herausfinden kann, wer Bryan wirklich getötet hat, ist, zunächst die sechste Skulptur zu finden.«

»Und wozu soll das gut sein?«

»Wenn ich richtig liege, will derjenige, der Bryan umgebracht hat, die Roarke Resorts, und aufgrund der Verfügung meines Vaters ist die einzige Möglichkeit, sie zu bekommen, bei dieser hirnrissigen Schatzsuche mitzumachen.«

»Glaubst du, der Täter hat es getan, um an seine Statue zu kommen? Das heißt, es war ein vermasselter Raubüberfall?«

»Vielleicht«, sagte Shane. »Und vielleicht steckt auch noch mehr dahinter. Und das wollen wir jetzt herausfinden.«

Graham fuhr sich mit der Hand übers Gesicht. Erschöpfung und Trauer gingen von seiner schmalen Gestalt aus. Hailey ergriff seine Hand, als er sie sinken ließ. »Onkel Graham. Ich brauche deine Hilfe.«

Er stieß einen langen, tiefen Seufzer aus. »Sie ist in meinem Arbeitszimmer. Bedien dich einfach. Aber, Hailey«, er umfasste ihre Hand mit seinen knochigen Fingern, »ist es das wert? Du hast diese verdammte Firma doch nie gewollt. Es gibt bestimmt eine Möglichkeit, zu beweisen, dass du nichts mit Bryans … Tod … zu tun hast. Du bist ein gutes Mädchen. Die Polizei wird das auch feststellen.«

Ein trauriges Lächeln verzog ihre Mundwinkel. Der gute alte Onkel Graham. Sah immer das Beste in den Menschen. Selbst in seinem nichtsnutzigen Sohn, der ihm mehr Kummer bereitet hatte, als irgendein Elternteil verdiente. Sicherlich war Graham nicht der beste Vater gewesen, aber er hatte sich bemüht. Und das war viel mehr, als Hailey über ihren eigenen Vater sagen konnte.

In Shanes Augen konnte sie sehen, dass er mit ihrem Onkel einer Meinung war. Sie wandte sich wieder Graham zu. »Ich muss es tun. Es geht um mehr als nur um Bryans Tod. Wenn ich kann, werde ich dir den Rest erzählen.«

Er drückte sie fest an sich. »Ich bin stolz auf dich. Dein Vater wäre auch stolz auf dich gewesen, hörst du?«

Hailey schloss die Augen und hielt ihn fest. »Das bezweifle ich. Und heb dir dein Lob für später auf, wenn ich das hier gelöst habe. In einem Punkt hatte Daddy recht: Ich war nie eine besonders gute Polizistin.«

»Das ist nicht wahr. Du warst mit deinem Herz nur immer irgendwo anders.« Graham ließ von ihr ab. »Meine Statue ist in meinem Büro im Schrank eingeschlossen. Du weißt, wo der Schlüssel ist, sie gehört dir. Aber du brauchst immer noch die von Nicole. Und deiner Mutter.«

»Ich werde sie bekommen.«

Er strich ihr mit der Hand über die Wange. »So zuversichtlich. Ich wünschte, Bryan hätte etwas von deiner Entschlossenheit gehabt.« Ein Schatten von Traurigkeit huschte wieder über sein Gesicht, und er wandte sich ab, um über den Tresen hinweg Shane anzusehen. »Ich weiß sehr zu schätzen, was Sie für meine Nichte tun. Es ist gut zu wissen, dass sie da draußen einen Verbündeten hat.« Er blickte sich in der Küche um, als habe er sie nie zuvor gesehen. »Wenn ihr nichts dagegen habt, werde ich mich jetzt ein wenig hinlegen.«

»Soll ich dir die Treppe hinaufhelfen?«, fragte Hailey.

»Nein.« Er wehrte mit der Hand ab. »Nein. Ich will nur etwas allein sein.« An der Küchentür hielt er inne und drehte sich noch einmal um. »Achtunddreißig. Die Zahl auf meiner Bronzestatue ist achtunddreißig.«

»Danke, Onkel Graham.« Es versetzte ihrem Herz einen Stich. »Hast du etwas dagegen, wenn wir sie uns trotzdem ansehen?«

»Nein. Nehmt euch, was ihr braucht … ihr beiden.«

Sie sah sein trauriges Lächeln noch vor sich, als er die Küche längst verlassen hatte. Hailey griff wieder nach ihrem Tee. »Bryan war echt ein Idiot, aber das … das war herzzerreißend. Kein Kind sollte vor seinen Eltern sterben.«

»Das passiert häufiger, als man glaubt«, sagte Shane, stand auf und trug sein volles Teeglas zur Spüle, während sie ihres austrank. Er machte einen großen Bogen um den Eimer mit Flusskrebsen und schüttete sein Glas in das zweite Spülbecken. »Soweit ich das mitbekommen habe, hatte dein Cousin eine ganze Menge Feinde. Du bist nicht die Einzige, die von seinem Tod profitiert.«

»Aber bei mir ist es am offensichtlichsten.«

Er drehte sich um und sah sie mit seinen dunklen Augen an. »Genau.«

Da war noch einiges, was er ihr verheimlichte, aber ihr fehlte die Energie, um dahinterzukommen, was es war. Und so sehr sie ihren Onkel auch liebte, sie musste sich nehmen, weswegen sie hier war, und herausfinden, ob Billy ihr das nächste Stück auf der Liste besorgt hatte.

Sie brachte ihr Glas zur Spüle. Dann wandte sie sich dem Flur zu. »Zu seinem Arbeitszimmer geht es hier lang. Mal sehen, ob seine Skulptur irgendwelche Fragen beantwortet.«

Sie gingen den Flur entlang und betraten sein vollgestopftes Arbeitszimmer. Hailey umrundete den verstaubten Schreibtisch und zog die oberste Schublade auf. »Er hat sie in seiner Hausbar eingeschlossen.« Sie kramte herum, bis sie den Schlüssel gefunden hatte, dann wandte sie sich dem Mahagonischrank an der hinteren Wand zu. Der Schlüssel glitt ins Schloss und ließ sich mit einem Klicken herumdrehen. Sie zog die Doppeltür auf und starrte hinein.

»Was ist los?«, fragte Shane und trat neben sie.

Hailey konnte es kaum glauben. »Sie ist weg.«

11

Er war geübt im Lösen von Rätseln. Schließlich war es genau das, was er tagein, tagaus machte: Hinweise zusammensetzen, nach versteckten Bedeutungen, Motiven und Möglichkeiten suchen. Eins ins andere fügen, bis er ein Gesamtbild bekam. Aber dieses Rätsel … Shane musste es sich eingestehen, dieses Rätsel verwirrte ihn.

Klar, er hatte eine ganze Liste möglicher Verdächtiger im Kopf, aber diese Skulpturen? Sie waren ihm ein Buch mit sieben Siegeln.

»Ist es möglich, dass Graham seine Statue jemandem gegeben und es vergessen hat?«

»Nein«, sagte Hailey und starrte aus dem Fenster, während sie über denselben Schotterweg zurückholperten, auf dem sie gekommen waren.

»Dann hat sie jemand gestohlen. Aber wer?«

»Tja, das ist die Eine-Million-Dollar-Frage, nicht wahr?« Hailey seufzte. »Mir fallen mehrere Leute ein, die daran interessiert sein könnten.«

Shane runzelte die Stirn. Ja, ihm ebenfalls. Aber nachdem Hailey ihm von den Zahlen auf den anderen Skulpturen erzählt hatte, hatte er keinen blassen Schimmer, wie sie alle zusammenpassten oder was sie bedeuteten. Vielleicht war ihr Vater zum Ende hin wirklich durchgedreht, wie jeder anzunehmen schien.

»Ich glaube, es spielt keine große Rolle«, sagte Hailey. »Graham hat uns seine Zahl gesagt, und mehr brauchen wir eigentlich nicht.« Sie kaute einen Moment lang auf ihrer Lippe herum. »Es könnte eine Telefonnummer sein.«

»Könnte sein.« Shane spielte im Geist wieder mit den Zahlen herum. »Achtunddreißig, Fünfundzwanzig, Null Fünf. Vielleicht eine Kombination? Hast du nicht gesagt, dass er dir den Schlüssel zu einem Schließfach hinterlassen hat? Hast du schon nachgesehen, was darin ist?«

»Nein. Ich hatte keine Zeit, bevor ich nach Chicago geflogen bin. Das wäre auf jeden Fall eine Möglichkeit, die ich überprüfen sollte, sobald ich zurück bin.«

»Wir«, sagte er tonlos.

Sie warf ihm einen Blick zu. Und aus dem Augenwinkel sah er, wie sie mit sich kämpfte, ihm zu sagen, dass sie das alleine hinbekam.

Ihre Augen richteten sich wieder nach vorne und blickten starr in die untergehende Sonne. »Weißt du, Maxwell, ich habe deine Hilfe bisher wirklich geschätzt –«

»Wenn du vorhast, mir zu sagen, dass ich die Fliege machen soll, dann spar dir den Atem.«

»Es wäre ein Leichtes für dich, nach Chicago zurückzukehren und ihnen zu erzählen, dass du vergeblich versucht hättest, mich aufzuhalten, und keine Ahnung hast, wo ich jetzt bin. Du bist noch nicht an dem Punkt, an dem es kein Zurück mehr gibt.«

War er das nicht? Es schien ihm so. »Dein Onkel ist ganz anders, als ich erwartet hatte.«

Ihre Miene verfinsterte sich, als er das Thema wechselte. »Was hast du denn erwartet?«

»Ich weiß nicht. Dass er anders ist. Nicht so … normal.«

Sie sah ihn an. »Bin ich so schrecklich?«

Seine Lippen verzogen sich zu einem Halblächeln. »Manchmal schon. Aber das wollte ich damit nicht sagen. Ich dachte da mehr an deine Schwester. Und deinen Cousin. Und die Reichen im Allgemeinen.«

»Ein Grund, warum ich ihn so gern habe. Geld bedeutet ihm gar nichts.«

Er warf ihr einen Seitenblick zu. Über den Everglades setzte allmählich die Dämmerung ein, und ein warmer Lichtschein am Horizont wurde von ihrem Gesicht reflektiert, was ihr blondes Haar dunkler, ihre Haut zarter und ihre Augen irgendwie blauer wirken ließ. »Hast du es vermisst? Das Geld? Es muss doch toll sein, wieder zurückgekehrt zu sein. Allein dieser Flieger kostet mehr, als ich in meinem ganzen Leben verdienen werde.«

»Ich habe es nie vermisst. Es waren immer Bedingungen daran geknüpft.«

»Trotzdem –«

»Sieh mal, Maxwell, was du nicht begreifst, ist, dass es mir nie richtig gehört hat. Das Geld, die Häuser, die Ausbildung. Mein Vater hatte immer über alles die Kontrolle. Bei meiner Schwester hat er sie heute noch. Von seinem Geld bezahlt sie ihre Eigentumswohnung, ihren Urlaub, ihre Vergnügungen. Bis zu seinem Tod hat sie alles gemacht, was er wollte. All ihre Eskapaden und Flirts waren doch nur ihre Art der Rebellion. Ich könnte so nicht leben. Schon bevor ich meinen Abschluss gemacht habe, wusste ich, dass ich nicht zulassen würde, dass er mich derart beherrscht.«

Schweigend fuhren sie ein Stück, unsanft behandelt von der Schotterstraße. Und so sehr er auch versuchte, sie säuberlich verpackt in eine Schublade zu stecken – sexy Polizistin, verwöhnte Erbin, Geschäftsführerin wider Willen, verdammt irritierende Verdächtige –, sie überraschte ihn immer wieder. Es gab Seiten an Hailey Roarke, von deren Existenz er nichts geahnt hatte, und jede davon reizte und erregte ihn derart, dass sein Blut sich erhitzte und sein Verstand Achterbahn fuhr.

»Was stimmt nicht mit dem Herz deines Onkels?«, fragte er.

»Es ist geschwächt. Herzkrankheiten liegen in der Familie. Er nimmt seit Jahren Medikamente. Ich hoffe nur, dass ihm das nicht den Rest gibt.«

Er nickte. »Und was jetzt?«

Sie sah auf die Uhr, als sie sich wieder dem Gewässer näherten, das sie vorhin schon überquert hatten. »Es ist wahrscheinlich zu spät, um noch zur Bank meines Vaters zu gehen und sich das Schließfach anzusehen. Ich muss mich sowieso mit Billy treffen.«

»Sullivan? Wozu?«

»Er hat etwas, das ich brauche.«

»Jetzt sag nicht, du –«

Ein Knall schnitt ihm das Wort ab, ein Sekundenbruchteil, bevor der Reifen platzte.

»Scheiße.« Shane umklammerte das Lenkrad und versuchte, den Mietwagen geradeaus über die klapprige alte Brücke zu steuern.

»Was zum –«

Der zweite Reifen platzte, ehe Hailey ausgeredet hatte, und plötzlich rutschten sie zur Seite, auf den Rand der Brücke zu, die jede Art moderner Sicherheitsabsperrung vermissen ließ.

»Halt dich fest!« Shane versuchte, gegenzusteuern, aber es war zu spät. Die Reifen gehorchten nicht mehr, und das Auto kippte über die Brücke, bevor einer von ihnen die Tür öffnen konnte. Ein Rauschen, und sie landeten in dem trüben Schlammloch drei Meter unter ihnen, und das Wasser begann augenblicklich, in das Innere des Wagens zu schießen.

Haileys Kopf krachte laut gegen die Fensterscheibe. Shanes Hals schnappte ruckartig vor und zurück. Noch während er versuchte, den Nebel aus seinem Kopf zu vertreiben, war Hailey schon dabei, ihren und seinen Sicherheitsgurt zu lösen. »Wir müssen aus dem Wasser raus. Schnell.«

Er nahm den Gestank von abgestandenem, modrigem Wasser wahr. Verschwendete keine Zeit damit, zu diskutieren, zumal sie ganz offensichtlich recht hatte. Er versuchte sich an der Tür, doch sie ließ sich nicht öffnen. Der Motor war jetzt voll Wasser gelaufen, und während das Auto unterging, drang weiter Wasser ein, sodass es ihnen bereits bis zur Taille reichte. Er trat gegen das Fenster, dessen Automatik nicht mehr funktionierte, dann zog er seine Waffe aus dem Schulterhalfter. »Pass auf deine Augen auf.«

Wasser gurgelte um sie herum, als er sich abwandte und feuerte, das Glas zerschmetterte und den Rest mit dem Fuß wegtrat. Ein Schwall warmes Wasser schoss herein. Er holte tief Luft und ergriff Haileys Hand, bevor das Wasser über ihren Köpfen zusammenschlug.

Sie schwammen nach oben – zumindest hofften sie, dass es oben war. Der Tümpel war tiefer, als er gedacht hatte, und so scheußlich trübe vor Dreck und Schlamm, dass er die Hand vor Augen nicht sehen konnte. Als er schon sicher war, dass sie in die falsche Richtung schwammen, durchbrachen sie die Wasseroberfläche.

Er schnappte nach Luft, während Hailey seine Hand losließ und sich auf das Ufer zubewegte. Und in dem Moment streifte etwas sein Bein.

»Aus dem Wasser!«, schrie Hailey.

Doch es war schon zu spät. Was auch immer sein Bein berührt hatte, klammerte sich fest und zog daran.

»Shane!«

Noch bevor er den Schmerz in seinem linken Unterschenkel überhaupt wahrnahm, war er auch schon unter Wasser. Aber dann durchzuckte es sein Bein wie ein Blitz – und als ihm klar wurde, was ihn da erwischt hatte, übernahm sein Instinkt das Ruder. Mit dem anderen Bein trat er um sich, und als das kein bisschen half, ihn zu befreien, zielte er mit der Pistole, die er immer noch in der Hand hielt, auf das Ding, das er nicht sehen konnte. Schickte ein Stoßgebet zum Himmel, dass er sich nicht in seinen eigenen Fuß schoss, und feuerte.

Seine Lungen brannten. Er spürte den Druck an seinem Bein, der plötzlicher Erleichterung wich. Sobald er frei war, schwamm er, was das Zeug hielt und kämpfte gegen die aufsteigende Panik an.

Als er das Ufer erreichte, lief Hailey ihm durch das Wasser entgegen. »Shane!«

Das Wasser rann ihm vom Körper, als sie ihn rutschend festzuhalten versuchte. »Oh Gott, Shane.« Sie hakte ihre Arme unter seine und zog ihn so weit ans Ufer, dass sie außer Reichweite von jedem Alligator waren, der sich noch irgendwo unsichtbar im Schilf aufhielt. Eine Art Fressrausch schien in der Mitte des Tümpels ausgebrochen zu sein, Wasser spritzte, Mäuler schnappten und Kiefer schlugen geräuschvoll aufeinander.

Er fiel rücklings zu Boden und bemühte sich, wieder Luft in seine brennende Lunge zu bekommen. Hailey zog die Jeans an seinem linken Bein bis zum Knie hoch. »Du blutest.«

Er hielt seine Waffe immer noch fest umklammert und hob den Kopf gerade so weit, dass er sich den Schaden ansehen konnte. Sein Schuh war weg. Seine Jeans war zerrissen und ausgefranst. Purpurrotes Blut lief ihm die Wade bis zu den Zehen hinab, die er nicht mehr spürte. Aber immerhin waren sie noch da.

Okay, das konnte gerade unmöglich passiert sein.

Hailey streifte den leichten Pullover ab, den sie im Flugzeug angezogen hatte, und tupfte sein Bein ab, bis sie beide die vier regelmäßig voneinander entfernten Punkte sahen, an denen das Mistvieh seine Zähne in das Bein versenkt hatte.

»Oh mein Gott«, flüsterte sie. Und dann lauter: »Okay.

Die Haut ist nicht so stark aufgerissen. Das ist gut. So schlimm ist es nicht. Alles okay. Hörst du? Alles okay«, wiederholte sie, als müsse sie sich selbst überzeugen, indem sie es nur oft genug sagte.

Sein Bein schmerzte grausam, aber um nicht auszuflippen, nur weil er gerade von einem verdammten Alligator angegriffen worden war, verdrängte er den Schmerz und konzentrierte sich auf sie. Das nasse Haar umrahmte ihr Gesicht. Wasser rann ihr die Wange hinab, tropfte ihr auf die Schultern und das weiße Miederhemd, das sie unter dem Pulli getragen hatte. Aus einem kleinen Schnitt, da, wo sie mit dem Kopf gegen die Autoscheibe geschlagen war, sickerte Blut.

Er griff nach ihrer Hand, um ihre hektische Suche nach weiteren Wunden zu unterbrechen. Dann hielt er sie fest, bis sie zu ihm hochsah. »Hailey. Mir geht's gut. Hör auf damit.«

Die Angst spiegelte sich tief in ihren blauen Augen. Angst um ihn, wie ihm klar wurde.

»Mir geht's gut«, sagte er noch einmal.

Sie starrte ihn so lange an, dass sein Herz schneller zu schlagen begann, jedoch nicht aufgrund der Tatsache, dass er fast als Abendessen geendet hätte.

»Oh Gott, Shane.« Sie musste die Augen schließen.

Mann oh Mann. Aber es gefiel ihm, wie sie seinen Namen sagte. Wollte noch einmal hören, wie sie ihn sagte. In seinem Bett. Nackt unter ihm. Wieder und wieder.

»Ich konnte diese Schuhe sowieso nie leiden.«

Ihre Augen öffneten sich wieder, und sie sah ihn an, als hätte er den Verstand verloren. Dann lachte sie. Ein nervöses, erleichtertes Lachen, das jede Zelle seines Körpers zum Vibrieren brachte.

Nachtrag: Er wollte sie seinen Namen *schreien* hören.

Er war echt im Eimer, wenn er, nachdem er fast bei lebendigem Leibe verspeist worden wäre, an nichts anderes denken konnte, als daran, wie sexy sie aussah und wie sehr er sich wünschte, sie zu berühren.

Um sich davon abzuhalten, genau das zu tun, konzentrierte er sich wieder auf das, was gerade passiert war. »Hailey, jemand hat auf uns ge-«

»Kannst du es sehen?« Sie erstarrten beide, als sie die Stimme von der anderen Seite des Gewässers hörten.

Hailey traf mit ihrem vollen Gewicht auf seiner Brust auf, ehe er ihre Bewegung überhaupt registriert hatte. Im einen Moment saß er noch auf dem Boden, und im nächsten rollten sie auch schon die seichte Böschung hinunter in das hohe Schilf und Gestrüpp, das ihm Arme und Beine zerschrammte.

Mit einem dumpfen Schlag landete er auf Steinen und Zweigen, die sich ihm in Rücken und Schultern bohrten. Hailey lag flach auf ihm und machte leise »Schsch« an seinem Ohr.

Er wagte nicht, sich zu rühren. Zum einen, weil er kaum denken, geschweige denn atmen konnte, und zum anderen, weil ihm, sobald es in seinem Kopf aufhörte sich zu drehen, plötzlich zu Bewusstsein kam, dass er nur wenige Augenblicke zuvor beinahe verspeist worden wäre und er keine Ahnung hatte, was sich noch alles in diesem Schilf neben ihnen verbarg.

Er hatte seine Pistole verloren, als sie heruntergerollt waren, nicht, dass sie von großem Nutzen gewesen wäre, da sie jetzt voller Wasser war. Obwohl man eine Glock auch unter Wasser abfeuern konnte, hätte eine Menge passieren können, zum Beispiel hätte das Scheißding in seiner Hand explodieren können oder er wäre von der Druckwelle stocktaub geworden, denn Schüsse unter Wasser waren vier Mal so laut wie die über Wasser. Er hatte verdammt Glück gehabt, aber er würde sein Schicksal nicht noch einmal herausfordern. Auch jetzt klingelte es noch leicht in seinen Ohren, was es schwierig machte, die Stimmen zu verstehen, die sich ganz in der Nähe etwas zuriefen, aber eins drang zu ihm durch: Da draußen waren zwei Personen, die nach ihnen suchten, und zwar sehr wahrscheinlich diejenigen, die ihnen die Reifen zerschossen hatten und nun hofften, dass aus ihm und Hailey Krokodilfutter geworden war.

»Ich sehe nichts«, rief die eine Stimme über den Tümpel. Männlich. Tief. »Es ist doch hier reingefallen, oder?«

»Ja«, antwortete die andere. Eine weibliche. »Sieh mal. Die Alligatoren da unten haben irgendetwas.«

Shane glaubte, das Plätschern von Wasser zu hören, war sich aber nicht sicher. Doch als er aufblickte, wurde ihm klar, dass er es eigentlich gar nicht wissen wollte. Hailey lag bewegungslos auf ihm, den Kopf leicht zur Seite geneigt, um besser hören zu können, die Augen spähten angestrengt durch das Schilf hindurch. Sie war wunderschön, selbst jetzt, obwohl sie triefend nass war. Ruhig und gesammelt dachte sie nach, während sein Gehirn anscheinend ausgesetzt hatte.

Sein Blut erwärmte sich, als er zu ihr aufblickte, und plötzlich wurde ihm schlagartig bewusst, dass sie mit ihrem ganzen Körper auf ihm lag, vom Knie bis zur Schulter in engem Kontakt mit ihm. Wie prall und voll sich ihr Busen mit genau dem richtigen Druck in seinen Brustkorb drückte. Wie flach ihr Bauch war, wie ihre Hüften sich perfekt an die seinen anzupassen schienen. Und mit jedem ihrer Atemzüge wurde sein Puls schneller, kribbelte seine Haut, und das Blut schoss ihm geradewegs in den Unterleib.

Glaubst du wirklich, dass sie dich braucht, um sie zu retten? Sieh sie dir an.

Okay, er hatte bei diesem Alligator-Angriff offensichtlich einen ernsthaften Blutverlust erlitten. Entweder das oder er stand unter Schock. Denn egal, was er machte, er schaffte es nicht, sich auf irgendetwas anderes zu konzentrieren als auf sie. Weder auf den Schmerz in seinem Bein, noch auf die beiden Penner, die da draußen im Dickicht nach ihnen suchten oder auf die Tatsache, dass er unter ihr einen Steifen bekam und sich wirklich etwas einfallen lassen musste, um seine Erektion zu unterdrücken, bevor sie etwas merkte und ausflippte.

Schritte näherten sich ihrem Versteck. Hailey hielt die Luft an. Er versuchte krampfhaft, sich nicht zu bewegen, obwohl – Mist, sie musste das Ding mittlerweile spüren.

»Was treibst du denn da?«, fragte die Männerstimme.

»Ich dachte, ich hätte etwas gehört.«

Stille.

Er fühlte, wie Haileys Herzschlag an seinem Körper schneller wurde und in ihrer Brust raste wie ein Maschinengewehrfeuer.

Ohne den Kopf zu bewegen, sah er zur Seite und erblickte Frauenstiefel, keine zwei Meter von ihrem Versteck entfernt. Und wenn die Pistole zehnmal in seiner Hand explodiert wäre – er hätte jetzt sein linkes Ei für seine Glock gegeben.

»Und?«, fragte der Mann.

»Keine Ahnung. Waren wohl die Alligatoren. Oder eine Schlange.«

Reizend. Schlangen. Wenn das die Stimmung nicht zerstörte, dann gar nichts.

»Sie können den Unfall unmöglich überlebt haben. Diese Alligatoren da hinten drehen völlig durch.«

Die Frau machte eine Kehrtwende und ging davon. »Ich habe ja gesagt, es ist keine gute Idee, in die Reifen zu schießen. Wenn die Skulptur jetzt in dem Auto war –«

»War sie nicht«, fuhr der Mann sie an. »Entspann dich.«

»Entspannen? Wie soll ich mich denn entspannen? Wenn sie tot ist, kriegen wir diese beschissene Statue nie.«

»Ich habe sie schon.«

»Was?«, fragte die Frau. »Wie denn das?«

»Dachtest du wirklich, ich lasse sie da?«

Schweigen. Dann: »Okay, aber meinst du nicht, dass drei tote Roarkes in einem Monat sehr verdächtig sind?«

»Aber keiner verdächtigt uns.« Die Worte des Mannes klangen ärgerlich. »Je weniger Roarkes uns in die Quere kommen, desto besser. Jetzt hör auf rumzustressen. Meiner Meinung nach hat die blöde Schlampe das bekommen, was sie verdient hat.«

Von einem Moment auf den anderen breitete sich Kälte in Shanes Brust aus.

Er packte Haileys Arme und drückte sich dagegen. Überrascht blickte sie ihn an, und als könne sie seine Gedanken lesen, legte sie mit erstaunlicher Heftigkeit ihre Hand auf seinen Mund und klemmte seine Hüfte zwischen ihren Beinen ein, damit er sich nicht bewegen konnte. Das Blut dröhnte in seinem Kopf, und sein einziger Gedanke war, sich an diesem Hurensohn zu rächen, der nur wenige Meter von ihnen entfernt war. Doch er konzentrierte sich auf ihre großen, kobaltblauen Augen, und wie ein Gegengift zu seiner Wut drang die Bitte zu ihm durch, die er dort lesen konnte. Ließ ihn wieder runterkommen. Rief ihm ins Gedächtnis, wo er war und mit wem.

Sie hielt ihn fest, bis die Schritte sich entfernt hatten. Irgendwo zwischen den Bäumen heulte ein Motor auf, dann wurde das Geräusch leiser und verstummte in den Everglades.

Als sie nichts mehr hörten als das Plätschern des Wassers und in der Nähe zirpende Zikaden, löste sie sich endlich von ihm und ließ sich nach hinten auf ihre Fersen nieder. »Bist du in Ordnung? Habe ich dir wehgetan? Wie geht's deinem Bein?«

Er stemmte sich langsam hoch, und seine Gefühle waren ein Wirrwarr aus Dingen, an die er nicht denken, sich nicht erinnern und, verdammt, die er sich noch nicht einmal eingestehen wollte. »Gut. Wer zum Geier war das?«

Sie zuckte bei seinem harschen Ton zusammen, aber er ließ sich nicht irritieren. Verdammt. Deswegen dürfte er eigentlich gar nicht hier sein. Die Vergangenheit und die Gegenwart vermischten sich in ihm.

»Ich bin nicht sicher«, sagte sie.

Er schob seine erbärmlichen Gefühle beiseite und konzentrierte sich auf sie. Darauf, dass sie stocksteif geworden war, als diese Frau fast über sie gestolpert war. Und darauf, dass sie ihm in diesem Moment direkt in die Augen starrte.

Sie log. In Wisconsin hatte sie ihm jedes Mal, wenn sie einer seiner Fragen ausgewichen war, direkt ins Gesicht gesehen, doch als sie ihm auf dem Flug hierher endlich die Wahrheit gesagt hatte, war sie dazu nicht in der Lage gewesen. Was nur eins bedeuten konnte: Sie hatte eine der beiden Stimmen erkannt. Oder vielleicht sogar beide. Und sie hatte nicht vor, es ihm zu sagen, weil sie gemerkt hatte, dass er bereit war, dem Subjekt mit bloßen Händen den Hals umzudrehen.

Sie vertraute ihm nicht. Glaubte nicht daran, dass er sie beschützte. Und das machte ihn stinksauer.

»Wir können nicht zu Graham zurückfahren«, sagte sie. »Ich will nicht, dass er da mit reingezogen wird.«

»Und was, wenn er schon mittendrin ist?«

»Das ist er nicht«, antwortete sie, als sei das eine Tatsache. »RR interessiert ihn noch weniger als mich.«

Da war Shane sich nicht so sicher. Und es war ein etwas zu großer Zufall, dass man ihnen so kurz, nachdem sie das Grundstück ihres Onkels verlassen hatten, aufgelauert hatte.

»So oder so«, fuhr sie fort, »wir müssen hier verschwinden, damit du diesen Biss untersuchen lassen kannst.«

»Kein Krankenhaus.« Er wehrte sich dagegen, sich von diesen verführerischen blauen Augen den Boden unter den Füßen wegziehen zu lassen, als sie aufblickte. Sein Hirn arbeitete jetzt wieder, und er hatte nicht vor, sich nochmal ablenken zu lassen. Er sollte sie nicht retten können? Und ob er das konnte! »Ein Biss wird gemeldet. Das Letzte, was ich gebrauchen kann, ist mein Name im System, weil es das CPD geradewegs zu dir führen wird.«

»Stimmt. Ja. Daran hatte ich nicht gedacht.« Sie sah auf ihre Knie hinab, als spiele sie verschiedene Möglichkeiten durch. »Ich glaube, ich kenne jemanden, der uns helfen kann. Es ist aber ein Stück zu fahren.«

»Wie lang?«

»Anderthalb Stunden.«

»Das schaffe ich.«

Sie nickte und zog ihr voll Wasser gelaufenes Handy aus der Hosentasche.

»Verdammt. Es ist tot. Kannst du laufen?«

»Werd ich wohl müssen, oder?«

Er ignorierte das Bedauern in ihren Augen. Ignorierte den kleinen Stich in seiner Brust, als sie ihn so ansah, und dass er sich wünschte, er hätte sie schon vor einem Jahr kennengelernt, als sein Leben noch in Ordnung gewesen war. »Eine Viertelmeile entfernt gibt es noch ein Haus. Dort kann uns sicher jemand weiterhelfen.«

»Gut, lass uns gehen. Ich habe für den Rest meines Lebens genug von diesen Everglades.«

Er kam auf die Füße – der eine war nackt, der andere in einem triefend nassen Nike-Turnschuh –, und während er sich vorsichtig seinen Weg hinter ihr suchte, konzentrierte er sich auf den Schmerz in seinem Bein. Der war wenigstens real. Und genau das, was er verdiente. Und nicht irgendein Tagtraum, den zu träumen er kein Recht hatte.

12

Er wirkte von Minute zu Minute angefressener. Und sie wusste eigentlich gar nicht, warum.

Obwohl Shanes missmutige Stimmung sie fürchterlich nervte, hatte sie Nachsicht mit ihm. Wenn sie von einem Alligator gebissen und dann auch noch einen Hügel hinuntergestoßen und unter jemandem begraben worden wäre, während sich ihr Steine, Zweige, Käfer und andere Dinge, an die sie nicht einmal denken wollte, in den Rücken bohrten, hätte sie jetzt auch ziemlich schlechte Laune. Ganz zu schweigen davon, dass er keine Ahnung hatte, wo sie hinfuhren, und dass er Schmerzen haben musste.

Sie fuhren seit einer Stunde auf dem Highway 1 Richtung Süden. Die Nachbarn ihres Onkels hatten ihnen gerne geholfen, ohne Fragen zu stellen, als seien Alligatorenbisse bei ihnen an der Tagesordnung. Sie hatten Shane ein Paar Flip-Flops und Verbandszeug gegeben und sie dann nach Homestead gefahren, wo sie sich einen neuen Mietwagen besorgen konnten. Sie war zu dem Schluss gekommen, dass sie mit dem Auto schneller wären. Daher hatte sie Steve angerufen, damit er den Flieger abrufbereit hielt. Außerdem Graham, um ihm zu erzählen, was passiert war. Obwohl dieser von der Nachricht über Bryans Tod noch wie betäubt war, hatte er ihr versichert, dass es ihm gut gehe und er sich zu verteidigen wisse, falls irgendjemand kam, um bei ihm herumzuschnüffeln. Das beruhigte Hailey nicht unbedingt, doch sie hatte schon vor langer Zeit gelernt, dass Graham machte, was er wollte und wann er es wollte.

Sie schaltete die Klimaanlage an, während sie den Overseas Highway entlangfuhr. Shane saß mit verschränkten Armen auf dem Beifahrersitz, den Kopf angelehnt, die Augen geschlossen. Er hatte nicht viel gesagt, seit sie ins Auto gestiegen waren, aber damit kam sie klar. Nach allem, was heute passiert war, war ihr auch nicht unbedingt nach einem Plausch zumute.

In ihrem Kopf begann sich alles zu drehen, als sie an die Männerstimme aus dem Sumpf dachte. Dieselbe, die sie im Aufzug gehört hatte, kurz bevor das Licht ausgegangen war und sie ein blaues Auge verpasst bekommen hatte, als Warnung, sich von den Roarke Resorts zurückzuziehen. Sie hatte keinen Zweifel, dass es ein und dieselbe Stimme war. Was bedeutete, dass jemand sie verfolgte. Aber wie war das möglich?

Sie wischte sich den Schweiß von der Stirn. Es war ein schwüler Abend. Die Dunkelheit war bereits hereingebrochen, und ihre Scheinwerfer wurden von der Straße stark reflektiert, was die Sicht erschwerte. Als sie merkte, dass die Klimaanlage nichts brachte, drehte sie sie voll auf und rieb sich wieder über die Stirn. Ihre Hand zitterte, als sie sie wieder ans Lenkrad führte.

Also, das war wirklich eigenartig.

Shane drehte den Kopf zu ihrer Seite. »Versuchst du jetzt, mich kaltzustellen?«

Vielleicht hätte sie die Bemerkung lustig gefunden, doch als sie das Lenkrad umklammerte, ein paar Mal blinzelte, auf das Wasser zu beiden Seiten des Wagens hinausblickte und daran erinnert wurde, was in jenem Tümpel passiert war, wurde ihr klar, dass das hier alles andere als lustig war. »Ähm. Nein, ich …«

Als er sie richtig ansah, zog er die Augenbrauen zusammen. »Was ist denn los?«

Sie schüttelte leicht den Kopf. Verkrampfte die Finger. »Ich weiß nicht genau.«

»Hailey.« Er setzte sich auf. »Du schwitzt ja.«

»Ich weiß. Ich –«

Dann bekam sie die volle Breitseite ab. Eine Welle der Übelkeit tobte durch ihren Magen wie ein Hurrikan über den Golf. »Oh … mir geht's nicht so gut.«

»Fahr an die Seite.«

Irgendwie schaffte sie es. Und im nächsten Moment hatte Shane das Auto umrundet, trotz seines schlimmen Beins und seinen Schmerzen, half ihr, vom Fahrersitz aufzustehen und brachte sie zur Beifahrertür.

»Mein Gott, du bist ja eiskalt. Meinst du, du wirst krank?«

»Ich … weiß nicht.« Sie umklammerte mit beiden Armen ihren Bauch, während er die Tür öffnete und ihr hineinhalf.

Er blickte die Straße hinauf und hinunter, während sie vollauf damit beschäftigt war, zu atmen und ihr Mittagessen bei sich zu behalten. Ein paar Autos fuhren vorbei, aber der Verkehr war zu dieser späten Stunde nicht besonders stark. »Wie weit ist es noch?«, fragte er.

Sie machte tiefe Atemzüge, lehnte sich im Sitz zurück, ganz ähnlich wie er zuvor, und schloss die Augen. »Ähm, eine halbe Stunde noch. Vielleicht. Ich weiß nicht genau.«

»Wird dir sonst auch schlecht im Auto?«

Sie schüttelte den Kopf. »Nie.«

Sie hörte nicht, wie er wieder einstieg und die Tür zuschlug, registrierte lediglich, dass sich der Wagen wieder in Bewegung setzte. Auch den Fluch, der ihm entfuhr, bekam sie mit, kurz bevor sich die nächste Welle in ihrem Magen auftürmte und dieses Mal augenblicklich einen rasenden Schmerz in ihrem Schädel auslöste.

Einen flüchtigen Moment lang drang zu ihr durch, dass ihr nicht vom Autofahren schlecht war. Aber ehe sie darüber nachdenken konnte, was es sonst sein konnte, war sie so sehr von dem Schmerz eingehüllt, dass sie an gar nichts mehr denken konnte.

Billy fühlte sich, als habe er gerade am Ironman teilgenommen. Und der Tour de France. Und dem Boston Marathon, alles in einem. Heiliges Kanonenrohr. Hatte er überhaupt noch irgendwelche Flüssigkeit im Körper? Selbst seine Augen waren staubtrocken.

Die Badezimmertür öffnete sich, das Licht ging aus und Nicole kam durch den Raum getänzelt, eingehüllt in ein durchsichtiges Stück Nachtwäsche, das sie, soweit Billy sich erinnern konnte, zuvor noch nicht getragen hatte. Sie machte einen einzigen großen Satz ins Bett und federte auf den Knien auf und ab. »Ich sterbe vor Hunger. Du nicht?«

Billy stöhnte auf, als die Matratze seinen schmerzenden Körper malträtierte. Vier Runden? Fünf? Er hätte es nie für möglich gehalten, von Sex völlig schlapp zu sein, aber er war auch nie zuvor auf Nicole Roarke getroffen. Himmel, vielleicht war sie eine Serienmörderin, und das war ihre übliche Vorgehensweise: die Typen vögeln, bis sie so schwach waren, dass sie sie einfach nehmen und den Haien zum Fraß vorwerfen konnte.

Wenn man bedachte, dass sie aus einer Familie von Widerlingen kam, war dieser Einfall vielleicht gar nicht so abwegig.

Dieser reizende Gedanke wurde verdrängt, als sie sich über seine Brust beugte und nach dem Telefon auf dem Nachttisch griff. »Ich brauche Eiweiß. Rührei mit Speck. Und du?«

»Eiswasser«, krächzte er. »Einen Riesenkrug. Ach, und Zimtschnecken.« Er hob den Kopf leicht vom Kopfkissen. »Meinst du, sie haben so spät nachts welche in der Küche?«

»Sie haben alles. Mit Frischkäseglasur?«

Sein Magen knurrte. Immerhin ein sicheres Zeichen, dass er noch nicht dem Tode nah war. »Ja. Und ein Steak. Ein schönes, großes, saftiges.«

Sie lachte, gab per Telefon seine Bestellung durch und fügte noch Saft und Toast und einen großen Teller Pasta hinzu, während sie mit dem Finger Kreise auf seine nackte Brust malte. Als sie das Gespräch beendet hatte, legte sie ihm die Hände auf die Brust, sah ihn mit großen Augen an, die so dunkel aussahen wie die Nacht und nicht annähernd so befriedigt, wie er eben noch gedacht hatte.

Wenn er nicht gewusst hätte, dass dieses Mädchen Haileys Schwester war, wäre er niemals darauf gekommen. Die beiden sahen sich überhaupt nicht ähnlich. Mal abgesehen von dem verschmitzten Funkeln in den Augen, das ihnen beiden eigen war.

»Also, Billy«, sagte sie und tat ganz unschuldig. »Nicht, dass das nicht Spaß gemacht hätte, aber glaubst du nicht, dass es Zeit ist, mir zu sagen, was hier wirklich los ist?«

Wahrscheinlich hätte er über diese Frage überrascht sein sollen, aber in den letzten paar Stunden hatte er bereits bemerkt, dass Nicole Roarke nicht das war, was er erwartet hatte. Obwohl sie ihn mit Händen und Mund gut auf Trab gehalten hatte, hatte er auch schon vor diesem kleinen Frage-und-Antwort-Spiel das Gefühl gehabt, dass sie sich Mühe gab, ihn ununterbrochen abzulenken. Und das nicht nur, weil sie ihrer Schwester Konkurrenz machen wollte.

Mit zusammengekniffenen Augen blickte er auf das etwas zu perfekte Muttermal direkt unter ihrem linken Auge. »Wie meinst du das?«

Ein manikürter Zeigefinger umkreiste seine rechte Brustwarze. »Du schläfst nicht mit meiner Schwester.«

»Woher weißt du das?«

Verschmitztheit blitzte auf. »Meine Schwester würde nicht mit dir fertig werden.«

Ihm entfuhr ein Lachen, und er ließ seine Hände über ihr kaum vorhandenes Oberteil gleiten. »So selbstbewusst?«

»Allerdings. Außerdem kenne ich meine Schwester. Und sie ist keine Frau, die mit jedem Kerl ins Bett hüpft. Schon gar nicht mit einem, der herumläuft und Frauen in einer Strandbar aufreißt.«

»Das bist du also? Ein Mädchen, das in Strandbars rumhängt und auf Kerle wartet, die sie aufreißen?«

»Nicht, wenn sie nicht etwas haben, das ich will.«

Das erregte seine Aufmerksamkeit. Seine Hand hielt am Ende ihres Rückens inne, und er blickte sie an. Sie blinzelte zwei Mal und sah vollkommen unschuldig aus. Aber wenn er in den letzten paar Stunden eines gelernt hatte, dann, dass Nicole Roarke alles andere als naiv war. »Ich glaube, mein Kopf ist von den letzten Stunden noch etwas benebelt. Wovon reden wir gerade?«

Sie ließ von ihm ab und setzte sich im Schneidersitz neben ihm aufs Bett. »So dumm ist meine Schwester nicht. Und ich auch nicht. Ich weiß, dass sie dich hergeschickt hat, um an meine Bronzestatue zu kommen. Interessante Taktik übrigens. Ich hätte nie gedacht, dass sie so hinterhältig ist, dass sie einen Typ bezahlt, um mich zu verführen und sie mir dann unter dem Hintern wegzuschnappen.«

Er setzte sich langsam auf und lehnte sich an das Kopfende. »Wie kommst du darauf, dass sie mich bezahlt?«

»Warum solltest du sonst hier sein?«

Warum sonst? Gute Frage. Er hatte nicht geplant, mit ihr zu schlafen. Hätte nie gedacht, dass sie so weit gehen würde, aber sobald sie ihre Suite betreten hatten, hatte er vergessen, weswegen er überhaupt hier war, und sich nur noch auf sie konzentriert. Aus ein paar Drinks auf ihrer Terrasse war zunächst ein Mittagessen und dann noch viel mehr geworden. Sie war klug. Und begriff schnell. Und er hatte es genossen, mit ihr zu reden und ihr beim Essen zuzusehen. Sie hatte eine unglaublich erotische Art zu kauen, und wenn sie ihn anlächelte, verwandelte sich sein Inneres in Pudding.

Er hatte sich eine lahme Ausrede einfallen lassen und behauptet, Hailey habe ihm eine SMS geschickt und ihr Treffen abgesagt und hatte eigentlich nicht damit gerechnet, dass sie ihm das abkaufte. Als sie nach dem Essen eine Weile im Bad verschwunden war, hatte er die Suite gründlich nach der Skulptur durchsucht und nichts gefunden. In dem Moment hätte er gehen sollen – noch bevor sie zurück war –, aber er hatte es nicht geschafft, sich rechtzeitig in Bewegung zu setzen. Und als sie wieder zurückkam und nichts trug als ein durchsichtiges schwarzes Etwas, das ihre Kurven nicht im Mindesten verbarg, hatte er außer seinem eigenen Namen alles vergessen.

»Keine Ahnung«, sagte er, »aber nur damit du es weißt, sie hat mich nicht bezahlt.« Seine Augen verengten sich und blickten in ihr bildschönes Gesicht. »Warum hast du mit mir geschlafen, wenn du wusstest, dass ich hinter etwas ganz anderem her war?«

Sie zuckte die Achseln, schlang die Arme um ihre hochgezogenen Knie und zupfte an ihren rosa lackierten Fußnägeln herum. »Warum nicht? Das hast du doch erwartet, oder nicht?«

Er konnte ihre Stimmung nicht so recht einordnen, aber sie schien nicht sauer zu sein. Wenn überhaupt, wirkte sie ein kleines bisschen … verletzt.

Warum zum Teufel sollte sie verletzt sein? Es sei denn –

Seine Gedanken wanderten zu den vergangenen Stunden zurück. Und zu ein paar Dingen, die sie getan hatten, in denen ein Mädchen wie sie seiner Meinung nach eigentlich ein Profi hätte sein müssen. Rückblickend hatte es aber eher den Anschein, dass er ihr noch *beibringen* musste, was ein Kerl gern hatte. Und wie.

Ein seltsames Gefühl überkam ihn. »Niki, du hast so etwas doch schon einmal gemacht, oder?«

»Was?«, fragte sie, ohne aufzublicken. »Sex? Natürlich.«

»Nein«, sagte er vorsichtig. »Nachmittags einen Kerl aus der Strandbar mit ins Zimmer zu nehmen oder so.«

Sie antwortete nicht, sondern kratzte nur am Lack ihrer Zehennägel herum.

»Niki.« Er streckte die Hand aus und hob mit dem Zeigefinger leicht ihr Kinn an. Und kannte die Antwort, ohne dass sie einen Laut von sich gab.

Verzweiflung breitete sich in ihren Augen aus. »Komm, jetzt sei nicht so schockiert. Ich weiß, ich habe einen gewissen Ruf. Aber zufälligerweise bin ich sehr wählerisch, mit wem ich schlafe.«

»Wie wählerisch? Wie oft hast du es schon getan?«

Sie zog eine Schnute und blickte zur Decke.

»Nicole, antworte verdammt noch mal auf die Frage.«

»Das mit der Strandbar? Noch nie.«

»Nein, das mit dem Sex überhaupt. Mit wie vielen Kerlen hast du geschlafen?«

»Das geht dich gar nichts an.«

»Jetzt im Moment geht mich das sehr wohl etwas an.«

Sie schnaubte. »Na gut. Mit einem. Also jetzt zwei.«

»Oh, Scheiße.« Ihm rutschte das Herz in die Hose.

Sie stieg schnell aus dem Bett und zeigte auf ihn. »Aber darum geht es nicht.«

Er vergaß die Schmerzen in seinen Gliedern und stand auf. »Warum zum Henker hast du dann mit mir geschlafen?« Zu spät merkte er, dass er nackt war, und schnappte sich schnell das Laken aus dem Bett, um es sich um die Hüften zu wickeln. Großer Gott, konnte er das hier noch mehr vermasseln, als er es ohnehin schon getan hatte? Er hatte die Statue nicht, und zu allem Überfluss hatte er auch noch mit Haileys jungfräulicher Schwester geschlafen.

»Ach, jetzt komm mir nicht mit dem erhobenen Zeigefinger. Ich war von dir angezogen und du von mir. Du hattest vorhin kein Problem, mich zu ficken. Also tu jetzt nicht so schockiert.«

Er zuckte zusammen. »Sag doch nicht so was. Und vorher wusste ich ja auch nicht, dass du noch Jungfrau warst.«

»Ich war keine Jungfrau mehr.«

»Na gut, dann eben fast noch Jungfrau.«

Als sie nicht antwortete, sondern nur ihre Arme über der Brust verschränkte und auf eine Stelle vor ihm auf dem Teppich starrte, wusste er, dass er nicht weit von der Wahrheit entfernt war. Und als er sie über das zerwühlte Bett hinweg ansah, wusste er, warum sie vorhin so verdammt unschuldig ausgesehen hatte. Weil sie es gewesen war.

Heilige Scheiße.

Er streckte den Arm anklagend aus. »Warum treibst du dich in der Weltgeschichte herum wie irgendeine billige Tussi, wenn du es in Wirklichkeit gar nicht bist?«

Sie warf ihm einen vernichtenden Blick zu. »Das geht dich ebenfalls nichts an. Willst du nun meine Skulptur oder nicht?«

Er konnte ihren Worten kaum folgen. Jetzt war sie wieder bei der dämlichen Statue.

»Die Letzte Versuchung, Billy«, sagte sie wieder. »Ich weiß, dass Hailey dich hergeschickt hat, um sie zu bekommen. Ich will wissen, wie viel sie ihr wert ist. Und dir.«

Er starrte sie an. Und ohne überhaupt darüber nachzudenken, traf er eine Entscheidung. »Mir ist sie überhaupt nichts wert.«

»Warum hilfst du ihr dann?«

»Weil sie mich darum gebeten hat. Und weil wir Freunde sind.«

»Das ist alles?«

»Ja, das ist alles. Da läuft nichts zwischen uns. Sie weiß nicht einmal, dass ich hier bin.«

Sie musterte ihn lange, dann fragte sie: »Worum hat sie dich denn dann gebeten?«

»Ich sollte nachsehen, ob die Statue bei dir zu Hause ist.«

»Wie solltest du das tun? Es ist nicht gerade so, als …« Dann schien es ihr zu dämmern. Sein Bruder, der Dieb. Gewisse Fertigkeiten lagen wohl in der Familie. »Ach so. Du bist also bei mir zu Hause eingebrochen.«

Er schüttelte den Kopf. Und nicht zum ersten Mal beschlichen ihn Schuldgefühle für etwas, das er getan hatte. »Ich bin stattdessen hierhergekommen.«

»Warum denn das?«

Diesmal zuckte er mit den Achseln. »Ich wollte wohl mal sehen, ob du so bist, wie die Klatschpresse es einem weismachen will.«

»Und du hast festgestellt, dass ich so bin.«

»Ich habe festgestellt, dass du ganz anders bist.«

Sie starrten einander an. Keiner sagte ein Wort. Und er spürte, dass sie in dem Moment des Schweigens herauszufinden versuchte, ob er ehrlich war oder ob er sie nach Strich und Faden anlog.

»Ich habe sie nicht mehr«, sagte sie schließlich.

»Wo ist sie?«

Sie zuckte die Schultern, wich seiner Frage absichtlich aus, fügte aber dann hinzu: »Ich habe eine Ahnung, wer sie haben könnte.«

Er kniff die Augen zusammen. »Was willst du, Nicole?«

Das spitzbübische Funkeln kehrte in ihre dunklen Augen zurück. »Ich will mit einsteigen.«

Es hätte ihn weniger überrascht, wenn sie ausgeholt und ihm einen Schlag in den Magen verpasst hätte. »Warum?«

»Sagen wir, ich habe noch eine Rechnung offen mit jemandem, der mich unterschätzt hat.«

»Hailey wird da nicht mitspielen.«

»Hailey«, sagte sie mit einem Anflug von Abscheu, »hat keine andere Wahl. Wenn sie wissen will, was auf dem Boden meiner

Statue ist, wird sie mitspielen müssen.« Als er sie nur anstarrte, fügte sie hinzu: »Glaubst du mir nicht? Ruf sie an und finde es heraus.«

Wenn er schlau wäre, würde er sich auf dem Absatz umdrehen und laufen, was das Zeug hielt. Stattdessen konnte er sich dabei beobachten, wie er ins Wanken geriet. Teilweise weil er sich – auch nach ihrem Sex-Marathon – immer noch stark von ihr angezogen fühlte. Und teilweise, weil er ihr für das, was er gerade getan hatte, etwas schuldig war.

Und war das nicht wie ein Tritt in den Hintern? Plötzlich hatte er ein Gewissen.

Es klopfte an der Tür. Nicole warf ihm einen Blick zu, bevor sie sich umdrehte. »Überleg's dir, Billy. Aber beeil dich. Wenn Hailey nicht interessiert ist, werde ich mich an den Nächsten auf meiner Liste wenden. Mich langweilt dieses Gespräch jetzt schon.«

Shane fuhr mit hundertvierzig Sachen auf dem Highway 1 Richtung Crawl Key. Hailey hatte sich von ihm weg auf die Seite gedreht, den Kopf zurückgelehnt und die Augen fest geschlossen und versuchte, einfach nur zu atmen. Als sie den Wagen angehalten hatte, hatte er auf den ersten Blick gesehen, dass mit ihr etwas nicht stimmte.

»Halte durch«, sagte er. »Wir sind fast da.« Er streckte die Hand nach ihrem Arm aus, um sie zu beruhigen. Ihre Haut fühlte sich kalt und feucht an. Als sie nicht reagierte, berührte er ihre Schulter, dann legte er ihr die Hand auf die Brust, um festzustellen, dass ihr Herzschlag langsam und ungleichmäßig war.

»Hailey? Bist du noch bei mir?«

Nichts.

»Verdammt.«

Er bog scharf auf das Gelände des gerichtsmedizinischen Instituts von Monroe Country ab, wo sie ihn eigentlich hatte hinbringen wollen, damit ein Bekannter von ihr sein Bein wieder zusammenflicken konnte, und stellte den Motor ab. Ein grüner Acura und ein abgewrackter Dodge Pick-up waren außer ihrem die einzigen beiden Autos auf dem Parkplatz.

Hailey rührte sich nicht, als er die Beifahrertür aufriss und sie auf seine Arme hob. Und als ihr Kopf so schwer gegen seine Brust fiel, als sei sie tot, stieg seine Angst ins Unermessliche.

Die Tür des Gebäudes wurde in dem Moment aufgerissen, als er gerade dort ankam, und eine Frau, deren Haar, wie Shane nur vage wahrnahm, dunkel war, sagte: »Oh … Scheiße. Was ist denn passiert?«

Die Freundin. Allie Sowieso. Hailey hatte sie im Auto erwähnt, bevor ihr schlecht wurde. »Ich weiß es nicht.« Die Tür fiel hinter ihm zu, als er Hailey schnell in die Lobby trug. »Vor vierzig Minuten ging es ihr noch gut.«

Allie legte Hailey die Hand auf die Stirn. Rasch drehte sie sich um. »Dad!«

Ein grauhaariger Mann, der James Hargrove, der Gerichtsmediziner von Monroe County, sein musste, stieß die hintere Tür des Raums auf. Er wischte sich, als er eintrat, die Hände an einem Handtuch ab. »Was ist denn das für ein Lärm –«

Die Worte blieben ihm im Halse stecken, als er Hailey auf Shanes Armen sah. »Was ist passiert?«

»Ich weiß es nicht. Sie ist gefahren. Fing an, sich zu beklagen, dass sie nichts sehen könne. Und meinte dann, es gehe ihr nicht gut.«

James zog Hailey die Augenlider hoch. »Hat sie sich übergeben?«

»Nein. Ich hatte angenommen, ihr sei nur schlecht vom Autofahren geworden. Sie hat geschwitzt. Dann bekam sie eiskalte Hände und ihr Herzschlag war ganz langsam.«

James fühlte ihren Herzschlag. Und seine Miene wechselte augenblicklich von besorgt zu entsetzt. »Schnell, bringen Sie sie nach hinten. Allie?«

»Ich bin hier«, sagte Allie hinter Shane, als sie alle einen dämmerigen Flur entlangliefen.

»Hol die Tasche aus meinem Büro.«

James führte sie in einen Raum, und Shane wusste instinktiv, dass es eine Leichenhalle war. Er legte Hailey auf den Metalltisch, den James ihm gezeigt hatte. Ihr Kopf hing schlaff zur Seite, ihre Schuhe schlugen auf dem kalten Stahl auf. Sie stöhnte und versuchte, sich auf die Seite zu rollen.

Allie kam mit der Tasche angerannt. »Hier, ich habe sie.«

»Halt still, Hailey.« James riss Haileys schmutziges T-Shirt auf, und ihre blasse Haut und ein roter BH kamen zum Vorschein. Er nahm das Stethoskop, das Allie ihm reichte, und hörte ihr Herz ab. »Was hat sie zuletzt gegessen?«

»Äh.« Warum redete sie nicht? Shane fuhr sich mit der Hand durchs Haar. »Ein Sandwich im Flugzeug. Aber das ist fünf Stunden her.«

»Seitdem nichts? Haben Sie auch eins gegessen?«

»Nein. Also, schon. Wir hatten beide Truthahn. Was ist los mit ihr?«

»Sonst noch etwas?«, fragte James knapp. »Irgendetwas getrunken?«

Haileys Kopf bewegte sich auf dem Tisch. Sie zog ein Bein hoch. Stöhnte.

»Wasser. Eine Diätlimo oder so. Ich weiß nicht genau.«

»Wann?«

Mist, wie lange war das her? »Vor mindestens drei oder vier Stunden.«

»Ihre Herzfrequenz ist gefährlich niedrig.« James ließ das Stethoskop sinken und drehte sich um. »Ich brauche zehn Milligramm Atropin. Sofort.«

Allie wurde blass, aber sie wandte sich ab und tat, ohne zu fragen, was ihr Vater ihr gesagt hatte, als sei es nicht das erste Mal, dass sie ihm assistierte. James ging schnell zu einem der Schränke in dem Raum und kramte darin herum, bis er gefunden hatte, was er suchte, und wieder zu Hailey trat. Sie ächzte, und ihr Gesicht nahm eine seltsame Farbe an, als sie versuchte, sich zu bewegen. James hinderte sie daran, sich zur Seite zu drehen.

»Was ist los?«, fragte Shane. »Was stimmt denn nicht mit ihr?«

»Ich weiß es nicht. Aber ich vermute, dass sie auf irgendetwas allergisch reagiert. Sind Sie sicher, dass sie sonst nichts gegessen oder getrunken hat?«, fragte James, während er aus einer Ampulle, die Allie ihm gereicht hatte, eine Injektion aufzog.

»Ja. Nichts. Nichts, bis auf …« Plötzlich blickte er auf. »Tee. Sie hat ein ganzes Glas süßen Tee getrunken, als wir bei ihrem Onkel in den Everglades waren.«

Beide hoben den Kopf.

»Bei Graham?«, fragte Allie.

Shane nickte.

James und Allie tauschten Blicke aus. Dann stach James Hailey die Nadel in den Arm, leerte die Spritze und half Hailey, sich auf die Seite zu drehen. »Geben Sie mir diese Schale«, sagte er zu Shane.

»Allie, ich brauche die Kohletabletten aus meiner Tasche, und dann mach einen starken Tee. Sie wird sich übergeben, bevor das hier vorbei ist.«

Die beiden schienen hin und her zu fliegen. Shane tat, was James ihm sagte, hielt Haileys Haar zurück, als sie sich erbrach und sorgte dafür, dass sie liegen blieb, als sie aufstehen wollte. Doch jedes Mal, wenn sie ihren Magen entleerte oder James ihr noch eine Atropin-Injektion gab, um ihren Herzschlag wieder zu normalisieren, rebellierten Shanes eigener Magen und sein Herz.

Erst eine gute Stunde später, nachdem James sie gezwungen hatte, den Tee zu trinken und die Kohletabletten zu nehmen, hörte sie auf, sich zu übergeben. Endlich entspannte sich die Atmosphäre ein wenig.

Allie hatte ein Kissen und ein paar Decken geholt und saß nun an Haileys Seite und redete sanft mit ihr. Im Raum roch es nach Kräutertee und Industriereiniger.

»Lassen Sie mich einmal einen Blick auf das Bein werfen.«

Shane, der sich ganz auf Hailey konzentriert hatte, riss sich von ihrem Anblick los. Der Arzt war vielleicht knapp eins siebenundsiebzig groß, schlank, aber muskulös gebaut, und laut Hailey der verdammt beste Gerichtsmediziner im Staate Florida. Anfangs war Shane von der Idee, sein Bein in einem Leichenhaus verarztet zu bekommen, nicht sehr begeistert gewesen, aber nachdem er gesehen hatte, wie James arbeitete, war er außerordentlich dankbar, dass sie hierhergekommen waren.

»Ist schon gut.« Shane sah wieder Hailey an.

James stieß einen langen Seufzer aus. »Mein Lieber, Sie werden ihr keine große Hilfe sein, wenn Ihr Bein so entzündet ist, dass es abfällt. Setzen Sie sich da drüben hin und lassen Sie es mich einmal schauen.«

Gegen dieses Argument ließ sich schwer etwas einwenden. Shane nahm sich auf einem Plastikstuhl Platz, jedoch so, dass er Hailey immer noch gut sehen konnte, schlüpfte aus seinen geborgten Flip-Flops und hob sein Bein so, dass James einen Blick darauf werfen konnte.

»Die Bisswunden sind nicht tief«, stellte James fest, als er Shanes Bein untersuchte. »Ich glaube, es muss nicht genäht werden. Da haben Sie noch einmal Glück gehabt. Eigentlich gibt man bei Tierbissen, die nicht genäht werden müssen, keine Antibiotika, aber in Anbetracht dessen, dass das – wann? – vor drei Stunden passiert ist?«

»Ja. Eher vier.«

James nickte. »Deswegen, und weil die Wunde noch nicht gesäubert wurde, werde ich sie jetzt behandeln, nur zur Sicherheit.«

Während er sich daran machte, Shanes Bein zu reinigen und zu verbinden, blickte Shane auf und bemühte sich, seine Stimme zu dämpfen, als er fragte: »Wird es ihr bald wieder gut gehen?«

James warf einen kurzen Blick über die Schulter auf die Mädchen, die immer noch leise miteinander redeten. »Ja. Nach einer ordentlichen Nachtruhe müsste sie wieder auf dem Damm sein. Wir haben alles aus ihrem Körper herausbekommen.«

»Und was war es?«

James legte den letzten Verband an und gab Shanes Bein wieder frei. »Ich weiß es nicht mit Sicherheit, aber ich vermute, irgendein Gift in flüssiger Form. So, wie ihr Herz reagiert hat, war das nicht einfach nur eine Lebensmittelvergiftung. Haben Sie auch von dem Tee bei ihrem Onkel getrunken?«

»Nein. Zu süß. Ich habe ihn wieder ausgespuckt.«

James reichte ihm die erste Dosis Antibiotikum und eine Flasche Wasser, dann setzte er sich auf den Stuhl zu Shanes Linken. »Nehmen Sie das jetzt. Hier ist die Dosierungsanleitung für den Rest. Sie müssen das Antibiotikum vollständig nehmen, damit es wirken kann.« Er gab ihm eine Schachtel mit Tabletten. »Für Hailey gebe ich Ihnen auch welche mit, aber sie soll nicht vor morgen mit der Einnahme anfangen, erst, wenn sich ihr Magen wieder beruhigt hat. Der Schnitt an ihrem Arm sollte genäht werden. Er ist ein bisschen gerötet. Ich möchte nicht, dass er sich entzündet.«

Shane nickte und schluckte die Tablette.

James blickte wieder zu Hailey hinüber. »Ich wette, der Zucker im Tee hat den bitteren Geschmack überdeckt.«

»Sie glauben, ihr Onkel hat sie vergiftet?«

James wandte sich ihm zu, und seine Stimme wurde leiser, so dass Shane kaum verstand, was der Ältere sagte. »Hailey hat mich gebeten, mir den Autopsiebericht ihres Vaters anzusehen. Hat sie das Ihnen gegenüber erwähnt?«

»Flüchtig.«

James nickte. »Ich konnte mir eine Kopie davon besorgen. Garrett Roarke ist offiziell an einem Herzinfarkt gestorben. Ich habe seinen Arzt angerufen. Vor sechs Wochen kam Garrett zu ihm und klagte über Schmerzen in der Brust. Es wurde kongestive Herzinsuffizienz diagnostiziert. Ein paar Wochen später war er tot. Aufgrund der Diagnose und der Familiengeschichte hat sich niemand Gedanken darüber gemacht. Das Problem war nur, dass ich von dem Arzt erfuhr, dass er ihm einen ACE-Hemmer verschrieben hat, der die Blutgefäße erweitert und so den Widerstand verringert.«

»Was ist daran schlecht?«, fragte Shane.

»Gar nichts«, klärte James ihn auf. »Eigentlich ist das Routine. Aber in Garretts Fall zeigten sich bei der Autopsie erhöhte Werte von Herzglykosiden. Beziehungsweise das Medikament Digoxin. Besser bekannt als Digitalis.«

Shanes Augenbrauen senkten sich. »Davon habe ich schon mal gehört. Ist das nicht ein Gift?«

»Ja. Aber es wird auch häufig bei Patienten mit Herzfehler benutzt, um die Herztätigkeit zu erhöhen. Nur, dass es in Garretts Fall niemals verschrieben worden ist.«

Shane musterte James' wettergegerbtes Gesicht. »Sie wollen mir also zu verstehen geben, er nahm ein Herzmedikament, das ihm nicht verschrieben worden war. Warum sollte er so etwas tun?«

»Ich bin nicht sicher, ob er wusste, dass er es nahm«, sagte James mit weicher Stimme. »Ich bin nicht einmal ganz sicher, ob seine ursprüngliche Diagnose überhaupt korrekt war.« Als Shane die Stirn runzelte, füge James hinzu: »Es ist nicht so schwer, wie man annehmen könnte, einen Herzinfarkt zu simulieren, Detective. Man verabreicht einem mehr oder weniger gesunden Menschen ein wenig Digoxin oder ein Extrakt aus Oleander oder Maiglöckchen und wartet, bis es wirkt. Er wird das Gefühl haben, dass mit ihm etwas nicht stimmt. Er geht zum Arzt, der ihn von Kopf bis Fuß untersucht. Er wird ihn nicht auf irgendwelche Drogen testen, sich jedoch sein Herz ansehen. Er stellt seine Diagnose und verschreibt ihm Medikamente. Und schon hat der Patient eine Krankengeschichte. Man verabreicht ihm über die nächsten Wochen hinweg noch etwas mehr Digoxin, nicht so viel, dass es gefährlich wird, sondern nur, um seine Symptome aufrechtzuerhalten. Und dann, peng, eine Dosis, die hoch genug ist, um einen Herzinfarkt auszulösen. Der örtliche Gerichtsmediziner hegt keinen Verdacht, denn schließlich war der Kerl schon einmal wegen seines Herzens in Behandlung, und in der Familie geht die Krankheit auch um. Der toxikologische Bericht kommt zurück und bescheinigt erhöhte Digoxinwerte, keine große Sache. Schließlich ist es ein Herzmedikament. Nur, dass in diesem Fall niemand gefragt hat, was ihm eigentlich verschrieben wurde.«

Shane blickte zu Hailey hinüber, als ihm die unheimliche Wahrheit dämmerte. Er erinnerte sich an ihren Besuch bei Graham, und dass Hailey sich Sorgen gemacht hatte, dass sich die Nachricht vom Tod seines Sohnes negativ auf sein Herz auswirken könnte.

Immerhin hatte sie selbst schon daran gezweifelt, dass ihr Vater eines natürlichen Todes gestorben war. Wenn das stimmte, was James ihm gerade gesagt hatte, war ihr Vater tatsächlich ermordet worden. Und jedes Mitglied ihrer Familie, das irgendwie mit den Roarke Resorts zu tun hatte – Graham eingeschlossen –, war verdächtig.

»Können Sie es beweisen?«

James seufzte. »Ich wünschte, ich könnte es. Aber Hailey sagt, Garrett sei bereits eingeäschert worden.«

Verdammt.

»Glauben Sie, dass man ihr auch Digoxin verabreicht hat?«

James schüttelte den Kopf. »Ich bin nicht sicher. Oleander, Maiglöckchen oder Digitalis. Sie wirken aber alle ähnlich, und jedes davon hätte hier der Übeltäter sein können. Aber als Sie gesagt haben, dass sie draußen bei Graham Roarke waren … hatte ich das Gefühl, dass da irgendetwas nicht stimmt. Sie wissen, er ist ein Einsiedler, lebt mitten in der Wildnis. Außerdem ist er Hobbygärtner. Er weiß, welche Pflanzen giftig sind und welche nicht.«

Ja, natürlich wusste er das. Aber die Frage war, warum Hailey? Und warum jetzt? Und warum zum Henker sollte ihr Onkel eine Ladung Gift im Kühlschrank parat haben, wenn er nicht einmal wusste, dass Hailey ihn besuchen würde?

»Ich weiß nicht genau, in welcher Beziehung Sie zu Hailey stehen«, sagte James, während er etwas vorrutschte und in seine Hosentasche griff, »doch mein Gefühl sagt mir, dass Sie jemand sind, dem Hailey vertrauen kann, und genau das braucht sie jetzt.« Er zog einen Schlüssel heraus und reichte ihn Shane. »Ich habe eine Eigentumswohnung hier in Marathon. Sie wird im Moment nicht benutzt, und ich möchte sie euch beiden für heute Nacht überlassen. Hailey muss ihre Batterien wieder aufladen. Es ist keine Luxuswohnung, aber sie ist sauber, und dort wird euch niemand stören.«

»Wir werden schon –«

»Keine Widerrede.« James hob die Hand. »Ich muss wieder

zurück nach Key West, und so gern ich Hailey habe, ich will nicht, dass Allie da mit reingezogen wird. Das mag vielleicht selbstsüchtig sein –«

»Nein, das ist es nicht«, sagte Shane und nahm den Schlüssel. Hailey vertraute diesem Mann, und all seine Instinkte sagten Shane, dass auch er ihm vertrauen konnte. Zumindest für diese Nacht.

James nickte langsam. »Wissen Sie, als Hailey anrief und mir sagte, wen sie mitbringt, war ich skeptisch. Vor allem, wenn man bedenkt, was alles über sie und die Sache in Chicago durch die Nachrichten gegangen ist. Aber Sie sind in Ordnung, Maxwell.«

Es war ungewöhnlich für Shane, dass er sich geschmeichelt fühlte. James Hargrove war ein Mann, von dem Shane gern ein Kompliment annahm.

James blickte hinüber zu Allie, die immer noch leise mit Hailey redete. »Meine Tochter, die Polizistin, wird nicht so begeistert von der Entscheidung sein. Die beiden sind ein Herz und eine Seele.«

»Sie wird darüber hinwegkommen.« Er beobachtete Hailey und verspürte ein merkwürdiges Gefühl von Zärtlichkeit in der Brust. »Ich werde nicht zulassen, dass dieser Seele etwas passiert.«

Ein Lächeln malte sich auf James' Gesicht, als er aufstand. »Gut zu wissen. Sie braucht jemanden, der auf sie aufpasst, ob sie es glaubt oder nicht.«

»Eine Frage noch«, begann Shane, als James sich zu seiner Tasche hinunterbückte, die auf dem Boden stand.

»Ja?«

»Wie kommt es, dass ein Leichenbeschauer so viele Medikamente zur Hand hat?«

»Er ist zusätzlich ehrenamtlich als Arzt unterwegs«, rief Allie quer durch den Raum.

Als Shane verwundert die Augenbrauen hob, hielt James kurz seine Tasche hoch. »Ich mache das schon seit ein paar Jahren. Helfe in einer einkommensschwachen Klinik aus, mache Hausbesuche bei ein paar älteren Menschen in der Gegend, die nicht zu den regulären Sprechzeiten kommen können. Es macht mir nichts aus, mich mit Toten zu beschäftigen, solange ich mich hin und wieder an den Lebenden üben kann.« Er zwinkerte Shane zu. »Sie haben ungefähr die Größe von Matt, einem unserer Mitarbeiter. Er hat meistens ein paar Ersatzklamotten in seinem Spind. Ich werde mal nachsehen, was ich finde.«

Sich an den Lebenden zu üben.

Shane blickte James hinterher und sah dann zu Hailey hinüber, deren blondes Haar sich über das Kopfkissen ausbreitete, das Allie ihr gebracht hatte, und deren Augen allmählich zufielen, während sie ihrer Freundin zuhörte. In diesem Fall hatte James sich nicht nur an ihr geübt, er hatte ihr Leben gerettet.

Ein Leben, das zu retten Shane jetzt noch entschlossener war als zuvor.

13

Eleanor stellte den Motor ihres Mercedes ab und warf dem Haus, vor dem sie geparkt hatte, einen finsteren Blick zu. Sie würde nie verstehen, warum Graham darauf bestand, wie ein Hinterwäldler zu leben, obwohl er Millionen auf der Bank hatte.

Sie stieß die Tür auf und runzelte die Stirn, als sie mit ihren teuren Pumps auf den von Unkraut überwucherten Kiesweg trat. Morgentau lag auf den Grasbüscheln und Blumen, die sie nicht hätte benennen und um die sie sich nicht hätte weniger scheren können. Graham kannte natürlich jeden verfluchten Dorn auf dem Grundstück beim Namen.

Sie stolperte zwei Mal auf den unebenen Steinen und war nahe daran, umzukehren und sich wieder auf den Weg in die Zivilisation zu machen, als aus dem Schatten der vorderen Veranda eine Stimme erklang, die sie erstarren ließ.

»Ist 'ne Weile her, dass du hier rausgekommen bist.«

Obwohl sie sich darauf vorbereitet hatte, machte ihr Herz einen Satz. Es *war* lange her. Und noch viel länger, seit sie mit ihrem Schwager ganz alleine gewesen war.

Sie hob das Kinn. »Hallo, Graham.«

Er stand nicht von seinem roten Metallstuhl auf, sondern beäugte sie lediglich über seinen Kaffeebecher hinweg. Oder Whiskey. Oder was er auch immer morgens um neun so trank. »Eleanor.«

Es hatte eine Zeit gegeben, in der er sie Ellie genannt hatte. Aber das war früher gewesen. Als sie noch jung gewesen war. Und nicht annähernd so clever wie heute.

Sie schob die Erinnerungen beiseite, stieg die drei Holzstufen hinauf und stand dann vor ihm. »Wir müssen miteinander reden.«

»Dachte mir schon, dass du kommen würdest. Allerdings auch, dass Reden hier rein gar nichts bringen wird.« Er blickte in seine Tasse hinunter. »Und es mir meinen Jungen nicht zurückgeben wird. Und ganz bestimmt nicht deinen Mann.«

Sie spürte seine tief sitzende Reue und wäre ihm beinahe auf den Leim gegangen, bis ihr wieder einfiel, mit wem sie es zu tun hatte. »Ich bedaure deinen Verlust.«

»Wirklich?«, fragte er mit zusammengekniffenen Augen.

»Ja. Ich bin gekommen, um dir zu sagen, dass Madeline die Beerdigung auf Freitag festgesetzt hat.«

»Freitag. Na ja, das ist keine große Überraschung, oder? Aber das ist nicht der wahre Grund, warum du hier bist.«

Ihr Magen schien ins Schlingern zu geraten, doch sie riss sich zusammen, in der Hoffnung, ruhig zu wirken. Er mochte wie ein Bauerntölpel wirken, aber Grahams Verstand war messerscharf und dementsprechend gefährlich. Das hatte sie schon vor langer Zeit erfahren.

Sie wählte ihre Worte mit Bedacht. »Wir haben eine Abmachung, und ich erwarte von dir, dass du dich daran hältst, egal, was passiert ist.«

Mit einem lauten Knall stellte er seine Tasse auf die Platte des alten Korbtischs neben sich und stemmte seine schlaksige Gestalt aus dem Stuhl hoch. Auch mit seinen vierundsechzig Jahren, und obgleich er verbraucht wirkte, mit seiner runzeligen und gegerbten Haut, die von der langen Zeit sprach, die er draußen in der Sonne verbracht hatte, schüchterte er sie immer noch genauso ein wie in seiner wilden, unbesonnenen Zeit mit Dreißig. Vielleicht sogar noch etwas mehr, weil er die einzige noch lebende Person war, die das Geheimnis kannte, das sie vernichten konnte. »Mein Sohn ist tot, Eleanor.«

»Ich habe ihn nicht umgebracht.«

»Wer dann?« Als sie keine Antwort gab, wurden seine schiefergrauen Augen eiskalt. »Du und ich, wir wissen beide, dass Hailey Bryan nicht ermordet hat. Dieses Mädchen könnte genauso wenig jemanden töten wie ...«

»Du?«

In seinen Augen blitzte es, und sein starker, kantiger Kiefer mahlte, genau wie damals. »Ja. Ich.« Er legte seinen Kopf schräg und sah sie an. »Aber darüber weißt du ja bestens Bescheid, nicht wahr?«

Schweigen umgab sie wie dichter Qualm.

Da ihr Herz raste und sie spürte, wie ihr Blutdruck stieg, löste sie sich von seinem Blick, indem sie über die Veranda schritt und sich scheinbar sorglos an das Geländer lehnte. »Wenn Hailey in Chicago geblieben wäre, würde sie da jetzt nicht mit drinstecken. Die Polizei dort war schon darauf gekommen, dass sie mit Bryans Tod nichts zu tun hatte.«

»Du sagst das, als wüsstest du es mit Sicherheit.«

Sie schürzte die Lippen. Sie hatte Hailey ein Mal zu oft unterschätzt, und diesen Fehler würde sie nicht noch einmal machen. Sie warf Graham einen vernichtenden Blick zu. »Wenn sie herkommt und nach deiner Statue fragt –«

»Das hat sie schon getan«, sagte er herablassend. »Ich habe sie ihr gestern gegeben.«

Sie riss die Augen auf und trat von dem Geländer zurück. »Du ... was hast du ihr gesagt?«

»Nichts, was sie nicht schon wusste. Aber ich war in Versuchung. Oh, ich war wirklich in Versuchung, Eleanor. Vor allem, als sie mich über Bryans Tod informierte, bevor du oder meine liebe Schwiegertochter sich die Mühe gemacht haben.«

Ein Gefühl von Verrat stieg in ihrer Brust auf, doch sie unterdrückte es und rief sich ins Gedächtnis, dass sie nur dann alles unter Kontrolle behalten würde, wenn sie sich beherrschte. Das hier würde nicht zu ihren Ungunsten ausgehen. »Du bist schwer zu erreichen hier draußen.«

»So schwer auch wieder nicht. Immerhin bist du ja jetzt auch hier, oder?«

Sie biss sich auf die Lippen. Mit ihm zu streiten war nie besonders ergiebig gewesen. »Dir ist schon klar, dass du sie auf ein aussichtsloses Unternehmen geschickt hast, ja? Garretts kleine Schatzsuche wird nicht aufgehen. Die Anwälte der Firma suchen bereits nach einer kleinen Lücke im Testament, falls diese dämlichen Statuen überhaupt gefunden werden. Es ist nur eine Frage der Zeit, bis es gekippt wird.«

»Aber du weißt, dass nicht alle gefunden werden, nicht wahr?«, fragte er herablassend. »Sag mal, Eleanor, hast du diese Irren geschickt, die sie von der Straße gedrängt haben? Gott, du hättest sie umbringen können.«

Von der Straße gedrängt? Was meinte ...?

Als er sie bloß anstarrte, holte sie tief Luft. Eigentlich war es ihr egal. »Ich weiß nicht, was du da faselst. Du wirst schon genauso senil wie dein Bruder. Aber nein, es werden nicht alle Skulpturen gefunden werden. Hailey wird diese Firma nicht bekommen. Und wenn du klug wärst, würdest du sie davon überzeugen, sich zu stellen, wenn du sie das nächste Mal siehst. Wenn sie wegläuft, macht sie alles nur noch schlimmer.«

»Da spricht die besorgte Mutter. Sag mal, Eleanor, für wen macht sie es schlimmer? Für sich oder für dich?«

Sie ignorierte die spöttische Bemerkung. »Ich will dein Wort, dass du nichts sagst.«

»Ich habe dir doch schon mein Wort gegeben.«

»Aber das ist lange her.«

Er verzog angewidert das Gesicht. »Mein Wort ist heute dasselbe wie damals. Es hat sich nicht geändert. Das weißt du besser als jeder andere.«

Ihre Brust zog sich bei seinen Worten zusammen. Es hatte eine Zeit gegeben, in der sie allen Ernstes gedacht hatte, sie würde ihn lieben. Was für eine Närrin sie doch gewesen war. »Ich bin nicht die Einzige, für die dabei etwas auf dem Spiel steht, Graham, vergiss das nicht.«

Seine Augen wurden sanfter. Nur ein kleines bisschen. »Warum sagst du ihr nicht einfach die Wahrheit? Dein Vater ist tot. Dein Mann ist tot. Niemand kann mehr Macht über dich ausüben. Niemand kann dich mehr verletzen. Beende das Spiel jetzt.«

»Glaubst du, dass es das ist?«, fragte sie schockiert. »Ein Spiel?«

»Ich weiß, dass es das für dich ist, Eleanor. Das ist alles, was Garrett je für dich war. Und auch, was ich war. Du bist nicht zufrieden, solange du nicht um irgendetwas kämpfen kannst, das du eigentlich gar nicht willst. Und wenn du es hast, wirfst du es gelangweilt weg. Sieh dir an, wohin es dich gebracht hat. Sieh dir an, wohin es uns alle drei gebracht hat.«

In ihrem Magen schien sich ein Knoten zu bilden. Graham hatte keine Ahnung, wovon er redete. Alles, was sie sich immer gewünscht hatte, war, dass ihr Mann sie zurückwollte. Bei allem, was sie getan hatte, hatte sie immer nur dieses eine Ziel vor Augen gehabt. Alles, was von Anfang an passiert war, hatte sich aus der Tatsache entwickelt, dass Garrett etwas anderes gewollt hatte.

Nein, das war kein Spiel. Das war ihr Leben. Und es war alles, was sie noch hatte. Sie würde nicht zulassen, dass Hailey es zerstörte.

Ehe er sie aufhalten konnte, drehte sie sich um, stählte ihre Stimme, damit sie nicht einbrechen konnte, und rief, während sie zu ihrem Mercedes zurückging: »Freitag, zehn Uhr. Es würde nicht gut aussehen, wenn du nicht da bist. Also versuche, pünktlich zu sein.« Sie riss die Autotür auf und schleuderte ihm einen vernichtenden Blick zu, bevor sie einstieg. »Und treib irgendwo einen Schlips auf. Es ist das Mindeste, was du für dein einziges Kind tun kannst.«

Er hatte nicht geschlafen. Aber das hatte er auch eigentlich nicht erwartet.

Shane saß auf der Bettkante in James Hargroves kleiner Wohnung in Marathon und beobachtete Hailey, die schlafend auf dem Rücken lag, den Kopf leicht zur Seite geneigt und die Hand gelöst neben dem Gesicht. So wie sie dalag, mit ihrem goldenen Haar, das sich auf das Kissen ergoss, ihren dunklen Wimpern, die halbmondförmige Schatten auf ihre zarte Haut warfen, wirkte sie eher wie Cinderella als das knallharte Weibsbild, das ihn bis in das nächste County prügeln konnte, wenn es wollte.

In der Nacht hatte sie ein paar Mal die Bettdecke von sich gestoßen, und aufgrund der Tatsache, dass sich ihr T-Shirt dabei hochgeschoben hatte, wusste er, dass ihr Höschen aus roter Spitze zu dem BH passte, den er gestern in der Leichenhalle gesehen hatte. Ein Rot, das er ganz sicher noch lange Zeit mit geschlossenen Augen vor sich sehen würde.

Da Hailey vor Erschöpfung ziemlich neben der Spur gewesen war, als sie am Abend zuvor in der Wohnung angekommen waren, hatte er sie in das große Bett gesteckt und es sich selbst auf der Couch bequem gemacht. In der Nacht war er mehrmals aufgestanden, um sich zu vergewissern, dass sie noch atmete. Und jedes Mal, wenn er das Zimmer betreten hatte, um nach ihr zu sehen, und sie im Schlaf leise Maunzlaute von sich gegeben hatte, hatte wieder ein kleines Stück seines Selbstschutzes zu bröckeln begonnen.

Wahrscheinlich hätte ich gestern früh nicht nach Lake Geneva fahren dürfen, dachte er, während er sie betrachtete. Tatsächlich hätte er auch nicht in dieses Flugzeug steigen dürfen. Und mit *absoluter* Sicherheit sollte er jetzt nicht voll Verlangen hier neben ihr sitzen und sich wie ein verdammter Spanner aufführen. Schon gar nicht nach allem, was sie gestern durchgemacht hatte. Aber, zum Teufel, wenn er irgendetwas davon jetzt noch hätte ändern können, würde er es tun.

Er schwenkte den Pappbecher mit dem Kaffee vor ihrer Nase, den er geholt hatte, als er am Morgen das Haus verlassen hatte, um ein neues Handy zu besorgen und Tony anzurufen. Sah zu, wie ihre Augenlider zu flattern begannen. Ihre Brust hob und senkte sich leicht bei jedem ihrer ruhigen Atemzüge, und ihr Fliederduft umhüllte ihn wie eine zärtliche Liebkosung. »Zeit für einen Kaffee. Wach auf, Dornröschen.«

Sie rührte sich. Grummelte etwas und winkte mit der Hand ab. Dann drehte sie sich auf die andere Seite um. Und so sehr er sich auch dagegen wehrte, seine Augen vagabundierten ihren Körper hinunter. Zu der knappen, roten Spitze, die nicht annähernd ausreichte, um ihr entzückendes Hinterteil zu bedecken. Was von seinen grauen Zellen noch übrig war, verwandelte sich in Gelee, und er bekam einen Steifen. In null Komma nichts.

Er rüttelte sie an der Schulter. »Wach auf, Hailey. Ich habe ein Geschenk für dich.«

Es war, als versuche er, eine Tote aufzuwecken. Als sie sich nach mehreren vergeblichen Versuchen endlich wieder umdrehte und sich ein Augenlid öffnete, um ihn anzusehen, musste er sich beherrschen, um nicht loszulachen. Ihr Haar stand durch ihr ständiges Hin- und Herwerfen jetzt in alle Richtungen ab, und ihr Gesicht war hilflos vor Orientierungslosigkeit. Ihre Augen wanderten von ihm zu dem Kaffee. Dann stöhnte sie und drehte sich wieder weg. »Keinen Kaffee mehr. Davon hatte ich letzte Nacht genug für ein ganzes Jahr.«

»James sagt, das Koffein ist gut für dein Herz. Und wenn man bedenkt, was du gestern durchgemacht hast, wird ein bisschen mehr auch nicht schaden. Jetzt setz dich hin.«

Sie gab schließlich nach, weil er sie ohnehin nicht mehr schlafen lassen würde. Langsam griff sie nach dem Pappbecher und nahm zwei große Schlucke. »Hör auf, mich so anzugucken. Schlimm genug, dass du gestern zugesehen hast, wie ich mir die Seele aus dem Leib gekotzt habe. Ich habe keine Lust, von dir beobachtet zu werden wie bei einem wissenschaftlichen Experiment.«

»Du hast kein Besäufnis hinter dir, Hailey, sondern eine Vergiftung. Das ist ein Riesenunterschied.« Als sie die Augen verdrehte, berührte er sie am Arm, damit sie ihm zuhörte. »Du hast mich gestern Abend zu Tode erschreckt.«

Ein Hauch von Rosa legte sich auf ihre Wangen, ehe sie wieder auf ihre Hände hinunterblickte. Und, oh Mann. Sie sah verdammt sexy aus am Morgen. Noch ganz taumelig und zerzaust. Er hatte ein wahnsinniges Bedürfnis, herauszufinden, ob sie immer so aufwachte. Morgen früh. Und am Morgen darauf. Und an dem darauffolgenden.

»Ich habe gehört, worüber du und James miteinander gesprochen habt. Aber es ergibt für mich immer noch keinen Sinn.«

»Es ergibt sogar viel Sinn. Dein Onkel will dich loswerden. Wenn ich mir nicht so verdammte Sorgen um dich machen würde, wäre ich jetzt bereits auf dem Weg zu dem Bastard, um die Wahrheit aus ihm herauszuprügeln.«

Sie schleuderte ihm einen Blick zu. »Graham hat nichts damit zu tun.«

»Woher willst du das wissen? Wir haben gestern genau dasselbe gegessen, bis auf den verdammten Tee, den er dir gegeben hat. Und als wir ein paar Minuten später wegfuhren, schoss irgend so ein Irrer auf uns. Ich würde sagen, das sind schon zwei eindeutige Anzeichen dafür, dass er sich deiner entledigen will.«

Stur schüttelte sie den Kopf. »Ich weiß nicht, was in diesem Tee war, aber er hat mich nicht mit Absicht vergiftet. Das kann nicht sein.«

»Woher weißt du das?«

»Ich weiß es einfach. Und was diese beiden angeht, mit denen hat er auch nichts zu tun. Sie müssen mir gefolgt sein.«

»Woher zum Henker willst du das wissen?«

»Weil einer von ihnen mir das hier verpasst hat.« Sie zeigte auf den allmählich verschwindenden Bluterguss in ihrem Gesicht. »Ich habe seine Stimme wiedererkannt. Die andere Stimme …«

Sie verstummte, fast als habe sie schon zu viel gesagt. Es war also so, wie er schon in jenem Sumpf vermutet hatte: Sie hatte ihren Angreifer erkannt und absichtlich nichts gesagt.

Sie glaubt nicht, dass du sie retten kannst.

Wenn man ihre gestrige Reaktion bedachte, traf das wahrscheinlich sogar ziemlich genau zu. Sie war diejenige gewesen, die ihn am Boden gehalten hatte, damit er die Aufmerksamkeit nicht auf ihr Versteck zog. Sie war diejenige gewesen, die sie fast den ganzen Weg bis nach Marathon gefahren hatte. Sie war diejenige gewesen, die seine miese Laune ertragen hatte, bis ihr schlecht geworden war.

»Hailey –«

»Nein, Maxwell. Es war nicht Graham. Schlag dir das aus dem Kopf. Wir werden ihn da nicht mit reinziehen. Sein Sohn ist gerade gestorben.«

»Woher willst du wissen, dass er Bryan nicht umgebracht hat?«

Sie kniff die Augen zusammen. »Wie kannst du so etwas sagen? Du hast ihn doch gestern gesehen –«

»Ich habe einen Mann gesehen, der ein ziemlich guter Schauspieler ist.«

»– er war am Boden zerstört«, sagte sie lauter und ging über seine Bemerkung hinweg. »Graham hat Bryan geliebt, trotz all seiner Fehler. Er hatte nichts mit dem zu tun, was in Chicago passiert ist. Basta.«

Sie starrten sich gegenseitig an, und die Spannung füllte den Raum wie einen Helium-Ballon, bis sie schließlich aufgab und sich wieder ihrem Kaffee widmete. Als sie an sich hinabblickte, schlich sich eine leichte Röte in ihr Gesicht. Sie schnappte sich die Decke und zog sie bis zur Taille hoch.

Das war es dann wohl mit diesem umwerfenden Anblick. Nicht, dass er ihn sich jetzt nicht nach Belieben jederzeit wieder hätte ins Gedächtnis rufen können. Und das war es auch mit ihrer Fähigkeit, rational zu denken, wenn es um ihre Familie ging. Doch das hätte Shane nicht daran gehindert, Graham Roarke ganz oben auf die Liste der Verdächtigen zu setzen.

In der Hoffnung, die Anspannung zwischen ihnen ein wenig zu lockern, ergriff er die Tüte, die zu seinen Füßen stand, und legte sie ihr in den Schoß. »Ich hab dir etwas mitgebracht.«

Vorsichtig stellte sie den Kaffeebecher auf den Tisch neben ihm und spähte in die Tüte hinein. Und dann stahl sich, so sehr sie auch dagegen ankämpfte, ein kleines Lächeln in ihr Gesicht, als sie das blaue Baumwoll-T-Shirt herauszog und die auf die Vorderseite gedruckten Worte las:

I worked with Tommy on the docks
'til the union went on strike.
It's been tough.
I'm just sayin'.

»Wo hast du denn das her?«, fragte sie.

»Aus dem Laden am Ende der Straße. Du wirst nicht glauben, wer alles so früh schon aufhat.«

»Eigentlich schon.« Sie starrte auf die Worte und fuhr mit den Fingern über die Buchstaben. »Touristengegend. Man steht hier früh auf, um der Mittagshitze zu entgehen.« Ihr Lächeln wurde tiefer. »Ich liebe Bon Jovi.«

Das konnte er nachempfinden. »Der Kerl spielt jetzt Countrymusik.«

Ihre strahlend blauen Augen blickten in seine und dann wieder zurück auf das T-Shirt. »Ja, wirklich lächerlich. Aber ich habe immer noch Hoffnung, dass er wieder zur Vernunft kommt.« Sie sah wieder in die Tüte. »Was ist denn da noch drin?«

Nein, er war *nicht* völlig von den Socken, weil sie dieselbe Musik mochten – klassischen Rock aus den 80ern. »Ich dachte mir, dass du etwas Sauberes zum Anziehen brauchst. Deshalb hab ich dir auch noch eine von diesen kurzen Hosen mitgebracht. Bei der Größe musste ich aber raten.«

»Caprihosen?«

»Ach, so nennt man die?«

Sie zog die khakifarbene Hosen heraus, die er zusammen mit dem Mädchen im Laden ausgesucht hatte, und warf einen Blick auf das hinten eingenähte Schild. »Ziemlich nah dran. Danke schön.«

Nein, und ihre Dankbarkeit ließ auch *nicht* seine Brust schwellen, insbesondere nachdem er sich nach dieser ganzen Szene in den Everglades wie ein Volltrottel benommen hatte. »Hör mal, Hailey, wegen gestern –«

»Ich kann jetzt wirklich noch nicht über meinen Vater reden. Ich brauche erst noch etwas Kaffee.« Sie faltete die Kleidungsstücke säuberlich zusammen und steckte sie wieder in die Tüte. »Was hast du Chen erzählt?«

Als sie das Thema wechselte, presste er die Zähne zusammen. »Das bisschen, was wir wissen.«

»Hast du ihm gesagt, wo wir sind?«

»Hältst du mich für so blöd?« Als sie ihm einen Blick zuwarf, stieß er geräuschvoll seinen Atem aus und fügte sanfter hinzu: »So sehr ich Tony auch vertraue, je weniger er im Moment weiß, desto besser für ihn. Ich will nicht, dass er für mich lügen muss.« Jedenfalls nicht noch einmal.

Er überlegte sich, ob er ihr erzählen sollte, dass Jim Hill von der Staatsanwaltschaft schon herausgefunden hatte, dass Shane und Hailey sich kannten, und voreilig Schlüsse auf Shanes Beteiligung am Tod ihres Cousins gezogen hatte. Tony hatte ihm auch gesagt, dass der Dolch ihres Vaters irgendwie aus dem Beweismittelschrank verschwunden war. Aber Shane beschloss, beide Informationen vorerst noch für sich zu behalten. Obwohl sie wieder etwas mehr Farbe im Gesicht hatte, sah Hailey immer noch erschöpft aus. Und er wollte sie nicht unnötig überfordern. Außerdem hatte er das Gefühl, reinen Tisch machen zu müssen. »Also, wegen dieser Sache, die gestern an dem Tümpel passiert ist …«

Sie griff wieder nach ihrem Kaffee. »Mach dir keine Gedanken deswegen. Es ist nicht der Rede wert.«

»Doch, das ist es«, sagte er. »Es hätte nicht passieren dürfen, und ich war ein Idiot, dass ich es zugelassen habe. Also … ich entschuldige mich dafür.«

Sie trank ihren Kaffee wie eine Verdurstende. »Im Ernst, Maxwell, es hat keine Bedeutung. Ich bin launische Männer gewöhnt.« Sie zog ihr T-Shirt runter, schlug dann die Decke zurück und stieg rasch aus dem Bett.

Er war vorübergehend von ihren langen, nackten Beinen abgelenkt, die sich durch das Schlafzimmer bewegten. Dann erst drang ihre Bemerkung zu ihm durch. »Ich bin nicht launisch.«

»Du bist nicht ganz so schlimm wie Rafe, aber du hast auch deine Momente. Ich brauche eine Dusche.«

»Hailey, warte. Ich versuche mich gerade bei dir zu entschuldigen.«

»Das hast du doch getan.«

Sie war bereits in der Mitte des Raums, als ihm klar wurde, dass sie über zwei verschiedene Sachen reden mussten. »Moment mal. Ich glaube, du hast da was falsch verstanden.«

»Nein, ist schon klar. Rein physische Reaktion, mehr nicht. Ich weiß, dass du dich nicht von mir angezogen fühlen willst, also hör auf, rumzustressen.« Sie knipste das Badezimmerlicht an und wollte die Tür schließen.

Und das war der Moment, in dem er aufhörte zu denken.

Mit zwei großen Schritten hatte er den Raum durchquert und schlug mit einer Hand gegen die Tür und stieß sie wieder auf, ehe sie ihn aussperren konnte. »Warte mal. Du glaubst, ich fühle mich nicht von dir angezogen?«

Ihr Schnauben war teils Verzweiflung, teils Verlegenheit. »Ich sage doch, es ist nicht der Rede wert, okay? Ich weiß, dass du mir nur als Freund hilfst und aus Loyalität zu Lisa und Rafe. Und auch, wenn ich mich anfangs etwas dagegen gesträubt habe, weiß ich es zu schätzen, was immer deine Gründe dafür sind. Also lass uns das nicht zu Tode sezieren, okay? Du bist ein Kerl. Du zeigst gewisse Reaktion auf … Dinge. Wir müssen uns um andere Sachen kümmern, wie –«

Reaktionen? Ach du Scheiße. Sie dachte wohl, er würde über seinen Steifen reden.

»Stopp.« Er hielt die Hand hoch. »Erstens hat meine Schwester haufenweise Freunde, denen ich nicht mal helfen würde, wenn sie gegenüber wohnten, geschweige denn, dass ich für sie durch das halbe Land reisen würde. Und zweitens ist in Bezug auf Sullivan das letzte Wort noch nicht gesprochen, also denk nicht mal im Traum daran, dass ich aus irgendeinem unangebrachten Pflichtgefühl ihm gegenüber hier sei. Mit einer Sache hast du allerdings recht: Ich bin ein Kerl, und ich *zeige* gewisse Reaktionen auf Dinge, aber wenn das alles sein soll, dann sag mir doch bitte mal, wie normal es ist, dass ein Typ durch eine Frau, von der er sich nicht angezogen fühlt, mitten in einem Sumpf, nachdem erst auf ihn geschossen und er dann fast zum Mittag verspeist wurde, trotzdem erregt wird? Und sag mir, warum mir gestern die ganze Zeit das Herz bis zum Hals geschlagen hat, als wir in dieser Leichenhalle waren und du auf dem Tisch gelegen und dich kaum noch gerührt hast.«

Sie starrte ihn an. Blinzelte einmal. »Wie viel Koffein hattest du heute Morgen schon?«

»Anscheinend noch nicht genug, denn du verstehst immer noch nicht, was ich dir sage.«

Ihre Augen verengten sich. »Nein, ich habe alles gehört. Du fühlst dich also von mir angezogen. Na und? Ich weiß, dass dir das nicht gefällt.« Sie bohrte ihm einen Finger in die Brust. »Es stinkt dir im Moment gewaltig, gib's zu!«

Ehe er es sich anders überlegen konnte, packte er sie am Ellbogen und drängte sie rückwärts bis zum Waschtisch. »Fühlt sich das an, als würde es mir jetzt gerade stinken?«

»Maxwell –«

Sie bekam keine Chance, energisch zu protestieren. Sein Mund war auf ihrem, ehe sie überhaupt ein weiteres Wort herausbrachte. Und ehe ihm in den Sinn kam, dass sie letzte Nacht durch die Mangel gedreht worden war und es nicht verdiente, so grob behandelt zu werden, bloß, weil er sauer war.

Ein gedämpftes Ächzen kam aus ihrem Mund, als sie ihn öffnen und offensichtlich von Neuem aufbegehren wollte, doch er hinderte sie daran, indem er mit seiner Zunge eintauchte, ehe es zu spät war.

Er schmeckte den Kaffee, den er ihr vorhin gebracht hatte, und die Süße, an die er sich noch von ihrem Kuss in seiner Wohnung erinnern konnte. Um sie weiter küssen zu können, schlang er seine Arme so um sie, dass die ihren fest an seine Brust gepresst wurden und sie nicht ausholen und ihn schlagen konnte. Und als er der Meinung war, dass er seinen Standpunkt deutlich gemacht hatte, löste er seinen Griff und trat ein winziges Stückchen zurück.

Schwer atmend starrte sie zu ihm hoch und wandte ihre Augen keine Sekunde von den seinen. »Sollte mich das von irgendetwas überzeugen?«

»Ja«, sagte er vorsichtig und suchte nach irgendeinem Anzeichen dafür, dass er sie verletzt haben könnte. Er fand keines. Was er sah, war dieselbe temperamentvolle Frau, die er in Key Biscayne getroffen hatte. Dieselbe, die ihn im Trainingsraum ihres Resorts in Lake Geneva zu Boden gestreckt hatte. Dieselbe, die im Flieger nicht klein beigegeben hatte, als er sie davon abhalten wollte, zu fliehen.

Ihre eisblauen Augen formten sich zu schmalen Schlitzen, während ihre Fingernägel sich in seine Brust gruben. »Ich gebe dir einen guten Rat, Maxwell. Du kannst mich nicht so herumschubsen und glauben, dass du damit davonkommst.«

Ein leichter Schmerz durchzuckte seine Brustmuskeln – ein Schmerz, der sich viel zu gut anfühlte. »Zu dumm, dass es dir so gut gefallen hat.«

»Ich mag keine arroganten, herrschsüchtigen Männer«, sagte sie, und ihre Augen verrieten, wie sehr sie ihn wirklich mochte.

»Und ich mag keine Frauen, die mir erzählen wollen, was ich fühle. Du kannst nicht in meinen Kopf schauen, also –«

Er kam nicht dazu, die Feststellung zu Ende zu führen. Denn plötzlich waren ihre Hände in seinem Haar und ihr Mund näherte sich dem seinem. Und dann zog sie ihn zu sich hin und küsste ihn. Sehr heftig.

So viel zu dem Thema, nicht in seinen Kopf schauen zu können. Irgendwo in seinen grauen Zellen registrierte er, dass Konfrontation sie anzuturnen schien, und dass er das bei ihr um jeden Preis vermeiden sollte, aber das machte unter anderem ihren Charme aus. Es gefiel ihm, dass sie keine Angst vor ihm hatte, dass sie nicht vor einem Streit zurückschreckte, dass sie wusste, was sie wollte und ihr Ziel verfolgte. Und, oh Mann, als sie sich jetzt an ihn presste, ganz warm und weich und kurvenreich an genau den richtigen Stellen, wurde ihm klar, dass es ihm ziemlich egal war, was er tun *müsste*, und konzentrierte sich stattdessen auf das, was er tun *konnte.*

Wenn noch eine letzte, erbärmliche Gehirnzelle gearbeitet hatte, so flog auch bei dieser mit einem in seinem ganzen Körper widerhallenden Knall die Sicherung raus. Sie war wie eine Droge, von der er nicht genug bekommen konnte.

Das Telefon im Wohnzimmer klingelte. Er ignorierte es, biss sie mit den Zähnen leicht in die Unterlippe, bis sie stöhnte, strich dann mit seiner Zunge über die ihre, während ihre Finger sich in seinem Haar verfingen und sich ihr Körper komplett gegen seinen presste. Ihr Kuss war ein Machtkampf, den er zutiefst genoss – wie sie das Kommando übernahm, wie er um die Führung rang – drüber und drunter, bis beide völlig außer Atem waren und keiner gewonnen hatte.

Seine Hände legten sich um ihre Taille, und er hob sie mit Leichtigkeit hoch, um sie auf dem Waschtisch abzusetzen, drückte sich dann zwischen ihre Beine, um ihr noch näher zu sein. Sie öffnete sich ihm, leckte in seinen Mund hinein, bis ihm das Blut in den Ohren toste. Ihr Kuss wurde fieberhafter, ihre Finger fuhren seine Schultern hinab über seine Arme bis zum Saum seines T-Shirts und darunter nach oben, wobei sie leicht über seine Haut kratzte. Als ihre Fingerspitzen den Rand seiner Narbe an der Seite streiften, verdrängte er es gleich wieder aus seinem Kopf und führte ihre Hand sanft woanders hin. Und obwohl irgendwo in seinem Hinterkopf etwas rief: *Hallo, Dummkopf, hältst du das wirklich für eine gute Idee?* ignorierte er es. Ignorierte alles, außer dem drängenden Verlangen, in ihr zu sein. Sich von ihr mitnehmen zu lassen, wohin auch immer sie wollte. Und so lange sie wollte.

Das Telefon schrillte wieder. Er küsste sie noch heftiger. Rückte näher an sie heran, versuchte, das Geräusch von sich fernzuhalten. Die Hitze ihres Körpers brannte auf jedem Quadratzentimeter seiner Haut und köderte ihn mit dem Versprechen der reinen Ektase. Ihre Finger zerwühlten wieder sein Haar, und sie zog gerade so stark daran, dass der Schmerz auf seiner Kopfhaut ihn aufstöhnen ließ. Dann wölbte sie sich ihm entgegen, presste sich dicht an ihn, bis all sein Blut in den Unterleib geströmt war.

Rrrrrrriiiiiing.

»Verdammt.« Er löste sich von ihrem Mund, ging ins Wohnzimmer und riss den Hörer von der Gabel. »Was?«

Schweigen. Dann: »Wer ist da?«

»Don-Scheiß-die-Wand-an-Juan. Was zum Teufel wollen Sie?«

Wieder Schweigen, dann drang ein Kichern durch die Leitung. Eines, das er schon einmal gehört hatte. »Ich will mit Hailey sprechen, Don. Ist sie da?«

Billy. Finster blickte Shane auf die Badezimmertür am anderen Ende des Raums, vor der Hailey schwer atmend stand, die mit ihrem wild zerzausten blonden Haar und den von seinen Küssen angeschwollenen Lippen so verdammt sexy aussah, dass er nur dem einen Instinkt folgen wollte: sie sich über die Schulter zu werfen und wie der Höhlenmensch, zu dem er gerade geworden war, auf sein Lager zu werfen.

Sie durchquerte rasch den Raum und nahm ihm das Telefon aus der Hand, bevor er es ihr geben konnte. »Hallo? Billy? Du hast meine Nachricht bekommen. Ja. Mir geht's gut. Was ist passiert?«

Shane verfolgte ihr Gespräch nicht bis zum Ende, denn sein Gehirn nutzte die Gelegenheit, um wieder auf Touren zu kommen. Als er sie beobachtete, ganz ruhig und gesammelt, als hätten die letzten paar Minuten sie nicht genauso aus der Bahn geworfen wie ihn, wurde ihm klar, dass sie nicht einfach nur irgendeine Wohlfühldroge für ihn war, sondern eine von der schlimmsten Sorte. Wie *Meth*. Sie überkam einen. Sperrte alles aus, was wichtig war. Ein Zug, und er war verloren.

Seine Herzfrequenz erhöhte sich. Und da wusste er, warum er eigentlich wirklich hergekommen war. Es war nicht nur, um sie zu beschützen oder um sich zu beweisen, dass er es konnte. Er hatte sich die ganze Zeit eingeredet, wie nobel er doch war und dass er das Richtige machte, aber darum ging es hier überhaupt nicht. Es ging um sie. Und ihn. Und um das, was er vom ersten Moment an, als er sie erblickt hatte, mit ihr hatte tun wollen.

»Okay, Billy, danke.« Hailey legte auf und wandte sich ihm zu. »Es gibt etwas Neues über Nicoles Bronzestatue. Wir treffen uns in ein paar Stunden mit ihm in Miami. Ich muss Steve anrufen, damit er herfliegt und uns abholt. Das geht schneller als mit dem Auto.« Als sie seinen Blick sah, legte sich ihre Stirn in Falten. »Was ist denn los?«

Er starrte sie an. Schluckte schwer. Versuchte alles, um sein Herz daran zu hindern, wie verrückt in seiner Brust zu hämmern, aber es funktionierte nicht. »Wer war der Kerl gestern im Sumpf?«

»Was?«

»Wer war der Kerl?«

Sie schürzte die Lippen. Er sah, dass sie darüber nachdachte, ob sie es ihm nicht sagen sollte. Und das machte ihn verdammt wütend. »Ich bin nicht sicher.«

»Aber du hast eine Ahnung.«

Sie zögerte. Nickte schließlich. Stieß einen tiefen Seufzer aus. »Es könnte vielleicht Paul McIntosh gewesen sein. Aber ich kann es nicht mit Sicherheit sagen.«

»Der Typ aus der Firma deines Vaters?«

Sie nickte.

Großer Gott, diese Familie war wie die Mansons, die Hiltons und die Rockefellers zusammen. Er fuhr sich mit der Hand durchs Haar. »Okay, machen wir einen Deal. Ich war gestern Abend nicht angefressen, weil ich einen Steifen bekommen habe, als ich unter dir festsaß. Ich war angefressen, weil ich wusste, dass du mich zurückhältst. Wenn wir in dieser Sache zusammenarbeiten wollen, musst du ehrlich zu mir sein. Auch wenn du nicht genau weißt, wie ich reagiere.«

»Maxwell, ich –«

Es wurmte ihn, dass sie ihn selbst jetzt nicht mit seinem Vornamen ansprach, obwohl ihr Billys Name so verdammt leicht über die Lippen ging. »Lass uns eine Sache klarstellen. Ich will dich. Ich wollte dich, seit wir uns das erste Mal begegnet sind, und das ärgert mich nicht, sondern es macht mich an. Aber du kannst mir glauben, dass genau das zwischen uns nur für Probleme sorgen wird, vor allem, wenn du mir nicht die Wahrheit sagen kannst. Also sei vorsichtig, was du jetzt fragst und was du antwortest.«

Sie riss die Augen auf. »Ist das eine Drohung?«

War es das? Ja, wurde ihm klar, das war es. Er hielt ihr nur bis zu einem gewissen Punkt stand. Dann riss er sie mit sich zu Boden. Und so sexy dieser Machtkampf auch war, er wusste, dass sie ihn nicht so wollte wie er sie.

»Das liegt ganz bei dir.« Er konzentrierte sich wieder auf das, was wirklich wichtig war. »Wenn das der Typ aus dem Fahrstuhl war, bedeutet das, dass er nicht für deinen Cousin gearbeitet hat, wie du angenommen hast.«

Sie biss sich auf die Lippe. Starrte ihn an. Und sagte schließlich: »Nein. Daran habe ich auch schon gedacht.«

»Was bedeutet –«

»Er wollte mich auch schon vor Bryans Tod aus dem Weg räumen.« Sie zögerte und fügte dann hinzu: »Die Frau war Lucy Walthers. Sie ist Sekretärin bei RR, und zwar die, die bei Bryan war, als er ermordet wurde.«

Die, die er befragt hatte. »Dann hat sie also deinen Cousin in die Falle gelockt.«

»Möglicherweise. Aber Paul ist kein Familienmitglied, also selbst, wenn er die sechste Statue alleine finden würde, würde er die Firma nicht bekommen.«

»Es sei denn, er arbeitet für jemand anderen.«

»Ja«, sagte sie kleinlaut.

Als sie die Stirn kraus zog, fügte er hinzu: »Und wer das ist, finden wir nur heraus, wenn wir die nächste Statue finden.«

Sie starrte ihn an. Und der frustrierte Blick in ihren kobaltblauen Augen erzeugte ein Kribbeln in seiner Brust. »Ich sollte endlich duschen gehen, damit wir abhauen können.«

Er nickte langsam, und unwillkürlich beschlichen ihn Schuldgefühle. »Hailey?«

In der Tür zum Badezimmer drehte sie sich zu ihm um. »Was denn?«

»Nur, um noch eine Sache klarzustellen. Ich bin manchmal ein Hitzkopf. Damit handle ich mir von Zeit zu Zeit Ärger ein. Und ich bin nicht besonders gut darin, mich zu entschuldigen, wenn ich ein richtiges Arschloch war, also –«

»Wenn du auch nur versuchst, dich für das zu entschuldigen, was vorhin im Bad passiert ist, Maxwell, schwöre ich dir, dass ich zurück in die Everglades fahre, um deine Knarre zu suchen und dich eigenhändig damit abzuknallen.«

Das spitzbübische Funkeln in ihren Augen nahm den Druck weg, der auf seiner Brust lastete. »Das würdest du nicht wagen.«

»Behalte mich im Auge.«

Das tat er. Denn er hätte seinen Blick beim besten Willen nicht von ihr abwenden können. Sie verschwand mit der ganzen Anmut und Würde der Millionenerbin, die sie war, im Badezimmer, mit hoch erhobenem Kopf und fliegendem blondem Haar, doch das Einzige, was er wirklich sah, war die rote Spitze, die unter dem Saum ihres übergroßen T-Shirts hervorlugte, die sich in sein Hirn eingebrannt hatte und ihn wie einen Drogensüchtigen nach dem nächsten Kick schmachten ließ.

14

Nicole nahm neben Billy auf der Haupttribüne des Calder Race Course Platz und spielte mit den Tickets in ihrer Hand. »Warum sind wir noch mal hier?«, fragte sie, sah sich in den kaum besetzten Reihen um und zog sich die Jacke enger um die Schultern.

»Weil es Spaß macht. Und weil ich ziemlich sicher bin, dass dich hier niemand erkennen wird.« Er zog ihr die Miami-Heat-Kappe tiefer ins Gesicht, dann blickte er auf die Bahn hinunter, und seine Augen leuchteten auf wie Feuerwerkskörper. »Da kommen sie.«

Er stand auf und klatschte wie blöd, zusammen mit ein paar anderen einsamen Seelen, die dem scheußlichen Januarwetter trotzten, in der Hoffnung, ein paar Kröten zu gewinnen. Er steckte sogar zwei Finger in den Mund und stieß einen ohrenbetäubenden Pfiff aus. Stirnrunzelnd erhob Nicole sich ebenfalls, um nicht aufzufallen, und wünschte sich, sie hätte das Angebot einer Tüte Popcorn nicht ausgeschlagen, als sie durch das Gebäude gekommen waren. Sie kam um vor Hunger. Dabei *mochte* sie eigentlich gar kein Popcorn.

Sie seufzte tief. Sah auf die Uhr. Blickte hoch und in der Gegend umher. Keine Spur von ihrer Schwester. Nicht daran zu denken, dass sie hier in allernächster Zeit auftauchte.

»Sie machen sich bereit«, sagte Billy neben ihr mit einem Grinsen der Vorfreude. »Welches Pferd hast du dir ausgesucht?«

Sie hatte keinen blassen Schimmer. Ihre Miene verfinsterte sich mehr und mehr, während sie ihm das Blatt hinhielt. »Sunbolt.«

»Sun*down*«, korrigierte er und warf ihr einen tadelnden Blick zu. »Baby, du solltest dein Pferd schon kennen.«

Sie starrte ihn an. Und hätte fast lachen müssen. Sie hatte noch nie erlebt, dass ein Typ sich derart in so etwas Blödes hineinsteigerte, wie auf ein Tier zu wetten, dass sich schon auf den ersten drei Metern das Bein brechen und aus dem Rennen genommen werden konnte.

Unten wieherte ein Pferd. Die Tore schnappten geräuschvoll zu. Kurz bevor die Glocke ertönte, beugte er sich vor und drückte seinen Mund auf ihren.

»Das soll Glück bringen«, sagte er. Und dann war seine Aufmerksamkeit voll und ganz auf die stämmigen Tiere gerichtet, die die Rennbahn entlangstoben, als hätte es diesen Augenblick nie gegeben.

Ein warmes Gefühl breitete sich in ihr aus, und ehe sie es verhindern konnte, begann es in ihrer Brust zu pochen.

Okay, es war bescheuert, wegen eines einzigen Kusses gleich durchzudrehen, vor allem, nachdem sie sich die ganze letzte Nacht und den ganzen Tag gegenseitig die Seele aus dem Leib gevögelt hatten und offensichtlich keiner dem anderen vertraute, aber sie hatte trotzdem Schmetterlinge im Bauch. Sie riskierte einen Seitenblick auf ihn, wie er so dastand und wie ein Bekloppter einem Pferd zujubelte, zu dem er keinerlei Bezug hatte, außer der Tatsache, dass er einen Zwanziger darauf gesetzt hatte, und sie musste unwillkürlich mit ihm mitgrinsen.

Billy Sullivan war anders als alle anderen, denen sie bisher begegnet war. Unreif, dreist, ein richtiger James-Dean-Typ der Sorte *Denn sie wissen nicht, was sie tun* des einundzwanzigsten Jahrhunderts. Aber schlau. Und viel witziger als die ganzen spießigen und arroganten Playboys, mit denen sie bisher ausgegangen war. Und, oh ja, verdammt sexy mit seinen haselnussbraunen Augen und dem dichten, hellbraunen Haar. Vielleicht hatte sie deswegen mit ihm getan, was sie getan hatte, aber noch bevor der Gedanke richtig Fuß fassen konnte, wusste sie schon, dass es eine Lüge war.

Natürlich war sie mit ihm ins Bett gegangen, weil sie sich von ihm angezogen gefühlt hatte. Obwohl sie gewusst hatte, worauf er wirklich aus war. Aber vor allem hatte sie mit ihm geschlafen, weil es etwas an ihm gab, das sie auf einer viel grundlegenderen Ebene ansprach. Etwas leicht Verlorenes, ein kleines bisschen Wildes, und etwas gehörig Missverstandenes. Etwas … das ihr verdammt ähnlich war.

Sie verdrängte den Gedanken aus ihrem Kopf und widmete sich wieder dem Rennen. Und lächelte über das ganze Gesicht, als Billy begann, auf und ab zu hüpfen, sie am Arm packte und mitriss, als die Pferde zum Endspurt ansetzten und GoldenEye, auf das er gesetzt hatte, als Erstes ins Ziel kam.

Übermütig hob er sie hoch und wirbelte sie herum. Dann gab er ihr einen dicken Kuss auf den Mund, trat einen Schritt zurück und grinste sie von oben herab an. »Du bist mein neuer Glücksbringer.«

»Sunburst hat aber nicht gewonnen.«

»Sun*down* ist Zweiter geworden.«

Sie tat ihr Bestes, ihn zornig anzublitzen, merkte aber, dass der Versuch ziemlich halbherzig war. »Wie auch immer. Heißt das, wir können jetzt gehen?«

Sein Grinsen wurde breiter. »Auf gar keinen Fall.« Er schnappte sich den Rennplan aus seiner Hosentasche und schlug ihn auf. »Lass uns den Einsatz verdoppeln.«

Sie stöhnte künstlich auf und spürte dann, wie die Schmetterlinge wieder zu flattern begannen, als er ihr ein verführerisches Lächeln zuwarf und dann anfing, sein Rennformular auszufüllen.

So ein Mist. Dieser Kerl würde noch zu einem echten Problem werden, wenn nicht bald ihre Schwester auftauchte.

Von irgendwoher waren Schritte zu hören. Und wie aus den tiefsten Abgründen der Hölle gerufen, blieb auf der anderen Seite von Billys Stuhl, am Ende des Gangs, wo sie saßen, ein Paar Füße stehen, die in billigen Sandalen steckten. »Jetzt sag nicht, du wettest.«

Billy blickte hoch, und ein Lächeln huschte über sein gebräuntes Gesicht. Ohne den Kopf zu heben, sodass ihr Gesicht immer noch nicht zu erkennen war, folgt Nicole seinem Blick, um schließlich ihre Schwester anzustarren.

»Ich wette nicht nur, ich gewinne auch.« Er stand auf und umarmte Hailey kurz, dann wich er stirnrunzelnd zurück. »Was zum Teufel ist mit dir passiert?«

»Frag lieber, was mir nicht passiert ist«, sagte Hailey, und für Nicole klang es eher nach Jammern als nach einem Scherz.

»Lasst uns keine Aufmerksamkeit erregen.« Der Mann, der hinter Hailey stand, ergriff ihre Hand und zog sie in die Reihe direkt hinter den Sitzen von Nicole und Billy hinein.

Obwohl Nicole Haileys Gesicht nur flüchtig hatte betrachten können, konnte sie Billys Reaktion nachempfinden. Es war voller Blutergüsse, ihre Augen sahen müde aus, ihr Haar war unter einer Florida-Marlins-Kappe verborgen, und sie steckte in einer Nullachtfünfzehn-Caprihose und einem schlecht geschnittenen T-Shirt, über dem sie eine Windjacke trug, die Nicole nie im Leben angezogen hätte. Aber der Typ, den sie dabeihatte – also, der war wirklich interessant.

Nicole rückte ein Stück, um ihn besser betrachten zu können. Obwohl er schräg hinter ihr saß und sie sich anstrengen musste, um ihn sich ansehen zu können, wäre sie keine Frau gewesen, wenn sie nicht seine Mitternachtsaugen bemerkt hätte, das braune Haar, das so dunkel war, dass es fast schwarz wirkte, und einen mindestens zwei Tage alten Bart an seinem kantigen Kinn, der ihm ein dunkles und mysteriöses Aussehen verlieh. Natürlich hatte er die absolute Leg-dich-nicht-mit-mir-an-Ausstrahlung, aber sein durchtrainierter Körper, der sich unter seinem Sweatshirt abzeichnete, ähm tja, der war auch äußerst interessant.

Wer war er bloß? Und was machte er hier mit ihrer Schwester, wenn Hailey doch ganz offensichtlich bis zum Hals in der Tinte steckte?

Es war eindeutig, dass Billy und der geheimnisvolle Kerl sich kannten. Sie wurden einander nicht vorgestellt, als er und Hailey sich setzten. Und aus irgendeinem Grund schien keiner den anderen sonderlich gut leiden zu können. Noch ein interessantes Detail.

»Wer ist denn deine Freundin?«, fragte der Kerl Billy.

Billy wandte sich zu ihr um, legte den Arm um seine Stuhllehne und zuckte mit den Achseln. Und Nicole wusste, dass sie auf sich allein gestellt war.

Langsam drehte sie sich um und hob den Kopf, bis der Schirm ihrer albernen Kopfbedeckung ihre Augen nicht mehr verdeckte. Dann lächelte sie. »Hallo, Schwesterchen.«

Es sprach für Hailey, dass sie keinerlei Überraschung zeigte. Natürlich abgesehen von dem leichten Zucken über ihrem linken Auge, das nur zum Vorschein kam, wenn sie wirklich stinksauer war. »Was machst du denn hier?«

»Ein Rennen ansehen. Und wetten.« Als Billy hüstelte, sah sie ihn an. »Was denn? Ist das falsch?«

»Billy?«, presste Hailey zwischen, wie Nicole wusste, zusammengebissenen Zähnen hervor. »Ich habe plötzlich auch Lust zu wetten, und ich glaube, ich brauche dabei deine Hilfe.«

»Ich halte das für keine gute –«

»Halt dich da raus, Maxwell.« Hailey stand auf, ehe ihr starker, dunkler Bodyguard sie davon abhalten konnte.

Mit einem langen Seufzer reichte Billy Nicole seinen Rennplan. »Halt das mal kurz für mich.« Und weg war er. Er und

Hailey gingen ganz nach oben auf die Tribüne, wo man sie nicht hören konnte und sie weit genug von den wenigen Übriggebliebenen entfernt waren, die noch herumhingen und zusahen, wie die Bahn unten für das nächste Rennen hergerichtet wurde. Und obwohl Nicole nicht hören konnte, was sie sagten, konnte sie sich das Gespräch nur allzu gut vorstellen.

Sie lachte in sich hinein und sah wieder ihre unerwartete Gesellschaft an. »Also … Maxwell. Ist das dein Vorname oder dein Nachname oder irgend so ein schrulliger Spitzname, den meine Schwester dir verpasst hat?«

»Nachname.«

»Dann hast du also auch einen Vornamen, Süßer?«

Er schien nicht an einem Gespräch mit ihr interessiert und zu sehr damit beschäftigt zu sein, sich den Hals zu verrenken, um zu beobachten, wie Hailey Billy die Leviten las. Nicole wusste, dass Billy damit alleine zurechtkam, aber es ärgerte sie maßlos, dass dieser Typ durch sie hindurchblickte, als sei sie gar nicht da. Und seine Augen stattdessen an Hailey hingen, die aussah, als hätte sie gerade einen Ringkampf über zehn Runden hinter sich und sich dann, nur so zum Spaß, bei KMart eine neue Garderobe zugelegt. Nicole beschloss, ihre Taktik zu ändern.

Sie wechselte in eine Reihe weiter nach hinten und setzte sich neben ihn. Offensichtlich hatte er sie nicht gehört, denn als sie seinen Arm leicht mit der Hand berührte, schossen seine Augen zu ihr, als hätte sie ihn mit dem Elektroschocker getroffen.

»Entschuldigung«, sagte sie mit einem Lächeln und biss sich kurz auf die Unterlippe, so wie sie es über die Jahre hinweg perfektioniert hatte, um die Aufmerksamkeit auf ihren Mund zu lenken, der, wie sie wusste, zu ihren größten Vorzügen gehörte. »Mein Hals ist schon ganz steif geworden. Es macht dir doch nichts aus, oder? Die werden bestimmt eine Weile brauchen.«

Er blickte auf ihre Hand hinab, die immer noch auf seinem

Arm lag, und dann wieder in ihre Augen. »Hältst du das wirklich für einen geschickten Schachzug?«

Ihr Lächeln verschwand, doch ihre Hand nicht. Aus dunkel und geheimnisvoll wurde dunkel und ärgerlich. »Wer bist du?«

»Ein Freund.«

»Hailey hat keine Freunde.«

»Woher willst du das wissen?«

»Weil man ein Herz haben muss, um Freunde zu haben, und das hat sie eindeutig nicht.«

Er kniff die Augen zusammen.

»Glaubst du mir nicht?«, fragte sie und zeigte zum oberen Teil der Haupttribüne, wo Hailey und Billy immer noch stritten. »So behandelt sie ihre Freunde. Und jeden, der nicht tut, was sie will.«

Er lehnte sich eng an sie, so eng, dass sie Mühe hatte, seine Worte zu begreifen. »Wenn das so ist, warum kümmert dich das dann?«

»Weil sie mir etwas schuldet.«

»Wofür?«

»Das geht dich nichts an.«

»Von jetzt an geht mich *alles* etwas an, was mit ihr zu tun hat, Mädel. Also komm mir nicht blöd.«

»Nicole.«

Billy kam mit großen Schritten auf sie zu, sah tierisch genervt aus und so sexy wie noch nie. Oh ja. Es gab Ärger. Ihr Blut geriet von Neuem in Wallung. »Komm, wir gehen.«

Als er nach ihrem Arm griff, stand sie langsam auf, und ihr Blick fiel auf Hailey, die drei Stufen weiter oben hinter ihm stand und ebenfalls ziemlich gereizt aussah. Na, das war ja wieder ein Riesenspaß. Wie in den guten alten Zeiten. »Wo geht's denn hin?«

»Irgendwohin, wo wir etwas mehr für uns sind.« Billys wütender Blick flog zwischen ihr und Haileys geheimnisvollem

Typ hin und her, und das Blitzen, das Nicole darin erkennen konnte, verriet, dass er zumindest einen Teil ihrer Unterhaltung mitbekommen hatte.

Na ja, das war doch auch gut so, oder? Sie musste endlich aufhören, in ihren Fantasien mit Billy herumzuturteln und dem Kerl den Kopf gerade rücken. Und so toll es mit ihm auch war, er war ja nicht der Grund, warum sie hier war.

Allerdings war die Empfindung, dass dieser Gedanke plötzlich ein Loch von der Größe einer Grapefruit in ihrer Brust zurückließ, ein Geheimnis, dem sie jetzt lieber nicht nachspüren wollte.

Sie folgte Billy die Stufen hinauf und zog ihre Mütze tiefer ins Gesicht, während sie sich ihrer Schwester näherte. Als sie schließlich auf derselben Stufe stand wie Hailey, blieb sie kurz stehen und beugte sich vor zu ihr. »Ich bin mir völlig sicher, dass ich von dir hören werde. Aber bis dahin gebe ich dir einen guten Rat.« Sie senkte die Stimme zu einem Flüstern und fügte eine Prise Unverfrorenheit hinzu, von der sie wusste, dass sie ihre Wirkung keinesfalls verfehlen würde. »Kauf dir was zum Anziehen.«

Als sie den Parkplatz erreichten, kochte Hailey vor Wut. Billy und Nicole mussten auf der anderen Seite des Gebäudes geparkt haben, denn sie waren nirgendwo zu sehen.

»Warte doch, Roarke. Mein Bein ist noch etwas angeschlagen, nachdem es gestern als Zwischenmahlzeit herhalten musste.«

Sie wurde langsamer, als sie bei der ersten Parkplatzreihe angekommen war, und drehte sich zu Shane um, der hinter ihr herhumpelte. »Entschuldige. Ich bin nur …«

»Angepisst. Ja. Hab's kapiert. Wenn du vorhast, deine Laune an mir auszulassen, wäre es nett, wenn du mich wenigstens vorwarntest. Ich habe keine Lust, für dich heute den Prügelknaben abzugeben.«

Sie funkelte ihn an. Und als ob Wasser durch ihre Adern strömte, wich mit einem Mal der ganze Ärger von ihr. Sie musste zur Seite schauen, um nicht loszukichern. Eins musste sie Shane lassen, wenn er nicht gerade ein elender Miesepeter war, hatte er eine besondere Art, ihr klarzumachen, dass alles gar nicht so schlimm war, wie es aussah.

Ja, genau.

Sie stieß einen Seufzer aus. »Ich könnte sie wirklich umbringen.«

»Sch.« Er kam näher und verzog den Mundwinkel zu einem Lächeln, das seltsame Dinge mit ihrem Inneren anstellte. »Wenn ich du wäre, würde ich das nicht zu laut sagen. Wir versuchen immer noch zu beweisen, dass du das beim letzten Mal nicht auch gemacht hast, als dich jemand geärgert hat.«

»Du bist ein echter Scherzkeks.« Sie runzelte die Stirn. »Der Unterschied ist, diesmal meine ich es auch so.«

Er neigte sein dunkles Haupt. »Ich habe den leisen Verdacht, dass du und Paris Hilton nicht besonders eng miteinander seid.«

»Was war dein erstes Indiz? Die fliegenden Funken oder die Tatsache, dass die gesamte Rennbahn kurz davor war, in Flammen aufzugehen?«

»Was hatte sie hier zu suchen?«

»Sie will mich ausstechen. Sie schert sich einen Dreck um RR. Sie hat sich nicht einmal die Mühe gemacht, zur Testamentseröffnung zu erscheinen. Aber sie ist nicht dumm. Sie ist offensichtlich dahintergekommen, dass das Testament hieb- und stichfest ist. Und jetzt sorgt sie sich, dass ihre Geldquelle versiegen könnte.«

»Dann hat sie Sullivan angeheuert?«

»Könnte sein. Er ist auch nur ein Mensch, und sie ist … na ja…« Sie winkte ab. »Du hast sie ja gesehen. Der Traum eines jeden Kerls.«

Er schnaubte verächtlich. »Meiner nicht.«

Sie schleuderte ihm einen Blick zu. »Ich habe dich mit ihr gesehen.«

»Mich gesehen?«

»Gesehen, wie sie dich bearbeitet hat.«

Er zog seine Stirn kraus. »Ich mag meine Frauen ein kleines bisschen klüger und wesentlich weniger aufdringlich.«

»Jetzt reg dich nicht gleich auf«, sagte sie und ging weiter. »Sie hat dich bloß angemacht, um mich zu ärgern. Kann gut sein, dass das auch der Grund ist, warum sie Billy abgeschleppt hat, weil sie *wusste,* dass mir das nicht egal sein würde.« Schon bei dem Gedanken daran kochte ihre Wut wieder hoch.

»Warte mal.« Er hielt sie am Arm zurück, sodass sie ihn ansehen musste. »Bist du etwa eifersüchtig?«

»Auf Nicole?«

»Auf deine Schwester und Sullivan.«

»Warum sollte ich eifersüchtig auf Nicole und Billy sein?«

»Keine Ahnung. Sag du es mir.«

Das Abgehackte seiner Stimme verriet ihr, dass diese Vorstellung ihm unter die Haut ging, und der Gedanke ließ die Erinnerung an den hitzigen Kuss vom Morgen in ihrem Kopf aufblitzen. Ihre Haut kribbelte, als ihr seine Hände auf ihrem Körper wieder einfielen, daran, wie er sich ganz hart und heiß an sie gepresst hatte, wie gut er geschmeckt hatte. Und was sie miteinander gemacht hätten, wenn das Telefon sie nicht daran gehindert hätte.

Dann hörte sie wieder sein schroffes: *Ich will dich. Ich wollte dich, seit wir uns das erste Mal begegnet sind, und das ärgert mich nicht, sondern es macht mich an.* Gefolgt von seiner gefühllosen Enthüllung, dass die Hitze zwischen ihnen nur Probleme mit sich bringen würde, Probleme, die sie nicht wollte.

Sie hatte die Nase gestrichen voll von Leuten, die ihr sagten, was sie tun sollte, was sie fühlen sollte und was das Beste für sie sei. Ihr Vater hatte das jahrelang getan. Ihr Exmann tat es heute noch unter dem Deckmantel der Freundschaft, wann immer er sie sah. Und jetzt versuchte Shane es ebenfalls.

Ihre Augen verengten sich. »Wenn du eine Frage hast, Maxwell, spuck sie einfach aus.«

Er steckte die Hände in die Hosentaschen und schnippte mit etwas herum, das ein klickendes Geräusch machte.

»Also, das geht mir langsam wirklich auf den Geist. Was ist das denn?«

Er zog das rechteckige Plastikdöschen heraus und schüttelte es kurz, ehe er es wieder einsteckte. »Tic Tacs.«

»Nervöse Angewohnheit?«

»Sozusagen. Wirksamer als Jameson.« Sein Blick wurde wieder ernst, ehe sie fragen konnte, wie er das meinte. »Warum sollte Sullivan mit deiner Schwester herumziehen? Sagtest du nicht, er hilft dir? Für mich sieht es eher so aus, als würde er gegen dich arbeiten.«

Sie drehte sich um und lief weiter, denn, nun ja, danach sah es für sie auch aus, und das gefiel ihr gar nicht. »Er ist vielleicht ein Genie, aber er ist eben immer noch ein Mann. Und Nicole kennt die Männer.«

»Sullivan ist ein Genie?«, sagte er dicht hinter ihr ungläubig mit angewiderter Stimme. »Wer ist denn jetzt hier der Scherzkeks?«

»Er hat den IQ eines Nobelpreisträgers. Nicht, dass man es ihm auf den ersten Blick anmerken würde.«

»Ist nicht wahr.«

»Doch, ist wahr.«

Sie hörte auf einmal seine Schritte hinter sich. »Und was zum Teufel hat er dann mit dir am Hut?«

O. k., jetzt reichte es. Sie blieb stehen. Wirbelte herum. Und schleuderte ihm einen vernichtenden Blick zu.

Er deutete ihre Reaktion richtig und hielt schnell die Hand hoch. »So habe ich das nicht gemeint. Ich meinte mit euch allen. Rafe, Kauffman, meiner Schwester.« Als sie ihn mit zusammengekniffenen Augen anfunkelte, fuhr er sich mit der Hand durch das ohnehin zerzauste Haar. »Scheiße, das klingt irgendwie blöd. Ich halte einfach jetzt meinen Schnabel.«

»Weise Entscheidung.« Ihre schlechte Laune köchelte wieder leicht vor sich hin, und während sie weiterging, ließ sie sich noch einmal durch den Kopf gehen, was Billy ihr mitgeteilt hatte. Nicole wollte einsteigen. Und sie wollte am Ende einen Teil der Belohnung, sonst würde sie ihre Statue nicht hergeben.

Ja, klar. Als wenn Hailey ihr das abnehmen würde.

Aber was wollte Nicole *wirklich*? Geld natürlich. Sicherheit. Eine Möglichkeit, der Fuchtel ihrer Mutter zu entkommen.

Himmel, Letzteres war genau dasselbe, was Hailey auch wollte. Wenn sie jemals beweisen wollte, dass sie Bryan nicht umgebracht hatte, und herausfinden, was ihr Vater im Schilde geführt hatte, brauchte sie die Zahlen auf dem Boden von Nicoles Statue. Aber so sehr, dass sie sich mit dieser Schlange verbünden würde? Das war eigentlich ein bisschen zu viel verlangt.

»Wenn du etwas ausheckst, Roarke, dann sag es lieber gleich.«

Wie zum Henker konnte er wissen, was in ihrem Kopf vorging, ehe sie es selbst wusste?«

»Hör auf, meine Gedanken zu lesen«, sagte sie, ohne in seine Richtung zu schauen. »Das irritiert mich.«

Er steckte die Hände in die Hosentaschen. Das Klick-klick-klick ertönte wieder. »Das habe ich nicht. Ich konnte die kleine Maus im Laufrad da drin förmlich sehen.«

»Du bist ja wirklich zum Totlachen heute. Was ist nur in dich gefahren?«

»Keine Ahnung. Vielleicht der Blutverlust gestern. Könnte auch das Koffein gewesen sein, mit dem ich dich vorhin vollgepumpt habe. Schätze aber eher, dass du es warst. Heute Morgen.«

Drei Worte: *Du, heute Morgen.* Mehr war nicht nötig, um sie alles vergessen zu lassen, an das sie eben noch gedacht hatte.

Sie blickte über ihre Schulter und erhaschte einen Blick auf ein missmutiges Gesicht, statt des humorvollen Ausdrucks, auf den sie gehofft hatte. Der Mann war ein Buch mit sieben Siegeln. Im einen Moment küsste er sie mit einer brennenden Leidenschaft, die sie nicht mehr erlebt hatte, seit … na ja, noch nie, und im nächsten machte er ein Gesicht, als würde ihn schon die Vorstellung davon auf die Palme bringen.

Nein, das war es nicht, entschied sie, als sie ihn musterte. Im nächsten sah er aus wie ein Mann, der sie sehr wohl *wollte*, dem aber die Vorstellung nicht gefiel, dass sie ihn auch wollte.

Doch was ergab das für einen Sinn, zum Henker?

Genau diese Frage wollte sie ihm gerade stellen, als links von ihr die Scheibe eines Autofensters zersprang und tausend kleine Splitter zu ihren Füßen auf den Asphalt hinabregneten.

»Runter!«

Die Luft wich zischend aus ihren Lungen, als Shane sie von hinten umstieß. Er riss sie hart zu Boden und rollte herum, so dass sein Rücken die größte Wucht des Aufpralls dämpfte. Dann war er über ihr, und seine Arme, sein Kopf und seine Brust schirmten ihr Gesicht und ihren Oberkörper vor dem herumfliegenden Glas ab.

Ein zweiter und ein dritter Pistolenschuss knallten in das Auto über ihnen. Ehe sie überhaupt wusste, was los war, rollte Shane von ihr herunter, griff nach ihrer Hand und zerrte sie auf die andere Seite des Fahrzeugs, um sie dort in der Nähe des Reifens hinunterzudrücken und so vor ihrem Heckenschützen in Deckung zu gehen.

Er zog ihre Beretta aus seinem Schulterhalfter, in das er sie heute Morgen gesteckt hatte, nachdem sie sie ihm im Flugzeug gegeben hatte. »Gottverflucht. Ich vermisse meine Knarre.«

Das tat sie auch. Warum hatte sie ihm bloß ihre gegeben? Zum Glück hatte sie daran gedacht, sich ihre Ersatzpistole zu schnappen, bevor sie den Flieger verlassen hatte.

Sie zog den Riemen ihrer Tasche über den Kopf, sodass er quer über ihrer Brust lag, riskierte einen Blick um das Auto herum, hinter dem sie sich versteckt hielten, und zog dann die Halbautomatik hervor, als sie eine Bewegung wahrnahm.

»Was machst du denn da?«, fragte Shane, als sie das Magazin überprüfte.

»Er ist da drüben bei dem grauen Van.« Sie ließ das Magazin wieder einrasten. »Gib mir Deckung, damit ich einen Bogen hinter ihn schlagen kann.«

Seine Hand schnellte so rasch hervor, dass sie sie erst wahrnahm, als er sie fest wie ein Schraubstock an ihrer Windjacke gepackt hatte. »Einen Teufel wirst du.«

»Maxwell, wir sind beide ausgebildet –«

»Das letzte Mal, als ich nachgesehen habe, warst du eine Verdächtige, nach der gefahndet wurde. Eine verdächtige, Papierkriege auslösende Person, nach der immer noch gefahndet wird. Wenn du jemanden umlegst, wanderst du ins Gefängnis. Und wenn du glaubst, dass ich dich auch nur in die Nähe dieses Typen lasse, bist du gewaltig auf dem Holzweg.«

Glas zersplitterte um sie herum. Er packte sie am Kopf und drückte sie nach unten, damit die umherfliegenden Teile sie nicht trafen.

Sie schlug auf seine Arme ein. »Ich werde nicht mehr vor diesem Kerl davonlaufen –«

»Diesen Kerlen«, korrigierte er. »Es waren zwei in den Sümpfen, weißt du noch?«

»Sch«, machte sie und blickte zur Seite. »Hör mal.«

Shane lockerte seinen Griff und lauschte. »Er lädt nach.«

Mehr war nicht nötig. Sobald er sie losgelassen hatte, war sie weg. Duckte sich hinter Autos und bewegte sich schnell und leise, um nicht gesehen zu werden.

»Verdammt noch einmal, Roarke.«

Sie ignorierte Shanes leise Flüche und tastete sich vor, bis sie nur noch eine Reihe parkender Autos von der Stelle entfernt war, wo sich ihr Scharfschütze zwischen einem Minivan und einem abgewrackten Toyota Camry versteckte.

Das Herz schlug ihr bis zum Hals. Sie musste wieder daran denken, wie ihr Angreifer sie im Fahrstuhl in die Ecke gedrängt hatte. Ihr eine Nachricht überbracht hatte, wie er sich ausdrückte. Nun, er würde jetzt ihre Antwort erhalten. Sie hatte es satt, das hilflose Weibchen zu spielen. Sie wollte wissen, ob es tatsächlich Paul war und was hier wirklich gespielt wurde.

Sie lehnte sich mit dem Rücken an einen verdreckten Suburban, umklammerte die Neun-Millimeter-Waffe mit beiden Händen und spähte vorsichtig um das Fahrzeug herum. Nichts rührte sich in einem Radius von sechs Metern. Das Sicherheitspersonal hatte die Schüsse offenbar nicht gehört, denn es zeigte sich niemand von ihnen. Autos hupten auf der eine Viertelmeile von dem riesenhaften Parkplatz entfernten Straße. Geschrei und Jubel erklang von der Rennbahn her, wo bereits das nächste Rennen begonnen hatte. Über ihr rauschten und schwankten die Palmen in dem allmählich stärker werdenden Wind. Aber alles, was Hailey hören konnte, war ihr Herzschlag. Stark und heiß und schwer in ihren Ohren.

Ihre Augen richteten sich fest auf den Van. Sie zählte bis drei. Machte einen Schritt vor und wurde von einer Hand, die aus dem Nichts zu kommen schien und sich auf ihren Mund legte, jäh aufgehalten.

»Du rührst dich nicht von der Stelle.«

15

»Ich dachte, *ich* sei hier für das Thema Todessehnsucht zuständig«, flüsterte Shane in Haileys Ohr. Er presste sie fest an seine Brust und lockerte weder die Hand auf ihrem Mund noch den festen Griff an ihrem Handgelenk. »Aber du schießt wirklich den Vogel ab. Legst du es etwa darauf an, dich töten zu lassen?«

Sie versteifte sich, doch er ließ sie nicht los, nicht einmal, als sie ihr süßes Hinterteil an ihm rieb und ihn kurzzeitig auf andere Gedanken brachte, als dass irgendein Irrer auf der anderen Seite dieses SUV ihnen das Hirn wegpusten wollte.

Sie hatten da ein waschechtes Kommunikationsproblem. Das und einen Machtkampf, den er viel zu sehr genoss.

»Wenn wir das machen«, flüsterte er so leise, dass nur sie es hören konnte, »machen wir es gemeinsam. Auf drei?«

Sie erstarrte, dann nickte sie kurz. Sie umklammerte immer noch mit beiden Händen die Neun-Millimeter. Das Adrenalin pumpte durch seine Adern, während er sich auf die andere Seite des SUV schlich. Als er in Position war, mit gezogener Waffe am Vorderrad kauerte und Gummi und Straßenbelag riechen konnte, gab er das Signal.

Sie verschwand hinter dem Heck des Suburban, während er um die Motorhaube herumkroch. Obwohl sein erster Impuls gewesen war, sie schleunigst aus der Gefahrenzone zu holen, begann er zu begreifen, dass Hailey Roarke die Dinge auf ihre Art anging. Ungeachtet der Konsequenzen.

Und, verflucht, einerseits gefiel ihm das, aber gleichzeitig machte es ihn nur noch wütender.

Er spähte um die Seite des SUV herum, bemüht, nicht gesehen zu werden oder ins Kreuzfeuer zu geraten, wenn Hailey zu schießen begann. Doch es gab zwischen diesem Fahrzeug und dem nächsten nichts als Luft.

»Gottverdammt«, murmelte Hailey und kam mit gesenkter Waffe hinter dem anderen Ende hervor.

Shane erhob sich, und beide überprüften rasch die in der Nähe geparkten Fahrzeuge, falls sich der Heckenschütze noch dort aufhielt.

Nichts.

Er steckte seine Waffe zurück in das Halfter, als Hailey wieder in sein Blickfeld kam, den Mund missmutig verzogen, zwischen ihren hübschen blauen Augen eine steile Falte. »Dieser Feigling hat sich verzogen. Ich hab die Nase so voll von diesem Katz-und-Maus-Spiel.«

Das hatte er auch, aber vor allem, weil sie genauso unberechenbar war wie ihr Möchtegernmörder.

Sobald sie ihre Waffe gesichert hatte, packte er sie am Arm, wirbelte sie herum und versetzte ihr einen solchen Stoß, dass sie mit dem Rücken an den silbernen Suburban gepresst wurde und alles, was sie an ihrer Vorderseite spüren konnte, er war. Sein Mund fühlte sich hart, heiß und aggressiv auf ihrem an, und diesmal war es ihm egal, ob er irgendwelche blauen Flecken hinterließ.

Er ließ von ihr ab, ohne sie jedoch loszulassen. »Mach das nie wieder.«

An die Stelle des Schocks in ihren Augen trat eine feurige Leidenschaft, die er nur zu gerne hätte brennen sehen. »Werde nicht zum Mega-Macho, Maxwell. Ich bin keine Anfängerin.«

»Nein, aber du bist dumm.«

Ihre Augen blitzten auf. »Pass ja auf.«

Er ignorierte ihre schlechte Laune und konzentrierte sich auf das, was seinen Puls immer noch im dreistelligen Bereich rasen ließ. »Und wenn es mehr als einer gewesen wären, Hailey? Hast du auch nur einen Moment darüber nachgedacht? Wenn diese Person dich kennt, wie wir annehmen, dann wissen alle, dass du nicht einfach abwarten und nichts tun wirst. Wodurch sie im Vorteil sind, denn sie *erwarten* von dir, dass du wie eben in die Offensive gehst.«

»Willst du damit sagen, dass ich das wehrlose Opfer spielen soll? So weit kommt es noch.«

Oh, Mann. Ihre Aggression machte ihn *nicht* an. Ganz bestimmt nicht.

»Ich sage doch nicht, dass du das Opfer spielen sollst. Ich sage nur, verhalte dich klug. Ich habe keine Lust, draufzugehen, bloß weil du frustriert bist.«

Sie strafte ihn mit einem kühlen Blick. »Ist das alles, worüber du dir Sorgen machst?«

»Nein, verdammt noch mal«, blaffte er sie an. »Ich mache mir Sorgen um dich, aber du bist zu stur, um das zu begreifen. Du hast vielleicht einen Schickimicki-Abschluss von irgendeiner Yuppie-Schule im Norden, aber da haben sie dir ganz offensichtlich nichts über Kompromisse beigebracht. Wenn du mich schon nicht das Risiko auf mich nehmen lässt, dann presch wenigstens nicht so unüberlegt auf eigene Faust vor. Du musst nicht alles alleine machen. Wann geht das endlich in deinen dicken Schädel?«

Sie starrte ihn an, ohne zu blinzeln, und rührte sich nicht, nicht einmal, als er die Augenbrauen hob und sagte: »Also?«

Ihre Muskeln entspannten sich unter seinen Händen, einer nach dem anderen, und schließlich sagte sie: »Ich weiß nicht genau, was du mir sagen willst.«

Er ließ von ihr ab und trat einen Schritt zurück. Er wusste, dass er kurz davor stand, die Beherrschung zu verlieren. Sie begriff es einfach nicht. Aber warum sollte sie auch? Er verstand selbst nicht, was ihn an ihr so aufregte und gleichzeitig so erregte. Einerseits wollte er sie irgendwo einschließen, wo sie nicht in Schwierigkeiten geraten konnte, und andererseits wollte er sie nackt ausziehen und sie mit seinen Händen, seinem Mund und anderen Teilen seines Körpers, an die er jetzt wirklich nicht denken wollte, zum Schweigen bringen.

Und das war eine schlechte Kombination – eine ganz schlechte, wenn man seine jüngste Vergangenheit bedachte.

Er mahlte mit den Zähnen, denn das war sicherer, als mit der Faust eine Autoscheibe einzuschlagen. »Versuch's mal mit ›Okay, Shane. Ich werde es nie wieder tun.‹«

»Okay, Maxwell«, sagte sie mit einem Anflug von Unverfrorenheit, »ich werde versuchen, nichts mehr zu tun, wobei dir das Hirn weggepustet werden könnte.«

Sie drängte sich an ihm vorbei, schlenderte zurück zu ihrem Mietwagen und sah genauso verlockend aus wie in dieser ersten Nacht in Key Biscayne, als sie ihn umgenietet und auf die kalten Verandafliesen gepresst hatte. Damals hatte sie ihn auch Maxwell genannt. Und, Himmel, Arsch und Wolkenbruch, sie dazu zu bringen, ihn bei seinem Vornamen zu nennen, wuchs sich allmählich zu einer Art Besessenheit aus.

Sie blieb abrupt stehen und warf ihm einen Blick zu. »Wenn wir uns ein bisschen beeilen, können wir noch zur Bank und nachsehen, was in diesem Schließfach ist, bevor die zumachen.«

Wir.

Sie hielt ihm einen Ölzweig hin. Wenn er klug war, würde er ihn annehmen.

»Was ist mit deiner Schwester?«

Ein Muskel an ihrer Schläfe begann zu pulsieren, doch sie lief weiter, ehe er ihre Gefühle deuten konnte. »Wenn wir Glück haben, findet Billy einen Weg, sie loszuwerden. Für immer.«

Das bezweifelte Shane. Verdrossen blickte er sich noch einmal auf dem Parkplatz um, ehe er ihr folgte. Er hatte Billys benebelten Blick gesehen, als er sich mit Nicole unterhalten hatte, ehe die beiden gemerkt hatten, dass er und Hailey da waren. Keine Chance, dass Billy sich Nicoles entledigen konnte, es sei denn, sie wollte selbst gehen.

Was das anging, hatten Nicole und er vermutlich etwas gemeinsam.

Er warf sich eine Handvoll Tic Tacs in den Mund und seine Laune normalisierte sich allmählich wieder. Als er an ihrem Mietwagen ankam, saß Hailey bereits hinter dem Steuer. Er nahm auf dem Beifahrersitz Platz, und sie blitzte ihn mit einem überlegenen Lächeln an.

Sie wartete, bis er sich angeschnallt hatte, und zwinkerte ihm dann mit ihren langen Wimpern zu. »Alles klar, Rambo?«

»Wer ist jetzt hier zum Totlachen?«

Sie legte den Gang ein. »Ich versuche nur, an der Sache mit den Kompromissen zu arbeiten.« Sie bog vom Parkplatz auf die Straße. »Weißt du, sich beim Fahren abwechseln, nicht die Beherrschung verlieren, miesepetrige Stimmung und so was. Das kann ich auch. Siehst du? Im Kompromissemachen halte ich locker mit dir mit.« Ihre funkelnden Augen richteten sich voll auf ihn. »Du willst Kompromisse? Du hast keinen blassen Schimmer, Süßer.«

Ölzweig? Vergiss es. Sie wedelte höhnisch mit einem roten Tuch vor ihm herum, bis er Rauch aus den Nüstern blies und unruhig auf dem Boden scharrte, bereit, auf sie loszugehen.

Und, verdammt noch einmal, er genoss jede Minute davon.

Dann lächelte er. Seine Lippen verzogen sich zu einer sanft geschwungenen Linie, als er sie von Kopf bis Fuß auf sich wirken ließ. »Dann musst du mich unbedingt darüber aufklären. Ich kann gar nicht abwarten, was als Nächstes passiert.«

Billy wusste, wann er sich auf die Zunge beißen musste. Das hier war ein solcher Moment.

Dunkle Wolken kamen vom Atlantik her, die wie angegossen zu seiner üblen Laune passten, als er über den Florida Turnpike mit hundertdreißig seiner Wohnung in Miami entgegenraste. Ja, die Adresse klang gut, aber sie lag nicht am Strand, war weder schick noch luxuriös, wie Nicole es gewöhnt war. Die Wohnung war noch nicht einmal komplett möbliert, weil er sich nur mit Ach und Krach die Miete leisten konnte. Natürlich war sie um Klassen besser als seine letzte Bude in Bunche Park, aber trotzdem ... die kleine Miss Hochnäsig würde den Schock ihres Lebens bekommen. Und er konnte es kaum erwarten.

Er nahm die Ausfahrt ein bisschen zu schnell und biss die Zähne zusammen, um nicht zu knurren, als sie sich oben am Haltegriff festklammern musste.

»Würdest du bitte etwas langsamer fahren?«, fuhr sie ihn an. »Da kriegt man ja ein Schleudertrauma.«

»War das etwa eine Bitte? Nanu, du willst etwas von mir? Wirklich? Etwas anderes als Sex?« Er spannte den Kiefer an. »Das ist ja mal was ganz Neues.«

»Du brauchst jetzt nicht den Klugscheißer raushängen zu lassen.«

Er funkelte sie böse an. »Vielleicht bist du bald fertig. Ich hab die Unterhaltung jetzt schon satt.«

Sie presste die Lippen aufeinander und starrte durch die Windschutzscheibe, ließ aber den Haltegriff nicht los, und er registrierte, wie sie unauffällig näher an die Tür rückte, als sie sich unbeobachtet fühlte.

Hatte er sie erschreckt? Mann, das hoffte er inständig.

Er riss den Wagen herum auf seinen Parkplatz, trat mit voller Wucht auf die Bremse und schaltete auf Parken. »Steig aus.«

Ihre Augen wanderten von einer Seite zur anderen, während

sie den zweistöckigen Wohnkomplex betrachtete, die aufgeplatzten Bürgersteige und den überdachten Säulengang, der sehr reparaturbedürftig war. »Es ist rosa«, murmelte sie, als sie ausstieg und die Tür schloss.

»Du willst einsteigen, Prinzessin?«, fragte er mit einer solchen Gehässigkeit, dass sie zusammenzuckte. »Dann wirst dich wohl unter uns gemeine Tagelöhner mischen müssen.«

»Billy –«

Er deutete auf die Treppen. »Erster Stock. Nummer 242. Jetzt geh schon.«

Wie ein braves Mädchen gehorchte sie. Aber als sie an ihm vorbeiging, konnte er den Ärger in ihren dunklen Augen aufblitzen sehen. Nein, das gefiel der kleinen Miss Hochnäsig ganz und gar nicht.

Die Muskeln seines Kiefers arbeiteten heftig, während er hinter ihr die Treppe hinaufstieg und sich vergeblich bemühte, ihr nicht auf das Hinterteil zu starren. Letzte Nacht hatte er wieder einmal bewiesen, dass er wirklich der Versager war, für den alle Welt ihn hielt. Wann würde er es endlich lernen?

Als er um die Ecke bog, wartete sie an der Tür auf ihn, die Arme vor der üppigen Brust verschränkt und mit ihren Augen Funken versprühend. Er steckte den Schlüssel ins Schloss, stieß die Tür auf und ließ sie hoch erhobenen Hauptes und in ihren Stolz eingehüllt wie in einen Schutzmantel an sich vorbeistolzieren.

Seinerseits kurz vor dem Platzen, knallte er die Tür hinter sich zu und ließ seine Schlüssel auf das halbmondförmige Tischchen am Eingang fallen, das seine Mutter in seiner Kindheit in ihrem Haus stehen gehabt hatte.

Das Einzige, was ihn etwas abkühlte, war die Klimaanlage. Er ging geradewegs zum Kühlschrank, schnappte sich ein Bier und ließ den Verschluss knallen. Dann kippte er das Zeug zur Hälfte hinunter, ehe er sich umdrehte und über den Küchentresen hinweg Nicole ansah, die mitten im Wohnzimmer stand und die Nase über seine erbärmliche Einrichtung rümpfte.

Verletzte es sein Ego, dass sie der Meinung war, er lebe in einem Armenviertel? Das sollte es nicht. Eigentlich bedeutete sie ihm gar nichts. Heißer Sex und heißer Body. Mehr war sie nicht. Statt in jedermanns Augen ein Versager zu sein, sollte er endlich anfangen, jenes Millionen-Dollar-Gehirn zu benutzen, mit dem Gott ihn gesegnet hatte. »Du hast mich angelogen.«

Sie drehte sich langsam zu ihm um, als er um die Ecke herum ins Wohnzimmer kam und ihr den Weg zur Tür versperrte. »Nein, habe ich nicht.«

»Dann hast du eben die Wahrheit bequem umgangen.«

Sie schnaufte und verdrehte die Augen.

»Ach, komm schon. Das wirkt bei mir nicht.« Er führte die Flasche an die Lippen und nahm einen langen Zug.

»Wenn du versuchst, mich einzuschüchtern, dann klappt es nicht. Ich habe dich nackt gesehen, schon vergessen?«

»Nein, das habe ich nicht vergessen. Dein kleines Ablenkungsmanöver hat funktioniert. Etwa einen Tag lang. Das muss ich zugeben. Du warst gut. Und diese Masche von wegen *Du bist erst der zweite Kerl, mit dem ich Sex hatte, und ich hatte noch nie einen One-Night-Stand* hat echt gezogen.«

Sie ließ die Arme sinken. »Ich hatte vor dir auch noch nie einen One-Night-Stand.«

»Erzähl das jemanden, den das interessiert. Du bist ein kleines, verlogenes Miststück –«

Sie stampfte mit den Füßen auf und ballte die Fäuste. »Wage nicht, so mit mir zu sprechen. Du glaubst mir nicht? Na gut. Aber es ist die Wahrheit. Ein Kerl. Vor drei Jahren. Es war nicht besonders denkwürdig, und ich habe es nicht gerade genossen. Deshalb hatte ich nie den Drang, es noch einmal zu probieren, bis –« Sie schloss fest den Mund. Funkelte ihn aus harten Augen an. »Ich weiß nicht, was meine Schwester dir erzählt hat, aber ich habe dich nicht angelogen. Ich habe dir nur nicht alles gesagt.« Sie warf den Kopf in den Nacken und schleuderte ihm seinen Ärger gleich wieder zurück. »Aber warum sollte ich auch? Du bist doch bloß ein Aufreißer, den ich in einer Strandbar mitgenommen habe.«

Er kam ihr sehr nah und beugte sich hinunter, sodass sie seinen geballten Zorn zu spüren bekam. »Verarsch mich nicht. Du hast mir erzählt, deine Bronzestatue sei verschwunden, aber das ist sie nicht, stimmt's? Du hast sie. Du hattest sie die ganze Zeit.«

»Glaubst du wirklich, ich wäre so blöd, sie wegzugeben?«, fragte sie spöttisch. »Sicherheit, Billy. Das ist alles, was ich habe. Aber es geht eigentlich gar nicht um die Statue, nicht wahr? Es geht um die Zahlen auf dem Boden. Und ich kenne meine auswendig. Kannte sie die ganze Zeit. Genau wie die auf der Statue meiner Mutter. Wenn Hailey glaubt, dass sie mich umgehen kann, um das zu bekommen, was sie braucht, hat sie sich geschnitten. Unsere Mutter wird nicht zulassen, dass Daddys Schatzsuche zu Ende geführt wird. Sie hat ihre eigenen Gründe dafür, und wenn Hailey sie erfahren würde, würde sie es nicht glauben. Ich garantiere dir, unsere Mutter wird Hailey nicht helfen. Und das bedeutet, dass ich die Einzige bin, die es kann.«

Als er ihren Worten nachspürte, erkannte Billy etwas von sich selbst in Nicole wieder. In all den Jahren hatte er es Rafe verübelt, dass er älter und klüger war, der Sohn, der nie etwas falsch machte. War er auch so? Rachsüchtig? Verbittert? Leer?

»Warum hasst du sie so sehr?«, fragte er und sah sie und sich selbst in einem ganz neuen Licht.

»Wen? Hailey?« Nicole machte große Augen. »Ich hasse sie nicht.«

»Wie würdest du es dann nennen?«

Sie sah sich im Raum um, als suche sie nach einer Antwort. »Konkurrenz«, sagte sie schließlich.

»Im Leben geht es nicht immer ums Gewinnen.«

»Ach nein?«

Langsam schüttelte er den Kopf.

»Und warum bist du dann hier, Billy? Willst du mir etwa erzählen, dass du nicht irgendwem etwas beweisen willst, indem du meiner Schwester hilfst? Dass du es bloß aus reiner Gutherzigkeit tust?« Sie verdrehte die Augen. »Das kaufe ich dir nicht eine Sekunde lang ab. Du und ich, wir sind uns viel zu ähnlich, als dass es so sein könnte.«

Überrascht registrierte er, was sie da gerade gesagt hatte. In dem folgenden Moment des Schweigens schnürte sich ihm die Brust zusammen, und er hatte ein regelrechtes Aha-Erlebnis. Für einen Typ mit einem überdurchschnittlichen IQ war er ein ganz schöner Vollidiot.

Die ganze Zeit hatte er sich eingeredet, dass er Hailey aus Freundschaft half, dass es Rafe und Pete und allen anderen beweisen würde, dass er nicht der Versager war, für den sie ihn alle hielten. Aber das stimmte nicht, nicht ganz. Seine Mutter lag in Puerto Rico im Krankenhaus im Sterben, und er suchte in Miami nach einem Klumpen Metall, der alles in allem rein gar nichts für sein Leben bedeutete. Jedes Mal, wenn Rafe im letzten Monat angerufen hatte, um ihn zu fragen, wann er zurückkommen würde, hatte er sich irgendeine faule Ausrede einfallen lassen, warum er nicht konnte. In Wirklichkeit versteckte er sich. Tat so, als wäre nichts passiert. Als wäre alles in bester Ordnung. Wollte sich selbst beweisen, dass er letzten Endes wunderbar ohne Familie auskam. Dass er ohne *irgendjemanden* auskam. Ohne seine Tanten und Onkel in Puerto Rico. Ohne seinen Bruder oder dessen neue Frau. Selbst ohne seine Mutter, dem einzigen Menschen, der je an ihn geglaubt hatte.

Er schluckte schwer, und es drehte sich ihm der Magen um. Und dann fuhr er schrecklich zusammen, als das Telefon klingelte. Er griff danach und hoffte, dass seine Hand nicht zitterte. »Ja.«

»Himmel, Billy. Ich versuche schon den ganzen Nachmittag, dich zu erreichen. Mach doch dein Handy an.«

Rafe. Ganz toll. Der hatte ihm jetzt gerade noch gefehlt.

Er hob die Hand, um sich über die Stirn zu wischen, auf der plötzlich Schweiß stand. »Ich war beschäftigt. Was willst du?«

Rafe, der stets zuversichtliche, selbstbeherrschte Fels der Familie stieß einen Seufzer aus, der klang, als trage er das Gewicht der ganzen Welt auf den Schultern. »Du musst nach Hause kommen. Sofort. Und diesmal gibt es keine Ausreden. Der Arzt ist gerade gegangen.« Er machte eine Pause. Und durch die Leitung hörte Billy, wie Rafes Stimme versagte. »Sie glauben nicht, dass sie noch bis morgen früh durchhält. Billy, das war's.«

16

Sie war so nervös wie eine Jungfrau vor der Hochzeitsnacht.

Madeline Roarke starrte auf die Menschenmassen, die den Hollywood Beach Boardwalk hinauf- und hinabströmten. Sie hielt *Boardwalk* für eine dämliche Bezeichnung. Es gab hier nämlich gar keine Bohlen wie bei den Boardwalks in New Jersey und Delaware. Nur einen schmutzigen Streifen Asphalt, der sich in beide Richtungen den endlosen Strand entlang erstreckte.

Hinter ihr drang Musik durch die offene Tür einer Eisdiele. Die Sonne ging allmählich unter, und ein warmer Schein, den sie jedoch nicht spürte, spiegelte sich im Wasser, auf dem Sand und den Gesichtern der Menschen, die an ihrem Versteck vorübergingen.

Sie hätte nicht herkommen sollen. Aber als sie die Nachricht bekommen hatte … war ihr nichts anderes übrig geblieben.

Sie hielt den Riemen ihrer Handtasche fest umklammert, ihre Augen huschten hinter ihrer übergroßen Sonnenbrille von links nach rechts. Ihr Magen krampfte sich zusammen, während sie die Gegend nach irgendjemandem absuchte, der auf sie wartete. Aber niemand hatte ihr auch nur die geringste Beachtung geschenkt, seit sie ihren Fuß auf den Boardwalk gesetzt hatte. Niemand hatte sie erkannt. Niemand interessierte sich auch nur im Geringsten dafür, wer sie war.

Das war doch ein gutes Zeichen, oder? Vielleicht war die Nachricht bloß ein dummer Streich gewesen.

Sie nahm ihren ganzen Mut zusammen und trat aus dem Schatten des Gebäudes hervor, in dem sie sich verborgen hatte, und schaffte es bis zum Hollywood Grill, als ein Junge, nicht älter als acht, wie aus dem Nichts angestürmt kam und voll in sie hineinrannte.

Sie kreischte und wirbelte herum, als Ketchup und Senf auf ihre weiße Hose kleckerten, daran herunterliefen, um schließlich auf ihre flachen Designerschuhe zu tropfen.

»'tschuldigung«, murmelte das Kind, das einen Hotdog in der Hand hielt, sich an ihr vorbeidrängte und seinen Kumpels »Wartet auf mich!« zubrüllte.

Angewidert von dem Kind, dem Ort, der ganzen Welt, schüttelte Madeline sich das rote und gelbe Zeug von den Fingern und verzog das Gesicht. Es gab nichts, was das hier wert war. Es war ihr egal, wer ihr diese dämliche Nachricht geschickt hatte. Irgendjemand spielte mit ihr. Hatte wahrscheinlich sogar dieses Balg dafür bezahlt, sie umzurennen. Niemand wusste, was sie getan hatte.

»Sieh mal einer an«, flüsterte eine Stimme ihr ins Ohr. »Ein Déjà vu! Maddie?«

Madeline erstarrte. Schluckte. Drehte sich langsam um und blickte in das Gesicht einer Frau, die sie zutiefst verabscheute.

Lucy Walthers lächelte wie das unschuldige Mädchen, das sie nicht war, streifte sich das kurze blonde Haar hinter die Ohren und sah nickend auf Madelines schmutzige Finger. »Wenn ich du wäre, würde ich mir schleunigst eine Serviette besorgen. Ich würde nicht wollen, dass sich jemandem dieses Bild einprägt. Erinnert ein bisschen zu sehr an zu Hause, nicht wahr?«

Madelines Kehle schnürte sich zusammen, und ihr Herz feuerte regelrechte Salven ab. Ohne ein Wort zu Lucy schlüpfte sie in ein Café und fand auf dem nächstbesten Tisch ein paar Servietten.

Konnte sie weglaufen? Sie dachte darüber nach, während sie ihre Hände säuberte und sich über die Schuhe wischte. Aber wie weit würde sie kommen? Die Tatsache, dass dieses kleine Flittchen jetzt da draußen stand, anstelle der Polizei, bedeutete, dass sie etwas wollte. Glaubte sie vielleicht, dass Madeline diese bescheuerte Bronzestatue hatte? Worum sollte es sonst gehen?

Der siegessichere Blick in den Augen der jüngeren Frau zerrte an Madelines Nerven, als sie wieder in die kühle Januarluft hinaustrat. »Lass uns spazieren gehen, Maddie. Was meinst du?«

Madeline griff nach dem Riemen ihrer Tasche, als sie sich herumdrehte und Lucy neben ihr herzulaufen begann. Ihre Augen streiften jedes Gesicht, das ihnen entgegenkam. In Gedanken versuchte sie, alle Möglichkeiten durchzuspielen, die sie hatte. Aber als Lucy anfing zu sprechen, konnte Madeline sich nur noch auf ihre Worte konzentrieren.

»So, wie ich es sehe, Madeline, hast du dich in ziemliche Schwierigkeiten gebracht. Ein Wort von mir, und die Polizei wird dir die Tür eintreten.«

Jetzt kam sie also. Die Drohung. Madeline hielt den Atem an. Sie hatte geglaubt, Bryan sei in dieser Nacht alleine gewesen. Sie war zu ihm gegangen, um mit ihm zu reden. Um ihm zu sagen, dass sie genug hatte von seinen Lügen, seiner Untreue und seiner Besessenheit von den Roarkes. Sie hatte die Scheidung gewollt. Und ihre Freiheit. Und sie wollte, dass er bezahlte.

Diese Freiheit schien nun weiter entfernt denn je.

»Hast du nichts dazu zu sagen?«, fragte Lucy.

Die Worte blieben Madeline im Hals stecken. »Was willst du von mir?«

»Keine große Sache. Nur deine Unterstützung bei einer winzigen Kleinigkeit.«

Sie blieb stehen und wandte sich ihrer Feindin zu. »Warum sollte ich irgendetwas für dich tun?«

»Weil ich, wenn du es nicht tust, sofort zurück zu diesen Kripobeamten in Chicago gehe und ihnen sage, dass mir plötzlich noch etwas Wichtiges eingefallen ist.«

»Sie werden dir nicht glauben.«

»Ach nein? Meinst du nicht, es ist nur eine Frage der Zeit, bis sie merken, dass Hailey in jener Nacht nicht einmal dort war? Was ist mit deinem Alibi, Madeline? Wo warst *du* denn?«

Madeline senkte die Stimme zu einem Flüstern, damit die Passanten sie nicht hören konnten. »Ich hätte nach oben gehen und dich auch gleich umbringen sollen, da ich schon einmal dabei war.«

Lucy lächelte. »Ein Glück für uns, dass du es nicht getan hast.« Ihr Lächeln erstarb. »Also, Madeline, du wirst Folgendes tun: Du wirst mir die Statue von Eleanor besorgen.«

»Eher würde ich –«

»Ja, ich weiß. Aber du wirst sie mir trotzdem besorgen. Du und Eleanor, ihr tut doch immer so dick befreundet in diesem dämlichen Country Club. Du wirst sie bekommen, und du wirst sie mir bringen. Und wenn nicht …«

Sie zuckte mit den Schultern. »Ich denke, die Polizei wird liebend gern erfahren, dass du in der Dunkelheit darauf gewartet hast, dass dein geliebter Ehemann runterkommt, und dass du ihn kaltblütig ermordet und dann Hailey das Ganze in die Schuhe geschoben hast.«

Madeline lief ein eiskalter Schauer über die Haut. Übelkeit stieg in ihrem Magen auf. Doch sie hob das Kinn, entschlossen, dieser Frau gegenüber nicht klein beizugeben. »Du lebst in einer Fantasiewelt.« Sie wandte sich zum Gehen. »Hol dir die verdammte Statue selbst.«

Lucy kicherte hinter ihrem Rücken. »Sei dir deiner nicht so sicher, Maddie«, rief sie. »Tu mir einen Gefallen. Wenn du nach Hause kommst, dann schau dir mal deine Ohrringe an. Ich bin ziemlich sicher, dass dir eine Perle fehlt. Eine Südseeperle, die an einem kleinen Silberverschluss hängt. Ich glaube, sie ist weiß. Oder vielmehr war.«

Madelines Beine bewegten sich nicht mehr vorwärts. Mitten im Gewühl des Boardwalk blieb ihr fast das Herz stehen.

Lucy umkreiste Madeline und stellte sich vor sie. Und an dem gnadenlosen Blick ihrer schwarzen Augen konnte Madeline ablesen, dass sie in der Klemme saß.

Lucy neigte den Kopf zur Seite. »Also, gehen wir es noch einmal durch. Eleanor hat bisher nicht kooperiert. Und hier kommst du ins Spiel. Du wirst uns Eleanors Statue besorgen. Und du wirst es morgen tun.«

»Also, das hat's ja wirklich gebracht.«

Hailey ignorierte Shanes höhnische Bemerkung und starrte den Schlüssel in ihrer Hand an, als sie die Bank ihres Vaters in der Innenstadt von Miami verließen. Seit dem Vorfall auf dem Parkplatz des Calder Race Course hatte Shane wieder eine seiner Launen, obwohl diese deutlich mehr von Sarkasmus und ein kleines bisschen von Anzüglichkeit geprägt war.

Okay, einfach nicht darauf eingehen. Sie hatte – als sie in der Umkleidekabine irgendeines unbekannten Einkaufszentrums gestanden hatte – beschlossen, dass das Gefallen, das er an den Machtkämpfen zwischen ihnen fand, ein wirklich schlechtes Zeichen war. Denn sie genoss sie ebenfalls. Und sie hatte das dumpfe Gefühl, dass einer von ihnen sich ernsthaft verbrennen könnte, wenn ihm das Ganze zu Kopf stieg.

»Er sah aus wie der Schlüssel zu einem Schließfach«, sagte sie und schob ihre Überlegung beiseite. »Ich bin einfach davon ausgegangen, dass er das ist.«

»Ich habe langsam den Eindruck, was deinen Vater betrifft, können wir von überhaupt nichts ausgehen.« Er ging neben ihr her, die Hände in die Vordertaschen seiner neuen, tief sitzenden

Jeans gestopft, die ihm wie angegossen passte. Das langärmelige schwarze Shirt mit den weißen Streifen auf den Ärmeln sah an ihm mindestens so sexy aus wie an dem stattlichsten Model, das ihr in *Sports Illustrated* je vor Augen gekommen war.

Sie wandte den Blick von ihm ab, denn, wenn sie ihn allein schon ansah, mit diesen neuen Klamotten, passierten Dinge mit ihrem Blut, die ihr nicht gefielen. »Schon. Aber warum sollte er ihn mir gegeben haben, ohne jede Erklärung, wozu er gehört?«

Er zog ihr die Baseballkappe tiefer ins Gesicht und runzelte die Stirn. »Konntest du an diesem Ständer keine Cubs-Mütze finden? Verdammt, ich hätte mich sogar mit einer Red-Sox-Kappe abgefunden.«

»Du kannst die Yankees nicht leiden? Sie sind sozusagen *das* amerikanische Team.«

Er blieb mitten auf dem Gehweg stehen und starrte sie an, als hätte sie drei Augen. »Du bist krank, weißt du das?«

Sie konnte nicht anders. Sie musste lachen. »Es ist nur Baseball, Maxwell.«

Er schlug sich mit der Hand aufs Herz. »Nur Baseball? *Nur* Baseball? Es ist *nur* mein Herz, das du in Stücke reißt und auf dem Bürgersteig verteilst.«

Sie verdrehte die Augen, ohne ihre Schritte zu verlangsamen. »Jetzt sag nicht, dass du einer von *den* Kerlen bist.«

»Was für Kerle?«

»*Die* Kerle, die von März bis Oktober kein soziales Leben haben, weil sie entweder im Stadion sind oder vor dem Fernseher hängen. Die Kerle, deren Jahr davon abhängt, ob ihr Team den Wimpel gewinnt, und die Mordpläne gegen ihre Yankee-Nachbarn schmieden, wenn die Yankees die World Series gewinnen. Wieder einmal.«

»Du sagst das, als sei das etwas Schlimmes.«

Sie schüttelte den Kopf und biss sich auf die Lippe, um nicht loszulachen. Verdammt, sie mochte ihn. Und zwar von Stunde zu Stunde mehr.

»Und wenn ich kein soziales Leben habe«, fügte er hinzu, und aus seiner Hosentasche ertönte wieder jenes Klicken, »dann liegt es nicht am Baseball.«

»Woran sonst?«

»An der Arbeit, würde ich sagen. Zurzeit ist die Arbeit mein ganzes Leben.«

Sie blieb stehen und sah ihn an. »Eine Arbeit ist das, was du tust. Nicht, was du bist.«

»Du hast gar keine Ahnung, was ich bin, Hailey.«

Sie musterte ihn. Versuchte, seine Stimmung einzuordnen, konnte es aber nicht.

Nein, er hatte recht. Es gab Seiten an Shane Maxwell, die sie definitiv nicht kannte. Und plötzlich war sie sich auch nicht mehr ganz sicher, ob sie sie kennenlernen wollte. Natürlich reizte er sie. Und sie fühlte sich von ihm angezogen – eigentlich viel zu sehr. Doch die Distanz, die er zwischen ihnen wahrte, dass er zwar hier zu sein schien, weil er ihr unbedingt helfen wollte, aber die meiste Zeit nicht den Eindruck machte, dass ihm das besonders gut gefiel, war ein Widerspruch, den sie einfach nicht begriff.

Während sie ihren Weg fortsetzten, ging ihr durch den Kopf, was er gesagt hatte. Was er alles gesehen haben musste bei der Mordkommission. Sie selbst hatte in den Keys genug Tod und Grausamkeit gesehen, doch instinktiv wusste sie, dass es gar nichts war im Vergleich zu dem, was er jeden Tag in Chicago zu sehen bekam. Kein Wunder, dass er so verschlossen und unmöglich zu durchschauen war.

Ein Gedanke tauchte in ihr auf, als sie um die Ecke bogen und auf ihren Mietwagen zwei Blocks weiter zusteuerten, einer, den sie in den letzten drei Monaten des Öfteren benutzt, an den sie aber in den letzten Tagen bis zu diesem Zeitpunkt nicht mehr gedacht hatte. »Warum bist du nicht verheiratet?«

»Wie kommen wir jetzt von Dads krankem Hirn zu meinem Familienstand?«

Gute Frage. »Du musst nicht antworten, wenn du nicht willst.«

»Es ist nicht, dass ich nicht antworten will. Es ist bloß nicht besonders spannend.« Als er das nicht weiter ausführte, war sie sicher, dass er das Thema fallen lassen würde. Aber dann sagte er überraschenderweise: »Ich habe ein Mal daran gedacht. Aber nur kurz.«

»Was ist passiert?«

»Nichts. Es sollte einfach nicht sein.«

Aber da war noch mehr. Noch eine ganze Menge mehr, worüber er nicht sprach. Sie konnte es an seinen angespannten Schultern erkennen und daran, dass er auf das Pflaster hinunterblickte, anstatt sie anzusehen.

Oh ja. Er hatte viele Facetten.

Schweigend legten sie einen halben Block zurück, umrundeten andere Fußgänger, bis er schließlich sagte: »Und was ist mit dir?«

»Ich glaube, du kennst meinen Familienstand bereits.«

»Das meine ich nicht. Warum hast du Sullivan überhaupt geheiratet? Ihr beiden habt nicht das Geringste gemeinsam.«

»Natürlich haben wir das.«

Er warf ihr einen *Ja-klar*-Blick zu. »Er ist ein Dieb, du bist Polizistin. Er steht auf Kunst, dir geht Kunst so ziemlich am A –«

»Ich mag Kunst.«

»Nicht so wie er. Tatsache ist, ich kann mir nicht vorstellen, wie irgendeine Frau auf die Idee kommen könnte, ihn zu heiraten, geschweige denn, du.«

»Ich bin nicht mehr mit dem Mann verheiratet. Vielleicht solltest du das lieber deine Schwester fragen.«

Seine Miene verfinsterte sich. »Sie hat mir den Grund schon gesagt. Himmel, sie hat es jedem erzählt. Irgend so etwas wie, dass er Spanisch spricht und …« Er unterbrach sich, fast als habe er schon zu viel gesagt.

Und Hailey lächelte, denn zumindest mit dieser Facette von Shane Maxwell wusste sie umzugehen. »Sex. Ja. Da war was.«

Er verzog das Gesicht. »Himmel, Arsch und Zwirn. Das Bild brauche ich jetzt nicht in meinem Kopf.«

Als sie sein gekränktes Gesicht sah, blieb Hailey stehen. Konnte es sein …? »Bist du etwa eifersüchtig?«

Seine Augenbrauen zogen sich zusammen. »Worauf?«

»Auf Rafe.«

Ein entsetzter Blick huschte über sein Gesicht, der rasch von Verachtung überdeckt wurde. »Nie im Leben.«

Sie ließ das Thema auf sich beruhen, doch in ihrem Kopf arbeitete es weiter. Im Fitnessraum im Lake Geneva-Resort hatte Shane wissen wollen, ob sie mit Billy zusammen war, und als sie Nein gesagt hatte, hatte er sie geküsst. Heftig. Er *war* eifersüchtig. Die Erkenntnis ließ ihr Herz einen Satz machen. Dass er von ihr angezogen war, war eine Sache. Sie zu küssen, war eigentlich nur eine körperliche Verbindung. Aber Eifersucht? Die kam aus dem Bauch heraus. Und aus dem Herzen.

Ihr Herzschlag beschleunigte sich. Und in der Stille, die zwischen ihnen herrschte, fragte sie sich: Würde sie mit einem Mann wie Shane Maxwell klarkommen? Nicht nur sexuell, sondern auf lange Sicht? Den ganzen Weg lang? Wenn sie herausgefunden hatte, was es mit dem Testament ihres Vaters auf sich hatte und das Leben wieder seinen normalen Gang ging? Er war launisch, düster und mit seinem Job verheiratet – obwohl dieser Job für sein permanent mürrisches Gesicht verantwortlich war. Nein, ein Leben mit ihm würde niemals einfach sein. Aber auch nicht langweilig.

An dem Mietwagen angekommen, blieb Shane stehen und öffnete die Beifahrertür für sie. »Ich hatte nicht den Eindruck, dass deine Schwester mit uns zusammenarbeiten wird.«

Seine Nähe verursachte eine Gänsehaut bei ihr. Seine Worte rissen sie aus ihren Träumereien und erinnerten sie daran, dass es andere, wichtigere Dinge gab, über die sie sich Gedanken machen sollte. »Ich auch nicht.« Während sie einstieg und er um das Fahrzeug herumlief, versuchte sie, nicht an all die Kleinigkeiten zu denken, mit denen er ihr Herz zum Hüpfen brachte, Dinge, wie ihr Türen aufzuhalten, ihre Mütze zurechtzurücken, damit niemand sie erkannte, ihr ein Bon Jovi-T-Shirt zu kaufen, das sie wahrscheinlich immer in Ehren halten würde. Seine übermäßig beschützerische Art war extrem irritierend, aber dass er eifersüchtig auf ihre Beziehung zu Rafe war, bedeutete, dass das zwischen ihnen mehr war als nur sein Drang, immer alles unter Kontrolle haben oder die Situation beherrschen zu wollen. Es bedeutete, dass er etwas für sie empfand. Dass es kein Mysterium war, was ihn hier festhielt, sondern sie.

Und *der* Gedanke ließ ihr Herz im dreistelligen Bereich schlagen, als er sich hinter das Steuer gleiten ließ und den Wagen startete. »Sie ist vielleicht bei Billy«, sagte er. »Willst du hin, um mit ihr zu reden?«

Hailey blickte auf ihre Hände hinab. »Ich würde mir wirklich lieber die Pulsadern aufschlitzen.«

Er sah auf ihre Finger. »Wäre ein Jammer, diese hübschen Arme durch Narben zu verschandeln.«

Okay, diese Art von Gespräch half nicht weiter. Sie hob den Kopf und erblickte durch das Beifahrerfenster einen Obdachlosen, der einen Einkaufswagen vor sich herschob. »Bleibt eigentlich nur noch meine Mutter.«

»Du glaubst also, dass wir nicht unbedingt alle fünf Statuen brauchen?«

»Wenn wir die meiner Mutter in die Finger bekommen, können wir es wahrscheinlich ohne Nicoles Stück herausfinden.«

Er runzelte die Stirn. »Weil du bisher schon so erfolgreich warst? Achtunddreißig, Fünfundzwanzig, Null Fünf. Du hast doch schon gesagt, dass dir diese Zahlen nichts sagen.«

»Noch nicht«, sagte sie schnell. »Aber das werden sie. Wir brauchen nur die Skulptur meiner Mutter, um das verfluchte Ding zu entschlüsseln.«

Er betrachtete sie skeptisch. »Warum werde ich das Gefühl nicht los, dass sich das einfacher anhört, als es ist?«

Weil es so war. Sie ignorierte das leichte Stolpern ihres Herzschlags, was jedes Mal geschah, wenn sie ihn ansah. »Wie ist deine Mutter denn so?«

»Der Klebstoff, der die Familie zusammenhält.«

Sie seufzte und sah wieder zu dem Obdachlosen hin, der jetzt dabei war, einen Mülleimer zu durchwühlen. »Ich wette, sie kocht.«

»Allerdings. Nicht mehr so oft, seit wir alle aus dem Haus sind, aber mindestens ein Mal im Monat veranstaltet sie ein großes Familiensonntagsessen mit allem Drum und Dran.«

Hailey erinnerte sich an ihre Begegnung mit Colleen Maxwell auf der Hochzeit von Rafe und Lisa. Sie hatte Hailey umarmt, ganz spontan. Mit einem herzlichen Lächeln, das ganz und gar nicht zu dem mürrischen Gesicht ihres Mannes Darren passte. Hailey stellte sich Colleen Maxwell als eine Frau vor, die einem zuhörte, wenn man Sorgen hatte, die einen in den Arm nahm, wenn man Beistand brauchte, und die einem sagte, was Sache war, wenn man einen Ratschlag brauchte.

»Was sagt sie zu deinem Beruf?«

»Sie verabscheut ihn.«

Ja, Colleen Maxwell war eine Mutter, wie Hailey sie sich gewünscht hätte.

Sie rieb sich die Stirn und versuchte, die Erinnerung nicht an sich herankommen zu lassen. Aber es gelang ihr nicht. »Meine Mutter ist anders. Genau genommen verstehen wir uns nicht besonders gut. Was eigentlich keine große Überraschung ist. Aber ich hoffe, dass sie mir helfen wird. Sie war nie besonders wild auf Bryan, obwohl das auch keinen großen Unterschied macht. Wichtig ist nur, dass sie nicht will, dass die Firma meines Vaters in unfähige Hände fällt.«

»Will sie sie denn nicht?«

»Gott, nein. Sie ist nicht daran interessiert zu arbeiten.«

Gedankenverloren klopfte er mit den Fingern auf das Lenkrad. »Was ist mit McIntosh? Steht sie in irgendeiner Verbindung zu ihm?«

»Zu Paul? Keineswegs. Sie hält ihn für einen arroganten Armleuchter. Was er auch ist.« Setzte er etwa gerade ihre Mutter auf die Liste der Verdächtigen? Das war aber nun wirklich an den Haaren herbeigezogen.

Er sah nicht so überzeugt aus, doch sie forcierte das Thema nicht weiter. »Also, willst du dich mit ihr treffen?«

Die Idee gefiel ihr ungefähr so sehr wie ein Loch im Kopf. Aber was blieb ihr anderes übrig? Sie hatte die Wahl zwischen Nicole oder ihrer Mutter, dem kleineren Übel. Keine der beiden Möglichkeiten wirkte auf sie im Moment besonders reizvoll.

»Ich fürchte, das ist unsere einzige –«

Ihr Handy klingelte, sie klappte es auf, und eine Welle der Erleichterung durchströmte sie, als sie Billys Nummer sah. »Zu einem besseren Zeitpunkt hättest du gar nicht anrufen können.«

»Du musst mir einen Gefallen tun, H.«

Der Ernst in Billys Stimme ließ Haileys Lächeln ersterben. »Was ist passiert?«

»Ich habe gerade mit Rafe telefoniert.« Seine Stimme schwankte. »Es sieht schlecht aus, Hailey. Ich muss nach Puerto Rico. Am besten gestern.«

Plötzlich war das Testament ihres Vaters das Letzte, was sie interessierte. »Natürlich. Ich rufe Steve an und lasse ihn den Flieger klarmachen. Kannst du nach Opa-locka kommen?«

»Ja«, sagte er, als sie den Executive Airport erwähnte.

»Okay.« Sie massierte sich die pochenden Schläfen. »Okay, wir treffen uns dort. Immer … positiv denken, Billy.«

»Positiv zu denken wird dieses Mal nichts nützen.«

Die Leitung wurde unterbrochen, und obwohl sie sich seit Monaten gedanklich auf diesen Moment vorbereitet hatte, hatte sie nicht damit gerechnet, dass sie sich fühlen würde, als ob auch ein Teil von ihr stürbe.

»Was ist passiert?«, fragte Shane.

Sie klappte das Telefon schnell wieder zu und steckte es in die Hosentasche. Positiv denken. Das würde sie tun. Das war das, was sie immer tat. »Planänderung. Wir fliegen nach Puerto Rico.«

»Was?«

Viel zu spät wurde ihr klar, dass tatsächlich ein Teil von ihr starb. Und zwar schon seit Längerem. Sie hatte es nur bisher ignoriert, in der Hoffnung, es würde niemals passieren.

»Fahr, Maxwell.« Sie lehnte sich im Sitz zurück und schloss die Augen, um nicht einfach loszuheulen. »Fahr … einfach.«

17

Shane machten Krankenhäuser nichts aus. Er verbrachte jede Menge Zeit dort, um Opfer und Zeugen zu befragen und Verdächtige zu überprüfen. Er hatte ziemlich schnell Bekanntschaft mit den Unfallchirurgen am Cook County Hospital geschlossen, sogar Softball mit einem der Assistenzärzte auf der Notfallstation gespielt. Aber noch nie war jemand, der ihm etwas bedeutete, gestorben. Am nächsten war er dem Tod gekommen, als sein ehemaliger Partner Jack Taylor eine Kugel in die Wange abbekommen hatte, als er zu einem Einbruch gerufen worden war.

Seltsam, wie die Dinge sich entwickelten. Heute war alles, was von dieser regnerischen Nacht übrig geblieben war, eine dünne Narbe auf Jacks linker Gesichtshälfte. Doch diese Erfahrung hatte Jack gereicht, um dem CPD für immer *Sayonara* zu sagen. In den letzten drei Jahren hatte Jack, der sich selbst als stinkfaulen Junggesellen bezeichnete, seine eigene Privatdetektei eröffnet, die prächtig florierte, war unter die Haube gekommen und erwartete nach Shanes letztem Wissensstand ein Kind.

Ein Kind? Scheiße. Jack und Vater? Die Apokalypse konnte nicht mehr weit sein.

Er wartete, bis Hailey und Billy sich am Informationsschalter angemeldet hatten. Beide waren so angespannt wie Trapezseile. Er wusste, dass Hailey und Teresa Sullivan sich nahestanden. Als er zusah, wie Hailey sich, als sie sich unbeobachtet fühlte, mit der Hand über die Stirn fuhr und tief Luft holte, wurde ihm klar, wie hart das für sie war.

Er bezahlte seine Tic Tacs im Geschenkartikelladen und blickte durch die Glaswand ins Hauptfoyer. Nicole hatte sich auf eine Couch niedergelassen und blätterte in einer Zeitschrift. Sie trug dasselbe Outfit wie auf der Rennbahn – enge, weiße Caprihosen, eine Bluse mit einem sehr offenherzigen V-Ausschnitt und ein Paar gelbe Sandaletten mit hohem Absatz. Wenn sie versuchte, die Aufmerksamkeit auf sich zu ziehen, machte sie ihre Sache verdammt gut. Die Mütze, die sie auf der Rennbahn getragen hatte, hatte ihre Identität kein bisschen verbergen können.

Shane hatte keinen blassen Schimmer, warum Billy sie mitgebracht hatte. Hailey war mehr als angefressen gewesen, als Billy mit dem Mädchen am Flughafen aufgetaucht war, aber sie hatte kein Wort darüber verloren. In Anbetracht der Tatsache, dass auf dem Flug niemand viel gesprochen hatte, war das wahrscheinlich gut so gewesen.

Er sah zum Informationsschalter hinüber und steckte seine Tic Tacs ein. Billy und Hailey wechselten ein paar Worte, dann ging Billy zu den Aufzügen, während Hailey auf Shane zukam.

Sie trafen sich im Durchgang, und er versuchte, nicht daran zu denken, wie müde sie war, dass die gelben Flecken auf ihrer Wange allmählich verschwanden und den Blick auf ihre zarte Haut freigaben. Auch nicht daran, wie weich das Haar aussah, das ihr bis auf die Schultern fiel, oder dass ihre Augen seit Billys Anruf einen Schimmer angenommen hatten, der in ihm das Bedürfnis auslöste, sie an sich zu ziehen und vor der Welt zu beschützen.

»Sie liegt im vierten Stock. Billy ist schon hochgefahren.«

Du kannst sie nicht retten. Shane zerknüllte die Quittung in der Hand, warf sie in einen Papierkorb und wünschte sich, die leise Stimme in seinem Kopf würde für immer verstummen. »Schlimm?«

»Jedenfalls nicht gut.« Sie ging zu ihrer Schwester hinüber, ehe Shane fragen konnte, was das bedeutete. »Wir gehen nach oben, Nicole. Bleib einfach hier und mach keinen Ärger.«

Nicole stand schnell vom Sofa auf und warf ihre Zeitschrift auf den Couchtisch. »Ich komme mit.«

»Nein«, sagte Hailey mit einem kurzen Kopfschütteln und drehte sich zu den Aufzügen um. »Das wirst du nicht.«

»Hailey –«

Sie wirbelte so schnell herum, dass Nicoles Augen aufflackerten. »Das steht überhaupt nicht zur Diskussion. Also setze dich wieder hin und halte den Mund. Eine Frau liegt im Sterben, Nicole. Denk ein Mal in deinem Leben nicht nur an dich.«

Diese Familiendynamik würde Shane niemals begreifen. Sicher, seine drei Schwestern nervten ihn manchmal zu Tode – Keira mit ihren ständigen Blind Date-Versuchen, bei denen Shane normalerweise literweise Alkohol benötigte, um den Abend überhaupt durchzustehen, Catrine, die Drama-Queen mit ihren Anrufen einer zu Tode gelangweilten Hausfrau mitten am Nachmittag, wenn er arbeiten musste, und Lisa, seine Zwillingsschwester, die einzige Person auf der Welt, die besser in ihm zu lesen vermochte, als er selbst – aber er liebte sie trotzdem. Aber was da zwischen Hailey und Nicole abging – die beiden schienen nicht das kleinste bisschen Liebe füreinander übrig zu haben, und nicht zum ersten Mal fragte Shane sich, warum.

Die Gedanken an seine eigene Familiendynamik brachten ihn darauf, dass seine gedankenlesende Zwillingsschwester in diesem Moment mit ihrem neuen Ehemann dort oben war. Und das erinnerte ihn wiederum daran, warum er sich in den letzten sechs Monaten von Lisa ferngehalten hatte. Es sich hier neben Nicole auf der Couch bequem zu machen, bis Hailey und Billy zurückkamen, schien ihm die auf der ganzen Linie sicherste Alternative zu sein.

»Weißt du«, sagte er, als Hailey den Knopf drückte, um den Fahrstuhl zu rufen, »vielleicht sollte ich auch hier unten bleiben. Und ein Auge auf Nicole haben.«

»Sie wird nirgendwo hingehen.«

»Wer weiß. Mir scheint, dass sie ziemlich unberechenbar ist.« Ganz wie eine gewisse andere Person.

Endlich blickte Hailey ihn an, und er sah, was sie auf dem Flug hierher die ganze Zeit verborgen hatte. Schmerz. Klar und unverhohlen. Von der Art, wie man ihn niemandem wünscht. Von der Art, mit der er jeden Tag seines beschissenen Lebens umgehen musste.

Sie verschränkte die Arme vor der Brust. »Es ist in Ordnung, wenn du nicht mit hochkommen willst.«

Die Tür öffnete sich, und sie betrat den Aufzug. Als er ihr wortlos folgte, sah sie ihn überrascht an.

Die Tür schloss sich. Er steckte die Hände in die Vordertaschen seiner Jeans und zuckte mit den Achseln. »Das Mädchen im Geschenkeladen meinte, im vierten Stock gibt's einen Spitzenkaffee.«

Okay, der Funke der Erleichterung in ihren glänzenden Augen ging ihm mächtig unter die Haut. Deshalb wandte er seinen Blick ab, ehe diese stürmischen, karibikblauen Gewässer ihn verschlucken konnten und er etwas wirklich Dummes anstellte. Wie sich selbst noch tiefer hineinzureißen, als er es ohnehin schon war, und sie in den Arm zu nehmen. Ihr den Trost zu spenden, von dem er spürte, dass sie ihn brauchte. Und dabei ebenfalls ein bisschen getröstet zu werden.

Schweigend fuhren sie in den vierten Stock hoch. Die Türen öffneten sich mit einem Klingeln, und er folgte ihr den Flur entlang zu Teresas Zimmer, aus dem eine tiefe Stimme ertönte, die Shane sofort als die von Rafe erkannte.

Er war Teresa Sullivan auf der Hochzeit seiner Schwester begegnet. Doch die zarte Frau, die in diesem Krankenhausbett unter einer dünnen Lage Decken lag und mit Kabeln und Schläuchen verbunden war, die zu Maschinen hinter ihrem Kopfende führten, hatte nichts gemein mit der lächelnden Mutter, mit der er vor fast drei Monaten geplaudert hatte.

Rafe saß auf einem Stuhl zu ihrer Linken und hielt ihre kleine Hand in seiner großen. Lisa befand sich weiter unten auf der Bettkante und streichelte Teresas zugedecktes Bein, während sie gleichzeitig Rafes Hand hielt. Rechts von Teresa stand Billy, der offensichtlich gerade erst das Zimmer betreten hatte. Die beiden wechselten ein paar Worte auf Spanisch. Dann spähte Teresa an Billy vorbei und erblickte Hailey und Shane, die im Türrahmen standen.

Ihre dunklen Augen, die Rafes so ähnlich waren, erhellten sich ein kleines bisschen.

»Da ist ja mein Mädchen«, sagte Teresa mit rauer Stimme. Sie ließ die Hände ihrer beiden Jungs los und streckte die Arme nach Hailey aus.

Hailey ging unbefangen auf die Kranke zu und beugte sich hinunter, um Teresa zu umarmen. Und Shane blieb wie angewurzelt stehen, wo er war, wusste, dass er den Raum eigentlich wieder verlassen sollte, war aber unfähig, seine Beine in Bewegung zu setzen.

Leise Worte wurden zwischen den Frauen gewechselt. Hailey schniefte. Und ganz schwach hörte Shane Teresa sagen: »Weine doch nicht.« Aber erst, als er merkte, dass ihn jemand am Ellbogen berührte, realisierte er, dass noch andere im Raum waren.

Seine Schwester Lisa sah ihn fragend mit einem *Was-machst-du-denn-hier*-Blick an, der ihn aus der Flutwelle herauszog, die ihn gerade zu verschlingen gedroht hatte. Und er wollte sie gerade in den Flur hinausschieben, um es ihr zu erklären, ehe sie ihre eigenen Schlüsse zog, als Teresa um Hailey herumblickte und sagte: »Ich hatte gehofft, dass ich Sie wiedersehe, Detective. Kommen Sie doch näher, damit ich Sie besser sehen kann. Meine alten Augen sind nicht mehr die besten.«

Oh ja. Also, wenn das nicht peinlich war, dann gar nichts. Shane rührte sich nicht vom Fleck. Stolperte erst vorwärts, als Lisa ihn drängte. Doch natürlich würde er niemals eine sterbende alte Frau zurückzuweisen, die nach seiner Hand griff.

»Ich bin sehr froh, Sie bei meinem Mädchen zu sehen«, sagte Teresa.

»Es ist nicht so, wie du denkst«, sagte Hailey schnell.

Ein wissendes Lächeln breitete sich auf Teresas blassem Gesicht aus. »Doch, das ist es. Und ich freue mich.« Ihr Lächeln erstarb. »Rafe und ich haben vorhin CNN gesehen. Ich habe gehört, was mit deinem Cousin passiert ist. Es tut mir wirklich leid, *m'ija.*«

Hailey, die noch immer Teresas Hand hielt, warf Shane einen Blick von der Seite zu, sah dann zu Rafe hinüber und wieder zurück zu Teresa. »Danke. Ich möchte, dass du weißt, dass ich ihn nicht –«

»Ich weiß. Das könntest du nie.« Teresa schloss die Augen, machte einen tiefen, mühevollen Atemzug, schlug sie wieder auf, um sie auf Hailey zu richten.

»*M'ija*, ich habe etwas für dich. In meinem Schmuckkästchen. Im Haus. Als du und Rafe geheiratet habt, hat dein Vater mir einen Brief geschickt, den ich für dich aufbewahren sollte. Er wollte, dass ich ihn dir nur gebe, wenn ihm etwas zustoßen sollte. Ich wollte ihn dir schon vor Wochen zukommen lassen, als ich das von deinem Vater hörte, aber –«

»Ist schon gut«, sagte Hailey und umfasste Teresas Hand etwas fester.

»Ja«, sagte Teresa und ihre Augen fielen wieder zu. »Das ist es. Dein Vater hat dich geliebt, *m'ija.* Ich weiß, er hat es dir nicht immer gezeigt, doch er hatte seine Gründe. Vergiss das nicht.«

An Haileys Blick erriet Shane, dass sie das nicht eine Sekunde lang glaubte, doch sie kaschierte es gut und lächelte Teresa zuliebe.

»Also.« Teresa schlug die Augen auf, und zum ersten Mal, seit Shane den Raum betreten hatte, waren sie ganz klar. Kristallklar und dunkel wie die Nacht. Sie legte Haileys und Shanes Hände zusammen, bedeckte sie mit ihrer eigenen und richtete den Blick auf Shane. »Hailey ist die Tochter, die ich mir immer gewünscht habe, aber niemals hatte. Einer der glücklichsten Tage meines Lebens war, als sie in den Kreis unserer Familie trat. Ich weiß, sie glaubt nicht, dass sie jemanden braucht, der sich um sie kümmert –«

»Mamá –«, warnte Rafe von der anderen Seite des Bettes her.

»– aber das tut sie. Ich zähle darauf, dass Sie dafür sorgen, dass ihr nichts zustößt, und dass die Polizisten, mit denen Sie in Chicago zusammenarbeiten, zu dem Schluss kommen, dass sie mit dieser Sache nichts zu tun hat.«

Shane blickte von Teresa zu Hailey, die mit skeptischem Gesichtsausdruck zu ihm hochsah, und mit Augen, die so blau waren, dass er, wenn er es zulassen würde, mit Leichtigkeit in sie eintauchen könnte, ohne je wieder an die Oberfläche zu kommen und Luft zu holen. Unter seiner Hand spürte er Haileys Haut, warm und zart und lebendig. So völlig anders, als er sich neunzig Prozent der Zeit fühlte. Und das Getöse in seinen Blutbahnen, das, wie ihm klar wurde, nicht nur eine sexuelle Reaktion war, nahm noch eine Nuance zu, bis jede Zelle seines Körpers nur noch eines wahrnahm: sie.

Du kannst sie nicht retten. Aber vielleicht … kann sie dich retten.

»Das werde ich«, sagte er sanft, ohne den Blick auch nur für eine Sekunde abzuwenden. Teresa stieß einen langen Atemzug aus. Dann ließ sie ihre Hände los. »Gut. Das ist … gut.«

Ihre Augen hingen auch noch aneinander, als Teresa ihre

eigenen schloss. Unter der zarten Haut von Haileys Hand spürte er, wie ihr Herz im Takt mit seinem klopfte. Erst als Teresa aufseufzte, schafften Shane und Hailey es, den Blick voneinander zu lösen.

Teresa streckte noch einmal ihre schwachen Arme nach Hailey aus. »Komm her, *m'ija.*«

Die beiden umarmten sich. Sie sprachen wieder leise miteinander. Dann ließ Teresa ihre Arme los und drehte den Kopf zur Seite, um Rafe, Billy und Lisa anzusehen, die still dastanden und die Szene beobachteten. Die Augen von Rafe und Lisa waren rot gerändert und tränenschwer. Billy sah einfach nur verloren aus.

Leise schlich Shane sich aus dem Zimmer, damit die Familie unter sich war. Und als er sich im Flur an die Wand lehnte und sein Herz wie wild gegen seine Rippen hämmerte, versuchte er dem, was gerade geschehen war, einen Sinn zu geben. Aus irgendeinem Grund hatte er das seltsame Gefühl, dass das Eis, das sich in seinem Inneren gebildet hatte, allmählich zu schmelzen und zu brechen begann.

Die Aufzugtür am Ende des Flurs öffnete sich, und Peter Kauffman kam mit einer Frau mit kurzem, dunklem Haar auf ihn zu. Beide hielten kleine Kaffeebecher aus Pappe in der Hand, aus denen es dampfte.

»Maxwell.« Die Überraschung in Kauffmans Gesicht, als er Shane bemerkt hatte, war nicht zu übersehen. Er stellte die Frage, die auf der Hand lag, nicht, sondern machte Shane stattdessen mit seiner Verlobten, Kat Meyer, bekannt und sprach über Teresa.

Es war nicht erstaunlich, dass Kauffman hier war. Schließlich standen er und Rafe sich so nah wie Brüder. Erstaunlich war jedoch, dass all die Feindseligkeit, die Shane gegenüber Kauffman wegen der Sache mit Hailey aufgebaut hatte, plötzlich unwichtig geworden war.

Kurz darauf kam Hailey aus dem Krankenzimmer, und obwohl auf ihren Wangen Spuren von Tränen zu sehen waren, brach sie nicht zusammen, streckte nicht die Hand nach ihm aus. Sah ihn noch nicht einmal an. Sie begrüßte rasch Pete und Kat und verkündete dann, sie brauche etwas frische Luft, bevor sie sich umdrehte und sich den Gang entlang von Shane entfernte.

Wenn er darüber nachgedacht hätte, hätte er ihr ihren Raum gelassen. Aber die Gefühle, die sie in Teresas Krankenzimmer zusammen geteilt hatten, rieten ihm nun zu etwas anderem. Und er folgte ihr rein intuitiv.

Sie schaffte es bis zu den riesigen Fenstern zum Parkplatz, ehe sie zusammenbrach. Er fing sie in dem Moment auf, als die Beine ihr wegknicken wollten, und zog sie fest an seine Brust. »Lass es raus.«

Sie ballte die Fäuste an seiner Brust, und ihr Gesicht sank an seine Schulter. Er umschlang sie mit beiden Armen und hielt sie fest, während sie weinte. Aber war es nicht seltsam, dass jede außer sich geratene Frau ihn normalerweise abschreckte, nur diese nicht? Diese, von der er nicht genug bekommen konnte, in welcher Situation auch immer.

Er sagte nichts, streichelte ihr nur beruhigend über den Rücken und hielt sie fest, während sie versuchte, ihre Fassung wiederzuerlangen. Und er wusste, wann es so weit war, denn sie wurde ganz still in seinen Armen.

»Es gefällt mir gar nicht, dass du mich so gesehen hast.«

Da war sie wieder, die kratzbürstige Frau, die er kannte. Ihre Stimme klang gedämpft. Und so verdammt sexy, ganz rau und ermattet von den letzten Tagen, dass er daran denken musste, sie so in seinem Bett festzuhalten. Nackt. Nur er und sie.

»Dass ich dich wie gesehen habe?«

»Na, *so.* Als heulendes Häuflein Elend.« Als sie zurücktrat, sich über die Wangen wischte und abwinkte, merkte er, dass sie sich wieder im Griff hatte. Aber das war in Ordnung. Wenn es sein musste, um den Verlust Teresas zu verarbeiten, würde er sie lassen. »Ich bin eigentlich ganz und gar nicht *diese* Art von Frau. Die heult und die krank wird und die jemanden braucht, der auf sie aufpasst. Teresa irrt sich. Du weißt, dass ich nicht so bin.«

»Ich weiß genau, wie du bist, Hailey.« Ihr Mund schloss sich, als er näher trat und mit seinem Daumen über ihre Wange strich, um eine Träne wegzuwischen.

Ja, als er ihre zarte Haut streichelte, wurde ihm klar, dass sie ihn in den letzten paar Tagen aufgetaut hatte. So weit, dass er allmählich wieder etwas zu fühlen begann. Über die Zukunft nachzudenken. Darüber, wie es sein könnte. Mit ihr. Aber würde es reichen, um seine Tat wieder gutzumachen?

Er ließ die Hand sinken und kämpfte gegen den Drang an, sie zu küssen. »Willst du hierbleiben?«

Langsam schüttelte sie den Kopf. »Ich will mir den Brief meines Vaters ansehen.«

Das wollte er auch. Damit sie die Sache zu einem Abschluss brachten. Und vielleicht konnte er sich dann Gedanken darüber machen, was er in Sachen Hailey Roarke unternehmen sollte.

Nicole warf ihre Zeitschrift auf den Couchtisch im Krankenhausfoyer. Schürzte die Lippen und klopfte ungeduldig mit dem Fuß auf den Boden. Warum dauerte es denn so lange? Sie sah auf ihre Uhr. Sie wartete schon seit fast zwei Stunden hier. Hatten sie vor, sie die ganze Nacht hier sitzen zu lassen?

Mit wachsendem Ärger ging sie zu dem Cola-Automaten, den sie vorhin in einem der Flure gesehen hatte. Da öffnete sich der Aufzug und Billy kam heraus.

Sie blieb reglos stehen. Atmete durch. Dann wünschte sie sich, zehn Sekunden schneller gewesen und nirgendwo zu sehen zu sein. Er sah furchtbar aus, die Augen gerötet, die Hand zitterte, als er sich über die Stirn fuhr. Obwohl er allein war, verriet ein einziger Blick ihr, was da oben passiert war.

»Wir gehen«, blaffte er sie an, ohne ihr ins Gesicht zu blicken.

Sie passte sich seinem Schritt an und folgte ihm, nicht, weil er es befohlen hatte, sondern, weil … Himmel, sie wusste gar nicht mehr genau, warum. »Was ist mit Shane und Hailey?«

»Die sind schon vor einer Stunde gegangen.«

Ach ja? Sie hatte sie gar nicht gesehen. Aber wahrscheinlich gab es hier mehrere Ausgänge.

»Steig ein«, sagte er, als sie am Auto ankamen. Er hielt ihr nicht die Tür auf, wie vorhin, erweckte nicht den Eindruck, dass er sie überhaupt bei sich haben wollte. Schnauzte sie nur an, ließ den Motor aufheulen und starrte ins Nichts.

Und sie wusste, dass sie in diesem Moment die Wahl hatte: ihn und all das für immer hinter sich zu lassen oder … eben nicht. Schweigend stieg sie ein, schloss die Tür und schnallte sich an.

Er fuhr schneller, als ihr lieb war, kurvte durch die Straßen von San Juan, während aus dem Radio »Maria, Maria« ertönte. Sie machte sich nicht die Mühe, ihn zu fragen, wohin die Fahrt ging, obwohl sie es gern gewusst hätte. Vor allem, als das frühe Abendlicht der Stadt sich allmählich in Dunkelheit und ein Meer aus Grün verwandelte.

Vierzig Minuten später hielt er vor einer heruntergekommenen Hütte an. Der Urwald war dicht an dieser Stelle, riesige Palmwedel und Bäume, die sie nicht hätte bezeichnen können, verbargen Teile des zerfallenen Gebäudes. Wortlos stieg er aus dem Auto aus und verschwand hinter dem Haus.

Sie blieb zurück und ließ die unwirtliche Umgebung auf sich wirken. Schließlich entschied sie, dass es reichte, und ging los, um nach ihm zu sehen. Sie hörte das Rauschen von Wasser, wie von einem Fluss oder Bach, und roch feuchte Erde und Moos. Als sie sich einen Weg durch Schlingpflanzen hindurch bahnen musste, in denen sich ihre Arme und Beine verfingen, fluchte sie leise vor sich hin, weil es ekelhaft feucht war und sie schwitzte – ganz abgesehen von der Tatsache, dass sie sich ihre Schuhe ruinierte. Sie stolperte, als sich das Laubwerk öffnete und sie sich am Rand einer Klippe wiederfand, die mindestens eine Viertelmeile tief steil abzufallen schien.

Sie rang nach Atem. Sanft strich der Wind über ihre Haut, irgendwo weit unten kreischten Vögel, und der Himmel schien so nah, dass sie glaubte, ihn berühren zu können. In der Ferne erhob sich eine Bergkette, deren Gipfel von Wolken verhüllt waren.

Aber es war nicht die Aussicht, die ihre Blicke auf sich zog. Alles, was sie sehen konnte, war der Mann, der gefährlich nahe am Abgrund stand, die Hände tief in den Taschen seiner Jeans vergraben, die Augen starr nach unten gerichtet.

Er hatte doch nicht etwa vor zu springen. Oder doch? In ihrem Kopf drehte sich alles, während sie nach etwas suchte, das sie zu ihm sagen konnte, um ihn von der Kante wegzubekommen. Und ihr fiel nur eine Sache ein, die ihn interessieren würde.

»Drei.« Und als Billy es nicht für nötig hielt, sie anzusehen, fügte sie hinzu: »Das ist die Zahl auf dem Boden der Statue meiner Mutter. Also, Null Drei.«

Er drehte sich immer noch nicht zu ihr um, was kein gutes Zeichen war. Sie blickte von ihm zu dem Felsvorsprung, dem er sich noch mehr genähert hatte, und ihre Panik steigerte sich weiter.

»Ich habe sie letzten Frühling gesehen, ganz hinten in ihrem Schrank versteckt. Ich wollte mir bei ihr ein Paar Schuhe stibitzen, weil … na ja, weil ich wusste, dass es sie auf die Palme bringen würde.« Sie winkte ab, obwohl er sie immer noch nicht ansah. »Der Teil der Geschichte ist nicht so wichtig. Wichtig ist, dass sie jetzt weg ist. Als ich vor ein paar Tagen zu Hause war, habe ich nachgesehen. Und als ich Matilda gefragt habe, wo sie

sie hingetan hat, sagte die Haushälterin, meine Mutter habe sich ihrer entledigt. Wir hatten eine kleine Kabbelei, wie meine Mutter es nennt, weil ich ihr meine nicht geben wollte. Seitdem habe ich nicht mehr mit ihr gesprochen.«

Als sie selbst darauf keine Antwort erhielt, ließ sie sich auf einen großen Felsbrocken nieder, doch ihre Muskeln blieben angespannt und bereit, notfalls aufzuspringen und ihn zurückzuhalten.

Ihr Herz hämmerte wie wild, als sie sagte: »Sie hält nicht besonders viel von mir, meine Mutter. Der einzige Trost ist, dass sie von Hailey auch nicht viel hält.«

Oh Mann, klang sie nicht wie eine verbitterte Jan Brady aus *Drei Mädchen und drei Jungen*? *Ganz toll, Nicole.*

Sie atmete tief durch. Wünschte sich, dass er sie ansah oder irgendetwas sagte, und als er keines von beidem tat, beschloss sie, einfach weiterzureden. »Du hast mich gefragt, warum ich Hailey hasse. Das tue ich nicht. Nicht richtig. Ich meine, nicht so, wie du denkst. Es ist nur …« Sie zuckte die Achseln. »Nichts kann sie erschüttern. Ich war immer der Liebling meiner Mutter. Ich konnte mir alles erlauben. Daddy … er hat es versucht. Ich erinnere mich, dass er sich früher eingemischt hat und unserer Mutter unseretwegen ins Gewissen geredet hat, aber sie hat niemals nachgegeben. Und irgendwann hat er einfach aufgehört. Aber Hailey …«

Ihre Stimme verstummte, als ihr die zahlreichen Kämpfe einfielen, die Hailey und Eleanor über die Jahre ausgetragen hatten. Über Garretts wiederholte Versuche, Hailey für RR zu gewinnen, und darüber, dass ihre Mutter die Idee abgelehnt hatte. Hailey hatte aus Prinzip nie für die Roarke Resorts arbeiten wollen. Doch niemand hatte es für nötig gehalten, Nicole zu fragen.

»Wenn überhaupt«, sagte Nicole leise, »hat es sie härter gemacht. Sie braucht niemanden. Nicht so wie ich.«

»Warum erzählst du mir das alles?« Seine schroffe Stimme, ließ sie wieder von der Felskante aufblicken, auf die sie ihre Augen gerichtet hatte, während ihr die Erinnerungen durch den Kopf gegangen waren. Aber er sah sie nicht an. Er starrte immer noch hinunter in den Abgrund.

»Keine Ahnung. Vielleicht, weil ich mir irgendwo auf dem Weg hierher überlegt habe, dass, falls du vorhättest, mich umzubringen und hier im Regenwald zu verscharren, es nicht viele Menschen gäbe, die mich vermissen würden.«

Endlich drehte er sich um und sah ihr in die Augen, seine Hand tief in die Hosentaschen gestopft, seine Füße nur Zentimeter vom Rand der Klippe entfernt. Sein starker Kiefer spannte sich unter den Bartstoppeln eines Tages an, und obwohl in seinen Augen immer noch Wut und Schmerz über den Verlust seiner Mutter lagen, war noch etwas anderes darin zu erkennen. Eine Spur von etwas Sanftem, das ihr Mut gab und sie fortfahren ließ, obwohl ein Teil von ihr wusste, dass es eine wirklich blöde Idee war. »Schwestern sollten sich gegenseitig vermissen, meinst du nicht?«

»Da hast du aber einiges vor, wenn du Hailey davon überzeugen willst.«

Das stimmte allerdings. »Es könnte hilfreich sein, ihr die Zahlen zu sagen.«

»Willst du sie denn nicht für dich selbst?«

Wollte sie das? Sie blickte in das Tal hinab und dachte über ihre Familie nach, über Hailey und alles, was Billy gerade verloren hatte. War ihr Bedürfnis, Eleanor Roarke etwas zu beweisen, wirklich so wichtig für ihr Leben? Sie schüttelte den Kopf. »Ich wüsste gar nicht, was ich damit anfangen sollte. Ich bin nicht Hailey.«

Sein Blick schweifte über die Hügellandschaft zu den blaugrünen Bergen dahinter. »Früher glaubten die hier lebenden Taíno, dass der gute Geist Yuquiyu vom Gipfel des Berges El

Yunque dort drüben herrschte.« Ihr Blick folgte dem seinen zu dem Berggipfel in der Ferne. »Glaubst du an Geister, Nicole?«

Sie wusste, dass er von seiner Mutter sprach, und dass die empfindliche Stelle in ihrer Brust, die in jener Nacht, die sie gemeinsam in ihrer Hotelsuite verbracht hatten, noch klein wie ein Nadelstich gewesen war, begonnen hatte, wie verrückt zu wuchern. Auf der Rennbahn hatte sie gespürt, wie sie sich ausgedehnt hatte, selbst, als er so sauer auf sie gewesen war, dass er offenbar kaum geradeaus blicken konnte. Spürte sie jetzt erst richtig, als sich ein verlorener Blick in seine Augen schlich.

»Ich glaube, es gibt eine Menge Dinge, von denen ich nichts weiß«, sagte sie sanft. »Und nach allem, was heute passiert ist, schließe ich nichts aus.«

Er senkte den Blick. Scharrte mit dem Fuß in der Erde nah an der Felskante herum. Steine und Dreck lösten sich und polterten den Abgrund hinunter, wurden schneller, bis schließlich nichts mehr davon übrig war als ein sachter Aufprall, der von weit unten her ertönte.

Sie wurde stocksteif. Und gerade, als sie sicher war, dass er ihr jetzt sagen würde, dass er an Geister glaubte, und dann über diese Kante treten würde, trat er zurück, drehte sich um und kam auf sie zu. Die Erleichterung, die durch ihren ganzen Körper pulsierte, war süß wie Wein.

Dicht vor ihr blieb er stehen. »Steh auf.«

Das tat sie, langsam, wobei ihr Blick über seinen kantigen Kiefer wanderte, hinauf zu seinen haselnussbraunen Augen und dem hellbraunen Haar, die sich beide so sehr von denen seines Bruders unterschieden.

»Ich kann Lügen nicht ausstehen«, sagte er. »Und ich werde mich nicht mit Halbwahrheiten zufrieden geben.«

»Ich … kann auch ehrlich sein.«

»Da bin ich mir nicht so sicher. Du hast so lange Zeit Ränke geschmiedet, dass ich nicht einmal weiß, ob du mit Ehrlichkeit zurechtkommst.«

»Ich kann es versuchen.«

Er starrte sie an, bis es auf ihrer Haut zu kribbeln begann. Und als sie sicher war, dass er nichts mehr sagen würde, meinte er: »Dieses Land gehört meinem Onkel. Ich komme hierher, wenn ich allein sein will.«

»Du hältst dich hier auf? Ganz allein?«

»Manchmal.« Er neigte den Kopf. »Bist du gern allein, Nicole?«

Ihr Herz hämmerte gegen die Rippen. Er berührte sie nicht, nahm die Hände nicht aus den Hosentaschen und kam auch nicht näher. Aber etwas Unbestimmbares lag in seinen Augen. Traurigkeit, Gebrochenheit, Verlorenheit und Sehnsucht. Etwas, was dem, was sie, seitdem sie erwachsen war, oft selbst empfunden hatte, sehr ähnlich war. Etwas … das ihr sagte, dass die Antwort, die sie jetzt gab, alles zwischen ihnen verändern würde.

»Nein«, sagte sie sanft und nahm ihren ganzen Mut zusammen. »Ich will nicht mehr alleine sein.«

»Ich auch nicht«, flüsterte er.

Er beugte sich zu ihr herab und strich mit seinem Mund über den ihren. Dann schlang er seine Arme um sie, und endlich, *endlich* küsste er sie, so zart wie nie irgendjemand zuvor.

18

Hailey konnte nicht einschlafen.

Sie warf die Decke des Gästebettes in Rafes und Lisas Riesenhaus zurück und zog sich an. Der Brief, den sie und Shane in Teresas Schmuckkästchen gefunden hatten, hatte keine ihrer Fragen beantwortet. Er war nur voll weiterer verworrener Hinweise über Schlüssel und hinter Schlössern ruhende Schätze, und im Moment war sie so verärgert über ihren Vater und alles andere, dass sie einfach keine Ruhe fand.

So leise sie konnte, zog sie die Tür auf und schlich auf Zehenspitzen über den Holzfußboden, bis sie an der Treppe angekommen war. Die oberste Stufe knarrte, sie hielt inne und hoffte, dass sie nicht das ganze Haus aufgeweckt hatte.

Das alte Kolonialhaus im Plantagenstil war bei weitem größer, als es sowohl Rafe als auch Lisa gebraucht hätten, aber da sie immer noch dabei waren, die Niederlassung der Odyssey Galerie in San Juan aufzubauen, benutzten sie einige Räume als Lager. Sie hatten auch Teresa aus dem kleinen Bungalow, den Rafe ihr in der Stadt gekauft hatte, hierhergeholt, und dass sie nicht mehr hier war, hatte eine Leere in dem Haus hinterlassen, die Hailey bis in die Knochen spüren konnte.

Bei dem Gedanken an Teresa schossen ihr wieder die Tränen in die Augen, doch sie zwang sie zurück und stieg weiter die Treppe hinab. Trauern konnte sie später. Wenn sie das verflixte Rätsel ihres Vaters gelöst und sich von allem Verdacht befreit hatte. Bis dahin durfte sie sich von ihrem Schmerz nicht völlig vereinnahmen lassen. Teresa hätte das ganz gewiss nicht gewollt.

Die riesige Küche war dunkel, als sie sie betrat. Sie tastete nach dem Lichtschalter.

»*Carajo*«, rief Rafe aus, als die Neonröhre an der Decke ansprang. »Du bist ja wirklich gnadenlos.«

Hailey machte einen Satz nach vorn und sah ihn vor dem alten Metzgerblocktisch sitzen, mit einem Becher Kaffee vor sich. Er rieb sich die Augen. »Tut mir leid. Ich wusste nicht, dass jemand hier ist. Ich mache das Licht wieder aus.«

»Nicht der Mühe wert. Jetzt bin ich ja schon blind.«

Sie hätte eigentlich nicht über seine bissige Bemerkung lächeln sollen, und doch tat sie es. Denn zumindest das war normal.

»Da ist Kaffee, wenn du willst«, murmelte er, sich immer noch die Augen reibend.

Da es zwei Uhr morgens war und sie wusste, dass sie ohnehin nicht mehr würde schlafen können, dachte sie sich: *Warum nicht?* »Danke.«

Sie nahm sich eine Tasse aus dem Schrank und schenkte sich ein, dann kam sie wieder an den Tisch und setzte sich neben Rafe. Er sah aus wie eine wandelnde Leiche und hatte abgenommen, seit sie ihn vor ein paar Wochen gesehen hatte. »Schläft Lisa?«

»Ja. Sie war todmüde« Er lehnte sich im Stuhl zurück. »Wir waren diese Woche jeden Tag ziemlich lange im Krankenhaus.«

Der Schmerz erfüllte wieder ihre Brust, begleitet von dem Gefühl, dass sie hier hätte gewesen sein sollen, anstatt in Chicago auf Schatzsuche zu gehen. »Es tut mir so leid, Rafe.«

»Ja. Also …«

Er starrte seine Tasse an. Dann hoben sich seine dunklen Augen schließlich zu ihrem Gesicht, und in diesem Moment wurde ihr klar, dass ihn zu heiraten kein Fehler gewesen war. Sie hatte ihn geliebt – liebte ihn immer noch –, nur nicht so, wie für sie beide gut war. Teresa hatte recht: Sie waren eine Familie. Auf eine verdrehte Art, die die meisten Menschen nicht begreifen würden. Auf eine Art, die ihr mehr bedeutete als jeder ihrer Roarke-Blutsverwandten, ausgenommen Graham.

»Also, dieser Cop«, sagte Rafe. »Sagst du mir, was für einen Deal ihr abgemacht habt?«

Fast hätte sie losgelacht. Jepp, das war der Mann, den sie so gut kannte. Der seine Nase immer in Angelegenheiten steckte, die ihn nichts angingen, und sich eher wie ein großer Bruder um sie kümmerte als wie ein Exmann. »Es gibt keinen Deal. Er hilft mir einfach.«

»Für mich sieht es so aus, als würde er mehr tun, als nur zu helfen. Wie zum Henker bist du ihm überhaupt in die Arme gelaufen?«

»Er kam, um mich zu dem Mord an Bryan zu befragen.« Er nickte so wissend, dass sie ihm einen Blick zuschleuderte. »Es ist nicht so, wie du denkst.«

»Was denke ich denn?«

»Dass zwischen uns etwas läuft. Das ist nicht der Fall. Ich meine …« Sie blickte in ihren Kaffee, denn sie wusste selbst, dass ihr Protest nicht überzeugend klang. Was zum Teufel lief denn zwischen ihr und Shane? Sie stand auf, um sich noch Kaffee einzuschenken. »Ich weiß nicht, wie ich es formulieren soll.«

Rafe kicherte, während er seine Tasse an die Lippen führte.

»Wusste ich's doch, dass hier eine Party steigt«, sagte Lisa vom Türrahmen her. Ihr kurzes rotes Haar war zerzaust, und sie trug eine halblange Schlafanzughose aus Baumwolle und ein weites T-Shirt. Sie küsste Rafe im Vorbeigehen auf den Scheitel und griff im Schrank nach einem Kaffeebecher.

Hailey rückte an der Theke ein Stück beiseite. »Hoffentlich haben wir dich nicht geweckt.«

»Nein.« Lisa goss sich Kaffee in ihre Tasse. »Ich konnte nicht schlafen.«

»Sie kann ohne mich nicht schlafen«, sagte Rafe. »Stimmt's, *querida*?«

Lisa runzelte die Stirn und nahm ihre Tasse mit zu dem Stuhl auf Rafes anderer Seite. »Es stimmt jedenfalls, dass es verdammt irritierend ist«, murmelte sie.

Ein Lächeln breitete sich auf Rafes Gesicht aus, als er Lisas Hand ergriff. Etwas an dieser Geste verriet Hailey, dass sie seinen Schmerzen entsprang, und dass die Heilung lange dauern würde, doch auch, dass er es schaffen würde.

Lisa stellte ihren Becher ab. »Shane hat mir erzählt, was bei deinem Onkel in den Everglades passiert ist.«

»Was ist denn in den Everglades passiert?«, fragte Rafe, plötzlich wieder ernst.

Oh Mann, diese Geschichte wollte sie eigentlich nicht vor diesem Mann noch einmal wiederholen. Sie hatte bereits ein übermäßig beschützerisches Alpha-Männchen, das jeden ihrer Schritte beobachtete. Sie brauchte weiß Gott nicht zwei davon.

Als Hailey der Frage auswich, indem sie ihren Kaffee hochhob und einen großen Schluck nahm, tauchte Lisa in die Geschichte ein. Von ihrem Auto, das in den Sumpf gestürzt war, bis hin zu der kleinen Schauergeschichte mit der Vergiftung.

Der müde Blick war aus Rafes dunklen Augen gewichen, als er seine Aufmerksamkeit ganz auf Hailey richtete. »Okay. Du wirst dieses Haus nicht verlassen.«

Hailey verdrehte die Augen, ging zum Kühlschrank und suchte nach irgendetwas, um ihre Hände zu beschäftigen. »Als ob mich das aufhalten würde. Lisa, habt ihr Eier da?«

»Ja, da ganz hinten.« Lisa stand vom Tisch auf und stellte sich neben Hailey an den Kühlschrank. »Ich glaube, da ist sogar noch Speck im Gefrierschrank.«

Rafe drehte sich im Stuhl herum. »Hör auf, dem Thema auszuweichen.«

»Welchem Thema?«, fragte Pete von der Tür, dessen unordentliches Haar auf einer Seite platt gelegen war.

»Ich setze noch Kaffee auf«, verkündete Lisa und ergriff die Kanne.

»Haben wir dich geweckt?«, fragte Hailey, während sie alles für ein Frühstück auf den Tisch stellte.

Neben Pete gähnte Kat. »Nein, der Mixer in meinem Bett hat mich geweckt.«

Pete grinste auf seine träge Art und legte Kat den Arm um die Schulter. »Sonst magst du es doch, wenn ich dich mitten in der Nacht wecke.«

Kat verdrehte die Augen. Hailey und Lisa kicherten.

»Also, welchem Thema weichen wir aus?«, fragte Pete, fand einen freien Stuhl am Tisch und ließ sich auf ihn fallen.

»Hailey und Shane«, sagte Lisa.

»Vergiftungen, Mord und Verfolgungsjagden«, schnaubte Rafe.

»'kay, Moment.« Pete hob eine Hand. »Die Millionenerbin und der Cop haben endlich was am Laufen. So weit komm ich noch mit. Aber den letzten Teil müsst ihr noch einmal wiederholen.«

Kat hob die Augenbrauen. »Unglaublich. Niemand hier tut irgendetwas Normales, oder?«

Hailey massierte sich ihren Kopf, der plötzlich zu pochen begann, und wandte sich Lisa zu. »Ich glaube, ich brauche Alkohol.«

Lisa grinste. »Ich bin ziemlich sicher, dass wir hier irgendwo sämtliche Zutaten für einen Screwdriver haben.«

Ach nein, passte das nicht wie die Faust aufs Auge?

Während Lisa und Rafe Pete und Kat über das Drama um Hailey und ihren Vater ins Bild setzten, spielte Hailey den Barkeeper. Rafe trug seinen Becher zur Spüle und begann, Frühstück zu machen, schlug Eier in eine Schüssel und verrührte sie, um seine berühmten Omelettes daraus zu machen. Die Küche brummte vor Aktivität, einem Gewirr von Stimmen, klappernden Tellern und klirrenden Gläsern. Es war wie jede andere Zusammenkunft, die sie über die Jahre gehabt hatten, sofern man über die Tatsache hinwegsah, dass es zwei Uhr morgens und der Grund, aus dem sie alle hier waren, der Verlust eines geliebten Menschen war.

Die Küchentür öffnete sich scheppernd und Billy kam herein, in denselben Klamotten, die er tagsüber getragen hatte. Während der Rest von ihnen wenigstens ein bisschen Schlaf bekommen hatte, zeugten die dunklen Ringe unter seinen Augen und seine fahle Haut davon, dass er nicht zur Ruhe gekommen war, seit er das Krankenhaus verlassen hatte. Die Gespräche verstummten, als er den Raum betrat. Insbesondere, als er die erschöpfte Nicole hinter sich herzog.

Haileys Blick fiel von Billy auf Nicole, dann zu Rafe hinüber. Und ihr entging nicht das wütende Aufblitzen in Rafes Augen.

Rafe richtete seine Aufmerksamkeit wieder auf den Herd und wendete ein Omelette. Doch trotz seiner beherrschten Art war ihm anzusehen, dass er stinksauer war. »Wir haben uns schon gefragt, wann wir dich wieder zu Gesicht bekommen würden.«

Die turbulente Beziehung der Brüder war nichts Neues, aber Hailey hatte gedacht, die beiden hätten sich miteinander arrangiert, als sie Teresa vor ein paar Monaten nach Puerto Rico gebracht hatten. Es hatte den Anschein gehabt, als ob sie miteinander auskämen und an einem Strang zögen. Doch dann, vor etwa einem Monat, hatte sich Billy nach Miami verzogen, um dort sein altes Leben wieder aufzunehmen. Er arbeitete hin und wieder für Petes Galerie Odyssey und freiberuflich bei einem Sicherheitsdienst, beides Beschäftigungen, die zehntausend Ebenen unter dem Niveau seines nobelpreisverdächtigen Gehirns lagen.

Billy schloss mit einer Hand die Küchentür, hielt dabei aber mit der anderen fest Nicoles Hand umklammert. »Wir waren bei Marc und Michaela.«

Als er seine Tante und seinen Onkel erwähnte, Teresas jüngeren Bruder und seine Frau, die in San Juan wohnten, sah ihn Rafe an. »Was habt ihr denn da gemacht?«

Billy zuckte die Achseln. »Pläne. Mamá hat sich eine Totenwache gewünscht, wie wir sie für Dad gemacht haben, als er gestorben ist. Ich wollte sicher sein, dass wir es richtig machen.«

Rafe stellte den Herd ab. Seine Brauen zogen sich in einer Art zusammen, die verriet, dass er ganz offensichtlich nicht erwartet hatte, dass sich Billy ausgerechnet dorthin auf den Weg machen würde, nachdem er das Krankenhaus fluchtartig verlassen hatte. »Ich wäre doch mitgekommen. Wenn du gewartet hättest –«

»Rafe«, unterbrach Billy ihn. »Du hast das Haus voller Gäste. Und außerdem – möchte ich das gerne machen. Du hast dich bisher um alles gekümmert. Ich glaube, es ist allerhöchste Eisenbahn, dass ich auch meinen Teil beitrage.« Als Rafes Mund sich öffnete, um zu protestieren, fügte er hinzu: »Lass mich das organisieren. Für Mamá. Es macht zwar den ganzen anderen Mist nicht wieder gut, den ich gebaut habe, aber es ist immerhin ein Anfang.«

Rafe sah so schockiert aus, dass man ihn mit einem Finger hätte umstoßen können. In der Küche war es mucksmäuschenstill, weil alle zuhörten. Zum Glück brachte Lisa es fertig, die Stille zu unterbrechen, auf Billy zuzugehen und ihn zu umarmen. »Ich glaube, ein schöneres Geschenk könntest du ihr nicht machen, Billy. Sie wäre sehr froh darüber.«

»Danke, Lisa.«

Das schien den Bann zu brechen, unter dessen Einfluss Rafe

gestanden hatte, und ohne zu zögern, trat er ebenfalls vor und umarmte Billy. Die Gespräche in der Küche wurden wieder aufgenommen, und die Anspannung durch Billys Ankunft löste sich und wurde hinweggefegt wie eine Wolke vom Wind. Und als in Haileys Augen von Neuem Tränen brannten, wusste sie, jawohl, diese Typen waren ihre Familie. Und sie würde nichts daran ändern wollen.

Als sie merkte, dass Rafe die Eier auf dem Herd vergessen hatte, machte Hailey sich daran, sie auf einen Teller zu befördern.

»Was ist denn hier los?«

Sie drehte sich abrupt um, als sie den Klang von Shanes tiefer Stimme hörte, blickte auf, um festzustellen, dass er näher war, als sie erwartet hatte. Sein Haar war zerzaust, sein Kinn stoppelig, seine Füße nackt. In einem hellblauen T-Shirt und den ausgewaschenen Jeans wirkte er sexy und gefährlich und viel zu sehr, als könne er den Trost spenden, den sie jetzt gerade so bitter nötig hatte.

Sie quetschte sich zwischen Pete und Kat hindurch und brachte den ersten Teller mit Omelette zusammen mit einer Handvoll Gabeln auf den Tisch, kehrte dann zum Tresen zurück und wischte sich die Hände an einem Tuch ab. »Also, warte mal. Billy und Rafe hatten gerade einen großen Moment. Wir frühstücken jetzt, weil niemand schlafen kann. In dem Krug da drüben haben wir Screwdriver, und ich habe keinen blassen Schimmer, was mit Nicole los ist. Was ist mit dir?«

»Tony hat mir eine Nachricht auf meinem Handy hinterlassen. Er hätte ein paar Infos für uns.«

Tja, also, wenn das keine Spaßbremse war. Nicht zum ersten Mal wünschte sich Hailey, sie hätte nicht in Marathon ein Ersatztelefon besorgt, obwohl sie andererseits auch unbedingt erfahren wollte, was in Chicago vor sich ging. »Hat er das näher ausgeführt?«

»Noch nicht. Er wollte sich noch einmal melden.«

Da es keinen Sinn hatte, sich wegen etwas zu sorgen, das sie nicht vorhersehen konnte, wollte sie nach einem Glas greifen. »Willst du –« Ein Zettel wurde ihr vor das Gesicht gehalten. Hailey drehte sich um und blickte direkt in Nicoles Augen. »Hier. Das sind beide. Meine und die von Mutter.«

Vergessen war das Glas, und Hailey nahm ihrer Schwester zögernd den Zettel aus der Hand. Sie war sich Shanes andächtiger Aufmerksamkeit sehr wohl bewusst, als sie das Stück Papier auseinanderfaltete und auf die Nummern blickte. »Du gibst sie mir einfach so?«

Nicole zuckte mit den Schultern. »Es sind nur Zahlen.«

Die Gespräche in der Küche verstummten von Neuem, nur dass dieses Mal sie und Nicole im Mittelpunkt der Aufmerksamkeit standen. »Warum ausgerechnet jetzt? Ich verstehe –«

»Hör mal, es ist keine große Sache, okay? Ich meine, wenn du sie nicht haben willst –«

Hailey wurde klar, dass ihre Schwester ihr aus irgendeinem Grund ein Geschenk machte. Und als sie den nervösen Blick sah, den Nicole Billy zuwarf, und Billys Gesichtsausdruck, mit dem er Nicole vom anderen Ende des Raums anblickte, wusste Hailey, dass hier heute Nacht etwas Monumentales geschah. »Das habe ich nicht gesagt. Ich bin nur …«

»Na ja«, sagte Nicole, verschränkte die Arme vor der Brust und schien sich bei dem Gespräch immer unbehaglicher zu fühlen. »Rein physikalisch habe ich nur die eine Statue. Ich hatte meine nach Bryans Tod in einem Sicherheitsschließfach untergebracht, für alle Fälle.«

»Ich brauche nicht die Statuen an sich«, sagte Hailey. »Nur die Zahlen.«

»Das ist gut, denn ich bin ziemlich sicher, dass Mutter ihre zerstört hat. Du weißt ja, dass sie das Ding nie ausstehen konnte. Sie behielt die Skulptur nur, weil Daddy sie ihr gegeben hatte und nicht zuließ, dass sie sie weggab. Nach der Testamentsverlesung war sie allerdings überaus interessiert an meiner.« Nicole warf einen Blick auf die Notiz. »Oh, und die dritte Zahl da ist die von Grahams Skulptur.«

Hailey zog die Augenbrauen zusammen. »Wie bist du an Grahams Statue gekommen?«

»Ich habe ihn besucht.«

»Wann?«, fragte Shane, der neben Hailey stand.

»Vor ein paar Tagen. An dem Tag, bevor Billy und ich euch auf der Rennbahn getroffen haben.«

»Hast du ihn vorher angerufen?«, fragte Shane. »Wusste er, dass du kommst?«

Nicole zog die Stirn kraus. »Ja. Ich hatte ihn von Mutter aus angerufen. Ich hatte nicht vor, ihn zu überraschen. Er hat ein Herzproblem, weißt du.«

Shanes Blick flog zu Hailey. »Der Tee könnte für sie bestimmt gewesen sein. Wenn er wusste, dass sie auf eigene Faust nach den Statuen sucht –«

»Das ist eine ziemlich gewagte These, Maxwell«, fuhr Hailey auf, obwohl sich ihr das Herz zusammenzog. Sie glaubte immer noch nicht, dass Graham zu einem solchen Verbrechen in der Lage wäre. Schon gar nicht in der Familie.

Nicole blickte verwirrt zwischen ihnen hin und her. »Also, ich weiß nicht, wovon ihr redet, aber was die Zahlen angeht, habe ich nur drei. Ich habe immer noch nicht die von Bryan –«

»Aber ich«, sagte Hailey und wandte sich wieder ihrer Schwester zu. Und mit Bryans Zahl machte das fünf von sechs. Sie waren so nah dran, dass sie es schon fast riechen konnte.

Ihr entging nicht die Erregung in Shanes Stimme, als ihm derselbe Gedanke kam. »Lisa, hast du Papier und Stifte? Wir haben ein kleines Rätsel zu lösen, und wir könnten dabei etwas Hilfe gebrauchen.«

Madelines Magen bestand aus einem einzigen nervösen Flattern, als sie in Eleanors Arbeitszimmer stand und auf ein Gemälde von Jackson Pollock starrte, das an der Wand hing. Wahrscheinlich war es ein Vermögen wert, überlegte sie, aber auf sie wirkte es wie ein einziges, beliebiges Chaos und wie ein gewaltiger Kopfschmerz. Garrett hatte das Bild immer verabscheut, was letztlich der Grund dafür war, dass es an der Wand hing. Es gab mehrere davon in dem riesigen Haus, alle an noch weit auffälligeren Stellen. Ein Zeichen für die vielen Schlachten, die Eleanor über die Jahre hinweg gewonnen hatte.

»Ich dachte, die Vorbereitungen für die Beerdigung am Freitag seien alle getroffen«, sagte Eleanor hinter ihr.

Langsam drehte Madeline sich um und blickte Bryans Tante an, die eine frische pfirsichfarbene Hose und eine cremefarbene Seidenbluse trug. Es war kein Geheimnis, dass sie und Eleanor sich nie verstanden hatten. Eleanor war eine Schmidt, durch und durch – vornehm durch uraltes Geld, so kultiviert wie das Elite-Internat, das sie besucht hatte. Sie war so weit von Madelines Mittelklasseerziehung entfernt wie die Perlen am schlanken Hals der Älteren. Aber sie hatten eines gemeinsam – ihre beiden Ehemänner hatten dem Ruf und dem Namen der Roarkes alle Ehre gemacht und dem Unternehmen alles gegeben. Und das würde Madeline niemals vergessen.

»Ich habe deine Haushälterin angelogen. Ich bin nicht wegen der Beerdigung hier.«

Eleanor kniff die Augen zusammen, drehte sich um und warf mit einem lauten Knall die Wohnzimmertür zu. »Dann sagst du mir wohl lieber gleich, weswegen du sonst da bist.« Sie setzte sich an ihren Schreibtisch, verschränkte ihre eleganten Finger auf der Tischplatte miteinander, blickte sie mit hochgezogenen Augenbrauen an und wartete.

Einschüchterung. Darin war Eleanor gut. Aber diesmal hatte Madeline nicht vor, sich davon beeindrucken zu lassen.

»Ich will die Statue.«

Eleanor blinzelte nicht einmal. »Du hast doch gar kein Interesse an RR.«

»Dafür will ich sie auch nicht.«

»Wofür denn dann?«

»Für meinen Seelenfrieden. Du könntest dich jederzeit gegen mich wenden. Das scheint mir keine Partnerschaft zu sein. Nicht so, wie du es vorgeschlagen hast.«

Eleanor lehnte sich in ihrem Sessel zurück. Und inmitten der Stille begann Madelines Puls sich zu beschleunigen. »Nein.«

»Was?«

»Ich sagte Nein.« Sie beugte sich vor und griff nach einem Stift auf der glatten Schreibtischoberfläche. »Wenn du mich jetzt entschuldigen würdest, ich habe noch zu tun. Du findest ganz sicher alleine hinaus.«

Madeline stand mit offenem Mund da. Obwohl sie eigentlich damit hatte rechnen müssen, konnte sie Eleanors herablassende Art immer noch nicht ganz fassen. »Ich brauche es nur einer einzigen Person zu erzählen –«

»Was erzählen, Madeline?«, fragte Eleanor eiskalt. »Niemand wird dir glauben. Weil du und ich wissen, dass es *niemals* passiert ist.«

»Aber du –«

»Diese Unterhaltung ist beendet. Wenn du vernünftig bist, wirst du dir sehr gut überlegen, ob du diese Angelegenheit mir gegenüber jemals noch zur Sprache bringen solltest. Die Tür ist gleich hinter dir.«

Die Endgültigkeit von Eleanors Worten war wie ein Schlag

ins Gesicht. Als Madeline langsam die Villa verließ und auf der Treppe vor dem Gebäude stehen blieb, um in den blauen Himmel hinaufzublicken, wurden alle Sorgen und Ängste, die sie in den letzten Tagen mit sich herumgeschleppt hatte, Wirklichkeit. Wenn sie die Statue nicht bekam, würde Lucy sie anzeigen. Sie hatte nicht den geringsten Zweifel, dass das Miststück dies, ohne mit der Wimper zu zucken, tun würde. Das Leben, wie sie es kannte, wäre zu Ende, wenn sie keinen Ausweg fand.

Sie blickte zurück auf die schweren, nun verschlossenen Türen und spürte, wie sie von einer Welle des Abscheus und der Verachtung für eine Familie ergriffen wurde, die sie nie verstanden hatte, zu der zu gehören sie aber immer verzweifelt versucht hatte. Es gab jetzt nur noch einen Weg aus diesem Chaos, nur noch eine Möglichkeit, frei zu sein, und das bedeutete, die soziale Leiter zu zerstören, die zu erklimmen sie so viele Jahre gekostet hatte.

Sie griff nach ihrem Handy und wählte die Nummer ihres Schwiegervaters. Als es klingelte, überkam sie ein seltsames Gefühl des Triumphes. Die Leute würden reden. Sie würden sagen, dass ihre kleinbürgerliche Erziehung sie schließlich eingeholt hätte. Aber das war in Ordnung. Sie konnte mit dem Klatsch umgehen. Denn sie wusste, wenn das Geheimnis, das Bryan aufgedeckt hatte, schließlich herauskam, würde Eleanor diejenige sein, die zu leiden hätte.

»Sieh sie dir an. Man könnte meinen, der Weltfrieden hinge von diesen Zahlen ab, so hingebungsvoll, wie sie sich ihnen widmen.«

Hailey, die gerade ihren Kaffeebecher wieder nachgefüllt hatte, drehte sich zum zigsten Mal zum Küchentisch um, wo Lisa den vier Männern zusah, die sich zusammengesetzt hatten, um das Rätsel zu lösen. Rafe, mit seiner goldenen Haut und dem dunklen Haar, das ihm zu Berge stand, weil er es sich offensichtlich gerauft hatte. Pete, ganz blond und durchtrainiert, der irgendetwas mit Methode im Kopf durchrechnete. Während Billy, der irisch-blasse Junge der Gruppe, ein Stück Papier in sechs Stücke riss, auf jedes davon eine Zahl schrieb und sie immer wieder neu zu ordnen begann, damit sie unterschiedliche Muster betrachten konnten. Dann war da Shane, Mr. Finster-und-Skeptisch, der sich im Stuhl zurücklehnte, die Arme vor der Brust verschränkte, eine Kaffeetasse neben seinem Ellbogen und einen düsteren Ausdruck in seinem anziehenden Gesicht.

Ja, sie waren eine gute Truppe. Sie hatte sie schon einmal die Köpfe so zusammenstecken sehen, als sie einen Plan ausgeheckt hatten, wie sie Teisiphone zurückbekamen, das Steinrelief der griechischen Furie, das Rafe und Lisa ursprünglich zusammengebracht hatte. Aber sie hätte nie geglaubt, dass die vier je wieder zusammenarbeiten würden. Vor allem, weil sie wusste, wie Shane über die anderen dachte.

»Sie bedeuten definitiv etwas«, sagte Hailey, während sie an ihrem frischen, heißen Kaffee nippte. »Allerdings bin ich nicht sicher, was es ist.« Sie hatte mit den Screwdrivern aufgehört, denn sie wusste, dass Alkohol das Letzte war, was sie heute Nacht brauchen konnte. Nachdem sie Rafes Omelettes gegessen hatten, hatten die Männer beschlossen, sich mit den Zahlen zu beschäftigen, während Nicole und Kat sich bereit erklärt hatten, den Abwasch zu machen, und Hailey und Lisa sich bemühten, zwischen den Vieren den Frieden aufrechtzuerhalten. Eine Weile hatte das funktioniert, aber allmählich wuchs der Frust.

Lisa kreuzte die Arme vor der Brust und lehnte sich zurück an den Tresen. »Er sieht immer wieder zu dir herüber.«

Hailey hatte gemerkt, dass Shane sie schon die ganze Nacht beobachtete, und es verstärkte ihre Besorgnis nur noch. »Er fühlt sich unwohl.«

»Ach, komm«, spöttelte Lisa. »Mein übertrieben beschützerischer Zwillingsbruder weiß meinen dominanten Ehemann zu nehmen. Er macht sich Sorgen, dass *du* dich unwohl fühlst.«

»Warum sollte er das?«

»Weil er das immer macht. Er sorgt sich um jeden, außer um sich selbst. Schon immer. Als wir klein waren, um mich und meine Schwestern und unsere Mutter. Er sorgte sich darum, dass es uns allen gut ging, lange, bevor er sich um sich selbst kümmerte. Es ist einer der Gründe, warum ich schließlich nach San Francisco gezogen bin. Ich liebe ihn wirklich sehr, aber er kann einen wirklich erdrücken.«

Hailey konnte das verstehen. Als sie Shane beobachtete, der sich gerade vorbeugte und nach dem kryptischen Brief ihres Vaters griff, um Billy etwas zu erklären, musste sie an all die Arten denken, auf die er sie in den letzten Tagen erdrückt hatte. Es war zwar verdammt ärgerlich, so unter die Fittiche genommen zu werden, aber gleichzeitig hatte sie so etwas noch nie erlebt. Noch nie hatte sich jemand so um sie gesorgt. Weder ihre Exfreunde noch ihr Exmann. Nicht einmal ihr Vater.

»Ich wusste es«, sagte Lisa leise neben ihr.

Hailey wandte sich der Frau zu, die in den letzten Monaten zu einer guten Freundin geworden war. »Was denn?«

»Du hast dich in ihn verliebt.«

»Was? Nein, habe ich nicht.«

Lisa lächelte wissend, als sie Haileys Arm drückte. »Keine Angst. Ich sag's keinem. Schon gar nicht ihm.«

»Gut, denn ich bin nicht –«

»Hailey«, sagte Lisa und warf ihr einen Blick zu. »Du redest gerade wie die starrköpfigste Frau der Welt. Niemand kennt sich besser mit Verleugnung aus als ich.«

Haileys Herz pochte an ihre Rippen, als sie sich wieder zu Shane umdrehte, der Billys Zettel vor sich hin- und herschob. Seine tiefe Stimme drang an ihre Ohren, und obwohl sie nicht den genauen Wortlaut verstand, jagte ihr allein der Klang Stromstöße durch den Leib.

War sie in ihn verliebt? War es das, was hier gerade passierte? Sie war verrückt nach ihm. So, wie noch nie nach irgendjemandem – nicht einmal nach Rafe –, aber war das Liebe?

»Sieh mal«, sagte Lisa noch sanfter. »Ich liebe diesen Idioten, weil er mein Bruder ist, und, na ja, weil er mir sehr ähnlich ist. Ich glaube, du wärst … nein, ich glaube, du *bist* gut für ihn. Aber eins solltest du über Shane wissen.«

Hailey riss ihren Blick von den Männern los, um wieder ihre Freundin anzusehen. »Und was ist das?«

Lisa sah ihren Bruder noch einmal an, dann wandte sie den Männern den Rücken zu, damit sie ihr Gesicht nicht sehen konnten. Leise sagte sie: »Vor sechs Monaten ist etwas mit ihm passiert. Ich weiß nicht genau, was. Er hat nie darüber gesprochen. Aber es geschah nachts, als er einen Verdächtigen verfolgte. Sie haben gekämpft. Der andere Typ hatte ein Messer. Shane zog sich einen Schnitt zu und landete für über eine Woche im Krankenhaus – Einstiche in der Lunge und schwere innere Verletzungen.«

Hailey fiel wieder die Narbe an Shanes Seite ein. Über die sie mit den Fingern gestrichen war, als sie sich in seiner Wohnung geküsst hatten.

»Ich war bei einer Ausgrabung, als das passiert ist«, fuhr Lisa fort, »und er verbot unserer Mutter, mir davon zu erzählen. Ich erfuhr es erst, als ich wieder zu Hause war und er, eine Woche nachdem er aus dem Krankenhaus gekommen war, unangekündigt in meiner Wohnung in San Francisco auftauchte. Er blieb zwei Wochen bei mir, ehe er zurück nach Chicago ging, aber er hat kein einziges Mal darüber geredet. Seitdem hat er sich verändert. Er wurde stiller. Verschlossener. Und bei unserer Hochzeit, hier in San Juan, als er mit dir zusammen war, war es das erste

Mal seit Monaten, dass ich ihn habe lächeln sehen. Aber seit er wieder in Chicago ist, scheint es ihm wieder genauso schlecht zu gehen wie vorher.«

Hailey musste daran denken, wie Shane reagiert hatte, als sie die Narbe berührt hatte. Dass er sofort zurückgewichen und völlig verstört gewesen war. Sie blickte ihn durch den Raum hinweg an.

Ich bin ich, und du bist …

»Ich habe dir das nicht erzählt, damit sich deine Gefühle für ihn ändern«, sagte Lisa leise. »Ich dachte nur, du solltest es wissen. Er wird mit niemandem darüber sprechen. Ich habe versucht, ihn zu überreden, zu einem Therapeuten zu gehen, aber wenn ich das anspreche, macht er sofort dicht. Der Mann hat eine echte Abneigung gegen Seelenklempner. Ich wollte nur … ich wollte dir nur helfen, zu verstehen, warum er so frustrierend sein kann. Zumindest in letzter Zeit. Und, tja, um dich zu warnen. Beziehungen sind schon so schwer genug. Wenn du eine Prise von dem dazugibst, was Shane erlebt hat, macht es sie noch viel schwerer.«

Hailey sah zu, wie er sich an seinem stoppeligen Kinn kratzte und dann in ihre Richtung schaute. Ihre Blicke begegneten sich, blieben aneinander hängen, und er schenkte ihr sein sexy Halblächeln, ehe er sich wieder auf etwas konzentrierte, das Rafe gerade sagte.

Oh Mann. Lisa hatte recht. Und Hailey hatte es schon lange vor diesem Gespräch gespürt. Sie kannte die Statistiken besser als jeder andere: Polizisten hatten eine niedrigere Lebenserwartung, eine höhere Scheidungsrate, neigten eher zu Alkohol- oder Drogenmissbrauch und, teilweise, zu Selbstmord. Wenn sie alles bedachte, was sie über Shane wusste, war nichts davon überraschend. Aber jetzt, nachdem sie den Polizeidienst quittiert hatte und – auch wenn sie sich das nur heimlich eingestand – allmählich Gefallen daran fand, in der Privatwirtschaft tätig zu sein, würde sie da wohl mit Shanes Problemen, zusätzlich zu ihren eigenen, zurechtkommen? Und falls ja, würden ihre Gefühle für ihn stark genug sein, um dem standzuhalten, was sein Job mit sich bringen würde?

Sie wusste es nicht. Und das, gepaart mit der Tatsache, dass sie nicht wusste, was er tief in seinem Inneren für sie empfand, ließ ihr Herz nur noch schneller schlagen, während Nicole an Shane vorbei und um den Tisch herumlief, um über Billys Schulter auf die Zettel mit den Zahlen zu spähen, die vor den Männern lagen.

Nicole warf das Handtuch, das sie in der Hand hatte, auf den Tresen hinüber und beugte sich über Billy, um ihm ihre Arme um den Hals zu schlingen und ihm über die Brust fahren zu lassen. »Ihr diskutiert jetzt schon seit einer Stunde. Noch kein Glück?«

Billy runzelte die Stirn. Doch er strich mit seiner Hand auf so unbewusst zärtliche Art Nicoles Arm entlang, dass Hailey lächeln musste. Sie hätte im Leben nicht gedacht, dass die beiden sich finden würden, aber, wie sie der unerwartete Tod ihres Vaters gelehrt hatte, musste man sich manchmal von Erwartungen verabschieden. »Nein. Irgendwelche zündenden Ideen?«

»Hmm.« Nicole biss sich auf die Lippe und griff an Billy vorbei, um die Zahlen zu ordnen. »Lass mal sehen.«

Shane löste sich vom Tisch und machte an der Theke bei Hailey und Lisa Station, um Kaffee aufzufüllen. »Er ist auf keinen Fall nobelpreisverdächtig.« Als beide Frauen lächelten, fügte er hinzu: »Obwohl es mich nicht wundern würde, wenn er als Rechtsverdreher endete. Er argumentiert wie ein bescheuerter Anwalt.«

Hailey kicherte. Und als sie gerade etwas erwidern wollte, hörte sie Billy ausrufen: »Sag das noch einmal.«

Alle drehten sich zum Tisch um.

»Florida Keys«, sagte Nicole und richtete sich wieder auf. Als sie merkte, dass jeder im Raum sie anstarrte, huschte ein verlegener Ausdruck über ihr Gesicht. »Ich meine ja nur. Danach sieht es für mich aus. Längengrad und Breitengrad.«

Hailey stellte sich neben Nicole und blickte auf die Zahlen hinunter.

»Siehst du?«, sagte Nicole, als Shane näher trat, um ebenfalls einen Blick darauf zu werfen. »Fünfundzwanzig Grad, drei Minuten, fünf Sekunden. Achtzig Grad, achtunddreißig Minuten, zweiundvierzig Sekunden. Die Florida Keys liegen auf nördlicher Breite und westlicher Länge. Die Zahlen bezeichnen einen Ort.«

»Woher kennst du die Koordinaten der Keys?«, fragte Rafe von der anderen Seite des Tisches her.

Nicole zuckte die Achseln. »Als ich in der Highschool war, sollten wir uns einen Ort aussuchen und darüber berichten. Zahlen konnte ich mir schon immer gut merken. Und das sind die Koordinaten von –«

Hailey legte ihrer Schwester eine Hand auf den Arm. »Daddys Insel.«

»Seine was?«, fragte Shane.

»Mein Vater hat eine Insel der Keys gekauft, kurz nach meiner Geburt«, sagte Hailey. »Er ist ab und zu mit dem Segelboot hingefahren. Es gibt keine Gebäude dort, nur Gras und Bäume und –«

»Sand«, fügte Nicole mit finsterer Miene hinzu.

Hailey nickte. »Ja. Ich bin seit meiner Kindheit nicht mehr da gewesen. Ich hatte sie schon völlig vergessen.«

Plötzlich riss Nicole die Augen auf. »Was waren noch mal die Hinweise in Daddys Brief?«

Shane reichte Hailey den Brief ihres Vaters vom Tisch. »Die Antwort in meinem Grabe wacht. Der Schlüssel ist aus Stahl gemacht.«

»Er wurde eingeäschert«, sagte Nicole nachdenklich. »Was soll das heißen, ›die Antwort in meinem Grabe wacht‹?«

Shanes Augen begegneten denen Haileys. »Hast du die Nummer vom Anwalt deines Vaters?«, fragte er. »Ich habe da so eine seltsame Ahnung.«

»Ja.« Hailey nickte und streckte die Hand bereits nach dem Telefon aus. Ihr ging es genauso.

»Was für eine Ahnung?«, fragte Kat, als Hailey nach dem Telefon griff.

Es war weit nach drei Uhr morgens, aber Ron Arnold nahm beim zweiten Klingeln ab. Und die Antworten, die er auf Haileys Fragen gab, waren ein Schlag in die Magengrube.

Ein Kloß steckte ihr im Hals, als sie sich bei ihm bedankte, an dem schnurlosen Telefon die Schlusstaste drückte und sich dann umdrehte, um in die Gesichter zu blicken, die sie erwartungsvoll anstarrten. »Dad wurde nicht verbrannt«, sagte sie zu Nicole. »Mutter hatte es zwar angeordnet, aber Ron ist in letzter Sekunde eingeschritten. Laut Testament wollte er auf seiner Insel beigesetzt werden.«

»Unmöglich«, murmelte Pete vom anderen Ende der Küche her. »Ihr glaubt, dass die sechste Skulptur mit ihm begraben wurde?«

Es schien die einzige Möglichkeit zu sein.

»Wir müssen den Leichnam exhumieren«, sagte Shane. »Dr. Hargrove nahm an, euer Vater sei eingeäschert worden. Wenn das nicht der Fall ist, können sie ein toxikologisches Gutachten erstellen und beweisen, dass er ermordet wurde.«

Hailey nickte langsam. Genau. Aber wenn sie es den Behörden überließen, den Leichnam auszugraben, würden sie nicht an diese sechste Statue kommen. Und sie brauchten sie, um den Mörder ihres Vaters und Bryans anzulocken, ehe die Cops sie aufspürten und ins Gefängnis brachten.

Obwohl sie unglücklich darüber war, wusste sie, dass sie keine andere Wahl hatte. Sie wusste auch, dass es Shane überhaupt nicht gefallen würde. »Ja, du hast recht. Aber wir müssen die Ersten dort sein.«

Sie konnte förmlich dabei zusehen, wie die träge, entspannte Stimmung, in der Shane gewesen war, sich verflüchtigte und ins Gegenteil umschlug, während er sich die Haare raufte. »Du bist echt reif für die Klapse. Du wirst kein Grab öffnen, um nach einem Schatz zu suchen. Es ist dein Vater, von dem du da sprichst.«

»Ich weiß, dass –«

»Sie hat recht«, sagte Lisa.

Shane funkelte seine Schwester wütend an. »Du hältst dich da raus.«

»Hey, Vorsicht«, sagte Rafe.

Lisa legte ihm beschwichtigend die Hand auf die Brust. »Reg dich ab, Rambo. Wir hatten alle zu wenig Schlaf.« Sie sah wieder Shane an. »Du weißt genauso gut wie ich, dass alles, was sich auch immer in seinem Sarg befindet, zu den Beweisstücken wandert, wenn die Behörden ihren Vater zuerst ausgraben. Und wenn das geschieht und es stimmt, was ihr beide uns über das Testament ihres Vaters und den Mord an Bryan erzählt habt, wird Hailey niemals rausfinden, worum es hier überhaupt geht und wer sie in die Pfanne hauen will.«

»Was ist mit dem zweiten Teil?«, fragte Nicole kleinlaut in die angespannte Stille hinein. »›Der Schlüssel ist aus Stahl gemacht.‹ Was soll das heißen?«

Hailey biss sich auf die Lippe und versuchte, sich zu konzentrieren, während Shane in der Küche auf und ab ging. »Damit könnte vielleicht der Schlüssel gemeint sein, den er mir hinterlassen hat. Wir haben bisher noch nicht herausgefunden, zu welchem Schloss er passt.«

»Aber er ist nicht aus Stahl«, sagte Shane in abgehacktem Tonfall. »Das ist Messing.«

Hailey seufzte laut. Ja, er war eindeutig nicht glücklich.

»Was hat er dir noch hinterlassen?«, fragte Pete.

»Ähm. Den Schlüssel, die Papiere seines Segelbootes und –«

»Den Dolch«, führte Billy den Satz für sie zu Ende.

»Welchen Dolch?«, fragte Rafe, als Hailey Billy ansah.

»Es ist eher ein Brieföffner«, sagte Hailey zu ihm und nahm dabei sehr wohl wahr, dass Shane plötzlich den Raum verließ. Okay, er war wirklich sauer. Was hatte er denn von ihr erwartet?

»Klein, italienisch. Daddy hat ihn vor ein paar Jahren auf einer Auktion erstanden. Vermutlich wurde er benutzt, um Alessandro de Medici zu ermorden. Derselbe, den Die Letzte Versuchung darstellt.«

»Vielleicht ist das der Schlüssel«, sagte Kat.

Ja, möglich wäre es. Hailey nickte. Der Dolch ihres Vaters war zweifellos aus antikem Stahl geschmiedet.

»Zu dumm, dass er weg ist«, murmelte Billy.

Rafe blickte seinen Bruder an, und plötzlich schien ihm ein Licht aufzugehen, und er kniff die Augen zusammen. »Woher zum Henker weißt du das? Und wenn ich so darüber nachdenke, wie bist du überhaupt mit Hailey und Nicole in diese ganze Sache verwickelt?«

Okay, das war ein Teil dieses Fiaskos, das Hailey ihrem Exmann ganz bestimmt nicht erklären wollte. »Ich habe es ihm erzählt«, sagte sie schnell und warf Billy einen warnenden Blick zu, während sie sich auf den nächstbesten Stuhl setzte. »Aber er hat recht. Er ist weg. Das letzte Mal habe ich ihn gesehen, als ich im Roarke-Firmengebäude in Miami war und im Fahrstuhl angegriffen wurde. Und wenn das der Schlüssel zu irgendetwas ist, das mein Vater sich ausgedacht hat, dann sind wir angeschmiert, denn laut Maxwell haben sie ihn am Tatort in Chicago gefunden. Wer immer mich reinreiten wollte und will, hat seine Sache verdammt gut gemacht.«

Schweigen breitete sich im Raum aus. Und ein Gefühl der

Niederlage überkam Hailey. Es konnte einfach nicht so enden. Nicht nach allem, was passiert war. Sie schloss die Augen und rieb sich mit der Hand die Stirn.

Ein sachtes Scheppern erklang vom Tisch vor ihr. Und als sie die Augen aufschlug, starrte sie auf den Dolch ihres Vaters. Fast, als hätte sie ihn durch ihre Willenskraft heraufbeschworen. Aber anstatt im Küchenlicht zu glänzen, wie sie es sich vorgestellt hatte, steckte er in einer durchsichtigen Beweismitteltüte mit einem Etikett vom CPD.

»Ach du Scheiße«, murmelte Lisa.

Haileys Augen fuhren zu Shane hinüber, der wieder zum Türrahmen zurückgegangen war.

Ihre Gedanken kehrten zu ihrer Auseinandersetzung auf dem Rollfeld zurück, kurz bevor sie ins Flugzeug hierher gestiegen war. Er war angefressen gewesen. Und jetzt wusste sie auch, warum.

Er hatte ein Beweisstück entfernt. Aus den Ermittlungen in einem Mordfall. Lange bevor er gewusst hatte, ob sie wirklich unschuldig am Mord an ihrem Cousin war. Und er hatte es allein für sie getan.

Sie hatte die Sprache verloren. Langsam erhob sie sich von ihrem Stuhl.

Er hatte seine Karriere in die Tonne getreten. Für sie.

Das Telefon an seiner Hüfte klingelte, ehe sie ihre Gedanken in Worte fassen konnte. Er klappte es auf, presste es sich ans Ohr und sagte: »Maxwell.« Einen Augenblick später fügte er hinzu: »Ja, Tony. Ich kann reden.« Dann verließ er mit einem letzten, langen Blick auf sie die Küche.

19

Shane fuhr sich übers Haar, als er zwanzig Minuten später die Küche wieder betrat. Tonys Neuigkeiten waren gut, wenn auch nicht überwältigend. Und er musste Hailey diese verrückte Idee mit dem Grabraub ausreden, bevor es zu spät war.

In der Küche war es still und dunkel, über dem Herd brannte ein schwaches Licht. Die einzige Person im Raum war Lisa, die mit über der Brust verschränkten Armen am Tisch saß.

Oh ja. Diesen Blick kannte er.

»Wo sind denn alle hin?«

»Noch ein bisschen Schlaf nachholen«, sagte sie. »Wird ein großer Tag morgen.«

Ach du liebes bisschen. Das fehlte ihm gerade noch. »Ihr kommt doch nicht alle mit.«

Sie hob die Augenbrauen. »Und das hast du mir zu verdanken. Rafe und Pete hätten liebend gern alles stehen und liegen lassen, um Hailey zu helfen. Aber letztendlich habe ich sie überredet, stattdessen Billy und Nicole gehen zu lassen.«

»Ich habe keine Lust, Billy Sullivan mitzuschleifen.«

»Zu dumm. Ich sage es ja nur ungern, kleiner Bruder, aber hier geht es nicht um dich, sondern um Hailey. Und Nicole. Und wo Nicole hingeht, da will anscheinend auch Billy hin. Also fürchte ich, du hast sie am Hals.«

Shane verdrehte die Augen. Genau so hatte er es sich vorgestellt: dass Sullivan und der Paris-Hilton-Verschnitt hinter ihnen hertrotteten. Niemand von ihnen würde Hailey zur Vernunft bringen.

»Ich werde versuchen, noch ein paar Stunden Schlaf zu bekommen.« Er wandte sich der hinteren Treppe zu, die von der Küche in den ersten Stock führte.

»Warte mal.« Als er zurückblickte, erhob Lisa sich vom Tisch und stellte sich vor ihn. Sie war einen Kopf kleiner als er, und abgesehen von der Form ihrer Augen teilten sie keinerlei äußerliche Merkmale. Aber was ihre Persönlichkeit anging, waren sie sich von allen Geschwistern am ähnlichsten – mit ihrer Starrköpfigkeit und Hartnäckigkeit, die fast schon an eine Zwangsneurose grenzte, und dem überdurchschnittlichen Wahrnehmungsvermögen, insbesondere, was sie gegenseitig betraf. Er redete sich immer ein, dass dies den Gemeinsamkeiten von Zwillingen im Allgemeinen entsprach, aber irgendetwas sagte ihm, dass Lisa in ihm auch wie in einem offenen Buch lesen könnte, wenn sie keine Zwillinge wären.

Seine Lippen wurden schmal, weil er schon ahnte, was jetzt kommen würde. »Was ist denn?«

»Ich hoffe, du weißt, was du tust.«

»Lisa –«

»Nein.« Sie hielt eine Hand hoch. »Komm mir nicht so. Wenn das stimmt, was Hailey sagt, dann will jemand nicht einfach nur die Firma ihres Vaters in die Finger bekommen, sondern er will, dass sie für immer verschwindet.«

»Deswegen bin ich hier.«

»So?« Schatten und Licht spielten auf ihrem Gesicht und ihrem feuerroten Haar, während sie ihn anstarrte. »Ich habe nämlich das Gefühl, dass du aus einem ganz anderen Grund hier bist. Und danach zu urteilen, wie du in den letzten paar Monaten warst, fürchte ich, du kannst damit vielleicht nicht umgehen.«

Er biss die Zähne zusammen. »Ich kann sehr gut damit umgehen. Mach dir um mich keine Sorgen.«

»Das tue ich aber«, sagte sie leise, als er sich nach der Treppe umdrehte. »Sehr sogar.«

»Das brauchst du nicht. Mir geht's gut.«

Er schaffte zwei Schritte, ehe ihre Stimme ihn wieder zum Stehenbleiben zwang. »Noch etwas.«

Er stieß einen Seufzer aus und griff nach dem Treppengeländer. »Was denn?«

»Was immer es ist, wovon du offenbar nicht loskommst, sorge dafür, dass du es in Ordnung bringst, bevor sich die Sache mit dir und Hailey weiterentwickelt. Treib keine Spielchen mit ihr, Shane. Denn egal, wie robust sie wirken mag, dieses Mädchen hat eine Menge durchgemacht. Und ich bin nicht so sicher, ob sie es verkraften wird, wenn du dich am Ende einfach aus dem Staub machst.«

Er hätte ihr versichern sollen, dass er von Hailey Abstand hielt, dass er nur hier war, um bei der Lösung dieses Rätsels zu helfen, dass er ausschließlich daran interessiert war, dass die Gerechtigkeit siegte und Hailey dabei nichts zustieß. Aber es gingen ihm zu viele widersprüchliche Gedanken durch den Kopf, als dass er einen zusammenhängenden Satz hätte bilden können. Und die schwache Stimme, die flüsterte *Siehst du? Nicht einmal Lisa glaubt, dass du sie retten kannst,* war so verdammt irritierend, dass alles, was er wollte, seine Tic Tac-Box und etwa drei Stunden Ruhe waren. Also sagte er gar nichts, sondern stieg nur weiter die Treppe hinauf.

Als er im ersten Stock ankam, war es dort still und dunkel. Die Holzdielen knarrten, als er den Flur entlangging. Als er seine Zimmertür aufstieß, begriff er erst gar nicht, was er vor sich sah.

Das Mondlicht, das durch das Fenster hereinfiel, beleuchtete eine Spur kleiner, weißer Punkte auf dem graubraunen Teppich. Er kniete sich hin, um einen davon aufzuheben, und stellte fest, dass es sich um Tic Tacs handelte. *Seine* Tic Tacs.

Was zum …?

Er schloss die Tür hinter sich, folgte der Spur um eine Ecke herum und stutzte, als er Hailey auf seinem Bett sitzen sah, die nichts trug als das Bon-Jovi-T-Shirt, das er ihr gekauft hatte. Ihr blondes, lockiges Haar fiel ihr in einem sanften Schwung auf die Schultern, ihre Beine waren lang und nackt, ein sexy Oberschenkel war über den anderen gelegt, und ihre Augen leuchteten im Dämmerlicht.

Er schluckte. Versuchte, sein Hirn in Gang zu setzen, um eine brauchbare Erklärung dafür zu finden, weshalb sie sich in dieser Aufmachung in seinem Zimmer befand. Aber so sehr er sich auch bemühte, alles, was ihm einfiel, war, wie verdammt sexy sie aussah und was er von ihrer ersten Begegnung an mit ihr hatte tun wollen.

»Hatte Chen Neuigkeiten zum Fortgang der Ermittlungen?«

Er nickte langsam.

Ihre Augen blieben aneinander hängen. Sie biss sich auf die Lippe. Wackelte leicht mit dem Fuß. Sein Blick wanderte die lange, wohlgeformte Silhouette ihres Beines hinunter bis hin zu ihren violett lackierten Fußnägeln. »Gute oder schlechte?«

Ihm wurde warm ums Herz. *Treib keine Spielchen mit ihr.* »Ein bisschen was von beidem.«

Ein paar Sekunden lang blieb sie sitzen, wo sie war. Dann stand sie auf, kam zu ihm und blieb vor ihm stehen. Der Fliederduft, den er stets mit ihr in Verbindung brachte, umwehte ihn, schärfte seine Sinne und erinnerte ihn daran, wie sie sich auf den Keys angefühlt, wie sie geschmeckt hatte und was er mit ihr gemacht hätte, wenn Billys Anruf sie nicht unterbrochen hätte.

Sie wird es nicht verkraften, wenn du dich am Ende einfach aus dem Staub machst.

»Wenn es dir nichts ausmacht«, sagte sie, und ihre blonden Locken fielen ihr über die Schulter, als sie den Kopf zur Seite neigte, »würde ich Chens Neuigkeiten eigentlich lieber später diskutieren. Im Moment bin ich weit mehr daran interessiert, wie du an den Dolch meines Vaters gekommen bist.«

Sie hatte die blauesten Augen, die er je gesehen hatte. Ihre Haut schimmerte in dem schwachen Licht wie Porzellan. In diesem Moment, so erschöpft sie auch von all den Geschehnissen der letzten Tage war, wirkte sie, als käme sie einfach mit allem zurecht, was das Leben für sie bereithielt. Sie war tausend Mal stärker als er an seinem besten Tag, und das wussten sie beide. Nicht körperlich, aber mental, emotional und, Gott, er wollte ein Teil davon sein. Sich daran erinnern, wie sich das anfühlte. Und wenn es nur für eine Minute war.

»Wenn sie auf deiner Dienststelle herausfinden –«

»Das werden sie nicht. Beweismittel kommen ständig abhanden.«

Sie blickte ihm fest in die Augen. Und leise sagte sie: »Du hast ihn genommen, noch ehe ich dir das mit dem Testament meines Vaters erklärt hatte. Ehe du überhaupt wusstest, ob ich unschuldig war oder nicht. Warum?«

Er konnte ihr ein Dutzend logischer Gründe nennen, warum er so gehandelt hatte, beginnend damit, den echten Mörder dadurch anzulocken. Dem aufgeblasenen Jim Hill von der Staatsanwaltschaft zu beweisen, dass er nicht von Anfang an mit der Sache zu tun gehabt hatte. Sich selbst zu beweisen, dass auf sein Bauchgefühl immer noch Verlass war. Aber nichts davon wäre die ganze Wahrheit gewesen. Und zumindest heute Nacht hatte er die Nase voll davon, so zu tun, als sei das zwischen ihnen nicht etwas Persönliches. Er griff nach ihrer linken Hand. Hob sie hoch. Ließ seine Finger über ihre weiche Handfläche gleiten. »Du bist Linkshänderin.«

»Stimmt.«

»Das habe ich erst gemerkt, als ich dich boxen sah. Aber da wusste ich schon, dass du deinen Cousin nicht umgebracht hast.«

»Woher?«

Sag es nicht.

»Weil die Frau, die in der Nacht, in der ihr Cousin ermordet wurde, in meine Wohnung kam, mich wahrscheinlich nicht so hätte küssen können, wenn sie gerade einen Mord begangen hätte.«

Zu spät.

Hitze loderte in den Tiefen ihrer Augen auf, und in der Stille, die zwischen ihnen herrschte, konnte er ihr Herz genauso schnell und unregelmäßig schlagen hören wie sein eigenes. Langsam hob sie die Hand. Ein einsames Tic Tac klapperte in der Plastikdose, als sie sie von einer Seite auf die andere neigte. »Ich glaube, das ist dein letztes. Willst du es?«

Nein, er wollte sie.

Sie schüttelte sich das Minzdragee in die Hand, nahm es zwischen Daumen und Zeigefinger und führte es zu seinem Mund. Ihre Haut fühlte sich seidig weich an, als sie seine Lippen streifte, dann tauchten ihre Finger hinein, glitten über seine Zunge. Er schmeckte Minze und sie. Sie ließ ihn nicht aus den Augen, zog ihre Finger wieder aus seinem Mund, führte sie an ihre eigenen, vollen Lippen und leckte zuerst ihren Daumen, dann ihren Zeigefinger ab, bevor sie die Lippen um den Finger schloss und daran saugte.

Oh Mann. Sie spielte mit ihm. Man musste nicht bei Toys"R"Us arbeiten, um die Lust am Spielen in ihren Augen zu erkennen. Er schnappte nach Luft, als er ihr zusah, und spürte, wie alles Blut aus seinem Kopf geradewegs in seinen Schwanz schoss. Und als sie näher kam, bis ihr Duft nur noch ein Getöse in seinem Kopf war und Hitze seinen Körper umgab, wusste er, dass sein letztes bisschen Zurückhaltung beim Teufel war.

»Hast du Lust, es mit mir zu teilen?«, flüsterte sie.

»Ja.«

»Gut.« Der Anflug eines Lächelns huschte über ihr Gesicht. »Wintergreen ist nämlich mein Lieblingsgeschmack.«

Er öffnete sich bei der ersten Berührung, umrahmte ihr Gesicht mit seinen Händen, tauchte mit seiner Zunge tief in ihren Mund ein und schwelgte in dem Stöhnen, das aus ihrer Brust drang. Das Minzdragee glitt von seiner Zunge auf ihre. Ihre Hände wanderten seine Brust hinauf, um seinen Nacken herum, und ihre Fingerspitzen jagten ihm Funken der Lust über den ganzen Körper. Sie stöhnte, als er sie dichter an sich zog, und seine Erektion presste sich in ihren Bauch. Ihre Hände fassten ihm kräftig ins Haar, während sein Mund ihr Kinn entlangstreifte und schließlich ihr Ohrläppchen und die zarte Haut ihres Halses fand.

»Hailey?«

»Hmmm?«

»Du bist mein Lieblingsgeschmack.«

»Oh …«

Er hatte gezögert. In den letzten Tagen hatte er versucht, Abstand zu halten. Doch heute Nacht hatte sie den ersten Schritt getan, alle seine Mauern durchbrochen, bis er nichts mehr sehen und fühlen konnte als sie. Und nun gab es wirklich kein Zurück mehr.

»Ich will dich«, flüsterte er und drängte sie rückwärts auf das Bett zu und leckte und knabberte dabei an ihrem Hals.

»Mm…«

»Ich will dich in jeder Stellung, die ich mir vorgestellt habe. Auf dem Rücken, auf den Knien, in deinem verfluchten Flieger.«

Sie erschauderte, als seine Lippen eine besonders empfindliche Stelle fanden. »In meinem Flieger? Das hört sich gut an …«

Er biss ihr zart ins Ohrläppchen, bis sie stöhnte. »Ich will, dass du meinen Namen rufst.«

Ihre Waden stießen an die Matratze. »Oh, ja, Max-«

»Nein.« Als sie versuchte, ihm mit ihrem Mund das Wort abzuschneiden, löste er ihre Hände von seinem Nacken und fixierte sie auf ihrem Rücken, um ihre Aufmerksamkeit ganz auf seine Worte zu lenken, und sagte: »Meinen Vornamen, Hailey. Wie auf den Bahamas, als ich angeschossen wurde. Wie in den Everglades, als mich dieser verdammte Alligator gebissen hat.«

Noch bevor sie den Mund aufmachte, wusste er, was herauskommen würde. »Da hatte ich auch beide Male angenommen, dass du sterben würdest. Im Moment siehst du in meinen Augen jedenfalls kerngesund aus, Maxwell.«

Er fühlte sich aber, als müsste er sterben. Wenn sie ihm nicht gab, was er brauchte.

»Shane«, korrigierte er.

Ihre blauen Augen blickten ihn scharf an, und sie lächelte ein langsames, kleines Lächeln, sexy, frech und herausfordernd, das sein Blut erhitzte und ihm sagte, dass ihr kleiner Machtkampf immer noch am Leben war. »Maxwell.«

Er drehte sie so plötzlich um, dass sie nach Luft schnappen musste. Ihr Rücken war fest an seine Brust gepresst, und ihr süßer kleiner Hintern drückte gegen seine Hüften. Dann hielt er ihre Arme vor ihrem Körper fest, sodass sie sich nicht mehr bewegen konnte, bog ihren Kopf zur Seite und fuhr mit der Zunge ihren Hals hinunter, bis sie erbebte. »In ein paar Minuten wirst du meinen Vornamen schreien.«

»Sei nicht so großspurig«, sagte sie in dem gehauchten Ton, nach dem er völlig verrückt war.

Er rieb sich an ihrer Rückseite. »Ich kann nichts dafür. Das liegt nur an dir.«

»Oh … mach das noch mal.«

Er knabberte an ihrem Halsansatz, strich mit der Zunge über die Stelle und saugte daran, bis sie aufstöhnte. Dann schob er sie bäuchlings auf das Bett.

Sie fügte sich widerstandslos. Er kniete sich auf das Bett, schlang ihr einen Arm um die Taille und hob sie an, um sie auf dem Kissen in eine höhere Position zu bringen, und nutzte die Gelegenheit, um nach der Farbe des Dessous zu schielen, das sie unter ihrem Bon Jovi-Shirt trug.

Schwarz. Satin mit Spitze. Bei dem Gedanken, ihr das hauchdünne Höschen mit den Zähnen auszuziehen, lief ihm das Wasser im Mund zusammen. Er schob ihr das T-Shirt den Rücken hoch, hob ihre Hüften an und presste seine Lippen auf das untere Ende ihrer Wirbelsäule.

»Maxwell –« Sie stützte sich auf die Hände und blickte sich über die Schulter zu ihm um.

Während er ihren Rücken entlang eine Fährte aus Küssen legte, schob er die Hand unter ihr T-Shirt, um ihren Oberkörper herum und darunter, um mit seiner großen Hand ihre volle, köstliche, nackte Brust zu umfassen.

Jeder Protest, den sie noch auf den Lippen gehabt haben mochte, erstarb. Sie stöhnte, drückte sich an ihn und wölbte ihren Rücken.

Sein Blut pulsierte. Sein Schwanz drängte darauf, freigelassen zu werden. Er ließ seine Lippen ihre Wirbelsäule hinaufwandern, bis das T-Shirt bis zu ihren Schultern hochgerutscht war und er es ihr über den Kopf ziehen konnte. Er ließ es auf den Boden fallen, beugte sich über sie und küsste ihre Schultern, ihren Hals, das Muttermal dicht unter ihrem rechten Schulterblatt. Dann umfing er sie, um ihre Brüste zu streicheln und ihre Brustwarzen zwischen seinen Fingern zu festen, harten Knospen werden zu lassen.

»Maxwell …« Sie presste sich wieder gegen seine Hüften, ihr Körper ließ ihn noch härter werden, ihre Worte noch entschlossener.

»Willst du mehr?«

»Ja …«

Er streifte ihr das Haar über die Schulter und küsste ihr Kinn. »Sag ›Ja, Shane, ich will mehr.‹«

Sie lächelte, wölbte sich ihm wieder entgegen. »Mmm … Ja, ich will mehr.«

Gott, sie war so stur. Und er konnte nicht anders. Er musste lächeln. Denn er konnte sich beim besten Willen nicht erinnern, wann ihn eine Frau das letzte Mal mehr frustriert, herausgefordert, erregt und zugleich so voll von ungestilltem Verlangen zurückgelassen hatte. »Officer Roarke, Sie legen es wirklich darauf an.«

Der Laut, den sie ausstieß, als er sie auf den Rücken drehte, war halb Lachen, halb Erschrecken, aber ihr Stöhnen, als er sie in die Matratze presste und brutal küsste, war die reine Zustimmung. Ihre Hände flogen zum Bund seines T-Shirts und darunter, bis sie es mit einem Ruck von seinem Körper gestreift hatte und sie Haut an Haut lagen und ihr Mund ihn auf eine Reise der tausend Sinne mitnahm.

Er zog sich zurück, bevor sie ihn dazu verleiten konnte, sein Ziel aus den Augen zu verlieren, küsste sich einen Weg ihren Hals hinunter zu ihren üppigen Brüsten. Sie fühlten sich absolut perfekt in seinen Händen an, weich und seidig, die Spitzen wie kleine, rosafarbene Radiergummis, wenn er mit den Fingerspitzen darüberfuhr. Und in seinem Mund? Himmlisch.

Sie stöhnte auf, bog sich ihm entgegen, bohrte ihre Fingernägel in seine Kopfhaut, bis ihn ein leichter Schmerz durchzuckte. Doch er hörte nicht auf. Er zog sie tief in seinen Mund hinein, erst die eine Brust, dann die andere, umkreiste ihre Brustwarzen mit der Zunge, während seine Hand nach unten glitt und ihre Beine sich öffneten, um ihm Platz zu machen.

»Oh, Gott, Maxwell …«

Er arbeitete sich an ihr hinunter, über ihre wohlgeformten Bauchmuskeln, ihren flachen Bauch, zum Bund ihres seidigen, schwarzen Höschens. Seine Zunge spielte mit dem Rand. Sie erschauderte. Er hob den Kopf, um an ihrem Körper entlang hoch zu ihrem vor Erregung geröteten Gesicht zu spähen. »Bist du schon so weit, nachzugeben?«

Ein mattes Lächeln huschte über ihre Gesichtszüge. Sie schlug aber nicht die Augen auf, nicht einmal, als sie nach seiner Hand auf ihrem Bauch griff und sie wieder zu ihrer Brust zog. »Noch lange nicht.«

»Ich dachte mir, dass du das sagen würdest.«

Er packte ihr Höschen mit den Zähnen und zog es ihre festen Beine hinunter. Und als sie die Augen aufriss und nach Luft schnappte, sich auf die Ellbogen stützte, um zu ihm hinabzublicken, lächelte er.

In ihm tobte die Erregung. Und als er sie so sah, wie sie nackt und einladend vor ihm lag, wollte er eigentlich nur noch seine Jeans loswerden und in ihr versinken.

Stattdessen ließ er sich auf die Knie nieder, ergriff ihre Schenkel und zog daran, bis ihre Waden über den Bettrand hingen und sein Mund gefährliche Küsse auf die Innenseite ihres Oberschenkels hauchte.

Sie hielt hörbar die Luft an. Schluckte – schwer –, während er sich ihrem süßesten Punkt immer mehr näherte. Und beobachtete ihn mit lustvollem Blick.

Er leckte den Ansatz ihrer Hüfte. Ihr Kopf fiel nach hinten, und ihre Augen schlossen sich. Sein Atem streifte heiß über ihren Venushügel – wobei er jede Berührung vermied – bis sie stöhnte, sich noch weiter öffnete und suchend ihre Hüften anhob.

»Bereit?«

»Bitte …« Sie stieß das Becken wieder nach oben.

»Bitte, Shane«, korrigierte er sie und fuhr mit einer Hand über das bislang vernachlässigte Bein, während die andere ihre Brust fand und drückte.

»Oh …«

Ihr Rücken wölbte sich. Er leckte die andere Hüfte. Ließ seine Zunge weiter nach unten wandern. Biss gerade so fest zu, dass sie erzitterte.

»Verdammt, hör auf, mich zu quälen, Shane. Ich brauche dich jetzt, sofort.«

Er zögerte nicht, spreizte ihre Oberschenkel mit den Händen, tauchte mit einem langen, sinnlichen Zungenschlag ein und umkreiste und reizte ihre empfindlichste Stelle, bis sie in seinem Mund kam.

Er hätte sich vielleicht zurückhalten, hätte es langsam angehen können, jetzt, da er bekommen hatte, was er wollte, aber als er sie auf dem Gipfel ihres Höhepunktes seinen Vornamen schreien hörte, war jede rationale Überlegung, ein langsamer, gelassener Liebhaber zu sein, wie weggeblasen.

Sein Mund fand ihren Bauch, ihre Brüste, ihren Hals, ihre Lippen. Ohne zu zögern, schob sie ihre Zunge in seinen Mund und brachte ihn mit ihren Küssen um den Verstand, während ihre Hände mit seiner Hose kämpften und ihn endlich befreiten. Irgendwie brachte er die Geistesgegenwart auf, eines der Kondome aus seiner Brieftasche zu ziehen, die er an jenem Morgen auf den Keys gekauft hatte – für alle Fälle –, richtete sich im Knien auf und vergaß sich beinahe, als sie sich aufsetzte, die Folie aufriss und es ihm überstreifte.

Ihre Hand massierte und streichelte ihn, machte ihn wild. Ihre Augen fixierten die seinen, bis er fürchtete, er würde bereits dadurch kommen. Aber es waren ihre Worte, die ihm den Rest gaben. »Ja, Shane«, flüsterte sie. »Ich will mehr.«

Er schlang den Arm um ihren Oberschenkel und hob ihn an, schob sein Knie leicht unter sie, sodass er mit einem langen Stöhnen in sie stoßen konnte. Durch den Winkel bog sich ihr Rücken, und die Spitzen ihrer Brust hoben sich empor. Er beugte sich vor und nahm eine davon tief in den Mund und fühlte ihren ganzen Körper erschaudern.

»Oh, Shane …«

Das war's. Zu spüren, wie sie sich mit ihrem Höhepunkt um ihn herum verengte, war mehr, als er verkraften konnte. Er rückte näher zu ihr, sein Mund ergriff Besitz von ihrem, und er ließ sich endlich gehen.

Hailey schreckte aus dem Schlaf hoch. Sie hatte gedöst, in Shanes Bett, dicht an ihn gekuschelt, warm und zufrieden und … sicher.

Sie stützte sich auf den Ellbogen und blickte auf ihn hinab. Er war wirklich nicht von schlechten Eltern. Ihr Geschlecht zog sich allein bei dem Gedanken daran, was er vorhin mit ihr angestellt hatte, zusammen, und ein Lächeln huschte über ihr Gesicht. Mit ihm zu schlafen war noch viel heißer und aufregender gewesen, als sie erwartet hatte. Was er mit ihr gemacht hatte, war wundervoll gewesen. Sie liebte auch ihre kleinen Zankereien und die Tatsache, dass er wusste, was er wollte, und nicht locker ließ. Und noch mehr, dass er, obwohl er offensichtlich die ganze Zeit gegen seine Gefühle für sie angekämpft hatte, sie letztendlich doch genauso sehr wollte wie sie ihn. Dass er den Dolch ihres Vaters an sich genommen hatte, bewies das zehnfach. Ganz ehrlich – sie hatte sich in ihn verliebt.

Ihr Herzschlag beschleunigte sich, als ihr das klar wurde. Sie liebte ihn. Trotz seiner ärgerlichen Launen und verwirrenden Sichtweisen und dunklen Geheimnisse, von denen sie nicht wusste, ob sie sie überhaupt erfahren wollte. Sie liebte ihn einfach. Der Gedanke erzeugte einen süßen Schmerz, den sie nicht mehr entbehren wollte.

Sie fuhr mit der Hand über seine Haut, musste ihn berühren. Er stöhnte im Schlaf, wandte ihr sein Gesicht zu, und sie lächelte über seine stumme Zustimmung, als ihr Finger seinen Bauchnabel umkreiste und dann hinauf zum Rand seiner Rippen wanderte. Und da sah sie die Narbe. Hoch oben auf der linken Seite. Eine gut sieben Zentimeter lange, zerklüftete Narbe, die sie bei ihrem Machtkampf vorhin nicht bemerkt hatte. Sanft strich sie über die unebene Erhöhung.

Er riss die Augen auf, und seine Hand packte sie mit einer solchen Kraft am Handgelenk, dass sie nach Luft schnappte. Sie kam nicht dazu, auch nur ein Wort zu sagen, ehe er sie auf den Rücken gedreht hatte und sich seine andere Hand so fest um ihren Hals legte, dass sie ihr die Luftröhre abdrückte.

Sie würgte, rang nach Atem, trat um sich, während ihre Hände an ihren Hals schnellten, um seine Finger auseinanderzureißen. Seine Augen waren schwarz wie die Nacht und glasig, aber selbst durch den Tränenschleier und die sich um sie schließende Dunkelheit hindurch konnte sie den Hass in ihnen erkennen.

»Shane«, krächzte sie.

Eine Mikrosekunde verging, die sich jedoch wie ein Jahr anfühlte. Seine Augen wurden wieder klar, richteten sich auf ihr Gesicht, wanderten hinunter auf seine Hände, die ihren Hals umfasst hielten. Dann ließ er augenblicklich los.

»Oh Gott, Hailey. Oh nein. Bist du okay? Oh … verdammt.«

Sie rollte sich auf die Seite, hustete und machte kleine Atemzüge, um das Brennen zu mildern. Die Matratze senkte sich, als er Sekunden später mit einem Glas Wasser und einem kalten nassen Tuch zurück war, das er vorsichtig auf ihren Hals legte. »Himmel, Hailey. Es tut mir leid. Es tut mir so leid. Setz dich auf und trink etwas Wasser. Die Kälte wird dafür sorgen, dass es keinen Bluterguss gibt. Komm, ich massier dich ein bisschen –«

Sie wehrte seine Hand ab. »Stopp.«

Er ließ sofort von ihr ab. Wich zurück, bis seine Beine an den

Plüschsessel an der Wand stießen und unter ihm nachzugeben schienen.

Sie war nicht verletzt. Wirklich nicht. Er hatte sie vor allem erschreckt, und als sie jetzt auf der Seite lag und ihn beobachtete, wie er den Kopf in die Hände stützte, wusste sie, dass er weit mehr litt als sie.

Was war mit ihm geschehen? Sie erinnerte sich an seine Reaktion in jener Nacht in seiner Wohnung, als er sie geküsst hatte. Damals war er zurückgewichen und gegen die Sofalehne gefallen, ganz ähnlich wie gerade eben. Und das war auch in dem Moment passiert, als sie die Narbe auf seiner Seite berührt hatte.

Sie hatte schon immer etwas Gefährliches bei ihm vermutet, etwas, das dicht unter der Oberfläche lauerte, doch bis heute hatte sie es nicht zu Gesicht bekommen. Sie wusste nur eines mit Gewissheit. Was da gerade passiert war, war ein Reflex gewesen. Er hätte ihr niemals mit Absicht wehgetan.

Er hörte sie nicht aus dem Bett steigen und den Raum durchqueren. Er war offensichtlich zu sehr mit seiner eigenen Schuld beschäftigt. Erst, als sie ihm die Hände auf die Knie legte und sich vor ihm auf dem Boden niederließ, hob er den Kopf, und überraschte, traurige Augen hefteten sich auf die ihren.

Oh, sie hatte recht gehabt. Nicht in einer Million Jahren würde er sie verletzen wollen.

»Es tut mir leid. Gott, Hailey, ich –«

Sie stieß leicht gegen seine Schulter. Er ließ sich widerstandslos nach hinten fallen, ohne Sorge, dass sie sich revanchieren könnte. Ihre Augen glitten über seinen nackten Körper zu der Narbe auf seiner Seite, und dann hoch zu der an seiner Schulter, wo er erst vor ein paar Monaten eine Kugel abbekommen hatte. Ohne ein Wort beugte sie sich vor und drückte ihre Lippen auf die Narbe an seiner Schulter.

»Nein, nicht. Oh, Gott …«

Seine Finger bohrten sich in die gepolsterte Armlehne. Sein ganzer Körper verkrampfte sich. Doch er stieß sie nicht von sich. Hielt sie nicht davon ab, mit ihm zu tun, was immer sie wollte.

Sie küsste. Leckte. Wusch mit ihrer Zunge über die Narbe, bis sein Atem ungleichmäßig wurde. Dann wanderten ihre Lippen seine Brust hinunter. Zu seinen Brustwarzen, die jetzt hart waren und voller Erwartung, noch weiter nach unten, um seine Brustmuskeln nachzuzeichnen und die leichte Einbuchtung seines Brustbeins.

Er presste die Zähne zusammen, als ihr Mund sich auf seine linke Seite, über seine Rippen bewegte. Sie spürte an ihrem Körper, dass sich die Muskeln seiner Beine anspannten, doch er presste sie nicht zusammen, tat nichts, um sie aufzuhalten, ehe sie nicht die Stelle erreicht hatte, auf die sie, wie er wusste, zusteuerte.

Sie umzingelte die gezackte Narbe an seiner Seite mit Küssen, seine steifen Muskeln und sein schneller Atem verrieten ihr, dass er die Zehen in den Teppich und die Finger in den Plüsch des Sessels bohrte. Als sie einen Blick nach oben in sein Gesicht riskierte, sah sie, dass seine Augen fest geschlossen und sein Kiefer so angespannt war, dass sie begriff, dass die Narbe die Wurzel allen Übels zwischen ihnen war. Der Grund dafür, dass er immer wieder zurückwich, dass er das überwältigende Bedürfnis hatte, sie zu beschützen, dass sein Job sein Leben war und dass er nicht von seiner Berufslaufbahn abließ, obwohl sie ihn unglücklich machte.

Ihre Lippen strichen zart über die Narbe, wie ein sanfter Hauch. Einmal. Zweimal. Bis er sich daran gewöhnt hatte und sich seine Muskeln etwas lockerten. Dann wieder. Und wieder. Sie fuhr mit der Zunge die Linie entlang. Leckte und küsste sie. Und als er schließlich nachgab und sich entspannte, entfernte sie sich wieder, bewegte sich zurück zu seinen Bauchmuskeln und noch weiter nach unten.

»Nein, tu das nicht. Ich –«

Sie hörte nicht auf ihn. Nahm ihn tief in ihren Mund, bis ihm ein Stöhnen die Worte abschnitt. Er schwoll beim Spiel ihrer Zunge an, und während sie ihn verwöhnte, kehrte sie mit ihren Fingern wieder zu der Narbe an seiner Seite zurück und spürte, wie er unter der Berührung erschauderte und in ihrem Mund noch härter wurde.

Sie wollte, dass er sich hieran erinnerte. Ihm die alte Erinnerung austreiben, welcher Art sie auch immer war, die er mit der Berührung dieser Narbe verband, und sie durch diese neue Erinnerung ersetzen. Mit ihr selbst.

»Hailey. Oh, Gott … hör auf …«

Endlich ließ sie von ihm ab. Stieg auf ihn. Setzte sich rittlings auf seinen Schoß und senkte sich über ihn, um ihn in sich aufzunehmen, noch ehe er die Augen öffnen konnte.

Seine Hände glitten zu ihren Hüften, aber er rührte sich nicht. Die Schuld, die sich tief in seine Gesichtszüge gebrannt hatte, brach ihr fast das Herz.

Sie ergriff die Rückenlehne des Sessels und schlang sich fest um ihn. Sein Atem setzte aus, und langsam richteten sich seine Augen auf sie. »Schlaf mit mir, Shane. Jetzt und hier. Ohne irgendwelche Geister mit uns im Zimmer.« Ihr Mund senkte sich auf seinen, und sie spürte, wie sich ihr das Herz in der Brust weitete, als er ihr seine Lippen entgegenstreckte. »Ich will nur dich.«

»Hailey –«

»Ich weiß«, flüsterte sie. »Lass einfach los und liebe mich.«

20

Hailey stand so lange unter der Dusche, bis ihre Haut runzlig aussah. Als sie an die vergangene Nacht dachte, begann ihr Herz zu hämmern, und ein leichter Schmerz, verursacht durch das, was Shane durchgemacht hatte, breitete sich in ihrer Brust aus.

Sie war morgens kurz nach acht, so leise sie konnte, aus dem Bett gestiegen und hatte ihn, fest wie ein Stein schlafend, auf der Seite liegend, zurückgelassen. Zwar war sie auch müde, aber er hatte emotional völlig ausgelaugt ausgesehen, und daher wollte sie ihm so viel Ruhe wie möglich gönnen. Irgendwann kurz vor Sonnenaufgang hatten sie es ins Bett geschafft, wo er sie so innig geliebt hatte, dass jede Zelle ihres Körpers selbst Stunden später immer noch völlig überladen war.

Ein Lächeln umspielte einen ihrer Mundwinkel, als sie an die unterschiedlichen Seiten seines Wesens dachte. Beherrscht in der einen Minute, verspielt in der nächsten, dann herausfordernd oder seriös und so verdammt sexy, dass es ihr den Atem verschlug.

Sie seufzte, spülte die restliche Seife ab. Sie wusste, dass sie mit der Tagträumerei aufhören musste, wenn sie jemals hier rauskommen wollten. Sie stellte die Dusche ab und riss den Vorhang zur Seite. Und schrie auf, als sie die Gestalt sah, die vor der Dusche stand.

Sie griff sich ans Herz und verbarg ihren horrorfilmreifen Schrecken hinter einem nervösen Kichern. »Shane. Gott. Hast du mich erschreckt.«

»Tut mir leid.« Er hielt das Handtuch mit beiden Armen hoch, während sie aus der Duschwanne stieg, und wickelte es dann um ihren tropfenden Körper.

»Hat die Dusche dich aufgeweckt?« Sie gab ihm einen Kuss und nahm dann das Handtuch, das er ihr für die Haare hinhielt.

»Nein.«

Während sie sich zur Seite beugte, um das Wasser aus ihren Locken zu wringen, musterte sie ihn. Er hatte nichts an als die abgetragene Jeans von gestern. Seine Brust war nackt, die Stoppeln an seinem Kinn waren noch dichter und dunkler, seine Augen durchdringender denn je. Die strenge Linie seines Mundes verriet ihr, dass er sich immer noch darüber ärgerte, was letzte Nacht passiert war.

Okay, sie würde ihn nicht drängen. Sie griff nach der Feuchtigkeitscreme, die sie auf die Abstellfläche neben dem Waschbecken gestellt hatte, fest entschlossen, das hier so leicht und normal wie möglich erscheinen zu lassen. Es hatte in ihrer bisherigen Beziehung keine Normalität gegeben, und sie konnten beide ein wenig davon gebrauchen. »Gut. Ich will so früh wie möglich los. Hoffentlich sind Billy und Nicole schon auf. Ich habe Steve angerufen. Er ist jetzt auf dem Weg zum Flugplatz, um den Jet klarzumachen.«

»Hör mal, Hailey. Wegen letzter Nacht. Ich …«

Im Spiegel über dem Waschbecken erhaschte sie einen Blick auf sein schuldbeladenes Gesicht und sehnte sich danach, stattdessen sein freches Grinsen zu sehen. »Wenn du jetzt versuchst, dich bei mir für den besten Sex deines Lebens zu bedanken, erspar dir die Mühe, denn ich werde darauf antworten: Gern geschehen.«

Statt zu lächeln, runzelte er die Stirn. »Davon habe ich nicht gesprochen. Ich meinte beim zweiten Mal, als wir … ich …« Er raufte sich die Haare. »Scheiße. Ich habe kein Kondom benutzt.«

Okay, sie hatte mit allem Möglichen gerechnet, worüber er

sich Sorgen machte, aber nicht damit. Sie drehte sich langsam zu ihm um.

»Ich übernehme die volle Verantwortung, und ich hätte viel vorsichtiger sein müssen. Aber ich hatte nicht erwartet …« Er rieb sich mit der Hand übers Gesicht, blickte überall hin, nur nicht zu ihr. »Du hast mich überrascht, und ich hätte aufhören müssen, aber … tja. Weißt du, ich mache alles nur noch schlimmer.« Er holte tief Luft. »Ich will keine Kinder.«

Ihr fiel die Kinnlade herunter, dann schloss sie den Mund wieder. »Niemals?«

Schließlich begegneten sich ihre Augen. »Niemals.«

Etwas versetzte ihr einen Stich ins Herz. Obwohl sie im Moment keineswegs bereit für Kinder war, hatte sie sich immer vorgestellt, dass sie irgendwann eins oder zwei haben würde. Das war sogar so weit gegangen, dass sie die Möglichkeit in Betracht gezogen hatte, sie alleine aufzuziehen, falls sie niemals wieder heiraten sollte, obwohl sie hoffte, dass es dazu nicht kommen würde. Das Wissen, dass er keine Kinder wollte … niemals? Aus irgendeinem Grund ließ sie das nichts anderes empfinden als … Verlust.

»Warum denn nicht?«, fragte sie. »Du verhältst dich so beschützend den Menschen um dich herum gegenüber, du wärst ein toller Vater.«

Er schüttelte den Kopf, stemmte die Hände in die Hüften und blickte auf den Boden. »Nein. Das wäre ich nicht. Und ich werde es niemals sein. Ich bin immer vorsichtig. Letzte Nacht war ich es nicht. Ja, letzte Nacht … hat meine Entscheidung nur noch mehr gefestigt, ein für alle Male damit abzuschließen und mich sterilisieren zu lassen, damit so etwas nie wieder passiert.«

Mann. Das war drastisch. Er meinte es wirklich ernst.

»Wenn die Möglichkeit besteht, dass du letzte Nacht von mir schwanger geworden bist –«

Ähm, tja. Diese Unterhaltung war soooo ganz und gar nicht die, die sie jetzt mit ihm führen wollte. Sie zerstörte die romantische Stimmung gründlich, in der sie den ganzen Morgen schon gewesen war. »Shane, ich nehme die Pille.«

»Ach wirklich?«

Sie nickte und verabscheute das Aufleuchten der Erleichterung, das sie in seinen Augen sah. Okay, es war dumm, wenn man bedachte, dass sie erst seit ein paar Tagen zusammen waren und er ihr keinerlei Versprechungen gemacht hatte, dass etwas Langfristiges daraus werden würde, aber warum musste er die Vorstellung, ein Kind mit ihr zu haben, so verdammt deprimierend finden? »Ja. Vorsorge ist besser als Nachsorge in meinen Augen. Es ist höchst unwahrscheinlich, dass du Daddy wirst durch das, was letzte Nacht passiert ist.«

Er stieß erleichtert den Atem aus, und es ging ihr scheußlich auf die Nerven. Sie griff nach ihrer Bürste auf dem Waschbecken und begann, sich die Haare zu bürsten, ehe sie irgendetwas Falsches sagte. *Ignorier es einfach. Du denkst schon zwölf Schritte weiter als er. Lass den Dingen ihren Lauf und genieße es, jetzt mit ihm zusammen zu sein.*

Sie zwang sich zu einem Lächeln. Ließ die Bürste sinken, zog sich ihr Handtuch fester um die Brust und ging zu ihm, um ihm einen Kuss auf die Wange zu geben. »Wenn du dir unbedingt Sorgen machen willst, dann lieber darum, wie du letzte Nacht noch überbieten willst. Du hast meine Erwartungen ziemlich in die Höhe getrieben.«

Ihr Lächeln heiterte ihn nicht gerade auf. Wenn überhaupt, schienen sich die Furchen noch tiefer in sein Gesicht zu graben.

Er folgte ihr hinaus ins Schlafzimmer und sah ihr zu, wie sie sich aus dem Handtuch wickelte und in frische Klamotten aus ihrer Tasche schlüpfte, die sie letzte Nacht neben die Kommode gestellt hatte, als sie hergekommen war, um auf ihn zu warten. »Hailey, wir müssen uns auch über den Rest unterhalten.«

Oh Mann, er hatte wirklich ernsthaft vor, ihr ihre gute Stimmung zu verderben. Sie zog sich das T-Shirt über den Kopf. »Den Rest wovon?«

»Von dem, was passiert ist. Was ich dir angetan habe.«

Nun, das war immerhin etwas, womit sie eigentlich gerechnet hatte. Sie streifte sich die Jeans über und knöpfte sie zu. »Du hast mich nicht verletzt, Shane. Mir geht's gut.«

»Dir geht es nicht gut. Dein Hals ist ganz rot.«

»Das ist vom heißen Wasser unter der Dusche«, log sie.

»Wir wissen beide, dass das nicht wahr ist.«

Sie warf ihm einen Blick zu. Ja, okay. Er hatte eindeutig immer noch Schuldgefühle. »Ich habe dich aufgeschreckt. Du hast mich überrascht. Aber ich bin nicht aus Glas, also behandle mich auch nicht so. Jetzt weiß ich, dass ich dich das nächste Mal nicht wieder im Schlaf erschrecken darf.« Sie sah sich auf dem Boden nach ihren Schuhen um.

»Es wird kein nächstes Mal geben«, murmelte er.

»Was?«

»Verdammt.« Seine Kiefermuskeln arbeiteten. Aber er wandte den Blick nicht ein Mal von ihrem Gesicht ab. »Ich habe versucht, mich von dir fernzuhalten, wirklich. Weil ich wollte, dass so etwas wie letzte Nacht gar nicht erst passiert. Aber jetzt, nachdem es passiert ist … jetzt weißt du, warum ich nicht zulassen werde, dass es wieder passiert.«

»Moment mal. Was willst du mir damit sagen?«

»Ich will dir sagen, dass ich mich, solange wir versuchen, herauszufinden, wer dir die Falle gestellt hat, woanders aufhalten werde.«

Sie kniff die Augen zusammen, als seine Worte zu ihr vorgedrungen waren. »Warte. Nur, dass ich das richtig verstehe. Ich weiß, dass das Problem nicht ist, dass du mich nicht willst, denn ich war letzte Nacht auch dabei. Ich weiß, dass du mich willst. Und jetzt sagst du mir, dass du nicht mehr mit mir schlafen wirst, nur, weil ich dich aus dem Schlaf hochgeschreckt habe?« Sie verdrehte die Augen. »Das ist das Dümmste, was ich je gehört habe.«

»Hailey –«

»Ich habe dir doch schon gesagt, dass ich unmöglich schwanger geworden sein kann. Wenn du dir deswegen Sorgen machst, versichere ich dir, dass wir –«

»Gott, Roarke, ich habe einen Mann umgebracht!«

Ihr Mund klappte zu, und das Schweigen fiel zwischen sie beide herab wie ein dunkles Leichentuch. Er fuhr sich mit der Hand übers Gesicht. »Du bist Polizist. Und … solche Dinge passieren im Einsatz. Also … ich weiß nicht, was das mit dir und mir zu tun haben soll.«

Er blickte an die Decke, schien seine Gedanken zu sammeln. Und plötzlich war sie nicht mehr sicher, dass sie hören wollte, was er ihr gleich erzählen würde. »Du hast mich gefragt, ob ich je ans Heiraten gedacht hätte. Das habe ich. Ein Mal. Vor über einem Jahr. Tony und ich wurden zu einem Mordfall gerufen. In den Sozialbauten. Eine zweiundzwanzigjährige Nutte war aufgeschlitzt und in Einzelteile zerlegt worden. Wir wussten, dass es ihr Zuhälter war, der das getan hatte. Er hatte Hackfleisch aus ihr gemacht, um sicherzugehen, dass sie, sollte sie es doch überleben, nie wieder ihrem Beruf nachgehen konnte.«

Hailey drehte sich der Magen um. »Das ist krank.«

»Mir wurde die Aufgabe zuteil, an die Türen zu klopfen und nach Zeugen zu suchen. Bei einer Wohnung zwei Türen weiter … machte ein Mädchen auf. Sie war jung. Anfang zwanzig. Nur Haut und Knochen. Und verrückt vor Angst. Aber was mir vor allem auffiel, waren die Blutergüsse überall in ihrem Gesicht. Jemand hatte ihr eine ordentliche Tracht Prügel verpasst. Sie redete nicht mit mir, aber ich hatte das Gefühl, sie wusste mehr, als sie zugeben wollte. Also kam ich ein paar Tage später wieder zurück.

Zuerst war sie misstrauisch. Aber nach einer Weile schaffte ich es, dass sie den Mund aufmachte. Sie hieß Julie. Sie und das Opfer waren Freundinnen gewesen. Sie arbeitete für dasselbe Arschloch.«

»Sie war also auch eine Nutte.«

»Sie erzählte mir nicht viel, und ich wusste, dass derselbe Schweinehund, der das andere Mädchen umgebracht hatte, Julie grün und blau geschlagen hatte, damit sie den Mund hielt. Aber ich bin trotzdem wiedergekommen. Mehrmals. Bis sie zustimmte, mit mir in einem mehrere Kilometer entfernten Lokal einen Kaffee zu trinken.«

Hailey spürte augenblicklich, dass das, was jetzt kommen würde, nichts Gutes sein konnte, und ihr wurde übel. »Was ist passiert?«

Er sah zum Fenster hinaus, ganz in seine Erinnerungen verloren. »Sie war noch keine sechs Monate in Chicago gewesen, war von Nord Dakota ihrem Freund dorthin gefolgt, als er sie bereits abservierte. Sie kannte niemanden, hatte kein Geld. Konnte niemanden zu Hause anrufen und um Hilfe bitten. Sie war Dee Dee – dem Mädchen, das getötet worden war – an einer Bushaltestelle begegnet. Dee Dee hatte ihr eine Bude besorgt, hatte ihr erklärt, wie sie Geld verdienen könne und sie Malcolm vorgestellt.«

Dem Zuhälter. Die Art, wie Shane seinen Namen sagte, ließ Hailey das Blut in den Adern gefrieren.

»Julie war … hübsch. Wie das nette Mädchen von nebenan. Und so verdammt süß, selbst nach dem ganzen Scheißpech, das sie gehabt hatte. Sie hatte sich auf die falschen Leute eingelassen. Und sie saß in der Klemme.«

»Du hast ihr geholfen«, sagte Hailey, als es ihr allmählich dämmerte. Natürlich hatte er das. Er war ein Beschützer. Als ihr einfiel, wie Shane in Lake Geneva auf ihr geschundenes Gesicht reagiert hatte, wusste sie mit Sicherheit, dass er diesem Mädchen geholfen hatte.

Er nickte und schluckte. »Sie wollte nicht, dass ich ihr half. Es dauerte ein paar Monate, ehe sie es zuließ. Ich ließ nicht locker, traf mich mit ihr und versuchte, sie zu überreden, von dort wegzugehen. Und schließlich … ja, habe ich ihr geholfen, von Malcolm loszukommen. Ich habe ihr eine andere Wohnung am anderen Ende der Stadt besorgt, in einer guten Gegend. Und einen Job bei meinem Expartner Jack, in dessen Privatdetektei sie Büroarbeiten machen konnte. Sorgte dafür, dass Malcolm nicht herausbekam, wo sie geblieben war. Da niemand über seine Beteiligung an dem Mord an Dee Dee auspackte, konnten wir nichts gegen ihn unternehmen, obwohl ich wusste, dass er es getan hatte.«

Hailey zog sich der Magen zusammen. »Und dann?«

»Ich habe mich eine Weile von ihr ferngehalten. Wenn Malcolm dahinterkam, dass ich derjenige war, der sie da rausgeholt hatte, wollte ich nicht, dass er mir folgen und ich ihn unfreiwillig zu ihr führen könnte. Nach etwa drei Monaten glaubte ich, sie sei endgültig in Sicherheit, verstehst du? Also habe ich sie in Jacks Büro besucht. Und wie sie sich veränderte hatte … es war ein Unterschied wie Tag und Nacht. Sie war eine andere Frau. Ihr Haar war kurz, ihre Augen funkelten. Sie hatte mindestens fünf Kilo zugelegt, was unheimlich viel ausmachte. Und sie lächelte. Die ganze Zeit. Es war wie … so wie ich sie mir vorstellte, bevor sie nach Chicago kam.«

Hailey versetzte es einen leichten Stich ins Herz. »Du hast sie geliebt.«

Endlich trafen seine Augen auf ihre, doch sie waren nicht sanft wie seine Worte, sondern sehr hart und sehr finster. »Nein. Aber ich glaube, ich hätte sie lieben können. Ich glaube … ich wollte es. Ich führte sie zum Essen aus. Und die ganze Zeit lächelte sie mich an und redete ununterbrochen über Jack und ihren Job und darüber, wie glücklich sie sei, und ich konnte an nichts anderes denken als daran, wie es sein würde, mit ihr zusammen zu sein. Nicht nur aus Sexgründen, sondern fest. Mit jemandem, der so viel Energie und Lebenslust hatte.«

Das war die Frau, die zu heiraten er sich überlegt hatte. Hailey wollte den Rest eigentlich gar nicht mehr hören. Aber sie wusste, sie musste es.

»Ich begleitete sie zurück zu ihrer Wohnung«, fuhr Shane fort, ohne auf eine Reaktion zu warten. »Ich wäre gerne mit ihr hineingegangen, aber ich wollte nicht, dass sie das Gefühl hatte, mir etwas schuldig zu sein oder dass ich nur an Sex interessiert sei. Als sie mich hereinbat, sagte ich Nein, obwohl ich schon darüber nachdachte, wann ich sie wiedersehen würde. Stattdessen gab ich ihr einen Gutenachtkuss und ging.«

Sie wusste nicht, wieso, aber instinktiv wusste Hailey, dass es ihre letzte Begegnung gewesen war. »Und dann?«

Shanes Blick wurde hart. »Er hatte in der Wohnung auf sie gewartet. All die Monate hatte er mich beobachtet, darauf gewartet, dass ich ihn geradewegs zu ihr führen würde. Während ich zu meinem Auto zurückging, hat er …« Shane schloss die Augen und schluckte schwer. »Was er mit Dee Dee gemacht hatte, war nichts im Vergleich zu dem, was er Julie antat.«

Hailey presste sich eine Hand auf den Mund. »Oh, Shane. Das ist schrecklich. Aber es war nicht deine Schuld. Er –«

Shane schlug die Augen wieder auf, und ihre Worte erstarben, als sie die Gefahr in ihren Tiefen aufflackern sah. »Wenn ich nicht gewesen wäre, wäre sie noch immer am Leben. Ich konnte sie nicht mehr zum Leben erwecken, aber so sicher wie das Amen in der Kirche konnte ich etwas gegen ihn unternehmen.«

Jetzt ergab alles einen Sinn. »Du bist zu ihm, um ihn zu verhaften«, sagte Hailey ruhig.

»Nein«, korrigierte Shane in einem eiskalten Ton. »Wir hatten nicht genügend Beweise, um ihn zu vernehmen, geschweige denn das Schwein zu verhaften. Ich bin zu ihm gegangen, um ihn zu töten. Ich wartete und ich plante, und ich ließ genug Zeit verstreichen, sodass es nicht wie ein Vergeltungsschlag aussah. Aber ich hatte nicht die geringste Absicht, ihn festzunehmen oder ihm auch nur ein Fünkchen Rechtsprechung zuteilwerden zu lassen.«

Ein Kloß bildete sich in Haileys Kehle. Und sie musste an die Narbe an seiner Seite denken. »Du hast ihn getroffen.«

»Ja«, sagte Shane kalt. »Das habe ich. Wir haben gekämpft. Ich bekam ein Messer in die Seite, daher habe ich meine Narbe, aber letztendlich war er derjenige, der diese Lagerhalle in einem Leichensack verlassen hat.«

Er führte es nicht weiter aus, doch sie konnte sich die Szene beinahe vorstellen. Das heruntergekommene Viertel, die leere Lagerhalle. Die Geräusche von knochenbrechenden Fäusten und Pistolenschüssen, die in dem großen Raum widerhallten.

»Es gab eine interne Ermittlung. Sie wussten von Dee Dee. Sie wussten von Julie, und dass ich ihr einen Job bei Jack verschafft hatte. Sie wussten, dass ich bis zum Hals in der Scheiße steckte. Der einzige Grund, warum ich nicht in den Knast gewandert bin, ist, weil Tony für mich gelogen hat.«

Haileys Herz ging auf für ihn. Der Mann hatte ein klares Bewusstsein für die Trennlinie zwischen Recht und Unrecht, und in seinen Augen hatte er diese Linie eindeutig überschritten. Bei Weitem. Sie dachte an das, was Lisa ihr vergangene Nacht in der Küche erzählt hatte. Wie sehr Shane sich in den letzten Monaten verändert hatte, dass er nicht mehr lächelte und sich von allen, an denen ihm etwas lag, zurückgezogen habe. Die Erinnerung an das, was er getan hatte, und an das Gesetz, das er wegen seines Berufs gezwungenermaßen aufrechterhalten musste, zehrten ganz offensichtlich an ihm.

Sie machte zwei Schritte auf ihn zu, vorsichtig, um ihn noch nicht zu berühren, denn in seinen Augen loderte es immer noch, und er sah aus, als könne er jeden Moment etwas zertrümmern, doch sie war fest entschlossen, ihn dazu zu bringen, ihr zuzuhören. »Was Malcolm Julie und Dee Dee angetan hat, war falsch, Shane.«

»Ich habe einen Mann umgebracht, Hailey. Kaltblütig. Vorsätzlich und diese ganze Scheiße.«

Da war sie sich nicht so sicher. Sie kannte ihn viel besser als er ahnte. Aus irgendeinem Grund wollte er im Moment, dass sie schlecht von ihm dachte. Nur funktionierte das nicht. Ihr fiel ein, wie hartnäckig er gewesen war, damit Lisa und Rafe zur Polizei gingen, als sich bei ihrer Suche nach den Furien das Blatt gewendet hatte und er angeschossen worden war. Wie er sie in Lake Geneva gedrängt hatte, ihm reinen Wein über Bryans Mord einzuschenken. Egal, mit welcher Absicht er dorthin gegangen war, sein moralischer Kompass hätte sich in letzter Minute eingeschaltet.

Die Narbe auf seiner Seite bestätigte das. Wenn er nur dorthin gegangen wäre, um Malcolm zu töten, hätte er es ganz ohne Kampf tun können, ohne die Verletzung, deretwegen er über eine Woche im Krankenhaus gelegen hatte, ohne die Narbe, die ihr verriet, dass er Malcom mit aller Wahrscheinlichkeit in Notwehr getötet hatte.

»Wann ist Chen gekommen?«, fragte sie.

»Kurz nachdem es passiert ist.«

»Und wie wurde am Ende befunden?«

Er zögerte, ehe er schließlich sagte: »Entlastet.«

Na also. Per definitionem hieß das soviel wie, der Vorfall hatte nie stattgefunden, oder seine Tat war als gesetzmäßig befunden worden und verletzte keine schriftlichen Bestimmungen. Sein Partner wäre niemals in der Gegend gewesen, wenn Shane ihn nicht angerufen und gesagt hätte, wo er war. Und wenn Chen davon gewusst hätte, hätte Shane seinen Plan bestimmt nicht durchziehen wollen. »Notwehr ist kein Mord, Shane«, sagte sie ruhig.

»Das spielt keine Rolle«, fuhr er sie an. »Ich ging mit der Absicht hin, ihn zu töten, und ich habe es getan.«

Sie kam noch einen Schritt näher. »Du hast ihn davon abgehalten, noch mehr junge Mädchen umzubringen. Niemand, der bei klarem Verstand ist, würde dir das anlasten. Ich ganz bestimmt nicht. Und wenn du erwartest, dass ich schockiert bin, bin ich nicht die richtige Person. Ich habe auf der Straße gearbeitet, schon vergessen? Ich weiß, dass guten Leuten schlimme Dinge passieren und dass nicht immer die Gerechtigkeit siegt. Wenn du ihn festgenommen hättest, hätte es nicht lange gedauert, bis er wieder auf freiem Fuß gewesen wäre.«

»Du kapierst es nicht, Hailey. Was ich getan habe, spielt jetzt keine Rolle.« Er tat einen großen Schritt zurück, ehe sie ihn berühren konnte. »Ich habe jemanden für eine Nutte getötet, die ich kaum kannte. Ich liebte sie nicht. Kannte sie nicht einmal richtig. Was ich für dich empfinde, ist tausend Mal stärker und eine Million Mal heißer, und das macht mich zu einer Gefahr. Für dich, für jeden, der sich dir in den Weg stellt, für das Schwein, das dir den Mord an deinem Cousin in die Schuhe schieben will. Wenn ich sage, dass das, was letzte Nacht geschehen ist, nicht wieder passieren wird, dann nicht, weil ich nicht mit dir zusammen sein will. Sondern weil ich mir bei dir selbst nicht über den Weg traue... Und ich kann nicht – werde nicht – zulassen, dass dir meinetwegen irgendetwas passiert.«

Tausend Gedanken und Gefühle strömten auf sie ein. Er hatte

nicht gesagt, dass er sie liebte, nicht mit exakt diesen Worten, aber es schwebte in dem Schweigen zwischen ihnen. Ihr Herz schien sich emporzuheben, und eine Freude überkam sie, wie sie sie noch nie zuvor erlebt hatte.

Aber ebenso rasch, wie sie gekommen war, legte sie sich auch wieder.

Denn da waren der Klang seiner Stimme und der Blick in seinen Augen endlich bei ihr angekommen.

Was er für sie empfand, reichte nicht aus, um ihn davon zu überzeugen, dass sie gut für ihn war. Reichte nicht, um ihn erkennen zu lassen, dass sie ihn in den letzten paar Tagen zum Lachen und zum Lächeln gebracht hatte, was sonst niemand in fast einem ganzen Jahr geschafft hatte. Reichte nicht, um die Mauer der Schuld zu durchbrechen, die er um sich herum errichtet hatte. Irgendwie musste sie ihn dazu bringen zu verstehen, dass er nicht für das verantwortlich war, was Malcolm getan hatte.

»Du kannst dir nicht die Schuld dafür geben, dass du nicht da warst, als es geschah, Shane. Du hast alles getan, was du konntest, um ihr zu einem besseren Leben zu verhelfen.« Sie bewegte sich wieder langsam auf ihn zu. »Du darfst deswegen nicht aufhören zu leben.«

Er wich zurück, ehe sie ihn berühren konnte, und der sengende Blick seiner Augen warnte sie davor, es zu versuchen. »Du kannst das nicht einfach sagen und von mir erwarten, dass ich es auch fühle. Du warst nicht dabei. Du hast nicht gesehen, was er ihr angetan hat. Du musst nicht mit dem Wissen leben, dass sie noch am Leben wäre, wenn du dich nicht eingemischt hättest.«

»Wer sagt denn, dass Malcolm sie nicht so oder so umgebracht hätte?«, entgegnete sie. Sie wollte ihn an sich ziehen, ihm sagen, dass alles gut werden würde, aber sie wusste, dass das nicht stimmte. Nicht, solange er nicht in der Lage war, das zu vergessen. »Shane –«

»Sieh mal«, sagte er rasch: »Ich versuche nicht, dich zu verletzen. Ich sage dir nur, wie es ist. Ich bin nicht geeignet für eine Beziehung. Ich dachte letzte Nacht … es gäbe vielleicht einen Weg …« Er hob eine Hand. Ließ sie wieder fallen. »Aber jetzt weiß ich, es gibt keinen. Es endet hier.«

Das klang so endgültig. Als hätte er sich entschieden und sie habe dabei überhaupt kein Mitspracherecht. Aber anstatt verletzt zu sein, war sie plötzlich verärgert. Und unglaublich frustriert, weil er nicht erkannte, was er da gerade wegwerfen wollte. »Also, das war's dann. Bloß weil du das sagst. Ende der Geschichte. Danke für den Fick, mach's gut.«

»Sag das nicht so.«

Sie blickte sich im Raum um, der vor nur wenigen Stunden noch so warm und behaglich und der einzige Ort der Welt gewesen war, an dem sie hatte sein wollen. Und nun hinterließen schon der Anblick des zerwühlten Bettes und der Gedanke an das, was sie darin getan hatten, einen Schmerz in ihrer Brust. »Warum denn nicht? Mehr war es doch nicht, oder?«

»Doch, das war es. Es war –«

Endlich entdeckte sie ihre Schuhe unter dem Sessel am anderen Ende des Zimmers. Um sich abzulenken, ließ sie sich auf denselben Sessel fallen, auf dem sie sich in der vergangenen Nacht geliebt hatten, und bückte sich, um sich die Schnürsenkel zuzubinden. »Du gehst zurück nach Chicago, sobald wir die sechste Skulptur gefunden haben, stimmt's?«

Sein Mund fiel zu. Dann sagte er kleinlaut: »Ja.«

Sie nickte. Machte sich nicht die Mühe, ihn anzusehen. Ärgerte sich darüber, dass sich der Schmerz weiter ausdehnte. Und noch mehr darüber, dass sie ihm nicht sagen konnte, er solle sofort abhauen und ihr den Stress ersparen. Denn wenn sie es tat, hätte er keine Möglichkeit mehr, es sich anders zu überlegen. Und wie verzweifelt wäre sie dann? Gott, würde sie es je lernen mit den Männern? »Dann schätze ich, wir machen uns lieber daran, dieses Bronzeding zu finden, damit du eher früher als später von hier verschwinden kannst.«

»Hailey –«

Ein Klopfen an der Tür schnitt ihm das Wort ab.

Er warf einen Blick auf die Tür, dann wieder auf sie. »Ich will nicht, dass es so endet.«

Das Bedauern in seiner Stimme war zu viel, und sie stand schnell auf, durchbohrte ihn mit ihrem Blick und griff auf einen Charakterzug zurück, der sie bisher jedes Mal gerettet hatte, wenn ihr das Leben einen Streich gespielt hatte. »Doch, ich glaube, das willst du. Ich glaube, das macht es leicht für dich.«

Eine Faust schlug gegen die Tür, gefolgt von Rafes gedämpft klingender Stimme. »Maxwell!«

Verärgert wandte er sich der Stimme auf dem Flur zu. »Was ist los?«

»Mach die Scheißtür auf, Bulle. Ich werde nicht weiter in meinem eigenen Haus herumbrüllen!«

»Ach verdammt«, murmelte Shane und ging auf die Tür im Nebenraum zu. »Was ist denn?«

»Dir auch einen schönen guten Morgen, Sonnenschein«, grummelte Rafe. »Schön zu sehen, dass du so gut geschlafen hast. Deine Schwester hat mich hergeschickt, um dir zu sagen, dass das Frühstück fertig ist. Und um dich zu fragen, ob Hailey letzte Nacht irgendetwas zu dir gesagt hat. Anscheinend weiß niemand, wo sie ist.«

»Ich habe –«

Sie hatte von allen Männern in diesem Haus die Nase voll. Hailey schnappte sich ihre Tasche, steuerte auf die Tür zu und drängte sich an Shane vorbei. Rafes überraschte Augen fielen auf sie. »Ich bin hier«, sagte sie. »Sind Billy und Nicole abfahrbereit?«

»Äh, ja.« Rafe blickte neugierig zwischen Hailey und Shane hin und her.

»Gut. Ich will so schnell wie möglich hier raus.« Sie rauschte an Rafe vorbei und auf die Treppe zu.

»Hailey, warte«, rief Shane.

Sie wagte nicht, stehen zu bleiben. Sie wollte nicht zwischen ihren Exmann und den Mann geraten, mit dem sie gerade eine atemberaubende Nacht und einen unerträglichen Morgen verbracht hatte. Und auf gar keinen Fall wollte sie wissen, was für ein männliches Gebaren sich hinter ihr abspielte. »Ich fahre in zwanzig Minuten ab – mit dir oder ohne dich, Maxwell. Also, wenn du vorhast, mitzukommen, dann setz lieber deinen Hintern in Bewegung.«

21

Ein Januarsturm zog gerade von der Karibik her auf, als sie sich auf den Weg zu den Keys machten. Hailey blickte zu dem aufgewühlten Himmel hoch und stellte unwillkürlich fest, dass er haargenau zu ihrer Stimmung passte. Nachdem der Roarke-Bombardier auf dem kurzen Landestreifen in Marathon gelandet war, hatten sie ein Motorboot gemietet und waren zu der Insel aufgebrochen, die ihrem Vater gehörte. Shane und Billy waren oben und steuerten das Boot, während Nicole den Kopf über die Reling reckte und grasgrün im Gesicht war. Hailey hatte sich unter Deck zurückgezogen, um etwas Ruhe und Frieden zu haben. Und um Shanes prüfendem Blick zu entkommen.

Sie war nicht in der Stimmung gewesen, mit ihm zu reden, aber er hatte sie von Chens Anruf letzte Nacht in Kenntnis setzen müssen. Bryans Autopsieergebnisse waren da, und sie entsprachen ganz und gar nicht dem, was alle erwartet hatten. Genau genommen hatte sein Herz aufgehört zu schlagen. Tatsächlich war er gar nicht an der Wunde am Hals gestorben. Obwohl das gute Nachrichten für sie waren, reichte das nicht aus, um sie von jedem Verdacht freizusprechen. Und obwohl der Toxikologiebericht noch nicht vorlag, konnte Hailey nicht aufhören, sich vorzustellen, was wohl darin stehen würde.

Würde es dasselbe sein, das ihren Vater umgebracht hatte? Digoxin? Oder das Gift, das ihr verabreicht worden war und unter dem sie so gelitten hatte? Eines war ihr jetzt jedenfalls auf unheimliche Weise klar geworden: Nur eine Person in ihrer Familie hatte ein Herzproblem und war gleichzeitig Hobbygärtner.

Und Hailey war in seinem Haus gewesen, kurz bevor sie krank geworden war.

»Wie weit ist es denn noch?«, fragte Nicole, als sie die Stufen vom Deck heruntergeschlichen kam und sehr blass aussah. Sie ließ sich in der kleinen Kabine neben Hailey auf die Couch plumpsen und legte sich stöhnend die Hand auf den Bauch.

»Wirst du *immer* noch seekrank?«, fragte Hailey stirnrunzelnd, insgeheim froh über die Ablenkung. Ihr gefiel überhaupt nicht, in welche Richtung sich ihre Gedanken bewegt hatten. Und sie wollte nicht, dass Shane recht hatte. »Ich dachte, das hätte sich mittlerweile gegeben. Weißt du noch, wie wir den Lake Worth hinaufgesegelt sind und du die ganze Sitzbank in Daddys neuem Boot vollgekotzt hast?«

»Allerdings«, warf Nicole zurück, versuchte, eine halbwegs angenehme Position zu finden und sah hundsmiserabel aus. »Danke, dass du mich an dieses lustige Erlebnis erinnerst. Obwohl es erklärt, warum du die Papiere von Daddys Boot bekommen hast, und nicht ich.«

»Ich bin sicher, wenn er der Meinung gewesen wäre, du hättest das Boot gewollt, hätte er es dir hinterlassen.«

»Ja, klar«, murmelte Nicole.

Hailey spähte die Treppe hinauf. »Da oben, wo du den Horizont sehen kannst, würde es dir besser gehen als hier unten.«

»Nein, danke. Dein Freund reißt jedem den Kopf ab. Ich hatte nicht unbedingt Lust, mit anzusehen, wie Billy ihn umhaut.«

So verdreht es auch war, dieser Gedanke wärmte eine kalte Stelle in Haileys Brust. In diesem Moment würde sie dafür bezahlen, zusehen zu können, wie Billy Shane eine verpasste.

»Was ist überhaupt zwischen euch passiert?«, fragt Nicole.

Haileys Lächeln erstarb. »Nichts.« Jedenfalls nichts, was sie vor Nicole ausbreiten würde. Nichts, woran sie sich selbst erinnern wollte. Wenn er sie nicht wollte, nun … dann würde sie sich ihm auch nicht aufzwingen. So viel Selbstachtung hatte sie noch.

Nicole erkannte offensichtlich, wenn sie sich in einer Sackgasse befand, denn sie saßen schweigend da, und die gegen den Rumpf schlagenden Wellen und die Unterhaltung, die gedämpft aus der Ferne zu ihnen drang, waren die einzigen Geräusche in dem kleinen Raum. Dass Nicole hier war, war mehr als seltsam. Und die Tatsache, dass ihre Schwester plötzlich beschlossen hatte, mit Hailey zusammenzuarbeiten, statt gegen sie, war die größte Überraschung überhaupt. War Nicole schließlich doch reifer geworden? Oder war das Billys Einfluss?

»Nicole«, sagte Hailey zögernd, nicht sicher, ob sie dieses Thema anschneiden sollte, obwohl sie es so oder so musste, »wegen Billy –«

»Was ist mit ihm?«

Wie konnte sie das Thema möglichst zartfühlend anpacken? »Er bedeutet mir etwas. Auch wenn Rafe und ich nicht mehr verheiratet sind, gehört er zur Familie, und deswegen weiß ich, dass er sich hinter einer Fassade verbirgt, aber darunter hat er ein großes Herz. Ich will nicht, dass er verletzt wird. Wenn du bloß mit ihm spielst –«

»Zu deiner Information, er hat mich *benutzt*. Und nur damit du es weißt, *ich* bin diejenige, die wahrscheinlich verletzt wird, wenn es vorbei ist, also gibt es nichts, worüber du dir Sorgen machen brauchst.«

Die Abwehrhaltung in Nicoles Tonfall verriet Hailey, dass es ihrer Schwester ernst war. Doch es war die Sorge, die in ihrem Gesicht stand, die Hailey erahnen ließ, dass sie die ganze Situation fehlgedeutet hatte. »Du hast … dich in ihn verliebt?«

Nicole schleuderte ihr einen Blick zu. »Ja, genau.« Dann betrachtete sie ihre Hände. Zuckte mit den Achseln. »Vielleicht.«

»Nicht vielleicht. Definitiv.«

»Und das gefällt dir nicht, oder?«

Hailey fiel wieder ein, dass Nicole ihr letzte Nacht die Zahlen gegeben hatte und auf die Koordinaten der Insel gekommen war, und wie Billy sich ungefragt eingemischt und sich um Theresas Beerdigung gekümmert hatte, damit Rafe es nicht musste. Ihr fiel auch ein, dass Billy hin- und hergerissen gewesen war, ob er mitkommen oder in San Juan bleiben sollte, und erst bereit war, mitzukommen, als Rafe ihn dazu überredet hatte. Wenn Nicole der Grund war, dass Billy und Rafe ihre Beziehung endlich wieder auf die Reihe bekamen, dann war es vielleicht gar keine so schlechte Sache, dass sie mit Billy zusammen war. »Am Anfang nicht. Aber jetzt … bin ich unschlüssig.«

»Ich bin begeistert«, murmelte Nicole und klang verstimmt, sah aber sehr erleichtert aus.

»Warum bist du nicht bei der Testamentseröffnung dabei gewesen?«

Nicole schien von der Frage nicht überrascht zu sein, zuckte die Achseln und konzentrierte sich auf einen Punkt mitten auf dem Fußboden. »Ich war nicht eingeladen.«

»Was meinst du damit, nicht eingeladen?«

»Ich meine, dass *unsere Mutter* sich nicht die Mühe gemacht hat, mir zu sagen, wann sie stattfindet. Sie wollte nicht, dass ich an diesem kleinen Wettrennen teilnehme. Obwohl sie liebend gern meine Statue an sich genommen hätte, als ich zurückkam.«

»Sie sammelt sie auch?«

»Nicht aus demselben Grund wie du. Sie zerstört diejenigen, die sie in die Finger bekommt.«

Hailey kniff die Augen zusammen. »Woher weißt du das?«

Nicole durchbohrte ihre Schwester mit einem Blick, demselben, den sie ihr immer als Teenager zugeworfen hatte, wenn Hailey aus dem College heimgekommen war und versuchte,

Schönwetter zwischen ihnen beiden zu machen. »Ich bin nicht so hirnlos wie alle glauben.«

»Ich halte dich nicht für hirnlos, Nicole. Etwas flatterhaft vielleicht, aber nicht hirnlos.«

Nicole verdrehte die Augen. »Ist dir je in den Sinn gekommen, dass vieles davon gespielt war? Ja, ich amüsiere mich sehr gerne, aber ich hab das College mit Eins abgeschlossen. Ich weiß genauso viel über die Roarke Resorts wie du, aber nicht, weil ich dort gearbeitet habe, sondern weil ich mich informiert und aufgepasst habe. Wusstest du, dass ich in all den Jahren, in denen du versucht hast, von Daddy und den Hotels wegzukommen, versucht habe, ihn dazu zu bringen, dass er mir wenigstens eine Chance gibt? Ich habe es schließlich aufgegeben, weil es offensichtlich war, dass er kein Interesse daran hatte, und ich hatte es satt, mir anzuhören ›Nein, Nicole, du bist noch nicht so weit.‹ Mensch, nicht einmal, dass ich es beim ersten Versuch in das MBA-Programm bei Harvard geschafft habe, hat ihn beeindruckt. Also bin ich nicht hingegangen. Stattdessen habe ich gemacht, was sie von mir zu erwarten schienen. Zu Partys zu gehen und mich zu amüsieren.«

Hailey starrte Nicole an und sah in ihr zum ersten Mal etwas anderes als die verzogene jüngere Schwester. Plötzlich ergab Nicoles absonderliches Verhalten einen Sinn. In all den Jahren, in denen Hailey geglaubt hatte, sie würde ihren Vater bloß ausnutzen, hatte Nicole dasselbe getan, was eine Fünfjährige machte, wenn ihr niemand Aufmerksamkeit schenkte. Sie schubste und knuffte und machte allerlei Ärger, weil negative Aufmerksamkeit immer noch besser war als gar keine.

»Davon wusste ich nichts«, sagte Hailey sanft.

»Es gibt vieles, was du nicht weißt, Hailey. Über mich und Mutter und Daddy und alle, die bei RR arbeiten.«

Allmählich begann Hailey das auch zu glauben. Und es war

höchste Zeit, dass sich die Dinge änderten. Vor allem jetzt, seit sie ernsthaft darüber nachdachte, bei RR zu bleiben, wenn alles vorüber war. »Dann erzähl's mir.«

Nicole fixierte sie so lange, dass Hailey nicht sicher war, ob sie sich ihr anvertrauen würde. Dann sagte Nicole überraschend: »Du weißt, dass Mutter in der Nacht, als Daddy starb, nicht bei ihm war.«

»Ich weiß. Sie war in ihrem Country Club bei irgendeiner Wohltätigkeitsveranstaltung für die Krebsforschung.«

Nicole schüttelte den Kopf. »Sie war in keinem Country Club. Sie war bei Paul McIntosh. Sie hatten eine Affäre.«

»Was? Woher weißt du das?«

»Weil ich sie zusammen gesehen habe. Und weil ich ein Gespräch zwischen ihnen mitangehört habe.« Als Hailey sie bloß anstarrte, fügte Nicole hinzu: »Dank meinem Image als hirnlosem Dummchen vergessen die Menschen manchmal, dass ich da bin.«

Himmel … Paul McIntosh war gut zwanzig Jahre jünger als Eleanor Roarke. Und im letzten Jahr hatte Haileys Vater versucht, Hailey dazu zu bringen, mit Paul auszugehen, in der Hoffnung, dass sie eines Tages heiraten würden. Er war die einzige Führungskraft der Firma, die nicht zum Roarke-Clan gehörte, und es war ein offenes Geheimnis, dass Garrett in Paul den Sohn hatte sehen wollen, den er nie gehabt hatte.

Hailey konnte sich nur einen Grund vorstellen, warum die beiden zusammen gewesen waren. Und der Kreis bis zum Testament ihres Vaters schien sich zu schließen. Sie sah ihre Schwester an. »Hast du ihr die Zahl deiner Statue gesagt?«

Nicoles Lippen wurden schmal. »Natürlich nicht. Ich weiß, es ist schrecklich, so etwas zu sagen, immerhin ist sie unsere Mutter und so, aber ich habe ihr nicht getraut. Ich traue ihr immer noch nicht. Sie hat mich mit Absicht von Daddys Testamentseröffnung ferngehalten, damit ich nicht teilnehmen konnte.«

Hailey stand auf und lief in dem kleinen Salon auf und ab, während ihr Gedanken an ihre Mutter und Paul durch den Kopf schwirrten. Arbeiteten sie zusammen? Falls ja, war das eine Erklärung, warum sie die Statuen zerstörte, wenn sie sie gefunden hatte.

»Da ist noch etwas, das du wissen solltest«, sagte Nicole. »Erinnerst du dich an deinen kleinen Zusammenstoß im Fahrstuhl bei RR?«

Hailey blieb stehen und blickte ihre Schwester an. »Was ist damit?«

»Es war Paul.«

Hailey hatte also recht gehabt. Sie hatte die Stimme wiedererkannt, es aber bis zuletzt nicht wahrhaben wollen.

»Das bedeutet also, dass Lucy Walther diejenige war, die deinen Dolch genommen hat«, sagte Shane von der Treppe her.

Hailey fuhr hoch. Er stand halb im Raum, beide Hände gegen den Türrahmen gestützt, und sah sie eindringlich mit seinen Mitternachtsaugen an. Sie hatte ihn nicht die Treppe herunterkommen hören, aber ihr entging weder der Stoß, den es ihrem Herzen versetzte, noch wie sehr sie sich über diese Reaktion ärgerte.

Sie richtete ihre Aufmerksamkeit auf Nicole. »Woher weißt du das?«

»Ich habe ein Telefongespräch belauscht, als ich vor ein paar Tagen zu Hause war. Ich glaube, es war nicht Mutters Absicht, dass du verhaftet wirst, sondern nur, dass du eine Weile festgehalten wirst.«

»Damit ich nicht im Weg bin, während sie und Paul nach der sechsten Skulptur suchen. Aber wie passt Lucy da hinein? Weiß Mutter überhaupt von ihr?«

»Das weiß ich nicht«, sagte Nicole.

»Hat Lucy Bryan umgebracht?«, fragte Shane.

»Also, das«, sagte Nicole und warf Shane einen Seitenblick zu, »weiß ich auch nicht.«

Sie sah wieder Hailey an. »Aber was man mit Sicherheit sagen kann, ist, dass niemand von denen sich gemütlich zurückgelehnt und nichts getan hat, wie du die ganze Zeit dachtest. Mutter hat weder deine noch meine Zahl, aber sehr wahrscheinlich die von Graham und Bryan. Und sie weiß, wo Daddys Insel liegt. Sollte sie das mit dem Längen- und Breitengrad herausgefunden haben –«

»Dann war sie entweder schon dort«, warf Hailey ein, »oder wird es sehr bald sein.«

»Ja«, sagte Nicole und blickte wieder auf eine Art zwischen Hailey und Shane hin und her, die Hailey verriet, dass Shane sie mit diesem erhitzten Blick ansah und Nicole mehr als neugierig war, was zwischen ihnen beiden vorging. »Aber jetzt kommt eine Sache, die ich nicht kapiere. Was kümmert sie überhaupt, wer RR leitet? Es wird für sie keine Auswirkungen haben.«

»Manche Menschen genießen es, Macht zu haben«, sagte Shane.

»Nein.« Hailey blickte sich im Salon um, als ihr wieder einfiel, wie sehr ihre Eltern sich gestritten hatten, als sie noch ein Kind gewesen war. Wie Eleanor ihn wegen der Überstunden im Resort angeschrien und ihm vorgeworfen hatte, sie sei nicht seine wahre Liebe. Wie sehr Eleanor diese Firma hasste. Jede einzelne Person, die dort arbeitete.

Langsam begann sich in Haileys Kopf eins zum anderen zu fügen. »Sie will lediglich dafür sorgen, dass am Ende kein Mitglied der Roarke-Familie die Firma leitet. Schon gar nicht eins ihrer Kinder.«

»Mord ist ein ziemlich drastisches Mittel, um das zu erreichen«, sagte Shane.

Ein Gefühl der Übelkeit breitete sich in Haileys Magen aus.

Ja, das stimmte. Aber niemand aus ihrer Familie hatte je etwas getan, das besonders sinnvoll war.

»Nicht, wenn man seine Kinder sowieso nie gemocht hat«, murmelte Nicole von der Couch her. »Ich habe nie verstanden, warum sie überhaupt Kinder hatten. Bei dir«, sie sah Hailey an, »verstehe ich das. Man muss nur ein bisschen rechnen können, um zu wissen, dass sie schwanger war, als sie geheiratet haben. Aber ich? Sieben Jahre später? Als offensichtlich war, dass sie beide nicht besonders gern Eltern waren? Wozu die Mühe?«

»Keine Ahnung«, sagte Hailey. »Glück für dich. Sonst wärst du jetzt nicht hier.«

»Nein«, sagte Nicole. »Pech für sie. Denn wir werden diese sechste Statue vor ihr finden. Und dann wird sie diejenige sein, die endlich unsere Fragen beantwortet.«

»Arnold hat gesagt, dass die Grabstelle, die sich dein Vater ausgesucht hat, oben auf diesem Hügel liegt«, sagte Shane und deutete quer über die namenlose Insel, die den Roarkes gehörte.

Die Koralleninsel war ziemlich flach, bestenfalls eine Quadratmeile groß, mit einer leichten, mit einer Handvoll Bäumen und Büschen bedeckten Anhöhe in ihrer Mitte. Sie hatten das Boot an der Ostseite vor Anker gelegt und sich aufgeteilt, um sich nach allem umzusehen, was ungewöhnlich erschien. Billy und Nicole waren an die Westküste gegangen, und Shane und Hailey wollten sich den Osten vornehmen. Sie hatten vor, sich nach einer bestimmten Zeit zu treffen.

Hailey streckte die Hand mit dem Handy aus, um herauszufinden, ob sie Empfang hatte. Die Wolken türmten sich vor ihnen auf, und der Himmel hatte ein Grau angenommen, das nichts Gutes verhieß. Obwohl die Temperaturen so weit südlich nicht drastisch abfielen, lag eine gewisse Kühle in der Luft.

»Ein Glück für dich, dass ich ihn zurückgerufen und herausgefunden habe, dass meine Mutter ihre Anwälte eingeschaltet hat, um zu verhindern, dass Daddy hier begraben wird.«

Verdammtes Glück, was Shane betraf. Er hatte bereits Tony benachrichtigt und ihn bei dem Gerichtsmediziner des Miami-Dade County anrufen lassen, damit er Garrett Roarkes toxikologisches Gutachten noch mal durchlaufen ließ. Er war mehr als angetan von der Gewissheit, dass sie nun doch keine Leiche ausgraben mussten.

Er war außerdem mehr als neugierig zu erfahren, warum Eleanor Roarke so sehr hinterher gewesen war, dass ihr Mann verbrannt wurde, wenn es doch offensichtlich nicht seinem letzten Willen entsprach.

Er folgte Hailey durch den Strandhafer. Wenn sie ihn auch nicht vollkommen ignorierte, verhielt sie sich ihm gegenüber jedoch wesentlich kühler, und jener kleine Funke, der zwischen ihnen hin und her gesprungen war, seit sie sich in Chicago wiederbegegnet waren, war längst erloschen.

Sein Blick schweifte über die Landschaft, während er krampfhaft versuchte, das Hin- und Herschwingen ihrer Hüften zu ignorieren, und wie sich ihre Jeans an ihren Körper schmiegte und dass sie heute Morgen ihr Haar offen gelassen hatte und sich nun blonde, sexy Locken über ihre Schultern ergossen. Als sie am Fuß der Anhöhe abrupt stehen blieb, wäre er beinahe in sie hineingerannt.

»Ich war schon einmal hier«, sagte sie und blickte sich um.

»Nicole hat doch erwähnt, dass euer Vater mit euch als Kindern hierhergefahren ist.«

»Aber nur ein paar Mal, wenn er Abstand von unserer Mutter brauchte und uns mit zum Segeln genommen hat. Nicole wurde immer seekrank, deshalb kam es nicht so oft vor. Und bei den wenigen Gelegenheiten, bei denen er uns mitnahm, ließ er mich am

Strand zurück, damit ich auf Nicole aufpasste, während er zum Inneren der Insel aufbrach, aus welchem Grund auch immer.« Sie sah zum Hügel hinüber. »Ich kann mich nicht erinnern, je mit ihm mitgegangen zu sein, aber ich würde hundert Mäuse wetten, dass ich genau hier schon einmal gestanden habe.«

Der Blick in ihren Augen riet ihm, nicht dagegenzuhalten.

Sie nahmen ihren Weg um blühende Büsche und Weinranken herum wieder auf, bis sie an einer Anhäufung von Felsen an der gegenüberliegenden Seite des Hügels angekommen waren. Shane wäre weitergegangen, doch Hailey hielt ihn mit einer Berührung seines Arms davon ab. »Warte.«

Es versetzte ihm einen Stromstoß, genauso wie letzte Nacht, wann immer und wo immer sie ihn berührt hatte. Ein Gefühl des Verlustes durchfuhr ihn, und er hätte sie gerne an sich gezogen, um ihr zu sagen, dass er es sich anders überlegt habe. Aber was würde das bringen? Doch nur, dass das Unvermeidbare hinausgezögert würde. Dass er ihr Hoffnungen machte, ehe er endgültig und völlig versagen würde, wie Lisa es vorausgesagt hatte. Dass er abgelenkt werden und sie schließlich in Gefahr bringen würde.

Nein, er hatte nicht vor, ihre Sicherheit zu gefährden. Er kämpfte die Reaktion nieder und betrachtete die zwei Meter fünfzig hohen Felsen, die sie gerade umrundete, und bemerkte dann, was ihre Aufmerksamkeit erregt hatte: Der Fels teilte sich an einer Stelle und schien sich zu einer Art Höhle zu öffnen.

»Hast du die Taschenlampe aus dem Boot mitgenommen?«, fragte sie.

Er zog die Taschenlampe aus seinem Gürtel und reichte sie ihr. Sie knipste sie an und bewegte sich dann auf die Felsen zu, drehte sich ein wenig zur Seite, um sich durch den Spalt zu winden, der sich zwischen den beiden höchsten Felsen befand und nach innen zu führen schien. Stoff rieb über Stein, doch die

Höhle musste hinter einem Vorsprung liegen, denn von dort, wo Shane stand, konnte er nicht einmal mehr das Licht ihrer Lampe sehen. »Und?«, rief er.

Als Antwort drang nichts als Stille an sein Ohr, und er wollte ihr gerade folgen, um zu sehen, wo sie geblieben war, als sie wieder zwischen den Felsen hervortrat und ihre Augen vor Erregung geweitet waren. »Ruf Billy und Nicole an. Ich glaube, ich habe es gefunden.«

22

»Sie ist aus Stahl«, sagte Billy und fuhr mit der Hand über die große, in die Felswand eingelassene Metalltür. »Aus verrostetem Stahl, aber aus Stahl.«

Sie standen alle in dem schmalen Eingang der Höhle, und nur ihre Taschenlampen erhellten das Dunkel. Um sie herum ragten Felswände auf, und moderiger Erdgeruch lag in der Luft.

Shane ließ sein Licht noch einmal über die Tür wandern und dann auf dem Türgriff ruhen. »Dazu braucht man einen Schlüssel, wie ich noch nie einen gesehen habe.« Er warf Hailey einen Blick zu. »Das bedeutet wohl, dass der, den dein Vater dir hinterlassen hat, auch nicht hierfür ist.«

Hailey biss sich auf die Lippe, trat einen Schritt vor und fuhr mit dem Finger tastend die Türkante entlang. Links davon, ebenfalls aus Stahl und in den Felsen eingelassen, befand sich eine Scheibe mit einem rechteckigen Loch in der Mitte. Oberhalb und unterhalb dieses Loches waren außerdem Einbuchtungen zu sehen, die aussahen, als seien sie Abdrücke von kleinen Kugeln, die in den Stahl gedrückt worden waren.

»›Die Antwort in meinem Grabe wacht. Der Schlüssel ist aus Stahl gemacht.‹ Das ist definitiv Stahl, aber …« Hailey drückte auf die Metallscheibe, dann auf die kleinen Vertiefungen, in der Hoffnung, dass sie irgendetwas bewirkten. Aber nichts geschah. »Kein Schlüssel, sondern ein Schloss.«

»Lass mich mal sehen.« Hailey trat zur Seite, um Nicole vorbeizulassen. »Weißt du noch, was Daddy immer über Die Letzte Versuchung gesagt hat?«

Hailey blickte in das im Schatten liegende Gesicht ihrer Schwester. »Dass sie unbezahlbar sei.«

»Ja.« Nicole strich mit der Hand über das Schloss. »Ich habe kürzlich ein paar Nachforschungen angestellt. Bei einer Auktion würde die Bronze wahrscheinlich locker für eine Million weggehen – das heißt natürlich, das Original. Das ist gewiss ein hoher Betrag, aber nicht unbezahlbar. Ich hatte trotzdem den Eindruck, dass Daddy sich nie etwas aus dem Original gemacht hat. Er war viel mehr an den Kopien interessiert. Und für ihn waren sie es, die unbezahlbar waren.«

Hailey blickte wieder auf die Tür, wo Nicoles Finger das Schloss verdeckten.

»Wenn uns sein Rätsel hierhergeführt hat«, fuhr Nicole fort, »dann ergäbe es einen Sinn, dass er die letzte Kopie hier aufbewahrt hat. Und der Schlüssel –«

»– würde auch mit ihnen in Verbindung stehen«, führte Hailey zu Ende. Sie griff nach dem Rucksack auf ihrer Schulter und zog den Dolch heraus, den ihr Vater ihr gegeben hatte und der sich noch immer in der Beweisstücktüte befand, die Shane ihr letzte Nacht präsentiert hatte.

Die Parierstange bog sich auf beiden Seiten der Klinge nach außen und lief in zwei kleine Metallkugeln aus. Sie öffnete die Plastiktüte.

»Moment mal, Roarke«, sagte Shane und legte ihr die Hand auf den Arm, um sie aufzuhalten.

Sie stieß einen frustrierten Seufzer aus und blickte auf. »Du hast doch gesagt, dass Bryan an einem Herzanfall gestorben ist. Das bedeutet, dass das hier nicht die Mordwaffe ist. Also spielt es keine Rolle, wenn ich ihn jetzt benutze.«

»Schon, aber ich halte es für keine gute Idee, ihn zu –«

»Hast du etwa vor, ihn deinem Partner zurückzugeben oder ihn wieder in den Beweismittelschrank zu legen?«

Ihre Augen begegneten sich, und in der Dunkelheit sah sie in seinen schwarzen Augen die Antwort, lange bevor er sie aussprach. »Nein.«

Natürlich nicht. Weil es sie in Gefahr bringen würde, wenn er es tat. Und er würde niemals etwas tun, was ihr schaden würde. Weder mit Absicht noch sonstwie. Warum begriff er nicht, dass das, was letzte Nacht passiert war, eine Reaktion auf ihre Berührung gewesen war und nicht eine Widerspiegelung seines Inneren? Wann würde er endlich einsehen, dass sie kein zartes, zerbrechliches Frauchen war, das Schutz brauchte?

Er ließ die Hand sinken, und weil sie die Antwort auf beide Fragen bereits kannte, widmete sie sich wieder ihrer Aufgabe.

Sie zog den Dolch, der Alessandro de Medici getötet hatte, aus der Plastiktüte. Das Metall war kühl, die Klinge so scharf, dass sie ernsthafte Schwierigkeiten bereiten konnte, wenn sie richtig benutzt wurde. »Wird schon schiefgehen«, murmelte sie, während sie die Klingenspitze in der Mitte des Stahlkreises ansetzte und zustieß.

Metall kratzte über Metall, als die Klinge in das rechteckige Lock glitt, bis nur noch der Griff herausragte. Die beiden Metallkugeln an den Enden der Parierstange fügten sich perfekt in die Zwillingsvertiefungen oberhalb und unterhalb der Scheibe ein.

Sie ließ das Heft los und wischte sich die verschwitzten Hände an der Jeans ab. »Und jetzt?«

»Schlüssel dreht man herum«, sagte Billy. »Versuch, ob er sich in die eine oder andere Richtung bewegen lässt.«

Sie schienen alle die Luft anzuhalten, als Hailey das Heft nach rechts drehen wollte, jedoch nicht weit kam, dann erneut zupackte und es mit der Gegenseite versuchte.

Ihr Herz begann schneller zu schlagen, als sich der Dolch zu drehen begann. Die Stahltür machte ein klickendes Geräusch und ließ sich mit einem schweren Stöhnen nach innen aufstoßen.

»Heiliger Strohsack«, murmelte Shane hinter ihr. »Ich fasse es nicht.«

Ebenso wenig wie Hailey. Beinahe jedenfalls. »Ich hab dir doch gesagt, dass mein Vater exzentrisch war. Genau wie in *National Treasure*.«

Die Taschenlampen leuchteten einen langen Gang aus, der zum Mittelpunkt des Hügels zu führen schien. Der Boden war gestampfte Erde, die Decke eine Art Betonmischung. Als sie eintraten, fragte Hailey sich unwillkürlich, wie lange es her war, dass ihr Vater diesen Bunker gebaut hatte. Und warum so weit entfernt von jeder Zivilisation.

Auf halber Höhe des Ganges hinderten sie drei Stahltüren am Weitergehen, die in Abständen von ungefähr sechs Metern in die Wand eingelassen waren. Billys Licht bewegte sich von einer Tür zur nächsten, und er schnalzte mit der Zunge. »Okay, geh auf's Ganze. Ist es Tor Eins, Tor Zwei oder Tor Drei?«

Nicole kicherte.

Shane fuhr mit der Hand über die Kante der am nächsten gelegenen Tür und richtete seine Taschenlampe darauf, um besser sehen zu können. »Diese Türangeln sind völlig verrostet. Die Tür ist ewig nicht geöffnet worden.«

Ein seltsames Déjà-vu-Gefühl überkam Hailey, als sie dastand und auf die mittlere Tür starrte. Ein Gefühl, als sei sie schon einmal hier gewesen, mit ihrem Vater. Vor einer halben Ewigkeit.

»Es ist die hier.« Als Shane sie mit einem Blick ansah, der zu sagen schien: *Woher willst du das wissen?*, sagte sie: »Er … ich bin ziemlich sicher, dass er mal mit mir hier war.«

»Wann?«, fragte Nicole. »Nicht mit mir. Ich habe diesen Ort noch nie gesehen.«

Hailey schüttelte den Kopf. »Es war, bevor du geboren wurdest. Kurz davor.« Erinnerungen strömten auf sie ein, daran, wie ihr Vater gewesen war – vernarrt in sie, fürsorglich, lächelnd –,

Erinnerungen, die sie völlig vergessen hatte, weil er schon lange nicht mehr so gewesen war. »Es war dunkel. Ich war erst sieben, und er weckte mich mitten in der Nacht und nahm mich mit aufs Boot. Ich weiß nicht mehr viel von der Fahrt, nur, dass er sagte, dass es ein Abenteuer werden würde. Er brachte mich hierher. Ich war in diesem Raum.« Sie wandte sich zu Nicole. »Er sagte mir, dass sich etwas ändern würde. Ich nahm an, er meinte daheim, mit einem neuen Baby im Haus – dir. Aber das hat er nicht gemeint. Erst Jahre später wurde mir klar, dass er meinte, dass *er* sich verändern würde. Und das tat er. Von da an hat er sich zurückgezogen und wurde zu dem Vater, wie wir beide ihn kannten.«

Nicole starrte argwöhnisch auf die Stahltür. »Und was ist in dem Raum?«

Haileys Blick folgte ihr. »Ich erinnere mich nicht.«

Inmitten des Schweigens kratzte Billy sich am Hinterkopf und versuchte in typischer Billy-Manier die Stimmung aufzuhellen. »Kommt schon, ihr beiden. Es wird schon nicht der Schwarze Mann da drin sein oder euch seine Leiche entgegengesprungen kommen, wenn ihr die Tür aufmacht.« Drei Augenpaare richteten sich auf ihn, und sein Gesicht zuckte nervös. »Okay, vielleicht war das ein schlechter Vergleich.«

Hailey holte tief Luft und griff nach dem Schlüssel, den ihr Vater ihr hinterlassen hatte – von dem sie und Shane gedacht hatten, dass er zu einem Schließfach gehörte, und von dem sie jetzt instinktiv wusste, dass er diese Tür öffnen würde.

»Warte.« Shanes Hand auf ihrem Handgelenk hielt sie davon ab, den Schlüssel in das Schloss zu stecken. »Bist du dir ganz sicher? Tony kann beweisen, dass dein Cousin an Herzversagen gestorben ist und nicht durch deine Hand. Und mit dem, was dir passiert ist und dem Autopsiebericht deines Vaters haben wir genügend Beweise, dass du nichts mit der Sache zu tun hast.

Anhand dessen, was wir über deine Mutter und McIntosh und deinen Onkel wissen, können die Behörden den Rest herausfinden. Wenn du die Firma deines Vaters sowieso nicht willst, musst du da nicht hineingehen.«

Er hatte recht. Und ein kleiner Teil von ihr erkannte das auch. Doch ein noch viel größerer Teil wusste, wenn sie es nicht tun würde, würde sie sich ihr Leben lang fragen, was ihr Vater ihr hatte sagen wollen. Warum ihm so viel daran gelegen war, dass sie die Statuen fand. Und was es mit ihrer schwierigen Beziehung und all den Fragen über ihre Familie auf sich hatte, die zu stellen sie immer zu ängstlich gewesen war.

»Es geht nicht nur um Bryan«, sagte sie und blickte in Shanes dunkle Augen. »Oder darum, was ich will. Es gibt tausend Gründe für mich zu gehen und nur einen einzigen zu bleiben. Und alles, was ich im Moment weiß, ist, dass dieser eine Grund zu bleiben der wichtigste von allen ist.«

»Und welcher ist das?«, fragte er leise.

»Vertrauen.« Ihrem Herz versetzte es einen Stich. »Trotz all dem Negativem zwischen uns und all dem Streit hat er mir letztendlich ein Geheimnis anvertraut, welcher Art es auch immer ist, das er über all die Jahre hinweg gehütet hatte. Bis zu diesem Moment hatte ich den Mann vergessen, der er früher einmal war. Ich hatte vergessen, wie sehr er mich tatsächlich geliebt hatte. Etwas hat ihn verändert. Etwas, wofür er sich Vergebung wünscht, das weiß ich tief in meinem Herzen.« Sie schüttelte den Kopf. »Ich kann nicht gehen, ehe ich nicht weiß, was es ist. Ich werde nicht gehen. Und es schmerzt mich mehr, als du dir vorstellen kannst, dass er mir die Wahrheit nicht sagen konnte, als er noch am Leben war.«

Seine Augen hielten die ihren fest, und ihr Herz schien sich unter seinem heißen Blick zusammenzuziehen. Hörte er, was sie ihm sagte? Würde er die Ähnlichkeit zwischen dem, was ihr

Vater ihr angetan hatte, und dem, was er nun mit ihr machte, erkennen? Warum begriff er nicht, dass sie etwas viel mehr als seinen Schutz brauchte, nämlich ihn selbst?

Seine Augen wanderten über ihr Gesicht. Und als sie schon glaubte, er würde die Hand nach ihr ausstrecken, ließ er sie stattdessen sinken. Dann trat er einen Schritt zurück und nickte. »Dann probier den Schlüssel aus.«

Sie wehrte sich dagegen, dass seine Reaktion sie verletzte. Doch sie tat es. Wie ein scharfer Schnitt in ihr Herz. Sie atmete noch einmal tief durch, drehte den Schlüssel im Schloss und drückte mit der Schulter die schwere Tür auf.

Ein reißendes Geräusch war zu hören, als würde ein Siegel durchbrochen, und als Hailey den Raum betrat und mit der Lampe hineinleuchtete, schnappte sie nach Luft. Das hier war keine Höhle mit Lehmboden. Der Raum war vom Boden bis zur Decke zementiert. An einem Wandpaneel blinkten verschiedenfarbige Lichter, und sie ging darauf zu und stellte fest, dass es die Anzeigen einer Hightech-Belüftungs- und Klimaanlage waren. Hinter ihr fanden sich die anderen ein, und ihre Lichtkegel sprangen über Holzkisten und -verschläge, die fast bis zur Decke hoch aufgetürmt waren.

»Mein Gott«, sagte Nicole. »Seht euch das an. Ich wusste ja, dass Daddy lagerweise Plunder hat, aber das hier … das ist unglaublich.«

Haileys Herz begann wie wild zu schlagen, als sie auf eine lange, rechteckige Kiste zu ihrer Rechten zuging. Darauf stand in fetten Buchstaben *Renoir*. Hinter ihr flackerte Licht auf und leuchtete den Raum aus, und sie drehte sich um und blickte über die Schulter zu Shane, der eine alte Laterne gefunden hatte. Sie wandte sich wieder ihrer Kiste zu. »Das kann unmöglich wahr sein.«

»Hier.« Shane reichte ihr eine Brechstange.

»Wo hast du die denn her?« Sie nahm sie. Stellte ihren Rucksack auf den Boden.

»Sie lag neben der Laterne.«

»Ihr werdet es *nicht* glauben«, sagte Billy vom anderen Ende des Raums. »Auf diesen Kisten steht van Gogh, Picasso, Monet, Adams, O'Keeffe, Rubens, Manet.«

Haileys Herz begann, schneller zu schlagen, als sie die Brechstange zwischen Holzdeckel und Kiste ansetzte. Shane stützte die Hände auf die Kiste, damit sie nicht wegrutschte. »Na, dann los«, sagte er.

Sie drückte, und die Vorderseite der Kiste sprang auf. Zerfetztes Papier und Füllmaterial quollen heraus. Sie griff hinein, zog die Verhüllung von dem Gemälde und starrte dann nur noch auf das berühmte Bildnis eines schwarzen Kruges voller Blumen in den verschiedensten Farben.

»*Anemonen*«, sagte Billy hinter ihr. »1898. Heiliges Kanonenrohr.«

»Woher kennst du den Titel –«, setzte Hailey an.

Er griff über ihre Schulter nach einem Blatt Papier, das zwischen der Verpackung und dem Gemälde steckte. »Es war früher in Petes Sammlung. Ich erinnere mich, dass ich es bei Odyssey gesehen habe.« Er öffnete den Umschlag mit der aufgestempelten Aufschrift *Odyssey Gallery* und zog die Papiere heraus. »Es ist der Herkunftsnachweis.« Er blickte mit großen Augen auf. »Es ist echt. Allein dieses Gemälde ist ein kleines Vermögen wert.«

Hailey drehte sich um, und ihr Blick schweifte über die Hunderte von gestapelten Kisten. Sie konnten doch wohl nicht alle echt sein, oder doch? Klar, ihr Vater war ein begeisterter Kunstsammler gewesen, aber die meisten seiner Sachen waren nicht viel wert und hatten nur ihm selbst etwas bedeutet.

Ein seltsames Pochen begann in ihrer Magengegend, arbeitete sich zu ihrer Brust hinauf, bis sie das Gefühl hatte, ihr Herz würde zerspringen. Sie streifte durch den Raum, ihre Augen flogen über Namen, die sie wiedererkannte, aber die hier zu finden sie kaum glauben konnte, bis sie auf eine Kiste stieß, auf der *Cellini* stand.

»Ich glaube, ich habe sie gefunden«, rief sie den anderen zu, die auch zu suchen begonnen hatten.

Shane war blitzschnell an ihrer Seite, die Brechstange in der Hand. Er kniete sich neben sie auf den Fußboden und fuhr mit der Hand über die einen halben Meter im Quadrat messende Kiste ganz unten in einem Stapel. Er reichte ihr die Brechstange. »Hier. Nimm die.«

Ihr Puls hämmerte, als er und Billy begannen, die darüber gestapelten Kisten abzutragen. Dann sah sie einfach nur zu, wie er ihr die Brechstange wieder abnahm und den Deckel von der Kiste stemmte.

Papierfetzen und Polsterung füllten das Innere der Kiste. Ein weißer Umschlag mit ihrem Namen in der Handschrift ihres Vaters blickte ihr entgegen.

Ihre Finger zitterten, als sie ihn ergriff, öffnete und ein gefaltetes Blatt Papier herauszog. Shane wühlte in der Kiste und zog Sekunden später die Bronzeskulptur heraus, die zu derjenigen passte, die Hailey sicher zu Hause aufbewahrte.

Ein Mann und eine Frau, beide nackt, standen voreinander, ihre Körper von der Brust bis zum Knie miteinander verbunden. Ihr Mund an seinem Hals, sein Kopf vor Lust nach hinten geworfen. Sie war gut vierzig Zentimeter hoch, und der Sockel maß etwa fünfzehn Zentimeter. Solide und echt. Das unsterblich gemachte Bildnis der letzten Versuchung und des letzten Augenblicks im Leben eines Mannes.

Sie streckte die Hand aus, ließ sie über das kalte Metall gleiten. Spürte, wie es auf ihrer Haut kribbelte, als ihr Daumen Shanes Haut streifte.

Als Shane sie umdrehte, sah sie Cellinis in den Boden eingebrannten Namen.

»Nicht zu glauben«, murmelte Billy. »Nicole, gib mir mal dein tolles Telefon. Halt es mal hoch, Cop.« Er schoss ein Foto von der Unterseite und der aufgerichteten Skulptur. »Ich schicke das Pete. Er wird wissen, ob sie echt ist oder nicht.«

»Sie kann nicht echt sein«, sagte Nicole ehrfürchtig. »Er hatte tatsächlich die ganze Zeit das Original?«

Langsam öffnete Hailey den Brief und blickte auf die schräg stehende Handschrift ihres Vaters.

Meine liebe Hailey,

wenn du das hier liest, bedeutet das, dass ich tatsächlich von euch gegangen bin. Ich weiß, dass du dir Fragen stellst. Über diesen Brief. Diesen Ort. Über die Bronzestatue in dieser Kiste. Ich kann nur die offensichtlichsten beantworten. Kurz gesagt: Diese Skulptur gehört dir. Sie hat schon immer dir gehört. Deine Mutter hat sie mir geschenkt, kurz bevor du geboren wurdest, und ich habe sie all die Jahre aufgehoben für den Zeitpunkt, an dem ich sie an dich würde weitergeben können und du endlich alles verstehen würdest. Du musst wissen, dass ich sie über alles geliebt habe. Und sie immer noch liebe, selbst hier, wo ich jetzt bin. Und dass du niemals ein Fehler warst. Ich habe Fehler gemacht. Der größte davon war, zuzulassen, dass Zeit und Umstände die Herrschaft über uns alle übernommen haben. Und ich habe das Gewicht jener Fehler den größten Teil meines Lebens mit mir herumgetragen. Ich dachte, ich würde das Richtige für dich tun. Heute weiß ich, dass das nicht stimmte.

Ich kann die Vergangenheit nicht ändern. Ich kann nur hoffen, dass du sie mir eines Tages in deinem Herzen vergeben kannst. Du und Nicole. Alles in diesem Raum habe ich für euch beide aufbewahrt. Es kann nicht wiedergutmachen, dass ich nicht für euch da war, aber vielleicht werdet ihr es eines Tages verstehen. Die größten Schätze, die ich je gefunden habe, sind in diesem Raum, bis auf zwei.

Die Bronzestatue gehört dir, Hailey. Die Roarke Resorts gehören dir und deiner Schwester. Was ihr damit macht, bleibt euch überlassen.

Nur um eine letzte Sache möchte ich dich noch bitten. Du hast den Zahlencode auf den Repliken enträtselt. Es gibt noch einen letzten Ort, den du aufsuchen musst. Dort werden auch deine noch offenen Fragen beantwortet werden.

Ich liebe dich.

– GR

Hailey starrte auf die Zahlen unten auf dem Brief. Zahlen, die eindeutig wieder Angaben von Längen- und Breitengraden waren.

»Zum Teufel«, murmelte Billy, als Hailey mit zitternden Fingern den Brief Shane reichte. Er starrte auf eine SMS auf Nicoles Hightech-Satelliten-Telefon. »Pete sagt, sie könnte echt sein. Die Kennzeichnung – Cellinis in den Boden eingebrannter Name – war sein Markenzeichen. Er schickt das Foto Maria Gotsi vom Kunstinstitut Athen, damit sie einen Blick darauf wirft.«

»Da ist noch etwas darin«, verkündete Nicole und kramte in der Kiste. Vorsichtig zog sie ein rechteckiges Stück Holz heraus, strich die Sägespäne ab und schaute es sich an. »Es ist ein Bild von Daddy und irgendeiner Frau. Es ist … oh, mein Gott.«

»Was?«, fragte Hailey und trat näher, um sich das Bild anzusehen, das ihre Schwester in den Händen hielt. Das Foto war mindestens dreißig Jahre alt, eine jüngere Ausgabe ihres Vaters stand von Palmen flankiert an einem Strand. Doch die Frau in seinen Armen war nicht Eleanor Roarke. Sie war jung und blond, mit himmelblauen Augen und einem Gesicht, dass Hailey in- und auswendig kannte. Denn es war das Gesicht, in das sie jeden Tag blickte, wenn sie in den Spiegel sah.

»Oh, mein –«

»Das bist du«, sagte Nicole. »Das … das bist du.«

»Nein«, sagte Hailey und starrte auf das Foto. »Nicht ich.«

In einem Moment der Klarheit fielen ihr alle unfreundlichen Worte ein, die Eleanor Roarke zu ihr gesagt hatte, und dass sie sie von klein an herabgesetzt hatte, ihr kühles Verhalten, die angewiderten Blicke, die Hailey nie verstanden hatte. Und wie sehr sie Nicole verhätschelt hatte. Sie sah Eleanors Gesicht vor ihrem geistigen Auge – ihren perfekten italienischen Teint und ihr dunkles Aussehen. Und hörte ihre kultivierte Stimme, wie sie ihren Vater mitten in der Nacht anschrie, dass sie nie die Liebe seines Lebens gewesen sei.

Die ganze Zeit hatte sie geglaubt, Eleanor sei eifersüchtig auf die Firma. Nun wusste sie …

»Das ist … meine Mutter.« Sie blickte von dem gerahmten Foto zu der in Bronze gegossenen Darstellung der Versuchung. »Er hatte eine Affäre.«

»Details«, ertönte eine Stimme hinter ihnen. Sie drehten sich um und sahen, dass Paul McIntosh mit einem überheblichen Gesichtsausdruck und einer Neun-Millimeter in der Hand in der Tür stand. Deren Lauf genau auf Hailey gerichtet war. »Die für mich keine große Bedeutung haben. Jetzt sei ein braves Mädchen und gib mir die Statue, bevor noch jemand verletzt wird.«

23

Das Handy auf Eleanors Schreibtisch im Arbeitszimmer ihres Hauses in Palm Beach vibrierte und lenkte ihre Aufmerksamkeit von dem Computerbildschirm ab, vor dem sie gerade saß. Sie warf einen Blick auf das Handy und stellte fest, dass Nicole ein Foto verschickte.

Sie ergriff das Telefon – auf das ihr Assistent Melvin für sie eine Spezialsoftware installiert hatte, die sich in Nicoles Telefon einhackte – und kniff die Augen zusammen, als sich das Bild langsam aufbaute. Es war ziemlich leicht gewesen, unbemerkt an Nicoles Telefon zu kommen, als sie hier gewesen war. Auf diese Weise hatte Eleanor ihre Tochter immer orten können. Daher wusste sie, dass Nicole in Puerto Rico gewesen war und dass sie sich jetzt irgendwo in den Keys aufhielt.

Die Tatsache, dass Nicole mit Hailey zusammen war, ließ Eleanors Blutdruck in die Höhe schnellen, und sie atmete mehrmals tief durch, um sich wieder zu beruhigen. Sie kannte Haileys genauen Aufenthaltsort nicht, doch der Roarke-Jet hatte einen GPS-Sender, und jetzt im Moment stand er in Marathon. Das Signal von Nicoles Telefon kam von einer kleinen Insel in den Keys. Was in aller Welt trieben die beiden dort zusammen? Und warum wurde sie das Gefühl nicht los, dass nichts davon auch nur im Geringsten gut für sie war?

Sie betrachtete die kleine Luftaufnahme der Insel auf dem Handybildschirm. Ein Piepton zeigte an, dass das Foto vollständig geladen war, und sie sah es sich genau an und spürte, wie sich ihre Brust so fest zusammenzog, dass sie kaum noch atmen konnte.

Sie stieß sich rasch mit dem Stuhl von ihrem antiken Schreibtisch ab. Stand mit dem Handy in der Hand auf. Und starrte auf das Foto der Letzten Versuchung. Die SMS, die das Bild begleitete, lautete schlicht: *Pete – wir haben Nr. 6 gefunden. Echt oder falsch?* Das zweite Bild zeigte die Prägung des Künstlers auf der Unterseite des Sockels. Der Druck in der Mitte ihres Brustbeins wurde so stark, dass Eleanors Hände zitterten und ihr das Telefon aus der Hand fiel. Es landete mit einem dumpfen Schlag auf dem Teppichboden. Das konnte nicht sein. Sie hatten sie gefunden? Nach allem, was sie dafür getan hatte, dass niemand von ihnen je die Wahrheit erfuhr?

Langsam und von zunehmender Panik erfasst, ging sie durch das von ihr kunstvoll eingerichtete Haus. Sie betrat ihr Schlafzimmer – einen Ort, den Garrett schon ein Jahr vor seinem Tod nicht mehr aufgesucht hatte – und öffnete den Safe, der sich hinter einem Werk von Warhol verbarg. Ihre Finger zitterten, als sie die Kombination einstellte und die Tür aufzog. Den Bericht des Privatdetektivs hatte sie ganz hinten versteckt. Er war in einer fünf Millimeter dicken Mappe sicher untergebracht. Jedes Jahr aktualisierte er ihn, denn nur, wenn sie Stella Adams Aufenthaltsort kannte, konnte Eleanor nachts schlafen.

Gott, wie sie Jamaika hasste. Die Hitze. Die Menschen. Den Geruch. Der Druck in ihrer Brust ließ nach, und sie starrte mit einer Mischung aus Schmach und Abscheu auf den letzten Bericht. Fünfunddreißig Jahre lang hatte sie ihr Geheimnis gehütet. Nun war es kurz davor, ans Tageslicht zu kommen. Es gab nur noch eine Sache zu tun.

»Gib sie ihm, Hailey.«

Hailey schleuderte Shane einen Blick zu, und ihm entging nicht, wie der Schock in den blauen Tiefen ihrer Augen aufflackerte. »Bist du wahnsinnig?«

»Hör auf den Mann, wer immer das ist«, sagte Paul. »Er ist offensichtlich klüger als du.«

Shanes Blick wanderte von der Waffe in McIntoshs Hand zu der schlanken Blondine, die sich hinter dem Finanzchef der Roarke Resorts im Schatten hielt. Lucy Walthers. Er erkannte sie wieder, denn er hatte sie in jener Mordnacht im Haus der Roarkes in Chicago befragt.

Sein Blut erhitzte sich, doch er blieb ganz ruhig. Seine Arme hingen locker zu beiden Seiten seines Körpers herab, seinen Augen entging nichts. Die Pistole in dem Halfter unter dem Arm hatte sich noch nie so schwer angefühlt.

»Was soll das, Paul?«, fragte Hailey.

»Ich nehme mir nur, was mir gehört.« Pauls Knopfaugen bewegten sich von Shane zu Billy und schließlich zu Hailey. Und in ihnen lag nichts als pure Verachtung.

»Uns zu bestehlen, wird dir auch nichts bringen«, sagte Hailey und machte einen Schritt um Shane herum, was ihn stinksauer machte. Hatte sie den Verstand verloren? »Du bist kein Roarke. Du wirst die Firma trotzdem nicht bekommen.«

»Eleanor wird das für mich tun.«

»Das glaubst du«, warf Nicole ein. »Aber sei dir da nicht so sicher. Sie könnte dich auch nur benutzen.«

In Pauls Augen flackerte es auf, und sie huschten zu Nicole und wieder zu Hailey zurück. »Sie wird wieder zur Besinnung kommen.« Er lachte, doch darin lag kein bisschen Humor. »Ich habe es verdient.«

Die Art, wie er plötzlich um sich blickte, mit der Waffe herumfuchtelte und sich weiter in den Raum hineinbewegte, versetzte Shane sofort in Alarmbereitschaft. Er schob sich ein wenig vor Hailey und sah, dass Billy dasselbe bei Nicole tat. Draußen im Gang lief die Walthers auf und ab, als mache die ganze Szene sie so nervös wie den Teufel das Weihwasser.

»Bleib hinter mir«, murmelte Shane, sodass nur Hailey ihn hören konnte.

»Das Lustige ist«, sagte McIntosh, »wenn du mich einfach geheiratet hättest, wie es dein bekloppter Vater wollte, wäre das alles nicht passiert. Wir wären nicht hier, und er wäre noch am Leben.«

Haileys Finger bohrten sich in Shanes Oberarm, und dann war sie vor ihm, bewegte sich so schnell, dass er kaum Zeit hatte, sie um die Taille zu fassen und zurückzuziehen, ehe sie McIntosh an die Gurgel springen konnte. »Du Schwein! Du hast ihn umgebracht?«

»Hailey!«

Ein überheblicher Ausdruck machte sich auf McIntoshs Gesicht breit.

»Hast du Bryan auch umgebracht? Hat er herausgefunden, was du für ein Bastard bist?«

Shane packte Hailey so fest, dass er garantiert blaue Flecken hinterließ, aber sie war verdammt stark und so in Rage, dass er wusste, wenn er sie losließ, würde sie durch den Raum schießen und dem Mann ohne zu zögern die Augen auskratzen. »Tu nichts Unüberlegtes«, zischte er ihr ins Ohr.

McIntosh kicherte, als amüsiere es ihn wie Hailey sich wand. Aus dem Augenwinkel sah Shane, wie Billy zwei Schritte auf die linke Seite des Mannes zumachte. Nicole bewegte sich Zentimeter für Zentimeter auf einen Stapel Kisten zu. »Bryan war dumm wie Bohnenstroh und so angeturnt, dass er nicht mal kommen sah, was ihn umgehauen hat. Dafür müssen wir uns bei Lucy bedanken.«

In diesem Moment blieb Lucy vor der Tür stehen und warf ihnen einen besorgten Blick zu.

»Dafür werdet ihr ins Gefängnis wandern.« Haileys Ton war eisig, und sie hörte auf, sich zu wehren, doch das Gift des Zorns, das Shane durch ihren Körper strömen fühlte, war schlimmer als ihr Umsichschlagen. Denn es bedeutete, dass sie unberechenbar war. Und wenn er eines jetzt nicht gebrauchen konnte, dann, dass sie nicht ruhig Blut bewahrte. »Du und meine Mutter, für das, was ihr getan habt.«

»Deine Mutter? Sie ist genauso dämlich wie du. Sorgt sich nur um ihre eigenen Geheimnisse und hat überhaupt nicht mitbekommen, was um sie herum passierte. Aber sie war ein guter Fick. Das muss man ihr lassen. Trotz ihres Alters.« Seine Augen glitten auf eine Art an Haileys Körper hinab, die Shane das Blut in den Kopf schießen ließ. »Aber nicht so gut wie du, oder? Ich meine, sieh dich an. Du musst ein richtiges kleines Luder im Bett sein.«

Er blickte Shane über ihre Schulter hinweg an. »Stimmt's oder hab ich recht? Da wette ich drauf. Na, komm schon, von Mann zu Mann kannst du es mir doch sagen. Mrs. Rühr-mich-nicht-an hat mich nie rangelassen, aber ich wette, dich schon.« Sein liederlicher Blick fiel wieder auf Hailey. »Ja, ich wette, für ihn bist du eine richtige Jenna Jameson.«

Shane vernahm das Klicken in seinem Hirn, das ihm sagte, dass es gerade von gefestigt auf gefährlich umgeschaltet hatte. Dasjenige, das er in Chicago gehört hatte, kurz bevor ihm ein Messer in die Seite gebohrt worden war.

»Zu dumm, dass ich den Vergleich nicht mehr werde anstellen können«, fuhr McIntosh fort. »Aber du und deine Freunde hier, ihr werdet schön lange Zeit haben, euch kennenzulernen. Denn wenn wir weg sind, dann könnt ihr euch das Hirn rausvögeln.« Er blickte nach oben und im Raum umher. »Was meinst du, Lucy, wie lange wird der Sauerstoff reichen?«, fragte er mit einem Blick über die Schulter. »Glaubst du, sie werden drei Tage durchhalten?«

Ein Murmeln ertönte vom Gang her, aber McIntosh lächelte

nur. »In drei Tagen habe ich meine Schäfchen bei RR längst im Trockenen. Und werde den miesesten Privatdetektiv der Stadt engagieren, um nach den vermissten Roarke-Schwestern zu suchen.«

Sein Lächeln erstarb. Und die Pistole in seiner Hand glänzte im hellen Licht der Laterne. »Jetzt gib mir die Statue. Lucy und ich haben echt die Schnauze voll davon, hinter euch herzujagen, und ich habe ihre Nörgelei satt.«

Billy hatte das hintere Ende des Raums erreicht, und weil McIntosh sich ganz auf Hailey konzentrierte und auf die Statue, die sie aufgehoben hatte, bemerkte er weder, dass Shane einen Schritt nach vorn machte, noch dass Billy seitlich auf ihn zukam.

»Du willst sie?«, fragte Hailey. »Die hier? Dieses Stück Metall?«

»Ja. Gib her.«

»Hailey«, raunte Shane ihr warnend zu. »Wehe, du rührst dich vom Fleck.«

Ihr Kiefer spannte sich an. Und langsam hob sie die Skulptur empor, bis sie in Brusthöhe war. »Da hast du sie, du Dreckskerl.«

Sie warf die Statue mit aller Kraft, mit einem Brustpass, auf den die NBA stolz gewesen wäre. Doch McIntosh hatte damit gerechnet und hob die Hand mit der Neun-Millimeter.

»Gottverdammt!« Ein gewaltiges Getöse brach in Shanes Kopf aus. Er warf sich vor die Waffe und riss McIntosh zu Boden, ehe er schießen konnte. Die Statue landete auf dem Boden. Die Pistole entglitt McIntoshs Griff und knallte auf den Beton. Während sie kämpften, hörte Shane schwach einen Schrei, das Stampfen von Füßen und das Geräusch eines Schusses draußen im Gang. Ihm blieb genug Zeit, um den Kopf zu heben und Hailey zur Tür rennen zu sehen, kurz bevor McIntoshs Faust seinen Kiefer traf. »Schweinehund!«

Sie rangen miteinander, aber es dauerte nicht lange, bis Shane die Oberhand gewonnen hatte. Er rammte McIntosh hart sein Knie in den Rücken und riss ihm den Arm hoch, bis der Kerl vor Schmerz aufschrie. Er blickte auf und sah sich nach etwas um, womit er die Handgelenke des Mannes fixieren konnte. Nicole kauerte hinter einem Stapel Kisten und machte große Augen. Shane rief ihr zu, sie solle etwas Draht von den Kisten herbringen.

Als McIntosh versuchte aufzustehen, drückte Shane ihn mit dem Gesicht nach unten auf den Betonboden. »Bleib unten, Arschloch.« Er wischte sich über den Mund und sah auf das Blut an seiner Hand hinab, als Nicole vorsichtig den Draht brachte. Der Mann ächzte, als Shane ihm den Draht eng um die Handgelenke wickelte. »Wo ist deine gottverdammte Schwester?«, blaffte er Nicole an.

»Ich … ich weiß nicht.«

»Scheiße.« Er ließ von McIntosh ab. Griff nach der Pistole und prüfte die Sicherung. Dann reichte er die Feuerwaffe Nicole. »Bleib hier stehen. Und halte die hier auf den Hurensohn gerichtet. Wenn er sich auch nur einen Millimeter bewegt, schieß ihn über den Haufen.«

McIntosh winselte vor sich hin. Nicole bekam so große Augen, dass man das Weiße um ihre dunklen Iriden herum sehen konnte. Die Waffe in ihrer Hand bebte. »W-wo gehst du hin?«

»Deiner Schwester in den Hintern treten.«

Als Shane den Gang betrat, waren Hailey und Billy gerade dabei, eine schmutzige und schluchzende Lucy Walthers in den Lagerraum zurückzuzerren. Er hätte eigentlich erleichtert sein müssen, froh, dass Hailey nichts passiert war, aber in diesem Moment sah er einfach nur rot. Sie hatte nicht auf ihn gehört. Wieder einmal. Hatte sie vor, sich umbringen zu lassen?

Er entriss ihr die Walthers und schleuderte sie neben McIntosh auf den Boden.

Hailey sah Billy an. »Hast du das Telefon?«

Er warf es ihr zu, trat zu Nicole und nahm ihr sanft die Pistole aus der Hand, schlang den Arm um sie und drückte sie an sich.

Hailey wählte sofort. »Allie? Ja, ich bin's. Hör zu, ich habe hier jede Menge Plunder, der abgeholt werden müsste.« Während sie in den Flur verschwand, um mit Alice Hargrove zu telefonieren, blieb Shane nichts anderes übrig, als ihr hinterherzusehen.

Er durchquerte den Raum, während Billy leise mit Nicole sprach. Das Adrenalin pumpte sich noch immer durch seinen Körper, während er die Bronzestatue aufhob und die beiden ineinander verschlungenen Liebenden betrachtete.

Die Letzte Versuchung? Davon sah er nichts. Alles, was er sehen konnte, war Gier. Und Rache. Und eine Frau, die so gottverdammt unabhängig war, dass die einzige Möglichkeit, an sie heranzukommen, Gewalt war.

Haileys Stimme wurde in den Raum getragen. Er hörte, wie sie Allie die Lage der Insel durchgab. Er sah zu Billy und Nicole hinüber. »Die Polizei ist hierher unterwegs. Hailey und ich müssen sehen, dass wir wegkommen. Sie werden Fragen stellen, wir werden festgehalten –«

»Und ihr beide werdet den Rest nie herausfinden«, sagte Billy, den Arm immer noch um Nicole gelegt. »Wir warten hier auf die Bullen. Ihr zwei macht euch vom Acker, ehe sie hier sind.«

Shane nickte. Warf noch einen letzten Blick auf die Walthers und den gefesselten McIntosh, wandte sich dann mit der Statue unter dem Arm dem Ausgang zu. Und nahm sich vor, nicht die Geduld mit Hailey zu verlieren. Noch nicht, jedenfalls.

Shane hatte auf der Fahrt mit dem Boot zurück nach Marathon kein Wort mit ihr gewechselt. Hatte sie nicht gefragt, ob es ihr gut ging, sie noch nicht einmal angesehen. Und Hailey versuchte, das nicht überzuinterpretieren. Versuchte sich einzureden, dass es ihr egal sei, ob er sich um ihre seelische Verfassung sorgte oder nicht.

Aber es war hart. Vor allem, als sie den Roarke-Bombardier bestiegen, sie dem Piloten die Koordinaten aus dem Brief ihres Vaters gab und erfuhr, dass sie nach Jamaika führten. Als sie es Shane sagte, erwiderte er *noch immer* kein einziges Wort darauf, sondern schnallte sich einfach nur an und wartete mit angespanntem Gesicht und Augen, die ins Nichts zu starren schienen, auf den Start.

Okay, er war sauer. Man musste keine Intelligenzbestie sein, um darauf zu kommen. Sie drehte Däumchen, während der Flieger in Fahrt kam und sie in die Luft schossen. Sobald sie die vorgeschriebene Flughöhe erreicht hatten, ließ sie ihren Sicherheitsgurt aufschnappen und machte sich auf in die Bordküche, um ihre Nerven mit einem Drink zu beruhigen.

Sie stürzte gerade ihr zweites Glas hinunter, als Shane sie am Arm packte und zu sich herumdrehte. Die Bourbon-Flasche rutschte ihr aus den Fingern und schlug krachend auf der Theke auf. »Was zum Teufel soll –«

Sein Mund lag auf ihrem, ehe sie die Frage überhaupt über die Lippen gebracht hatte, doch sie wusste instinktiv, dass dies kein zärtlicher Kuss war. Kein liebender Kuss. Nicht einmal ein Kuss von der Art *Es tut mir leid, was du alles durchgemacht hast*. Er war hart und nass und ein kleines bisschen gemein, als seine Zähne sich so hart in ihre Unterlippe senkten, dass ihr ein leichter Schmerz über die Haut zuckte. Er gab ihr keine Gelegenheit, ja oder nein oder irgendetwas dazwischen zu sagen, denn er hatte sie vom Boden hochgerissen, durch die Tür in die Privatkabine geschoben und auf das Bett geworfen, ehe sie überhaupt merkte, dass sie sich woanders befand.

Er war stinksauer. Das spürte sie an dem Zorn, den er in heiß brandenden Wellen ausströmte. Wusste, dass er Revue passieren ließ, was in diesem Bunker geschehen war, und sie bestrafen wollte. Und obwohl ihr Verstand ihr sagte, dass rauer, wütender Sex eine wirklich blöde Idee war, vor allem nach dem, was letzte Nacht und heute Morgen vorgefallen war, war ihr eigener Adrenalinspiegel immer noch so hoch, dass es ihr egal war.

Sie stieß ihm die Zunge in den Mund, fand den Saum seines Hemdes und fuhr ihm mit ihren Nägeln darunter und den nackten Rücken hinauf, bis er brüllte. Er antwortete, indem er ihr wieder in die Lippe biss und ihr dann das T-Shirt in der Mitte aufriss, um ihren BH und ihren Bauch zu entblößen.

Sie schnappte nach Luft. Hatte kaum Zeit zum Reagieren, bevor er, ohne ihren BH zu öffnen, ihre Brüste hervorholte und sie mit dem Mund geradezu verschlang. Er rieb seine Erregung an ihr. Stromstöße zuckten ihm über die Haut.

Oh, Gott …

Saublöde, schreckliche, wirklich gefährliche Idee. Wie kam es dann, dass sie sich so gut anfühlte?

Seine Zähne fuhren über ihre Brustwarze, während seine Hände den Knopf ihrer Jeans fanden, aufrissen und sie nackt auszogen. »Verdammt noch mal, du wirst auf mich hören«, knurrte er. »Und wenn ich dich dazu zwingen muss.«

Sie stöhnte, während sein Mund weiter und weiter nach unten wanderte, bis er ihre Beine auseinanderpresste und mit der Zunge in ihre Spalte fuhr.

»Shane …«

Ihr Rücken wölbte sich. Ihre Finger glitten ihm ins Haar. Hinter ihren Augen blitzte es hell auf, als er seine Zunge hin und her bewegte und kreisen ließ und mit ihr Dinge anstellte, die sie nie zuvor erlebt hatte. Und als er zwei Finger in sie hineinschob und gleichzeitig tief mit der Zunge zustieß, entluden sich all das Adrenalin und der Ärger und die aufgestaute Wut in einem atemberaubenden Orgasmus, der durch ihren gesamten Körper schoss.

Er ließ die Zunge über sie gleiten, während sie allmählich wieder herunterkam, und senkte dann seine Zähne in den Druckpunkt zwischen ihrem Oberschenkel und ihrem Rumpf, bis sie aufstöhnte.

Es tat nicht weh. Wenn überhaupt, erhitzte es ihr Blut von Neuem. Sie presste ihre Hüften gegen ihn, während er an der Stelle leckte und sog, und streckte die Hand nach ihm aus, wollte ihn unbedingt in sich spüren, so wie letzte Nacht.

Doch ehe sie ihn mit den Händen an den Schultern fassen konnte, war er vom Bett herunter, wischte sich den Mund mit dem Handrücken ab und lief in dem kleinen Raum auf und ab wie ein Tiger im Käfig, bereit zum Angriff.

Ihr Kopf war noch ganz benebelt von den Gedanken an Sex, als sie auf die Ellbogen hochkam, um nach ihm zu sehen. Warum war er in dieser Sekunde nicht in ihr? Sie blickte an seinem Körper hinunter und stellte – zu ihrer Überraschung – fest, dass er nicht mehr hart war.

Eisige Kälte breitete sich in ihren Adern aus und zwang all die schwüle Hitze hinaus. Und in diesem Moment nahm sie mit aller Deutlichkeit wahr, wie der Motor des Fliegers dröhnte, die Luft durch den Luftschlitz über ihnen zischte und sein Ein- und Ausatmen durch den Raum klang. Er war komplett angezogen, während ihre Brüste aus dem BH hingen, ihr Slip zerrissen war und ihr die Jeans an einem Bein baumelten.

Das war kein Sex. Das war keine Lust. Das war nur allzu offensichtlich. Er brauchte sie nicht. Er wollte sie nicht. Doch er hatte das Sagen.

Übelkeit stieg in ihrem Magen hoch. Sie richtete ihren BH, zog die Jeans an und sah sich nach ihrer Tasche um, um nach einem T-Shirt zu suchen, das seine Hände nicht zerfetzt hatten.

»Wenn ich dir sage, dass du etwas tun sollst«, sagte er mit leiser Stimme von der anderen Seite des Raumes, »bedeutet das, tu es. Es bedeutet nicht, dass du nur aus Widerspruchsgeist deinen verdammten gesunden Menschenverstand über Bord werfen sollst.«

»Fahr zur Hölle«, schrie sie ihn an.

Sie zerrte ein T-Shirt hervor, schaffte es gerade, den Kragen über den Kopf zu ziehen, bevor er sie am Arm packte, sie herumriss und sie zwang, ihn anzusehen. »Ich kann nicht für deine Sicherheit sorgen, wenn du nicht auf mich hörst!«

Sie stieß ihm den Ellbogen in die Brust, so fest, dass er ein paar Schritte nach hinten taumelte, und sie ihr Shirt herunterziehen konnte. »Ich brauche dich nicht, um mich zu beschützen. Ich habe das mein ganzes Leben lang alleine gemacht. Was glaubst du eigentlich, wer du bist?«

Er machte einen Schritt auf sie zu. »Verdammt noch mal, Hailey –«

»Ich bin nicht Julie, Shane!«

Er hielt mitten im Satz inne. Und etwas Undeutbares huschte über sein Gesicht.

Und in diesem Moment traf es sie wie eine Druckwelle gegen das Brustbein, die ihr den Atem verschlug. »Oh, mein Gott. Du bist gar nicht meinetwegen hier.«

»*Was?*«

Sie riss die Augen auf. »Warum habe ich das nicht schon früher erkannt? Die ganze Zeit habe ich gedacht, du seiest mit mir hierhergekommen, weil du etwas für mich empfindest. Weil du mir helfen wolltest.« Sie schüttelte den Kopf, als ihr einfiel, wie er ohne zu zögern seine Abteilung verlassen, ihren Dolch aus dem Beweismittelschrank genommen und seinen Partner am Telefon angelogen hatte. »Aber das ist nicht der Grund, stimmt's?«

»Doch, das ist der Grund.«

»Nein.« Sie schüttelte den Kopf, und seine Handlungen und Worte und wie er versucht hatte, die Distanz zwischen ihnen zu wahren, ergaben für sie endlich einen Sinn. »Du bist ihretwegen hier. Um zu beweisen, dass du das Mädchen retten und am Ende den Bösewicht erwischen kannst. Und deswegen bist du jetzt so wütend auf mich. Weil du das nicht tun kannst, wenn ich nicht das hilflose Weibchen spiele, das dich braucht, um es zu beschützen.«

Sie wusste, dass sie recht hatte, als sie die Schuld in seinen Augen sah.

»Hailey –«

»Oh, Gott.« Das Zimmer drehte sich und ihr Magen ebenfalls. Und als er sich auf sie zubewegte, wich sie ihm aus, damit seine Hitze nicht ihre Haut versengen konnte. »Ich kann kaum glauben, dass ich so eine Vollidiotin war.«

»Das ist es nicht, worum es hier geht –«

»Lüg mich nicht an!« Sie hielt die Hände hoch, um ihn abzuwehren, ballte die Fäuste, als ihr ihre Dummheit bewusst wurde. Und spürte, dort in der Stille zwischen ihnen, wie ihr das Herz zersprang. Sie schloss die Augen und machte einen tiefen Atemzug. »Bitte … zeig wenigstens so viel Anstand, mich jetzt nicht noch deswegen anzulügen.«

Er gab keine Antwort. Und als sie dastand und sich sammelte, versuchte sie herauszufinden, was es mit ihr und den Männern auf sich hatte. Warum verliebte sie sich immer wieder in Kerle, die eigentlich gar nicht *sie* wollten?

Langsam schlug sie die Augen auf, und stellte fest, dass er sie vorsichtig beobachtete. Der Zorn, der ihn zuvor angetrieben hatte, war verschwunden, stattdessen hatte er einen Blick, der bedeutete, dass sie recht gehabt hatte.

Ihre Brust schnürte sich zusammen, so sehr, dass sie dachte, sie würde jeden Moment implodieren. Und dann strömten mit einer einzigen, reißenden Welle das ganze gebrochene Vertrauen und die Wut aus ihr heraus, und an ihre Stelle trat ein taubes Gefühl, das sich von ihrem Inneren her auszubreiten und nach außen zu strahlen schien, bis alles, was sie spürte … nichts war. Nichts als Leere und schreckliche Einsamkeit.

Dann fällte sie eine Entscheidung. Die einzige, die ihr noch übrig blieb.

»Wenn wir landen, will ich, dass du gehst. Ich will, dass du meinen Flieger und mein Leben für immer verlässt.«

»Ich verlasse dich nicht, wenn –«

»Nicht.« Sie hielt eine Hand hoch, um ihn davon abzuhalten, sie zu berühren. Doch sie schrie nicht. Fuhr ihn nicht an. Hatte nicht mehr die Kraft, gegen ihn anzugehen. »Nimm mir nicht das letzte bisschen Würde, das ich noch habe. Bitte … nicht.«

Sie ließ ihn im Schlafzimmer stehen, durchquerte die Kabine und ging ins Cockpit, wo sie sich in den Copiloten-Sitz sinken ließ und in die Wolken hinausstarrte, die wie ein Meer von Weiß vor ihr lagen.

Weiß und gewaltig und leer. Genauso wie ihr Leben.

Steve warf ihr einen Seitenblick zu, und sie wusste, ohne zu fragen, dass er zumindest teilweise mitbekommen hatte, was geschehen war. »Alles klar?«

Sie sollte verlegen sein. Gedemütigt. Vor Wut kochen über das, was Shane getan hatte. Doch sie brachte nicht genug Energie auf, um irgendetwas anderes zu fühlen als Taubheit. »Ja, mir geht's bestens. Bring mich einfach nur nach Jamaika, Steve. Von da … werde ich alles andere allein herausfinden. Wie ich es immer getan habe.«

24

Hailey schob sich die Sonnenbrille ins Haar, als der Jeep, den sie am Ken Jones Flughafen bei Port Antonio, Jamaika, gemietet hatte, in einen schattigen Abschnitt der zweispurigen Straße eintauchte, die sich einen steilen Hügel emporwand. Die Luft war heiß und stickig, und Schweiß lief ihr den Rücken hinab, als sie von den Bäumen wieder auf die Straße sah und dann auf die Familie, an der sie vorbeifuhr und die einen mit Gemüse beladenen Karren hinter sich herzog.

Steve hatte sich angeboten, sie zu begleiten, aber sie musste da alleine durch. Sie nahm die Karte vom Beifahrersitz und warf einen Blick auf den Kreis, den sie unterhalb von Port Antonio gezogen hatte, und der den Koordinaten aus dem Brief ihres Vaters entsprach. Sie hatte Steve am Flughafen zurückgelassen und ihm die Anweisung gegeben, auf einen Anruf von ihr zu warten. Und sie war von Shane fortgegangen, ohne sich noch einmal umzudrehen.

Ihre Hände krampften sich um das Lenkrad, als sie über Shane nachdachte. Wie hatte es in ihrer letzten Bewertung der Polizei in Key West geheißen? *Kompetent, aber impulsiv.* Und ihr Chef hatte noch hinzugefügt, dass sie besonders ungestüm war, wenn eine Situation persönlich wurde.

Sie blickte auf den Sitz neben sich, wo sich die Letzte Versuchung zusammen mit dem Foto ihres Vaters, seinem Brief und ihrer Beretta – für alle Fälle – in ihrer Tasche befanden. Okay, sie mochte vielleicht ein kleines bisschen unbesonnen sein, und in einer Sache stimmte sie Shane zu: Sie war unabhängig. Aber bei allem, was bereits passiert war, war sie nicht blöd.

Auf dem Gipfel des Hügels wandte sich die Straße nach links und verschwand dahinter. Zur Linken lag eine schmale Einfahrt, die mit einem kleinen Schild mit der Aufschrift THE GATE HOUSE gekennzeichnet war. Sie bog ab und fuhr langsamer, denn der Jeep holperte durch Schlaglöcher und schließlich einen steilen Hang hinab, der von blühenden Sträuchern und Palmen gesäumt war. Der Weg schlängelte sich eine Zeitlang weiter durch sie hindurch, bis er breiter und heller wurde und schließlich vor einem herrschaftlichen, dreistöckigen Gebäude im Plantagenstil endete, das auf einem Felsen stand. Von hier aus konnte sie auf die Bucht auf der einen und die karibische See auf der anderen Seite blicken.

Hailey stellte den Motor ab und stieg aus dem Jeep, hängte sich die Tasche über die Schulter, während sie die Umgebung auf sich wirken ließ. Salz lag in der Luft, und von irgendwo tief unten hörte man die Brandung. Ein kleiner jamaikanischer Junge, der nicht älter als drei sein konnte, tauchte aus dem Gebüsch auf und kam auf ihren Wagen zugerannt.

Erschrocken blickte Hailey zu ihm hinunter. Eine Frau in einem langen, roten Rock brüllte etwas von den Büschen her, folgte ihm eilig und redete in einer Sprache auf ihn ein, die Hailey nicht verstand. Die Frau musterte sie ein paar Mal von oben bis unten, ehe sie den Jungen tadelte und ihn wieder zurück in das Waldstück scheuchte.

Die Hände in die Hüften gestemmt, legte sie den Kopf in den Nacken und sagte: »Sie wohl suchen Miss Stella, denke ich.«

Stella? Zum ersten Mal, seit sie beschlossen hatte, herzukommen, brodelten die Nerven in Haileys Magen. Sie strich sich das Haar hinters Ohr und nickte. »Ja, richtig. Sie lebt hier?«

»Aye, und arbeitet hier.« Die Frau drehte sich zum Haus um und gab ihr mit der Hand ein Zeichen, ihr zu folgen. »Sie Sie nicht erwartet. Sie uns hätte gesagt, dass Sie kommen.«

Sie erwartet. Das hieß, dass diese Frau, Stella, alles über Hailey wusste. Sie folgte ihr den langen Weg bis zu dem stattlichen, weißen Haus mit der breiten Veranda und den hölzernen Fensterläden hinunter. Doch sie gingen nicht hinein. Im letzten Moment bog die Frau ab und lief einen Kiesweg entlang, der um das Haus herumführte.

»Miss Stella gleich mit Unterricht fertig.«

Stimmen erklangen aus dem Inneren des Hauses. Gelächter, rennende Kinderfüße.

»Was ist das für ein Ort?«, fragte Hailey und rückte den Riemen ihrer Tasche zurecht.

»Hmmm …« Die Frau schien über die Frage nachzugrübeln. »Das Gate House ist wie sicherer Platz für Frauen. Wo sie können kreativ sein. Eine Künstlerschule für Frauen mit Talent, die sonst nirgendwo können hingehen.«

Ein Zufluchtsort für künstlerisch begabte Frauen? So etwas hatte Hailey noch nie gehört.

Sie traten aus dem Schatten des Hauses und gelangten an seine Rückseite. Ein weitläufiger Hof erstreckte sich von der hinteren Veranda einen Grashang hinunter zu einem Ausblick auf die blaugrüne Karibik.

»Mein Gott«, entfuhr es Hailey, als sie alles in sich aufnahm.

»Miss Stella wird sein im Rosengarten.« Die Frau blieb stehen. Deutete auf eine blühende Laube zu ihrer Linken. »Durch diesen Bogen da. Folgen Sie Weg, bis Sie finden sie.« Ihre Aufmerksamkeit wurde durch etwas abgelenkt, und sie begann in jener Sprache zu schreien, die Hailey nicht verstand, und war verschwunden.

Hailey ging auf den Garten zu. Der Pfad wand sich weiter zwischen Bäumen und blühenden Büschen hindurch, bis sie sich am Rand eines Rasens wiederfand, der umgeben war von Rosen in allen Formen, Größen und Farben. Ein paar Stühle waren im Halbkreis aufgestellt, und eine schlanke Frau mit langem, blondem Haar stand mit dem Rücken zu Hailey am hinteren Ende und klappte eine Staffelei zusammen.

Hailey räusperte sich, und die Frau hielt inne, drehte sich lächelnd um und erstarrte. »Oh … mein Gott.«

Sie hatte das Foto gesehen, daher hätte Hailey über das Gesicht eigentlich nicht überrascht sein dürfen, aber sie war es trotzdem. Denn die Frau, die nun vor ihr stand, sah aus wie eine ältere, hübschere Ausgabe von ihr selbst.

Keine von beiden rührte sich. Oder sagte etwas. Endlich machte Hailey ein paar Schritte vorwärts, bis sie höchstens noch einen Meter voneinander entfernt waren. »Du scheinst überrascht zu sein, mich jetzt hier zu sehen, aber nicht völlig überrascht.«

Die Staffelei war vergessen, und Stella schaute sie mit weit geöffneten Augen erstaunt an. »Ich … wie hast du mich gefunden?«

Hailey ließ die Tasche von der Schulter gleiten und holte das Foto und den Brief heraus, die ihr Vater ihr hinterlassen hatte. Sie reichte sie Stella und wartete ab.

Stellas Augen wurden sanft, als sie das Bild betrachtete. Dann öffnete sie, wie Hailey feststellte, mit zitternden Händen den Brief und begann zu lesen. Emotionen huschten über ihr Gesicht. Emotionen, die Hailey nicht ganz deuten konnte, von denen sie aber irgendwie hoffte, dass es sich um Trauer und Bedauern handelte.

Als Stella zu Ende gelesen hatte, faltete sie das Papier wieder zusammen, warf noch einen Blick auf das Foto und gab Hailey beides zurück. Und als sie aufblickte, waren ihre Augen feucht. »Wie ist er gestorben?«

Die Einzelheiten über den Tod ihres Vaters wollte Hailey im Moment eigentlich nicht besprechen, deshalb sagte sie einfach nur: »An einem Herzinfarkt.«

Stella nickte. »Das wusste ich nicht. Es tut mir so leid.«

Hailey griff in die Tasche und zog die Skulptur heraus. »Er hat mir die hier hinterlassen.«

Stella sah sie ungläubig an und nahm die Bronzestatue mit bebender Hand und einem halben Lächeln entgegen. »Ich habe sie ihm geschenkt. Er war so verrückt nach Kunst. Sie war unsere Verbindung, verstehst du? Wir haben die ganze Zeit darüber gesprochen. Die hier« – sie strich mit den Fingern über die Statue – »gehörte meiner Mutter. Es war das Einzige, was sie mir hinterließ, als sie starb. Es schien richtig, sie Garrett zu geben.«

»Sie ist eine Menge wert, weißt du das?«

Stella betrachtete wehmütig die ineinander verschlungenen Liebenden. »Ich wusste das damals nicht, jetzt jedoch schon. Aber es hätte auch keine Rolle gespielt. Geld hat mir nie etwas bedeutet. Und deinem Vater auch nicht.«

»Wie seid ihr euch denn begegnet?«

Mit einem Seufzer blickte Stella Hailey an. »Ich arbeitete als Zimmermädchen im ersten Hotel deines Vaters. Es hatte gerade in Florida eröffnet. Er …« Ein Lächeln huschte über ihr Gesicht. »Eines Morgens rannte er mich auf dem Gang fast um, als ich gerade Kaffee servierte. Er war über und über voll Kaffee, und ich auch. Ich hatte solche Angst, dass er mich feuern würde. Ich war erst einundzwanzig. Meine Mutter war kurz zuvor bei einem Autounfall ums Leben gekommen, und meinem Vater ging es gesundheitlich nicht besonders gut. Und wir brauchten meinen Lohn.« Sie blickte auf die Bronzestatue hinab. Und lächelte so mild, dass es einen Punkt tief in Haileys Herzen berührte. Vielleicht war es doch noch nicht ganz taub. »Aber das hat er nicht getan. Dein Vater musste so lachen, dass ihm fast die Tränen kamen. Und dann brachte er mich schleunigst weg, um saubere Kleidung aufzutreiben und sich so oft zu entschuldigen, bis sein ganzes Gesicht glühte.«

»Du hast ihn geliebt«, sagte Hailey, ehe ihr überhaupt klar war, dass sie ihre Gedanken in Worte gefasst hatte.

»Das habe ich«, sagte Stella, nickte und drückte die Statue an ihre Brust. »Sehr sogar. Die wenigen Monate, die wir zusammen waren, waren … mit die besten meines Lebens.«

»Was ist dann geschehen?«

Seufzend gab Stella Hailey die Statue zurück. »Dein Vater war damals bereits verlobt. Mit Eleanor Schmidt. Das wusste ich nicht, als wir uns kennenlernten. Er hat es mir nicht gesagt, bis … bis ich feststellte, dass ich schwanger mit dir war. Ich hätte mich nie mit ihm eingelassen, wenn ich das gewusst hätte, und …« Sie blickte auf ihre Hände hinunter. »Er sagte mir, dass er sie gar nicht liebe. Dass er sie eigentlich gar nicht heiraten wolle. Aber dass er in der Falle saß, weil Eleanors Vater viel Geld in sein Hotelunternehmen investiert hatte. Der Erfolg seiner Firma hing von seiner Heirat mit Eleanor ab. Er sagte mir aber, dass er versuchen wolle, da rauszukommen. Und ich, na ja …« Sie hob die Schultern. Ließ sie wieder fallen. »Ich habe ihm geglaubt.«

»Aber das hat er nicht getan.«

Stella schüttelte den Kopf. »Sie haben ihn nicht gelassen. Als dein Vater ihnen erzählte, dass ich schwanger sei, suchte Eleanors Vater mich auf. Er versuchte, mich zu kaufen, damit ich mit dir verschwand. Niemand hätte von der Affäre deines Vaters erfahren. Er hätte Eleanor, wie bereits geplant, heiraten können, und alles wäre so gewesen, wie es sein soll. Aber ich willigte nicht ein. Dann mischte sich mein Vater ein. Er war aufgebracht über das, was Phillip Schmidt verlangte. Wütend darüber, dass sie mit Geld um sich werfen konnten und dafür bekamen, was sie wollten. Und als Garrett den Schmidts verkündete, dass er sich von mir und seinem Kind nicht abwenden würde, wurde es richtig hässlich.«

Hailey erinnerte sich, wie dominant ihr Großvater mütterlicherseits gewesen war. Und an die Spannung, die immer zwischen Phillip und seinem Schwiegersohn geherrscht hatte. »Und was ist dann passiert?«

»Garrett war davon überzeugt, dass wir es schaffen würden. Privat löste er die Verlobung mit Eleanor, aber ich glaube, die Familie hat es nie öffentlich bekannt gegeben. Etwa einen Monat lang schienen die Wogen geglättet. Wenn dein Vater und ich zusammen waren, redete er nicht viel über seine Situation, und ich war jung und so verliebt, dass ich mich davor fürchtete, es anzusprechen und unsere gemeinsame Zeit damit zu verderben. Dann starb unerwartet mein Vater, und ich war plötzlich ganz auf mich allein gestellt.

Ich hatte Angst. Und machte mir Sorgen wegen der Schwangerschaft. Garrett arbeitete immer mehr, hatte Stress wegen des Hotels. Wir stritten uns. Über alles und nichts. Es wurde klar, dass er, wenn die Schmidts ihre Unterstützung zurückzogen, alles verlieren würde, wofür er so hart gearbeitet hatte. Jeden Cent, den er hatte, hatte er in dieses Hotel gesteckt. Jeden Cent seines Bruders. Ich konnte das nicht zulassen. Ich liebte ihn zu sehr.«

»Also hast du ihn verlassen? Mich verlassen?«

Sie schüttelte traurig den Kopf. »Nein, Hailey. Ich habe dich geliebt. Aber deinen Vater habe ich auch geliebt. Ach, es klingt so dumm, es jetzt zu sagen, aber damals war ich völlig zerrissen. Allein. Jung. Verwirrt. Hatte Angst, dass ich dich, so, wie die Dinge liefen, am Ende ganz allein würde aufziehen müssen, ohne Geld, ohne ein Dach über dem Kopf. Mit nichts. Und als Eleanor zu mir kam und sagte, sie habe eine Lösung, mit der wir alle leben könnten, hörte ich ihr zu.

Sie wusste, dass Garrett dich niemals aufgeben würde. Sein Sinn für Loyalität war zu hoch entwickelt. Und sie wusste, dass er sich auch nicht von mir abwenden würde. Aber es schmerzte sie, das merkte ich, und ich spürte, dass sie ihn irgendwie auch liebte. Sie schlug vor, dass ich ihn verlassen sollte. Dass sie auf eine ausgedehnte Reise gehen würde, damit niemand die Wahrheit erfahren würde, und wenn das Baby auf der Welt war – du – zurückkommen und dich als ihr eigenes aufziehen würde.«

»Und du hast zugestimmt? Einfach so?«

»Nein. Zuerst nicht. Aber ich habe viel darüber nachgedacht, nachdem sie gegangen war. Du darfst nicht vergessen, ich hatte nichts, Hailey. Keine Ausbildung. Keine Angehörigen. Ich hatte das Haus meiner Eltern durch hohe Arztrechnungen verloren. Garrett war damit beschäftigt, das Hotel am Leben zu halten, und ich fühlte mich wie eine Last. Ein Fehler, den er gemacht hatte, und für den er jetzt bezahlen musste. Ich musste eine Entscheidung darüber treffen, was das Beste für ihn und für dich und für uns alle war. Und ich traf die einzige, zu der ich mich damals in der Lage fühlte.«

Sie holte Luft, und die kaum wahrnehmbare Gebärde schien sie zu schmerzen. »Ich ließ dich los. Ich ließ euch beide los.«

Hailey dachte an Eleanor Roarke und an all die Jahre, in denen sie sich in ihrer eigenen Familie wie eine Außenseiterin gefühlt hatte. Jetzt wusste sie, warum. »Aber hast du denn nie darüber nachgedacht, Kontakt mit mir aufzunehmen? Nicht ein Mal in vierunddreißig Jahren?«

»Ich konnte nicht. Das war Teil der Abmachung. Solange ich mich von deinem Leben fernhielt, von deinem Vater, seinem Hotel, von dir … war alles in Ordnung. Eleanor stimmte einer Heirat mit deinem Vater nach seiner Affäre nur noch unter der Bedingung zu, dass sein Geheimnis niemals ans Tageslicht käme.« Ihre Augen wurden sanft. »Aber ich habe dich aus der Ferne begleitet, Hailey. Ich wusste, wo du warst, was du machtest. Ich war so stolz auf dich, als du nach Harvard gegangen bist.

Als du Polizistin wurdest. Der Zeitungsausschnitt deiner Hochzeit hängt gerahmt in meinem Schlafzimmer.«

»Ich bin nicht mehr verheiratet.«

Ein trauriges Lächeln schlich über ihr Gesicht. »Das weiß ich auch.« Sie trat zögernd einen Schritt vor. »Es ist nicht so, dass ich dich nicht wollte. Ich wollte dich sogar sehr. Ich … ich will, dass du weißt, dass kein Tag vergangen ist, an dem ich meine Entscheidung nicht infrage gestellt habe.«

Hailey blickte auf die Bronzestatue in ihren Händen. »Hast du ihn je wiedergesehen?«

Stella sah auf die Statue hinab. Machte den Mund auf und wieder zu.

»Halte jetzt nichts vor mir zurück«, sagte Hailey.

»Er kam hierher, um mich zu besuchen. Vor über einem Monat. Nach vierunddreißig Jahren wollte er eine zweite Chance.« Ihre Augen waren voller Kummer. »Hailey, ich bin jetzt wieder verheiratet. Glücklich. Ich habe einen Mann gefunden, der mich liebt und für den ich an erster Stelle stehe. Ein Teil von mir wird deinen Vater immer lieben, aber er …«

»… gehört deiner Vergangenheit an«, führte Hailey zu Ende, als Stellas Worte verebbten.

Traurig nickte Stella. »Ich dachte, das bedeutete vielleicht, dass sich etwas geändert hätte. Ich wollte dich sehen. Doch er warnte mich davor, das zu tun. Nicht bevor er Gelegenheit hätte, dir selbst die Wahrheit zu sagen. Ich hatte keine Ahnung, dass er sterben würde, ehe es so weit war.«

Hailey versetzte es einen Stich ins Herz. Wenn ihr Vater diese Frau so sehr geliebt hatte, wie Hailey annehmen musste, musste sie sich unwillkürlich fragen, warum er so lange damit gewartet hatte, sich das zurückzuholen, was er sich offensichtlich immer noch so sehr gewünscht hatte. Und was passiert war, dass er es sich anders überlegt hatte.

Ein flüchtiger Gedanke an Shane ging ihr durch den Kopf, doch sie verdrängte ihn. »Wohin bist du gegangen, nachdem du ihn verlassen hast?«

Stella wanderte langsam durch den Garten und streckte die Hand nach einer Blüte an einem Rosenbusch aus. »Ich bin eine Weile herumgereist. Verdiente mein Geld mit Gelegenheitsarbeiten. Verkaufte nebenbei ein paar Bilder als zusätzlichen Verdienst. In Louisiana begegnete ich einer Frau, der meine Werke gefielen und die mich aufnahm. Sie war das, was man eine Kunstkennerin nennen würde. Sie half mir, meine Bilder in ein paar bedeutenden Galerien unterzubringen.«

Mit einem Mal fiel es Hailey wie Schuppen von den Augen. »Stella? Stella Adams?« Als Stella nickte, blieb Hailey der Mund offen stehen. Mehrere Kisten in dem Bunker, aus dem sie erst an diesem Morgen gekommen war, trugen die Aufschrift *Adams*. Und Pete hatte der berühmten Landschaftsmalerin bei Odyssey einen kompletten eigenen Raum gewidmet. »Oh, mein Gott.«

Ein Lächeln huschte über Stellas Gesicht. »Ich fasse das als Kompliment auf.« Sie deutete mit dem Kopf wieder auf das Haus. »Die Frau in Louisiana, von der ich gesprochen habe – ihrer Mutter gehörte dieses Haus. Früher kam ich zum Malen hierher, wenn ich etwas Platz brauchte. Als sie starb, schlug ihre Tochter vor, eine Künstlerkommune daraus zu machen. Speziell für Frauen mit künstlerischem Talent oder Interesse, die sonst nirgendwo hinkönnen. Ich fand, das war eine wunderbare Idee. Wenn es einen solchen Ort gegeben hätte, als ich mit dir schwanger war … tja, dann wäre alles vielleicht ganz anders gekommen.«

»Warum hat er es mir nie gesagt?«, fragte Hailey. »Ich meine, als Erwachsene. Ich verstehe ja, warum er es mir als Kind verschwiegen hat, aber was hätte es geschadet, wenn er es mir jetzt gesagt hätte? Warum die Geheimniskrämerei und diese dämliche Schatzjagd, wenn alles, was er eigentlich wollte, war, mich zu dir zu führen?«

»Ich weiß es nicht«, sagte Stella leise. »Ich wünschte, ich wüsste es, aber –«

»Weil er nicht konnte.«

Hailey drehte sich zu der Stimme um, deren Klang ihr nur allzu vertraut war.

Graham stand am Ende des Rasens. »Er konnte nicht, Hailey. Es war Teil des Ehevertrags, den Eleanor und ihr Vater ihn unterschreiben ließen.«

»Graham, nicht.«

Hailey zuckte zusammen, als sie Eleanors Stimme hörte, und alle drei blickten in den Schatten, den ein großer Magnolienbaum warf.

Was zum …?

»Warum nicht, Eleanor?« Grahams Stimme erhärtete sich. »Garrett ist tot. Es wird Zeit, dass alles ans Licht kommt. Ein für alle Mal. Sie weiß doch schon von Stella.«

»Was, alles?«, fragte Hailey, blickte zwischen den beiden hin und her, und ein seltsames Gefühl ließ ihr die Brust enger werden.

Eleanor wandte den Blick nicht von Graham. »Tu das nicht.« Er starrte sie an. Dann sagte er schließlich: »Eleanor kümmert es nicht, wer die Roarke Resorts leitet, Hailey. Wirklich nicht. McIntosh war eine gute Wahl, weil sie glaubte, ihn beherrschen zu können. Aber das konnte sie nicht. Stimmt's, Eleanor? Er machte sich auf eigene Faust auf und versuchte, Garretts Bronzestatuen ohne dich zu finden. Heuerte seine Freundin Lucy an, um die zu kriegen, an die er nicht alleine herankam. Wie die von Bryan. Die von Nicole. Und meine.«

»Es reicht.«

»Du hast recht. Es reicht. Ich hätte meinen Mund aufmachen sollen, als Garrett gestorben ist.«

»Ich habe meinen Mann nicht umgebracht.«

»Nein, das hast du nicht«, sagte Graham und beobachtete sie immer noch. »Aber du hast seinen Tod verursacht. Genauso wie ich. Es zehrte an ihm. Über all die Jahre. Die Dokumente, die du und dein Vater ihn habt unterschreiben lassen, die dafür sorgen sollten, dass Hailey niemals ein Stück einer Firma bekam, die rechtmäßig ihr gehörte, falls er ihr je die Wahrheit über Stella verraten sollte. Wie du Nicole klein gehalten hast, damit sie sich niemals für RR interessieren würde. Du hast sie unglücklich gemacht. Alle miteinander. Hast das bisschen Glück, das ihnen hätte zuteil werden können, mit deinem Kontrollzwang zerstört. Weil du unbedingt dafür sorgen musstest, dass niemand erfuhr, was du getan hattest – was wir getan hatten. Garrett hat sich das lange Zeit gefallen lassen, bis er daran zerbrochen ist. Bis er überzeugt war, dass es keinen anderen Ausweg gab. Als er erfuhr, dass er ein Herzproblem hatte –«

»Ich habe ihn nicht umgebracht!«

Hailey lief es eiskalt den Rücken hinunter.

»Nein«, sagte Graham, und seine Stimme wurde lauter. »Aber du hast auch nichts dagegen unternommen. Du wusstest, dass er Stella aufsuchen würde. Dass sie ihn zurückweisen würde. Und selbst, als er zu dir kam und sagte, dass er rauswollte, hast du ihm nur ins Gesicht gelacht. Ihn als verrückt bezeichnet. Du willst immer noch alles in deiner Hand haben, nach all der Zeit, nicht wahr? Niemand hätte sich nach fünfunddreißig Jahren darum geschert, wie sich diese Affäre auf dich ausgewirkt hat.«

»Ich habe mich aber darum geschert!«

Graham schüttelte traurig den Kopf. »Das war ja das Problem. Das hast du, und zwar so sehr, dass du ihn nicht gehen lassen konntest, nicht einmal jetzt. Ich habe ihn gefunden, Eleanor. In seinem Büro. In der Nacht, als du bei deinem Freund warst. Ich habe ihn gefunden mit dem Herzmedikament, das er aus meiner

Küche hatte mitgehen lassen, obwohl er wusste, dass eine Überdosis genau das verursachen würde, was die Ärzte abzuwenden versuchten.«

Hailey schnappte nach Luft. Ihr Vater hatte sich selbst umgebracht?

»Er hat das gemacht, um mir eins auszuwischen!«, kreischte Eleanor. »Selbst als Toter konnte er nicht der Ehemann sein, den ich immer gebraucht hätte. Er musste unbedingt das letzte Wort haben.«

»Er ist gestorben, weil du und ich sein Leben zerstört haben! Begreifst du das nicht? Du und deine ewigen Ränkeschmiedereien vergifteten alles, was er geschaffen hatte. Er wollte es nicht für Hailey und Nicole. Es war vielleicht ein Weg, den keiner von uns gegangen wäre, aber für ihn ergab seine Schatzsuche einen Sinn. Und am Ende schaffte sie genau das, was dein kostbarer Ehevertrag eigentlich hatte verhindern sollen: Sie hat die Wahrheit ans Licht gebracht.«

»Sein Testament bedeutet gar nichts!«

Graham schüttelte den Kopf, und eine Mischung aus Wut und Kummer blitzte aus seinen Augen. »Madeline hat mich angerufen. Ich weiß, was du meinem Sohn angetan hast.«

Er drehte sich rasch zu Stella um, ehe Eleanor antworten konnte. »Vor fünfunddreißig Jahren ist dein Vater an einem Herzinfarkt gestorben –«

»Graham, nicht!«, schrie Eleanor.

»– es war kein Herzinfarkt. Es war Mord. So geplant, dass niemand dahinterkommen würde. Damit du allein zurückbleiben würdest und keine andere Wahl hättest, als Eleanors Angebot anzunehmen und Garrett für immer zu verlassen.«

»Nein …« Stellas Hand flog an ihren Mund.

»Und ich habe ihr geholfen«, sagte Graham mit herzzerreißender Reue. »Gott, ich hätte das nicht tun dürfen. Aber ich liebte sie. Meine Frau hatte mich gerade mit Bryan sitzen lassen, und Eleanor war der einzige Mensch, dem ich mich anvertrauen konnte, weil sie dasselbe mit Garrett durchgemacht hatte. Ich … ich war von ihr geblendet. Und als Eleanor mit der Idee zu mir kam, glaubte ich, dass der bloße Versuch ausreichen würde, um ihr meine Loyalität zu beweisen. Damit sie sah, dass ich der richtige Mann für sie war, und nicht Garrett. Dein Vater sollte nicht sterben, Stella. Das schwöre ich dir. Ich hatte eine niedrige Dosis berechnet. Ich wusste nicht, wie schwach sein Herz war, aber dann –«

Ein Schuss zerriss die Stille der frühen Morgenluft.

Nein!

Die Kugel traf Graham mitten in den Rücken. Er riss die Augen auf. Er rang nach Luft. Dann taumelte er vorwärts auf Stella zu. Fiel …

Stella schrie auf. Hailey rannte hin, um ihn aufzufangen. »Graham!«

Sie war bei ihm, ehe er Stella mit sich zu Boden reißen konnte. Er war schwer, prallte mit voller Wucht gegen Hailey. Sie gingen beide hart zu Boden, und Hailey drehte ihn herum, unfähig zu glauben, was gerade geschehen war. Ihre Augen blitzten Eleanor an, die die Waffe wie angeschmiedet in der Hand hielt. Haileys Training zeigte seine Wirkung, und sie schätzte rasch die Situation ein. Als ihr klar wurde, dass ihre Tasche mit der Beretta drei Meter entfernt und Eleanors Lauf auf sie gerichtet war, wusste sie, dass sie nichts unternehmen konnte, solange sie Graham nicht geholfen hatte.

Blut strömte aus der Wunde in Grahams Brust, wo die Kugel ausgetreten war. Hailey kam auf die Knie und übte Druck auf die Wunde aus, um die Blutung zu stoppen. Tränen traten ihr in die Augen, als sie merkte, dass es aussichtslos war. »Graham, nein, nein, nein …«

»Hailey …« Seine Hand schloss sich um ihre, um sie von ihren hektischen Rettungsversuchen abzuhalten. Sie blickte in seine gutmütigen, schiefergrauen Augen, während alles vor ihr verschwamm und ihr ein Schluchzen in der Kehle steckte. »Ich habe … Madeline gesagt … sie soll zur Polizei gehen. Sie hat gesagt … es war ein Unfall. Du glaubst ihr doch … oder?«

»Ja«, flüsterte sie, ohne seine Worte zu begreifen, aber in der Hoffnung, dass es ihn trösten würde. »Ja. Natürlich war es ein Unfall.«

Das schien ihn zu beruhigen. Er schloss die Augen, und seine Hand drückte die ihre. »Sag Nicole, wie leid es mir tut. Ich liebe sie … ich liebe dich … wie meine eigenen Kinder. Es tut mir leid … Alles so leid.«

»Nein. Geh nicht«, sagte Hailey und drückte seine Hand. »Nicht so, Graham …«

»Ich habe ihn gewarnt«, sagte Eleanor vom anderen Ende des Hofs. »Er hätte nur auf mich hören müssen, dann wäre das nicht passiert.«

Graham tat noch einen letzten stockenden Atemzug. Er ließ ihre Hand los, und sein Blick verlor sich im Nichts. Als Hailey spürte, dass er starb, war ihr egal, was er getan hatte. Alles, was zählte, war, dass er hergekommen war, um etwas wiedergutzumachen.

»Graham … bitte nicht …«

»Wir müssen einen Krankenwagen rufen.« Stella hatte einen Schritt auf Hailey zu gemacht.

Ihr Schrei ließ Hailey den Kopf heben. Was sie sah, war, dass die Frau, die sie für ihre Mutter gehalten hatte, Stella an den Haaren nach hinten riss und ihr eine Waffe an die Schläfe hielt.

Oh Gott, sie würde sie auch umbringen.

»Es wird kein Krankenwagen kommen«, sagte Eleanor kalt. »Keiner kann dich retten. Das hier ist alles deine Schuld. Begreifst du das nicht? Wenn du nicht gewesen wärst, wäre das alles nie passiert.«

Der Schmerz in Haileys Brust war frisch und heftig, doch als die Stimme sich in ihren Kopf drängte, kämpfte eine Welle der Wut ihn nieder.

Eleanors Augen blickten wild umher und waren schwarz wie die Nacht. »Ich habe versucht, alles richtig zu machen. Ich habe so hart gearbeitet, damit niemand je herausfindet, was du getan hast. Ich habe sogar deine erbärmliche Tochter für dich aufgezogen, aber du hast es *trotzdem* fertiggebracht, zurückzukommen und mein Leben zu ruinieren. Das ist *mein* Leben!« schrie sie. »Ich werde nicht zulassen, dass du es wieder zerstörst!«

»Eleanor«, sagte Hailey ruhig und kam langsam auf die Beine, »nimm die Waffe herunter. Es sind schon genug Menschen zu Schaden gekommen.«

»Du.« Eleanor schleuderte Hailey einen rasenden Blick zu. »Wenn du dich da rausgehalten hättest, wäre Graham noch am Leben. Das ist dein Werk!«

Hailey hob die Hände empor. Ihre Augen fielen auf ihre Tasche, in der sich ihre Waffe befand, dann wieder auf Eleanor. Wie lange würde es dauern, bis jemand aus dem Haus kam? Sie mussten den Schuss gehört haben. Sie wussten, dass Stella hier unten war. Die Frau, die Hailey hierhergeführt hatte, wusste, dass Stella nicht allein war.

Eleanor trat Haileys Tasche mit dem Fuß beiseite und warf ihr einen überlegenen Blick zu. »Niemand wird kommen, um dich zu retten.« Die Waffe in ihrer Hand bebte. »Es wird wie ein Mord mit Selbstmordfolgen aussehen. Du bist hergekommen, um Stella aufzusuchen, und Graham ist dir gefolgt. Er wusste, dass du ihn für seine Tat anzeigen würdest. Er hat euch beide umgebracht und sich dann selbst erschossen. Ich werde dafür sorgen, dass die Polizei den Tod von Andrew Adams mit dem deines Vaters in Verbindung bringen wird. Beide sind an dem gleichen Gift gestorben. Sie werden überzeugt sein, dass Graham hinter alldem steckte.«

Während Eleanor laut vor sich hin sinnierte, wusste Hailey, dass ihr nur Minuten, Sekunden blieben, bis Eleanor zu feuern beginnen würde. Eleanors Augen folgten ihr kaum. Sie wusste, dass Hailey in der Falle saß.

»Ich weiß, wie es ist, jemanden zu lieben, der einen nicht will«, sagte Hailey rasch. Eleanors überraschte Augen flogen in ihre Richtung. Schienen sich auf sie zu konzentrieren. *Ja, sieh mich weiter an.* »Jemandem sein Herz zu schenken, damit er darauf herumtrampelt. Ich habe das hinter mir. Nicht nur ein Mal, sondern zwei Mal.«

»Männer sind Schweine.«

»Genau«, stimmte Hailey zu. Bewegte sich zentimeterweise vorwärts. Hoffte, dass sie Eleanor so einlullen konnte, dass sie nach ihrer Waffe greifen konnte.

»Ich hätte dir gleich sagen können, dass dieser Dieb, den du geheiratet hast, ein Loser war. Aber nein, du hast ja nicht auf mich gehört. Nie.«

»Ja, das war er«, log Hailey, bereit, alles zu sagen, was Eleanor weiterhin ablenkte. »Und der andere …« Sie dachte an Shane. »Der wollte mich auch nicht. Also, du und ich, wir sind gar nicht so verschieden. Ich weiß, wie du dich fühlst.«

»Du weißt gar nichts«, sagte Eleanor. »Nicht, ehe er dich nicht wegen einer Schlampe wie der da verlassen hat. Weißt du eigentlich, was ich für deinen Vater aufgegeben habe? Weißt du, wie hart ich daran gearbeitet habe, dass er mich liebt? Aber das tat er nicht. Nicht nach ihr.«

Eleanors Augen fielen auf Stella, dann wieder auf Hailey und weiteten sich plötzlich, als sie merkte, dass Hailey näher gekommen war. Und mit der Ruhe, die sie allmählich in sich aufkeimen gespürt hatte, war es vorbei. »Oh, denk nicht mal daran.« Sie machte einen großen Schritt zurück, packte Stella fester am Haar und zerrte daran, bis diese vor Schmerz zu wimmern begann. »Ich weiß, was du vorhast, und es wird nicht funktionieren. Diesmal kommst du nicht davon.«

Adrenalin pumpte sich durch Haileys Adern. Wenn Eleanor Stella nicht die Pistole an die Schläfe hielt, konnte Hailey sie überwältigen. Sie war stärker als Eleanor, und sie hatte den Vorteil der Jugend. Doch sie hatte zu viel Angst, dass Stella ins Kreuzfeuer geraten würde. Sie hatte bereits ihren Vater und Graham verloren. Sie wollte nicht auch noch die Mutter verlieren, die sie gerade erst gefunden hatte.

Und da bemerkte sie etwas, das sich kaum wahrnehmbar in den Schatten der Bäume hinter Eleanor bewegte.

Shane.

Sie konnte lediglich seine Augen erkennen, die aus dem dichten Laubwerk hervorlugten, während Stella und Eleanor sich stritten.

Ihr Herz machte einen Satz, als ihre Blicke sich begegneten. Sie trafen eine stumme Abmachung, denn sie wusste, dass unüberlegtes Handeln weder sie noch Stella retten würden. Sie musste sich auf ihn verlassen. Er war hier. Er war ihretwegen hier. Obwohl sie ihm gesagt hatte, dass sie ihn nie wieder sehen wollte.

»Jetzt reicht es!«, keifte Eleanor. »Sag deiner Tochter Lebewohl.« Sie nahm die Waffe von Stellas Schläfe und richtete sie auf Hailey.

»Nein!«, schrie Stella.

Die Waffe schwankte, begann, sich wieder auf Stella zuzubewegen, und Hailey zögerte nicht. Sie ließ sich fallen und stürzte sich auf Stella.

Zwei Schüsse ertönten fast gleichzeitig. Rasch gefolgt von einem weiteren. Und noch einem.

Hailey landete mit der rechten Seite auf dem Boden. Ein beißender Schmerz brach plötzlich wie ein Feuer in ihrer Schulter aus. Stella stöhnte, als sie mit einem dumpfen Schlag aufkam.

»Hailey!«

Schritte donnerten über den Boden.

»Hailey!«

Stella rollte sich unter Hailey hervor und erhob sich wankend auf die Knie. »Sie blutet! Helfen Sie ihr, sie blutet!«

Hailey rang nach Atem, als Shane sich neben ihr auf die Knie fallen ließ. »Herrgott, halte durch, Hailey. Wir brauchen einen Krankenwagen.«

Stella sprang auf und war verschwunden.

Shanes Pistole fiel neben ihrem Kopf zu Boden. Sie blickte zu den Schleierwolken hinauf, die über ihr vorüberrasten, während er ihr T-Shirt beiseite zog. »Eleanor …«

»Sie ist tot. Mach dir um sie keine Gedanken.« Er riss sich das T-Shirt über den Kopf und presste es an ihre Schulter. »Himmel, versuchst du, dich mit mir zu messen, was die Narben angeht? Das ist jedenfalls keine gute Methode, um eine zu bekommen.«

Die Panik in seiner Stimme strafte seine flapsigen Worte Lügen, und sie schloss die Augen. Sie zu retten war eine Sache. Sich um sie zu sorgen … das war etwas, woran zu denken sie nicht zulassen konnte. Nicht jetzt. »Was machst du denn hier, Maxwell? Habe ich dir nicht gesagt, du sollst« – sie verzog das Gesicht, als er sie auf den Boden drückte – »die Fliege machen?«

»Ja, schon«, sagte er, während er sich an ihr zu schaffen machte und sie sich dabei wie eine hilflose Stoffpuppe fühlte, »aber ich dachte mir, wenn du nicht auf mich hörst, warum sollte ich dann auf dich hören?« Sie biss vor Schmerz die Zähne zusammen, als er ihr sein T-Shirt um die Schulter wickelte.

»Ich brauche einen Krankenwagen!«, brüllte er.

Stimmengewirr und Schreie waren aus der Ferne zu hören. Näher kommende Fußtritte. Shanes schwerer Atem.

Hailey schloss die Augen und versuchte, an gar nichts zu denken.

»Na, komm schon, Roarke«, sagte er. »Sag mir, was für ein Blödmann ich bin. Sag mir, dass du mir am liebsten in den Hintern treten würdest. Wir wissen beide, dass ich es verdient habe.«

»Dazu fehlt mir die Energie.« Sie war plötzlich hundemüde. So erschöpft wie noch nie in ihrem ganzen Leben. Und sie hatte endgültig die Nase voll. Von ihm, ihrer Familie, all den Lügen und Kränkungen. Insbesondere dem Schmerz in ihrer Brust, der rasend schnell anwuchs, nach allem, was sie heute gesehen und erfahren hatte. »Du hast das Mädchen gerettet, Maxwell. Den Bösewicht erwischt –«

»Ja, genau, deswegen liegst du hier und blutest. Wo bleibt der verdammte Krankenwagen!«

»Aber ich bin nicht tot. Was … ich jetzt wäre, wenn du nicht gewesen wärst. Du kannst jetzt als Held nach Hause gehen.«

»Ohne dich gehe ich nirgendwo hin«, flüsterte er dicht an ihrem Ohr. »Hailey, hörst du mich? Ich habe gesagt, ich verlasse dich nicht, und das werde ich auch nicht.«

Sie holte tief Luft. Ließ sie langsam wieder ausströmen. Stimmen erklangen um sie herum. Sie spürte Hände an ihrem Körper. Hörte, wie jemand mit einem starken jamaikanischen Akzent Shane sagte, er solle Platz machen, damit man sie behandeln konnte, doch sie öffnete nicht die Augen. Konnte es nicht.

»Blutdruck fällt …«

»Wir müssen sie bewegen …«

»Bringt die Trage her!«

»Ich werde genau hier sein, wenn du aufwachst«, flüsterte Shane ihr ins Ohr, als sie schon glaubte, er sei weg. »Wehe, du gibst auf. Hörst du mich, Roarke? Wehe, du gibst auf …«

25

»Shane.«

Beim Klang seines Namens flogen Shanes Augen auf. Er saß in einem kleinen Eckzimmer im Krankenhaus in Port Antonio, wo er die letzten vierundzwanzig Stunden Wache gehalten hatte.

»Scheiße Mann, du siehst nicht viel besser aus als sie.«

Tony.

Shane erhob sich aus dem Stuhl neben Haileys Bett und blickte zur Tür, wo sein Partner stand und ein finsteres Gesicht machte. Er musste nicht fragen, um zu wissen, was Tony sah: einen Dreitagebart, Haare, die wahrscheinlich in alle Richtungen abstanden, schmutzige und zerknitterte Kleidung.

Er war wie gerädert, fühlte sich steif und elend, aber er ging Tony entgegen und begrüßte ihn mit einem kräftigen Handschlag. »Ich hatte nicht erwartet, dass du so schnell hier sein würdest.«

»O'Conner will das hier abschließen.« Er deutete mit dem Kopf in Richtung Bett. »Wird sie wieder?«

Shanes Blick folgte ihm, und wie jedes Mal, wenn er Hailey in diesem Bett liegen sah, krampfte sich sein Magen zusammen. »Ja. Eine Weile sah es gar nicht gut aus. Die Kugel hat innerlich ziemlichen Schaden angerichtet. Aber es scheint, sie wird es schaffen.«

Tony nickte und sah sich in dem heruntergekommenen Zimmer um. Shane wusste, was sein Partner noch dachte. Es war zwar sauber hier, und der medizinische Standard schien so weit ganz gut zu sein. Aber es war Jamaika. Shane konnte es nicht erwarten, Hailey in eine Einrichtung in den Staaten zu bringen. »Wie bist du an ein Einzelzimmer für sie gekommen?«

»Stella Adams hat es organisiert.« Shane fuhr sich mit einer Hand durchs Haar. »Sie hat einen ziemlichen Einfluss bei den Leuten hier.«

Tony nickte wieder. »Kann immer noch nicht glauben, dass das ihre Mutter ist.«

»Ja, du nicht, und ich auch nicht«, sagte Shane leise.

»Wir haben aufgrund deiner Informationen Bryan Roarkes toxikologisches Gutachten noch einmal überprüfen lassen. Der Test auf Herzglykoside war positiv. Eine Chemikalie, die man in bestimmten Pflanzen findet, zum Beispiel Digitalis, Maiglöckchen und –«

»Oleander«, führte Shane seine Aufzählung zu Ende und rieb sich die Schulter. »Ich weiß.«

»Nicht gerade eine gängige Methode für Mord, wenn man es heimlich tun will, denn man muss die Dosierungen kennen, aber es ist sehr wirksam.« Er blickte Shane an. »Madeline Roarke hat sich gestellt. Ihr Anwalt plädiert auf Strafmilderung. Mit der Begründung, dass Eleanor sie angestiftet habe. Offenbar hatte der gute alte Bryan herausgefunden, dass Eleanor etwas mit dem Tod von Andrew Adams zu tun hatte. Keine Ahnung, ob Graham Roarke es ihm gesagt hatte, aber wie auch immer, Bryan hat sie um die Leitung der Firma erpresst. Um es ihm heimzuzahlen, hat sie Madeline von seiner Affäre mit Lucy erzählt und vorgeschlagen, ihm eine Lektion zu erteilen. Madeline behauptet, sie habe geglaubt, dass ihn das Gift nur krank machen und nicht wirklich umbringen würde.«

Shane schnaufte und stopfte die Hände in die Hosentaschen. »Glaubst du ihr das?«

»Nein. Aber sie hat immer wieder darauf bestanden, dass sie ihn nicht verletzt hat.«

Shane schüttelte den Kopf. Wie man es auch drehte und wendete, Madeline Roarke würde einige Zeit sitzen.

»Eins ist sicher«, sagte Tony. »Sie hat Hailey jedenfalls nicht die Falle gestellt. Lucy Walthers packt jetzt auch aus. Sie ist diejenige, die den Dolch benutzt hat, um Hailey die Schuld in die Schuhe zu schieben. Die Wunden wurden Bryan zugefügt, nachdem er bereits tot war. Der Staatsanwalt ist überzeugt, dass sie die Stiche verursacht hat.«

Gott, diese Leute waren echt krank.

»Was ist mit der Geschichte, die Hailey bei ihrem Onkel zu Hause passiert ist? Wer hat das Gift in den Tee gemischt?«

»Da sind wir nicht ganz sicher. Aber als wir McIntoshs Wohnung durchsucht haben, haben wir Grahams Statue gefunden. Du hast gesagt, er sei es gewesen, der euch von der Straße auf Grahams Grundstück abgedrängt hat, stimmt's?«

»Ja. Hailey hat seine Stimme erkannt.«

Tony nickte. »Hier waren zwei Parteien am Werk. Eleanor, um zu verhindern, dass ihr Geheimnis herauskommt, und McIntosh und sein Streben nach der Herrschaft über die Roarke Resorts. Und was das Gift in Grahams Tee angeht –«

»Ja?«

»Graham Roarke nahm Digoxin wegen seines Herzens. Wir haben das Medikament in seiner Küche gefunden. Es ist ein Leichtes, ein bisschen davon in eine frische Kanne Tee zu schütten, wenn du gerade auf einen Diebstahl vorbeischaust. Und wenn du dabei ganz nebenbei ein oder zwei Roarkes umbringst, wird es umso leichter, die Firma, die du haben willst, in deinen Besitz zu bekommen.«

»Himmel.« Shane strich sich mit der Hand übers Haar. »Also war es nicht für Hailey bestimmt, sondern für Graham.«

»Sieht so aus. McIntosh und Lucy Walthers werden lange Zeit von Freiheit nur noch träumen können, keine Angst.«

»Und Haileys Vater? Glaubst du, es war wirklich Selbstmord?«

»Es sieht danach aus.« Tony stieß einen lauten Seufzer aus. »Diese Frau … Eleanor? Scheint so, als sei sie wirklich ein harter Brocken gewesen. Sie hatte alle Fäden fest in der Hand. Ich habe mehr und mehr den Verdacht, dass niemand von uns mehr bei klarem Verstand wäre, wenn er auch nur fünf Jahre mit ihr zusammenleben müsste, geschweige denn über dreißig.«

Shane nickte nur.

»Da wir gerade über den Dolch geredet haben«, sagte Tony. »Echt komisch. Der ist immer noch nicht wieder im Beweismittelschrank aufgetaucht. Ich schätze, das wird er auch nicht mehr. Was meinst du?«

Shane warf seinem Partner einen Blick zu. Sie würden vermutlich nie herausfinden, womit Lucy Bryan die Stichwunden zugefügt hatte. Tony würde jedenfalls dafür sorgen, dass Shane unter keinen Umständen in Verdacht geriet. »Ich schulde dir was, Mann.«

»Allerdings. Mal wieder«, sagte Tony mit einem Halbgrinsen. »Weshalb ich mich auch gar nicht schuldig fühle, dich wieder mit nach Chicago zu schleifen, wenn ich mit meinen Befragungen hier fertig bin. Je eher wir das mit O'Conner geklärt haben, desto besser für dich. Und für sie.«

Shane nickte und sah wieder Hailey an. Und in dem Moment wurde ihm bewusst, dass er in den letzten zwei Tagen nicht ein einziges Mal das Bedürfnis nach einem Tic Tac gehabt hatte. »Ich komme mit dir zurück. Aber ich bleibe nicht.«

Tony starrte ihn einen Augenblick lang an, dann sagte er: »Es dauert noch etwas mehr als zehn Jahre, bis deine Pension greift. Was hast du –«

Shane richtete die Augen auf seinen Freund. Vielleicht sein einziger wahrer Freund, denn er kannte jedes einzelne von Shanes dunkelsten Geheimnissen. »Tony, du und ich, wir wissen beide, dass ich es nicht bis zur Pension schaffen werde. Nicht so, wie es jetzt bei mir läuft. Ich kann froh sein, wenn ich noch drei Jahre durchhalte, ohne umgebracht zu werden, oder noch schlimmer, bis du umgebracht wirst. Du sagst immer, ich soll anfangen zu leben. Tja …« Er blickte wieder auf das Bett. »Vielleicht ist es an der Zeit, auf dich zu hören.«

Als sich Schweigen ausbreitete, wusste er, dass Tony überlegte, ob das sein Ernst war. »Was wirst du tun?«

Shane zuckte die Achseln. »Ich weiß es nicht. Jack versucht immer, mich zu überreden, auf Privatdetektiv umzusatteln. Ich habe ein paar Möglichkeiten.«

»Du brauchst Sozialkompetenz für so was, Weib.«

Shane kicherte. »Ich *habe* Sozialkompetenz, Goldlöckchen.«

»Oh ja«, sagte Tony und verdrehte die Augen. »Du stehst ganz oben auf der Skala damit, gleich neben Commander O'Conner.« Er deutete mit dem Kopf auf Haileys Bett. »Was ist mit ihr?«

In Shanes Brust kribbelte es. Was ist mit ihr? Das war wirklich die Eine-Million-Dollar-Frage.

»Ich weiß es nicht«, sagte er. »Aber hier geht es nicht um sie. Sondern um mich. Und darum, Dinge endlich loszulassen, die ich schon vor langer Zeit hätte loslassen sollen.«

»Na, jetzt bin ich aber platt. Ich hätte nie gedacht, dass ich diesen Tag noch erlebe.«

Shane runzelte die Stirn, denn das Gespräch wirkte plötzlich wesentlich realer, als ihm im Moment lieb war. »Jetzt bleib mal auf dem Teppich. Noch ist es nicht so weit. Ich sagte *vielleicht*.«

Langsam kroch ein Lächeln über Tonys Gesicht. Und seine hellen Augen funkelten, als er Shane in die Schulter knuffte. »Es ist ein Anfang. Verflucht, es ist immerhin ein Anfang, Weib. Ich mache mich jetzt auf die Socken, um diese Befragungen durchführen, damit wir abhauen können. Irgendetwas sagt mir, dass du nicht lange in Chicago bleiben wirst.«

Als er allein war, setzte Shane sich auf den Stuhl neben Haileys Bett und nahm ihre Hand in seine beiden Hände. Ihre Finger waren lang, ihre Haut zart, ihre Nägel – sie waren ihm bisher nie aufgefallen – sauber und gepflegt, perfekt. Genau wie sie. Es gab so vieles an ihr, was ihm nie aufgefallen war, wie die leichten Sommersprossen auf ihrem Nasenrücken oder dass ihr Haar direkt an der Schläfe einen Kringel bildete.

Aber eine Sache war ihm aufgefallen, und zwar, wie ruhig sie in diesem Wortwechsel mit Eleanor gewesen war. Und wie sie darauf vertraut hatte, dass er für sie da war. Selbst nachdem sie Eleanor gegenüber zugegeben hatte, dass sie ihn liebte. Das war nicht gespielt. Und jedes Mal, wenn er daran dachte, spürte er diesen scharfen Stich unterhalb seines Brustbeins.

Ihr Kopf bewegte sich ein wenig auf dem Kopfkissen. Ihre Finger schlossen sich um seine. Er erstarrte, als er sah, wie ihre Augenlider zuckten und sich schließlich öffneten und sie ihn ansah. Sie blinzelte mehrmals, ehe sie krächzte: »Du siehst nicht gerade wie ein Märchenprinz aus.«

Die Erleichterung, ihre Stimme zu hören, traf ihn völlig unvorbereitet. »Stimmt. Aber jetzt, seitdem ich weiß, dass es dir gut geht, sollte man dem hässlichen Troll mal mit einer Rasierklinge und einer Dusche zu Leibe rücken.«

Sie lachte nicht über seine bemüht witzigen Worte, aber das störte ihn nicht weiter, da sie nach der Operation gerade erst wieder zu sich kam.

»Was machst du hier, Maxwell?«

Nicht *Shane.* Aber auch das nahm er gefasst hin. Er drückte ihr die Hand. »Ich habe dir doch gesagt, dass ich dich nicht verlasse, bis ich weiß, dass es dir gut geht.«

Sie drehte den Kopf so, dass sie an die Decke blickte. »Na … jetzt weißt du ja, dass es mir gut geht, also kannst du gehen.«

Sie gab ihm den Laufpass. Er brauchte nur darauf einzugehen.

Er hatte sich von Anfang an gesagt, dass es so enden würde. Nicht, dass sie in diesem Bett liegen würde, aber am Leben und in Sicherheit war und derjenige, der ihr die Falle gestellt hatte, im Gefängnis oder tot. Es gab keinen logischen Grund für ihn zu bleiben, und doch rührte er sich nicht vom Fleck.

Sie liebte ihn.

»Ich muss tatsächlich weg«, sagte er behutsam, denn etwas Seltsames geschah gerade in seiner Brust. Etwas, das sich sehr danach anfühlte, als würde all die Reue, die er mit sich herumschleppte, allmählich durch Wärme ersetzt. »Äh, Tony ist hier. O'Connor braucht mich in Chicago, um ein paar Dinge zu klären.«

»Dann solltest du gehen.«

Ihre Worte klangen kalt. Ihre Aufmerksamkeit richtete sich auf alles, nur nicht auf ihn. Die Verletztheit in ihrer Stimme versetzte ihm einen Stich, aber er nahm den Schmerz auf sich, weil er irgendwie wusste, dass er ihr gegenüber diese Sache und alles andere wieder gutmachen würde. Er war sich nur noch nicht ganz sicher, wie. »Ich … ich muss in Chicago ein paar Dinge erledigen, aber ich will, dass du weißt, dass ich zurückkomme.«

»Spar dir die Mühe.«

»Das werde ich nicht. Das ist ein Versprechen, Hailey.«

Sie drehte sich auf die andere Seite, und er wusste, dass diese Bewegung ihr entsetzliche Schmerzen bereiten musste, aber sie gab keinen Laut von sich.

Er rieb sich mit der Hand über den Stich in seiner Brust. »Stella wartet darauf, dich zu sehen. Ich schicke sie rein, wenn ich jetzt gehe.«

Als er selbst darauf keine Antwort erhielt, erhob er sich langsam und ging zur Tür. Tief in seinem Inneren wusste er genau, was er tun musste. Vielleicht zum ersten Mal in seinem Leben.

Florida
Vier Wochen später

»Was für Menschenmassen!« Nicoles Stimme hallte durch den Raum, während die Bürotür hinter ihr ins Schloss fiel. »Es ist gerammelt voll.«

Die Kaffeetasse schwankte in Haileys Hand, und sie atmete tief durch, um ihre Nerven zu beruhigen, die in ihrem Bauch auf und ab zu hüpfen schienen. Während die Unterhaltung hinter ihr fortgesetzt wurde, setzte sie langsam, damit niemand das Zittern ihrer Hände bemerkte, die Tasse ab, griff nach einer Packung Zucker und fuhr zusammen, als es in ihrer Schulter dumpf zu pochen begann.

Sie wurde immer noch physiotherapeutisch behandelt, aber der Arzt hatte ihr versichert, dass die Kugel keinen bleibenden Schaden hinterlassen würde. Zumindest nicht an ihrer Schulter. Wie sich jedoch die letzten Geschehnisse in Jamaika auswirken würden, das stand auf einem ganz anderen Blatt.

»Mensch«, sagte Nicole, rauschte an Hailey vorbei und griff nach einer Flasche Wasser auf dem Tisch. »Ich hab dich noch nie so nervös gesehen. Ich wusste nicht, dass es dich in solche Panik versetzt, vor einem Publikum zu reden.«

»Tut es auch nicht«, meldete Billy sich von seinem Platz auf der Couch zu Wort, wo er Studentenfutter aus einem Schälchen, das neben seinem Ellbogen stand, in sich hineinstopfte. »Zumindest bisher nicht.« Er schnappte sich Nicoles Hand, als sie in seine Nähe kam, und zog sie auf seinen Schoß. Nicole kicherte, als Billy ihr einen Kuss hinters Ohr gab. »Also, was ist los, H?«

»Es ist ein großer Tag«, kam Stella Hailey zuvor. »Die Presse ist nicht annähernd so interessiert daran, was ihr beide mit den Roarke Resorts vorhabt, sondern vielmehr an Informationen darüber, was mit Eleanor los war.«

Hailey warf ihrer Mutter einen Blick zu – ihrer *echten* Mutter –, die mitten im Raum neben dem großen Eichenschreibtisch stand. Es hatte ein paar Wochen gedauert, aber allmählich begann sie, Stella als ihre Mutter zu betrachten. Als die Mutter, die sie immer schon gerne gehabt hätte. Stella hatte große Ähnlichkeit mit Teresa Sullivan – stark und eigensinnig und dabei von einer Großherzigkeit, wie sie Hailey noch nie bei jemandem erlebt hatte. Und so hatte sie auch nicht darunter gelitten, als Stella ihr ihren Mann – Mark Walker – vorgestellt hatte, einen Rancher aus Texas, dem Stella vor acht Jahren bei einer Galerieeröffnung in Dallas begegnet war.

Nach allem, was ihr und ihrem Vater angetan worden war, hatte diese Frau allen Grund, alles, was mit den Roarkes zu tun hatte, zu verabscheuen, und dennoch hieß sie Hailey *und* Nicole in ihrer Familie willkommen, unterbrach ihre eigene Arbeit eine Zeitlang, damit sie und Hailey sich besser kennenlernen konnten, unterstützte Hailey in ihrer Entscheidung, auch weiterhin als Geschäftsführerin bei RR zu bleiben, obwohl das in ihr schmerzhafte Erinnerungen hervorrufen musste.

Schmerzhafte Erinnerungen hätten sich auch bei Nicole einstellen müssen, aber darauf wäre niemand gekommen, der sie und Billy zusammen sah. Hailey betrachtete ihre Schwester und das törichte Lächeln auf ihrem Gesicht. Nach all den Jahren, die sie in gegenseitiger Missgunst verbracht hatten, war es seltsam, dass Nicole sich jetzt hier befand und dass sie ihr für ihre Gesellschaft dankbar war. Abgesehen davon war sie tief beeindruckt von der Tatsache, dass Nicole ihre eigenen Gefühle beiseite geschoben hatte und zu verstehen schien, dass ihr Vater sich nicht nur von ihr zurückgezogen hatte, sondern von ihnen beiden, und das auch nur Eleanors wegen.

Es war sowohl Stellas als auch Nicoles Stärke, an der Hailey sich jetzt, angesichts ihrer eigenen Unsicherheiten, festhielt. Sie hatte eigentlich damit gerechnet, dass Nicole oder Billy oder gar Allie versuchen würden, ihr auszureden, die Polizei in Key West für immer zu verlassen. Aber niemand von ihnen hatte das getan. Sie und Nicole arbeiteten bei der Leitung der Roarke Resorts zusammen. Sie als Geschäftsführerin und Nicole als President of Operations. Und als Hailey ankündigte, dass sie Billy als Chef des Sicherheitsdienstes haben wollte, schien das niemanden zu überraschen. Und ebenso wenig schien es jemanden zu überraschen – Stella eingeschlossen –, dass niemand von ihnen gegen Haileys Vorschlag protestierte, RR von einem privaten Unternehmen in eine Aktiengesellschaft umzuwandeln, obwohl das niemals den Vorstellungen ihres Vaters entsprochen hätte.

Graham hatte einmal zu ihr gesagt, dass sie sich deswegen im Gesetzesvollzug nie besonders hervorgetan hatte, weil ihr die Begeisterung und Leidenschaft dafür fehlte. Vielleicht hatte er recht. Vielleicht war das hier ihre wahre Bestimmung. Ihre Entscheidung war ihrem Gefühl nach richtig gewesen, genauso richtig, wie all die Kunstwerke aus dem unterirdischen Lagerraum ihres Vaters Stellas Gate House zu spenden. Wenn doch nur der Schmerz, den sie seit dem vergangenen Monat ununterbrochen in ihrer Brust spürte, sich endlich legen und ihr eine Ruhepause gönnen würde.

»Sie haben schon genug Material über Eleanor«, sagte Allie vom Konferenztisch her, wo sie Haileys Notizen für die Pressekonferenz überflog. »Und Bryan. Und Paul.« Sie blickte auf. »Das einzige, was du vielleicht noch erwähnen könntest, ist, welche Rolle Madeline dabei gespielt hat. Wenn sie Graham nicht angerufen und vor Eleanor gewarnt hätte, wäre vermutlich alles ganz anders gekommen.«

Ja, das war Hailey durchaus klar. Wenn Graham nicht in Jamaika aufgetaucht wäre, um Eleanor aufzuhalten, wären sie und Stella jetzt vielleicht tot. Es versetzte ihr einen Stich, wie immer, wenn sie an Graham dachte, aber sie schaffte es, sich durch ein paar tiefe Atemzüge zu beruhigen. Und dank Stellas Verschwiegenheit – obwohl sie von Anfang an die Geschädigte gewesen war – wusste niemand etwas über das, was Graham getan hatte, um vor langer Zeit Eleanors Loyalität zu gewinnen.

Noch ein Grund, warum Hailey von ihrer Mutter so angetan war.

»Warum lasst ihr alle Hailey und mich nicht einen Moment allein, bevor die Pressekonferenz anfängt?«, fragte Stella und warf Hailey vom anderen Ende des Raumes einen Blick zu.

Sie wünschten Hailey viel Glück, als sie nacheinander die Verwaltungsbüros im Roarke Royal Floridian verließen. Es war das erste Hotel ihres Vaters, das, in dem er Stella zum ersten Mal begegnet war und sich in sie verliebt hatte. Und nicht zuletzt deshalb schien es passend, die Pressekonferenz jetzt hier abzuhalten.

Als sie allein waren, ging Stella zur Minibar hinüber und holte eine Dose Ginger Ale heraus. »Trink das hier. Es wird deinen Magen beruhigen.«

Hailey nahm die Dose entgegen. »Danke. Es sind nur die Nerven.«

Stella lehnte sich mit der Hüfte an den Tresen. »Nur für's Protokoll. Mir war morgens immer furchtbar schlecht. Zwar fing es bei mir nicht so früh an, aber es hat mich den ganzen Tag außer Gefecht gesetzt. Ich fürchte, in diesem Fall ist die Genetik nicht auf deiner Seite.«

Haileys Hand verharrte mitten in der Bewegung, als sie die Dose gerade auf die Theke stellen wollte. »Ich … ich weiß nicht, was du –«

Ein trauriges Lächeln huschte über Stellas Gesicht. »Weißt du, du kannst ihm nicht für immer aus dem Weg gehen. Du musst den Tatsachen ins Auge blicken und es ihm sagen.«

Der Schmerz, gegen den sie angekämpft hatte, flatterte durch Haileys Brust. Nun konnte sie auch noch Gedankenlesen zu der Liste der Fähigkeiten ihrer Mutter hinzufügen. Nicht genug, dass sie eine Malerin von Weltklasse, eine Wohltäterin und eine atemberaubende Ehefrau war, ihr entging auch nichts.

»Ich gehe ihm nicht aus dem Weg.«

»Hailey, er hat in den letzten zwei Wochen jeden Tag angerufen. Und der Sicherheitsdienst im RR-Gebäude in der Stadt sagt, er habe Anweisung, ihn nicht zu den Aufzügen zu lassen. Ich würde schon sagen, dass das Ihm-aus-dem-Weg-Gehen ist.« Ihre Stimme wurde sanft. »Ich habe dich deswegen nicht bedrängt, weil du genug um die Ohren hattest, aber du fühlst dich elend. Und das hat nichts mit der Firma deines Vaters zu tun oder damit, was in Jamaika geschehen ist. Es hat mit ihm zu tun, stimmt's?«

Tränen, die Hailey aus tiefstem Herzen verabscheute, brannten ihr in den Augen. Verdammt, sie hatte gerade erst herausgefunden, dass sie schwanger war, und schon trieben die Hormone ihr Spielchen mit ihr. »Er ist nur deswegen so hartnäckig, weil er sich schuldig fühlt. Das geht vorüber.«

»Liebes, das sind keine Schuldgefühle. Das ist ein Mann, der eine zweite Chance will. Vertrau mir, ich habe ihn gesehen.«

Hailey warf Stella einen nachdenklichen Blick zu, und aus der Stille zwischen ihnen stellte sie die Frage, die sie schon den ganzen letzten Monat mit sich herumtrug. »Und wenn er nun keine verdient?«

Stella legte Hailey die Hand auf den Arm. »Jeder verdient eine zweite Chance. Sei nicht so hartherzig, damit du nicht die besten Dinge des Lebens verpasst. Das hat Eleanor getan. Das habe ich getan, ehe ich Mark begegnet bin. Das hat dein Vater viel zu lang getan.« Sie strich Hailey zart über die Wange und lächelte. »Du hast viel zu viel Leidenschaft in dir, um das Leben so an dir vorbeiziehen zu lassen. Verschwende diese wunderbare Gabe nicht.«

Stellas Worte klangen in Haileys Kopf nach, während sie den Weg zum Festsaal im Ostflügel des Resorts zurücklegte. Nicole hatte recht gehabt. Der Raum war brechend voll, aber sie sah trotzdem ein paar vertraute Gesichter. Billy und Nicole standen an der Seite. Aus den Augenwinkeln erhaschte sie Stellas stolzes Lächeln und die beschützende Art, mit der Mark ihr den Arm um die Taille legte. Sie entdeckte Pete und Kat, Rafe und Lisa, Allie und deren Eltern in der Menge. Alle waren gekommen, um sie und das neue Kapitel in ihrem Leben zu unterstützen.

Okay, es war zwar nicht die traditionelle Familie, von der sie immer geträumt hatte, aber es war ihre, und Stella hatte mit einer Sache recht gehabt: Sie hatte nicht vor, etwas von dem, was ihr geschenkt worden war, zu verschwenden.

Nachdem sie die Firmenneuigkeiten bekannt gegeben hatte, eröffnete sie die Fragerunde. Die meisten Fragen drehten sich, wie sie erwartet hatte, um den Skandal mit Eleanor, aber Hailey wich so geschickt aus, wie sie es geübt hatte. Und als sie schließlich erkannte, dass die Menge nur noch auf pikante Details aus war, beschloss sie, dass es Zeit war, die Konferenz zu schließen.

»Ich beantworte noch eine letzte Frage.« Sie blickte umher, während Hände in die Höhe schossen und Rufe ertönten, und erstarrte, als sie eine Stimme hörte, die sie nur allzu gut kannte.

Die weiter vorne stehenden Reporter mussten ihren eigentümlichen Gesichtsausdruck bemerkt haben, denn sie drehten sich um, um ihrem Blick zu folgen. Und wie das einst sich teilende Meer bildete sich eine Schneise mitten durch den Raum bis zu der Stelle ganz hinten, wo Shane in Jeans und einem langärmeligen, blauen T-Shirt stand, auf dem quer über der Brust stand:

Sometimes a prayer is all you need.
Just ask Tommy & Gina.

Ihr Herz hämmerte gegen ihre Rippen. Ihr Magen flatterte. Die Bartstoppeln, an die sie sich schon gewöhnt hatte, waren verschwunden, sein Haar war kürzer, als sie es in Erinnerung hatte, und aus dieser Entfernung sah er gebräunt aus. Aber egal, wie sexy er war, das Einzige, woran sie denken konnte, waren die Erinnerungen an ihre Gefühle in diesem Flieger vor der Landung in Jamaika.

»Ich habe nur eine Frage«, sagte er. »Hier findet gar kein Frühjahrstraining der Chicago Cubs statt. Sind Sie sicher, dass Sie diese Stadt trotzdem mögen?«

Sie verstand die Anspielung auf ihren Lieblingssong von Bon Jovi, den sie auf ihr Telefon geladen hatte, und seinen neckenden Tonfall. Und sie wusste, sie war kurz davor, dahinzuschmelzen. *Blöde Hormone.*

Sie beugte sich zum Mikrofon vor und sandte ihm einen vernichtenden Blick. »Danke, dass Sie alle gekommen sind. Aber ich fürchte, ich habe keine Zeit mehr, weitere Fragen zu beantworten. Die Pressekonferenz ist hiermit beendet.«

Shane überlegte, dass er mindestens drei Gesetze gebrochen hatte, um an diesen verdammten Ort zu gelangen. Und da er über einen Zaun, vor dem Billy ihn nicht gewarnt hatte, hatte klettern müssen, um Joe Sixpack, den Sicherheitsmann, zu umgehen, leuchtete sein rechtes Knie jetzt wie ein Weihnachtsbaum.

All das, zusammen mit der Tatsache, dass Hailey ihm zwei Wochen lang aus dem Weg gegangen war, reichte, um stinksauer zu sein. Deshalb würde er sie jetzt auf keinen Fall so einfach davonkommen lassen.

Er beobachtete, auf welche Tür sie zuging, und als die Presse ausschwärmte, in der Hoffnung, noch weitere Fragen beantwortet zu bekommen, nahm er den Hinterausgang, drehte eine

Runde um das Gebäude und benutzte den Kartenschlüssel, den er – dank Billy – aus dem Sicherheitsbüro stibitzt hatte, um in das Hauptgebäude zu gelangen.

Es dauerte etwa zehn Minuten, aber genau, wie er es erwartet hatte, öffnete sich die Tür zum Treppenhaus und fiel mit einem Knall wieder zu, gefolgt von Haileys tiefem Ein- und Ausatmen. Ihre Schuhe klapperten, als sie die Treppe hinaufstieg, und dann blieb sie wie angewurzelt stehen, als sie um die Ecke bog und ihn auf dem zweiten Absatz sitzend auf sie warten sah.

Der Duft von Flieder umhüllte ihn. Und gut, okay, sie wirkte nicht unbedingt glücklich, ihn zu sehen, aber das wollte er ändern.

Langsam erhob er sich. »Ich hoffe wirklich, dass dieser rasche Abgang bedeutet, dass du meine Frage nicht gehört hast.«

Irritation malte sich in ihren Gesichtszügen. »Woher wusstest du, dass ich hierherkommen würde?«

»Ein Vögelchen hat mir gezwitschert, dass du in letzter Zeit nicht so wild auf Aufzüge bist.«

Sie sah ihn böse an. »Nicole sollte lieber ihren Mund halten.« Sie ging um ihn herum und griff nach dem Geländer auf der anderen Seite der breiten Treppe. »Entschuldige, ich bin beschäftigt.«

»Warte mal, Hailey.« Er drehte sich um und blickte ihr hinterher. »Ich will nur mit dir reden. Du wirst doch wohl ein paar Minuten Zeit haben.«

Er glaubt sie murmeln zu hören *nicht für dich*, überhörte ihre Worte jedoch, als er sah, dass sie die Stufen emporstieg, ohne auch nur einen Moment innezuhalten. »Ich habe bei der Polizei in Chicago aufgehört.«

Das wirkte. Sie blieb stehen. Und ein Hoffnungsfunken entzündete sich in seiner Brust wie ein Feuerwerkskörper.

»Habe meinen Rücktritt erklärt und einen Job angenommen, bei dem ich Ermittlungen anstelle bei … einer Firma, die ich kenne. Viel weniger Stress. Bessere Arbeitszeiten. Und die Leute müssen nicht dafür sterben, mir zu begegnen.« Als sie über diesen Witz nicht lachte, raufte er sich das frisch gestutzte Haar und fügte hinzu »Du hattest recht. Wegen des Jobs. Er hat mich aufgefressen. Mir war nicht klar, wie sehr, bis ich gegangen bin.«

»Schön, dass ich dir behilflich sein konnte«, sagte sie, ohne sich nach ihm umzudrehen. »Aber ich muss jetzt wirklich wieder an die Arbeit.« Sie stieg weiter die Treppe hinauf.

»Wie geht es deiner Schulter?«

»Gut.«

Rasch nahm er mehrere Stufen gleichzeitig, um vor sie zu gelangen. Sie blieb stehen und funkelte ihn böse an. »Du stehst mir im Weg.«

»Hör mal, ich weiß, dass du sauer auf mich bist, und du hast allen Grund dazu. Ich war ein Idiot, und ich verdiene keine zweite Chance, aber …« Jetzt oder nie. »Genau das will ich. Deswegen bin ich hier. Damit du mir eine Chance gibst, alles wieder ins Reine zu bringen.«

»Lass gut sein, Maxwell.« Sie drängte sich an ihm vorbei.

Er reagierte nicht darauf, ergriff nur sanft ihren gesunden Arm und drehte sie zu sich um, eine Stufe höher, auf gleicher Augenhöhe. »Ich weiß, dass du mich liebst«, neckte er sie. »Ich habe dich gehört. Und wenn es nicht so wäre, wärst du nicht immer noch so verdammt sauer. Nur, um dir zu zeigen, wie ernst ich es meine, kannst du mir jetzt in den Hintern treten. Gleich hier. Ich werde nicht einmal versuchen, mich zu wehren.«

Ihr Gesichtsausdruck änderte sich nicht, nicht einmal, als er lächelte und noch einen Zentimeter näher rückte. »Komm schon, Roarke«, flüsterte er. »Wir wissen beide, dass du dieses Angebot nicht ablehnen kannst.«

»Ich bin schwanger.«

Sein Lächeln kippte. »Was?«

»Ich bin schwanger. Ich habe es vor ein paar Tagen erfahren.« Als ihm der Mund offen stehen blieb, fügte sie hinzu: »Ich habe das nicht geplant, falls du das denken solltest. Antibiotika vertragen sich offensichtlich nicht mit der Pille. Ich wusste das … weiß das … aber ich glaube, man kann mit Fug und Recht behaupten, dass ich ein klein wenig unter Stress stand, als James sie dir für mich gegeben hat, und jeder weiß, dass Stress sich auch nicht mit der Pille verträgt, also, tja … Überraschung.«

Sie wirkte nicht glücklich über diese Überraschung, und er konnte ihre Stimmung nicht gut genug deuten, um zu wissen, ob das ihr Ernst war oder ob sie nur versuchte, ihn leiden zu lassen, also fragte er: »Du bist schwanger? Wirklich? Wann –«

Sie schnaubte verächtlich und erklomm zwei Stufen, um etwas Abstand zwischen sie zu bringen. »Ich wollte es dir erst sagen, wenn ich die richtigen Worte dafür gefunden hätte. Ich meine, es ist nicht so, dass das nicht auch für mich ein großer Schock ist, weißt du. Ich hatte nicht geplant, jetzt ein Kind zu bekommen, zumindest nicht, bevor ich jemanden gefunden habe, der auch wirklich eines mit mir zusammen haben will. Aber ich habe bereits beschlossen, dass ich dieses Baby behalten will, also versuche erst gar nicht, es mir auszureden. Und ich brauche auch nicht deine Hilfe dabei. Ich sage es dir nur, weil du ein Recht hast, es zu wissen, und …« Ihre Augenbrauen trafen sich in der Mitte. »Was gibt es da zu grinsen?«

Grinste er? Ja, tatsächlich. Verdammt. Wer hätte das gedacht?

Heilige Scheiße, er wurde Vater. Und er machte sich deswegen nicht vor Angst in die Hose. Kein bisschen.

Sein Grinsen wurde breiter. »Weil du schwanger bist. Das ist einfach … unglaublich.«

Er schielte auf ihren flachen Bauch, der versteckt war hinter einer maßgeschneiderten Hose und einer roten Bluse, die ihre

Kurven und ihre schlanke Figur hervorhob. »Dir ist doch klar, dass meine Familie zu Zwillingsgeburten neigt, oder?«

»*Was?*« Sie schüttelte den Kopf, erhob ihren Zeigefinger und deutete mit einem Feuer in den Augen auf ihn, das er in den letzten paar Wochen so sehr vermisst hatte. »Das ist nicht lustig. Und ganz nebenbei habe ich schon nachgesehen. Genetik spielt nur eine Rolle, wenn sie von mütterlicher Seite kommt, was Gott sei dank nicht der Fall ist.«

»Sag das meinem Vater. Und seinem Onkel. Und seinem Vater auch, wenn du schon dabei bist.«

Alle Farbe wich aus ihrem Gesicht. »Das ist … gemein.«

Er stieg die Treppe zu ihr hinauf und wusste, dass er grinste wie ein Honigkuchenpferd, aber es war ihm egal. »Tja, dann wirst du mich wohl heiraten müssen. Ich hatte eigentlich vor, dich erst daran zu gewöhnen, dass wir miteinander ausgehen und so, bevor ich es anspreche, aber dafür haben wir jetzt keine Zeit mehr.«

Sie stolperte rückwärts die Stufen hinauf, um ihm zu entkommen. »Ich werde dich nicht heiraten.«

»Und ob du das wirst. Ich bin irisch-katholisch. Meine Mutter flippt aus, wenn wir diese Babys ohne Trauschein bekommen.«

Ihr Kussmund formte sich zu einem kleinen sexy »Oh.« Sie blieb an der obersten Stufe hängen, strauchelte und fing sich, ehe er ihr beispringen konnte. »Du bist nicht einmal praktizierender Katholik. Und hör auf von *Babys* zu sprechen. Es gibt nur *ein* Baby.«

»Sex, Babys, Hochzeit. So machen es die Maxwells seit Ewigkeiten.«

»Du willst doch überhaupt keine Kinder«, ereiferte sie sich, während sie mit dem Rücken gegen die Treppenhauswand stieß.

»Bisher wollte ich auch keine.« Er stützte einen Arm neben ihrem Kopf an die Wand, und sie saß in der Falle. »Aber du hast meine Ansichten verändert.« Seine Hand senkte sich sanft auf ihren Bauch, und er blickte hinunter, dorthin, wo er sie berührte, während ihm die Wärme den Arm hinauf und bis in die Brust strömte. »Du hast alles verändert, Hailey. Ich liebe –«

»Shane, nicht.« Das Flehen in ihrer Stimme und dass sie seinen Vornamen benutzte durchbrach das scherzhafte Geplänkel, und er blickte in Augen, die so blau waren, dass er für immer in ihnen hätte versinken können. »Sag nichts, was du nicht zurücknehmen kannst.«

Sein Lächeln erstarb. »Das tue ich nicht. Ich lie–«

»Nein.« Sie duckte sich unter seinem Arm hindurch, ehe er sie aufhalten konnte, und entfernte sich zwei Schritte von ihm auf die nächste Treppe zu. »Ich weiß, warum du hier bist. Weil du dich dafür schuldig fühlst, wie alles zu Ende gegangen ist und weil du es wieder gutmachen willst. Aber das ist nicht Liebe.«

»Hailey –«

»Zwei Wochen, Shane. Du hast zwei Wochen gebraucht, um mich anzurufen. Das ist keine Liebe, das sind Schuldgefühle.«

»Es gab … ein paar Dinge, die ich tun musste, bevor ich dich wiedersehen konnte.«

Sie schüttelte den Kopf. »Du bist ein Beschützer. Deswegen warst du ein guter Polizist. Deswegen bist du ein guter Bruder und ein guter Sohn. Du würdest alles für die Menschen tun, die dir etwas bedeuten, und ich weiß, dass ich in diese Kategorie falle, weil wir diese … Verbindung haben. Aber das ist keine Liebe. Nicht die Art Liebe, die ich will oder brauche.«

Sein Herz zog sich zusammen, und zum ersten Mal, seit er seinen Plan ausgebrütet hatte, beschlichen ihn leichte Zweifel. »Du irrst dich –«

»Nein, das tu ich nicht. Wir wissen beide, dass du keine Frau und kein Kind willst, nicht in Wirklichkeit. Das hier kommt mir vielmehr ein wenig wie Jamaika vor, als du eingegriffen hast, um das Mädchen zu retten. Nun, das ist auch keine Liebe, und es ist kein Grund, um zu heiraten. Ich brauche dich nicht, um mich zu retten. Das habe ich noch nie. Ich habe mein ganzes Leben damit verbracht, mich mit den Umständen zu arrangieren, und ich werde es ab sofort nicht mehr tun.

Ich werde nicht herumsitzen und so tun, als würdest du mich lieben und auf den Tag warten, an dem dir klar wird, dass du einen Fehler gemacht hast und du mich verlässt. Ich verdiene mehr als das.« Sie legte sich die Hand auf den Bauch. »Wir verdienen mehr als das.«

Panik stieg in seinem Innersten auf. »Hailey, warte –«

Sie entfernte sich einen Schritt von ihm. »Ich werde nicht versuchen, dich davon abzuhalten, dich mit um das Baby zu kümmern, wenn es geboren ist, wenn du das wirklich willst. Aber wir wissen beide, dass es nicht so ist. Also hoffe ich, dass du es uns allen leichter machst, indem du jetzt einfach gehst. Wenn ich dir irgendetwas bedeute, Shane, dann tust du mir diesen kleinen Gefallen.«

Er hätte ihr folgen sollen, aber er war immer noch zu verdutzt, um sich zu rühren, selbst als sie die Treppe hinauf und um die nächste Ecke verschwunden war. Ein Stockwerk weiter oben öffnete sich die Treppenhaustür und flog mit einem ohrenbetäubenden Knall wieder zu.

Die Hitze, die er bei ihrem Anblick verspürt hatte, verschwand allmählich wieder. Alle Hoffnung, die er in den letzten paar Wochen in seinem Herzen getragen hatte, zerfiel vor seinen Füßen zu Staub. Er hatte zu lange gewartet, zu viel Zeit damit verbracht, sein eigenes Leben erst einmal in Ordnung zu bringen, bevor er zu ihr gekommen war. Und jetzt war es zu spät.

Baby. Sie bekam sein Baby. Und er hatte es bei ihr so dermaßen vermasselt, dass sie nicht einmal wollte, dass er sich darum kümmerte. Niemals.

Einen Moment blieb er stehen, wo er war, und lauschte auf

die Geräusche, die ihn umgaben, während sich ein leerer, kalter Raum in seiner Brust ausbreitete. Schließlich, weil er nicht wusste, was er sonst tun sollte, ging er die Treppe hinab und trat hinaus in das frühmorgendliche Sonnenlicht.

Er hatte seine Sonnenbrille im Auto gelassen, aber er bemerkte das gleißende Licht kaum. Als er langsam den Parkplatz überquerte und die Hände in die Hosentaschen schob, wurde ihm bewusst, dass es ihn nicht mehr nach Tic Tacs verlangte und er auch nicht mehr diese irritierende Stimme in seinem Kopf hörte. Auch das hatte sich alles durch sie verändert, und sie wusste es nicht einmal.

»Maxwell, bleib stehen.«

Der Klang ihrer Stimme traf ihn wie eine Druckwelle, doch er drehte sich nicht um. War wirklich nicht in der Verfassung, noch einmal die Kränkung in ihrem Gesicht zu sehen. Zumindest nicht, ehe er sich überlegt hatte, was er als Nächstes tun sollte. »Ja, ich weiß. Ich gehe ja schon. Keine Sorge.«

»Wer ist Dr. Robinson?«

Das brachte ihm zum Stehen. Er drehte sich langsam zu ihr um. »Wer?«

Sie verschränkte die Arme vor der Brust und sah sauer und sexy zugleich aus. »Rafe hat sich in meinem Büro breitgemacht und gesagt, dass er nicht gehen wird, ehe ich dir nicht zwei Fragen gestellt habe. Da Lisa ihn dabei zu unterstützen scheint und ich will, dass die beiden verschwinden, frage ich dich also. Wer ist Dr. Robinson?«

»So ein Lump.« Shane funkelte über den Parkplatz hinweg böse das Gebäude an. Er würde Rafe umbringen. Und seine Zwillingsschwester, die sich immer einmischen musste.

»Also?«

Eigentlich gab es keinen Grund, es ihr nicht zu sagen. Er zuckte mit den Schultern. »Ein Therapeut.«

Stille. Dann sagte sie, »Du gehst zu einem Seelenklempner? Aber du … ich dachte, du kannst Psychiater nicht ausstehen?«

Er würde seinen geschwätzigen Schwager wirklich killen. »Ich konnte den nicht leiden, der für meine Abteilung gearbeitet hat. Der Typ hat immer versucht, mir in den Kopf zu schauen. Der hier ist in Ordnung, glaube ich. Für einen Psychodoc.«

Ihre Augenbrauen zogen sich zusammen, und sie ließ die Arme sinken. »Was … was hat er denn gesagt?«

Er holte tief Luft und dachte sich: *Was soll's?* Es war nicht so, als würde das alles jetzt noch etwas ändern. »Er sagt, dass ich eine Form von posttraumatischer Belastungsstörung habe. PTBS. Das wusste ich nicht. Ich meine, es ist nicht dasselbe, womit die Jungs aus dem Golfkrieg zurückkamen, aber offensichtlich ist nur ein einziges Ereignis nötig, um eine Reaktion auszulösen, und nach allem, was mit Julie passiert ist …«

Er ließ die Worte ausklingen, denn er wusste nicht, was er noch sagen sollte. Und als sie nicht antwortete, wusste er, jawohl, es würde rein gar nichts ändern. »Hör zu, ich gehe nur –«

»Warte«, sagte sie. »Für wen arbeitest du als Ermittler?«

Sein Zorn wuchs. Er hatte quasi vor ihr sein Herz ausgeschüttet, und sie hatte eindeutig gezeigt, dass sie ihn nicht wollte. Und jetzt bombardierte sie ihn mit Fragen, nur um ihre Neugierde zu stillen. »Warum zum Teufel fragst du mich das? Wenn Rafe oben in deinem Büro ist, dann weißt du verdammt gut, dass ich bei Odyssey arbeite und Hintergrundinformationen recherchiere. Nicht viel anders als das, was ich vorher gemacht habe, außer, dass ich jetzt mit Antiquitäten zu tun habe statt mit Toten.

Die Farbe wich ihr aus dem Gesicht. »Oh, mein Gott.«

Sein Frust hatte den Höhepunkt erreicht, aber er verebbte, als sie nach der Motorhaube griff, um sich festzuhalten. Sein Beschützerinstinkt, der sie so sehr an ihm störte, hatte sich wieder geregt. »Was ist los?«

»Du … du arbeitest bei Odyssey? Mit einem Gauner und einem Dieb zusammen?«

»Sie haben sich gebessert. Das behaupten sie zumindest. Geht es dir gut? Ist es das Baby?«

»Nein. Ich … oh, mein Gott.« Ihre Augen weiteten sich. »Du liebst mich wirklich.«

Seine Stirn legte sich in Falten. »Das habe ich dir doch schon gesagt.«

»Ja, aber ich habe es nicht geglaubt. Du kannst Rafe nicht mal *leiden*.«

»Jetzt schon«, sagte er mit mürrischem Gesichtsausdruck. Ihr Gesicht war immer noch blass, aber sie sah nicht krank aus, nur überrascht. »Aber warum –«

»Warum hast du mir das nicht gesagt? Das mit Odyssey und dem Therapeuten?«

»Weil es nichts mit dir und mir zu tun hat.«

»Doch, das hat es. Es hat alles mit uns zu tun. Ich hatte angenommen, du seiest aus schlechtem Gewissen hier. Und dass du mir aus dem Weg gegangen seiest, nach allem, was in Jamaika passiert ist, weil ich dir nicht wirklich etwas bedeute. Und dass du nur angeboten hast, mich zu heiraten, weil ich dir gesagt habe, dass ich schwanger bin. Aber das jetzt …« Sie hob die Hand. »Das beweist, dass ich mich geirrt habe.«

Ein Hoffnungsfunken entzündete sich in seiner Brust. »Tut es das?«

Sie machte einen Schritt auf ihn zu und blieb vor ihm stehen. »Arbeitest du wirklich für Rafe und Pete?«

»*Mit* ihnen. Ich weigere mich zuzugeben, dass ich *für* einen dieser beiden Kerle arbeite.«

Langsam formten sich ihre Lippen zu dem allersüßesten Lächeln. Eines, das Wärme in seine Brust und seine Glieder strömen ließ. Und das anfängliche Flackern entfachte sich zu einer ausgewachsenen Flamme. »Ich will nicht, dass du den Polizeidienst aufgibst, nicht meinetwegen.«

Sein Herz hämmerte so heftig, dass er sicher war, dass sie es hören musste. »Das tue ich auch nicht. Ich habe ihn für mich aufgegeben. Und nur, damit wir uns über noch etwas einig sind, ich gehe auch nicht deinetwegen zum Seelenklempner. Sondern meinetwegen.«

Er trat unbehaglich von einem Fuß auf den anderen, wusste aber, dass das wichtig war, und ein Grund dafür, dass er ihr zunächst nichts von den Sitzungen erzählt hatte. »Ich habe noch einen langen Weg vor mir, und ich war vorher ein ziemlicher Hitzkopf, es lässt sich also nicht sagen, ob ich wieder ganz richtig im Kopf werde, aber ... ich strenge mich an. Ich habe mich nicht von dir ferngehalten, weil ich es wollte, Hailey. Ich tat es deshalb, weil ich nicht wusste, ob ich das hier hinkriege. Und weil ich dich nicht noch mehr verletzen wollte, als ich es ohnehin schon getan habe.«

Ihre Augen wurden sanft. »Das Einzige, was mich verletzt hat, war, als du mich ausgeschlossen hast. Weißt du das denn nicht?«

»Ich weiß es jetzt. An allem anderen arbeite ich noch. Deswegen bin ich auch jetzt gekommen, statt zu warten, bis meine Therapie beendet ist.«

Sie bewegte sich so plötzlich auf ihn zu, dass es ihm den Atem verschlug. Dann schlangen sich ihre Arme um seine Taille, ihre Brust streifte die seine, ihre Fingerspitzen berührten die Narbe an seiner Seite. Aber die einzige Erinnerung, die ihre Berührung auslöste, war die aus Puerto Rico, als sie jede seiner Narben und jeden Quadratzentimeter seines Körpers mit ihren Lippen und ihrer Zunge geküsst hatte. Nicht die Erinnerung an Chicago und nicht die an Malcolm, die ihn so lange verfolgt hatte.

Er fuhr ihr mit den Fingern ins Haar und hob ihr Gesicht zu seinem empor, ehe er sich hinunterbeugte, um ihre Lippen mit einem Kuss zu schließen, von dem er hoffte, dass sie wusste, dass er aus tiefster Seele kam. Und als er sich zurücklehnte, um auf sie hinunterzublicken, ging ihm das Herz auf, als er sie lächeln sah.

»Ich will einen Ehevertrag, Shane.«

»Ich will dein Geld nicht, Roarke.«

»Nicht so einen«, sagte sie. »Ich will einen Ehevertrag, in dem steht, dass ich, solltest du mich jemals verlassen wollen, einen Freischuss auf dich habe.«

Er brach in schallendes Gelächter aus und zog sie an sich. Bissig, klug und so verdammt hart im Nehmen, dass sie es mit ihm und jedem anderen aufnehmen konnte. Hatte er wirklich geglaubt, dass sie ihn brauchte, um sie zu retten? Mann, er hatte sich so geirrt. Sie hatte ihn gerettet. Von Anfang an. »Hörst du wohl auf. Du machst mich ja an. In aller Öffentlichkeit.«

Sie lächelte an seinem Hals. »Es sind doch nur meine Angestellten. Und meine Familie. Und deine Chefs. Es wird schon keiner etwas Falsches dabei denken, Shane.«

»Jeder hat von Anfang an etwas Falsches über uns gedacht«, sagte er in ihr Haar, und es gefiel ihm, wie sie seinen Namen sagte. »Aber ich nicht. Nicht mehr.« Er presste die Lippen auf die so überaus zarte Haut ihres Nackens. »Ich denke endlich das Richtige. Ich habe endlich dich.«

»Das hast du«, flüsterte sie. »So lange du mich willst. Uns«, berichtigte sie und rief ihm ins Gedächtnis, dass es sie nur noch im Doppelpack gab.

Er legte seine Hand leicht auf ihren Bauch. »Was hältst du von den Namen Tommy und Gina? Würde doch passen, oder?«

Sie lachte so herzhaft, dass er es bis in die Zehenspitzen spüren konnte, dann bis hinauf in die Brust, um dort das letzte Eis zu schmelzen, das sein Herz noch umgab. »Ich glaube, ich habe noch nie jemanden so sehr geliebt wie gerade jetzt.«

Er wusste, das galt auch für ihn. Er drückte sie fest an sich. »Abgemacht, Tommy und Gina.«

DANKSAGUNG

Von Zeit zu Zeit überrumpelt einen ein Buch völlig. So war es in diesem Fall. Ein Riesendank geht an meine Laufpartnerin, Connie Dingeman, für das gemeinsame Brainstorming zu einer Zeit, als dieses Buch erst noch eine Idee war. An ihren Mann, Lieutenant Mike Dingeman von der Oregon State Police, für seinen Reichtum an Wissen und Geschichten und dafür, dass ich einfach nur »zuhören« durfte. An Todd Van Hee für seine medizinische Kompetenz, die »Gift-Lady« Luci Zahray für die Beantwortung all meiner pharmakologischen Fragen und an Rita Van Hee, Tonia Wubbena und Lisa Catto dafür, dass ihnen die Kleinigkeiten auffallen, die mir immer entgehen. Danke auch an meine Agentin, Laura Bradford, für die viele und harte Arbeit, an meine Lektorin, Leah Hultenschmidt, dafür, das Beste aus diesem Buch herauszuholen, und dem gesamten Team bei Dorchester für all seine Mühe, aus einem Manuskript auf dem Bildschirm etwas Greifbares zu machen, das die Leser in die Hand nehmen können.

Außerdem möchte ich einen besonderen Dank an das medizinische Personal des Salem Hospitals übermitteln, das sich nicht nur während der Entstehung dieses Buches in der Not um mich gekümmert, sondern mir außerdem das Leben gerettet hat.

Und schließlich muss ich meinem Mann Dan danken. *Babe, ich liebe dich aus einer Million verschiedener Gründe, aber vor allem, weil du mich jeden Tag daran erinnerst, warum ich diese Bücher schreibe: weil es Fälle von ›glücklich bis ans Ende ihrer Tage‹ wirklich gibt.*